VALERIE KORTE
Liebe treibt die schönsten Blüten

Weitere Titel der Autorin:

Aus allen Wolken fällt man auch mal weich

Über die Autorin:

Valerie Korte wuchs im Rheinland auf und lebt nach Stationen in Schottland, Berlin, München und dem Ruhrgebiet inzwischen mit ihrer Familie in Köln – unverhofft mit einem wuchernden Garten. Nach dem Studium der Germanistik und BWL arbeitete sie zunächst als Sachbuchlektorin und Social-Media-Managerin. Irgendwann brach sich ihre kreative, romantische Seite Bahn: *Liebe treibt die schönsten Blüten* ist nach *Aus allen Wolken fällt man auch mal weich* ihr zweiter Roman.

VALERIE KORTE

LIEBE TREIBT DIE SCHÖNSTEN BLÜTEN

ROMAN

lübbe

Dieser Titel ist auch als Hörbuch und E-Book erschienen

Originalausgabe

Copyright © 2021 by Bastei Lübbe AG, Köln
Einband-/Umschlagmotive: © shutterstock
Umschlaggestaltung: Sandra Taufer, München
Satz: two-up, Düsseldorf
Gesetzt aus der Source Serif
Druck und Verarbeitung: GGP Media GmbH, Pößneck
Printed in Germany
ISBN 978-3-404-18355-5

1 3 5 4 2

Sie finden uns im Internet unter luebbe.de
Bitte beachten Sie auch: lesejury.de

KAPITEL 1

Das blaßgelbe, befruchtete Weibchen des ZITRONENFALTERS überwintert. Man kann es bei der Frühlingsfeier am blühenden Weidenbusch zwischen Bienen und Hummeln, welch letztere mit ihm in gleicher Lage sind, und zwischen manchen anderen Kerfen teilnehmen sehen, freilich ohne Sang und Klang, sondern stumm wie alle Tagfalter.

Brehms Tierleben, Bd. 9: Insekten, Tausendfüßer und Spinnen, über den Zitronenfalter

Ich erwachte aus meinem Schreibtischnickerchen, weil mir eine Zitrone auf den Kopf fiel. Den Zitronenbaum hatten Elisabeth und ich schon von unserer Vormieterin übernommen. Über die Jahre war er uns dank liebevoller Pflege im wahrsten Sinne des Wortes über den Kopf gewachsen und trug sogar hin und wieder Früchte. Zusammen mit dem gelb blühenden Oleander und zwei stattlichen Palmen verlieh er unserem Wintergarten, der gleichzeitig als Homeoffice diente, das historische Flair eines Gewächshauses in einem botanischen Garten. Die Frucht kullerte über die Tischplatte und kam neben meinem Smartphone zum Liegen.

Wie zur Begrüßung gab das Handy im selben Moment ein Pling von sich. Es war der Signalton der Dating-App, die ich vor ein paar Monaten installiert hatte. Telefon, smart, aber altersschwach, trifft Zitrönchen, knackig, aber leicht angesäuert.

Ich sah nach, wer mir geschrieben hatte. Ron, mein Date für heute Nachmittag. Und er sagte mir nun schon zum zweiten Mal kurzfristig ab. Beim letzten Mal war er vorgeblich krank geworden, heute hielten ihn offenbar grundsätzliche Zweifel ab:

> Sorry, bin mir mit uns beiden nicht so sicher. So richtig zeigen willst du dein Figürchen ja auf keinem der Fotos.

Seltsamerweise spürte ich eher Erleichterung als Ärger. Dann musste ich mein *Figürchen* wenigstens nicht live der Beurteilung des sportbegeisterten Ron, Lehrer, 36, aussetzen. Ich fand mein Figürchen eigentlich ganz okay, aber auf den Profilfotos hatte ich es unabsichtlich einmal unter einem langen Sommerkleid versteckt und ein anderes Mal überhaupt nicht gezeigt – das Bild war ja auch ein Gesichtsporträt.

»Ron sagt mir ab, weil meine Fotos nicht figurbetont genug sind«, rief ich zu Elisabeth hinüber, die in der Küche rumorte. Als ich eingeschlafen war, hatte sie noch mir gegenüber am Schreibtisch gearbeitet.

»Schick ihm doch einen Link zu einem Porno und behaupte, das seist du, auf Finder aber natürlich inkognito unterwegs. Das wäre sein Preis gewesen! Und dann blockierst du ihn«, kam prompt die Antwort vom Profi.

Während ich noch überlegte, ob mir die Sache den Aufwand wert war, stellte ich fest, dass Ron mir zuvorgekommen war. »Leider hat er schon mich blockiert. Aber ist okay. Am Ende wäre der Nachmittag sehr teuer geworden. Ron schreibt nämlich auf seinem Profil, dass die Damen seine Drinks bezahlen müssen, bis sie aussehen wie auf ihren Fotos.«

Aus der Küche kam ein Stöhnen.

Na ja. Immerhin war ich jetzt um die Erfahrung reicher, dass Typen, die sich schon auf ihrem Profil wie ein Idiot präsentierten, es auch in Wirklichkeit waren. Und ich würde nachher zu diesem Rückenkurs gehen können, bei dem ich mich wegen meiner Nackenverspannungen angemeldet hatte.

Elisabeth kam mit einem Tablett aus der Küche und stellte mir ihren selbstgemachten Eistee und einen üppigen Salatteller vor die Nase. Meinen Laptop schob sie damit ein Stück nach hinten. »Sommerlicher Melonensalat frei nach Starkoch Ottolenghi«, erklärte sie, griff sich den Telefonhörer von meinem Schreibtisch und verschwand dann mit ihrem Teller in ihrem Zimmer.

Elisabeth war eine Genießerin mit Hang zum Übergewicht. Da sie aber weder weiter zunehmen noch Abstriche an den Gaumenfreuden machen wollte, perfektionierte sie in unserer WG-Küche die raffinierte leichte Kochkunst. Wovon ich natürlich ebenfalls profitierte.

Ich pickte herzhaft mit der Gabel in den schön angerichteten Teller und drückte die Entertaste, damit mein Bildschirm wieder anging. »Wow!«, murmelte ich, als sich eine wahre Geschmacksexplosion in meinem Mund ausbreitete. Auf meinem Laptop allerdings erschien nur meine Doktorarbeit, an der ich schon seit vielen Jahren schrieb – über die genaue Anzahl der Jahre schweige ich lieber. Es war ein umfangreiches wissenschaftshistorisches Werk über den Einfluss von *Brehms Tierleben* auf die entomologische Forschung des 19. und 20. Jahrhunderts. Entomologie war der

Fachbegriff für Insektenkunde. Manchmal zweifelte ich am Sinn meines Themas. Wenn es hochkäme, würden zwanzig Leute sich wirklich dafür interessieren. Und das, während draußen das große Insektensterben im Gange war ...

Ich trank einen Schluck von dem Eistee und klickte zu Facebook rüber, aber niemand hatte etwas gepostet, das ich nicht schon kannte. Also musste ich wohl selbst ran. Ich schoss ein Handyfoto von der Zitrone und postete es verbunden mit der Frage, was es wohl bedeuten mochte, dass die Frucht mir gerade auf den Kopf gefallen war. Vielleicht würden ein paar witzige Antworten meinen Nachmittag aufpeppen.

Vielleicht ein Kommentar von Jens ... Ich hatte schon länger nichts mehr von ihm gehört, und das fühlte sich immer noch komisch an, obwohl wir schon seit einem guten Jahr getrennt waren. Aber er war meine Jugendliebe gewesen und wir ewig zusammen. Zwar war auch mir unser gemeinsames Leben manchmal vorgekommen wie ein Samstagseinkauf in der City mit jemandem, den es immer in die Geschäfte zog, die mich so gar nicht interessierten – aber Schluss gemacht hätte ich trotzdem nie.

Ich hörte Elisabeth in ihrem Zimmer telefonieren.

In den letzten Jahren hatte Jens nur noch für sein Startup gelebt. Er und ein Kumpel hatten einen hodenfreundlichen Fahrradsattel aus einem kühlenden, ergonomischen Material entwickelt. Inzwischen lief es nicht schlecht, sie belieferten unter anderem Fahrradkuriere europaweit und sicherten deren Fruchtbarkeit. Und Jens hatte offenbar wieder Kapazitäten frei: Um sich etwas auszuprobieren, so hatte er es formuliert, als er mir den Laufpass gab.

Das mit dem Ausprobieren hätte ich ja nun grundsätzlich

auch gern gemacht. Nur mit wem? Die Insektenforscherkollegen waren meist eher weniger flotte Bienen, die Typen, die Elisabeth manchmal zu ihren intellektuellen Salons einlud, zu versponnen oder schwafelig. Und beim Onlinedating traf ich zwar zwischen den Reinfällen hin und wieder ganz nette Kerle, aber keinen hätte ich auch nur küssen wollen.

Elisabeth, die ich von der Uni kannte, wo sie als Sozialpsychologin über die Liebe forschte, meinte, ich sei demisexuell veranlagt. Was hieß, dass ich erst eine emotionale Bindung aufbauen musste, um mich körperlich zu jemandem hingezogen zu fühlen.

Es klingelte. Ich nahm die Füße vom Tisch, steckte die Gabel in das letzte Stück Melone und ging zur Wohnungstür. Als ich ankam, stand sie schon offen, und ich hörte Elisabeths Stimme im Treppenhaus. Und schon kam sie mir wieder entgegen, im Arm ein mittelgroßes Päckchen.

»Ich fühle mich wie der Hase in der Fabel vom Hasen und dem Igel. Immer bist du schon da, wenn ich komme.«

Elisabeth lachte. »Das Paket ist für dich, Häschen. Herr Kasch hatte es vorgestern schon angenommen und wollte es jetzt loswerden.« Sie überreichte es mir.

Ich betrachtete den Absender. Das mussten die Belegexemplare für meinen jüngsten Artikel sein! Er war in der *Atalanta*, einer Fachzeitschrift zur Schmetterlingswanderung, erschienen, und anderthalb Jahre Feldforschung steckten darin.

Während ich noch überlegte, ob die Schere zum Öffnen wohl in der Küche oder im Wintergarten war, kam Elisabeth schon damit an und reichte sie mir.

»Jetzt willst du mich aber veräppeln!«, meinte ich mit gespielter Empörung.

»Überhaupt nicht, ich brenne nur darauf, deinen Artikel zu sehen«, erwiderte Elisabeth.

Sie war einfach in allem schneller als ich. Wenn wir zum Essen einluden, bereitete ich den Nachtisch in der Zeit zu, in der sie die Suppe, Hauptgang und Salat auf den Tisch brachte. (Aus eigenem Antrieb wäre ich natürlich auch nicht so verrückt gewesen, zehn Leute zum Menü zu bitten, muss ich dazusagen.) In der Spanne, in der ich einen Artikel veröffentlichte, publizierte sie sechs. Und während meiner Beziehung mit Jens hatte sie sicher fünfundvierzig wechselnde Partner gehabt.

»Dein Herz schlägt schneller als meins«, stimmte ich Andreas Bouranis Hit mit leicht verändertem Text an, während ich die Magazine aus dem Paket schälte.

»Und doch: Sie schlagen wie eins«, wandelte Elisabeth die darauffolgende Zeile ab. »Jetzt zeig schon.«

Ich merkte ihr an, dass sie sich beherrschen musste, nicht schnell selbst das Inhaltsverzeichnis eines der Hefte zu durchsuchen, um meinen Artikel zu finden.

»Warum bist du bloß mit mir befreundet?«, murmelte ich kopfschüttelnd, während ich blätterte.

»Weißt du doch: Du beruhigst mich«, sagte sie und grinste.

»Dafür hast du doch schon Meyer-Landrut. Dass Katzen und Hunde den Stresshormonspiegel ihrer Halter senken, ist sogar wissenschaftlich erwiesen. Während es zu mir keine Studien gibt.« Meyer-Landrut war unser Kater, ein dickes, gefräßiges Tier, das Elisabeth als noch junge Katze in dem Jahr zugelaufen war, als die gleichnamige Sängerin den European Song Contest gewonnen hatte. Und weil er so schön miaute und die gleiche Haarfarbe hatte, war er nach ihr benannt worden.

»Dein Fell ist weicher«, sagte sie und tätschelte meinen gewellten, etwas fusseligen rotblonden Schopf. »Außerdem hältst du deine Toilette selbst sauber.«

Da! Mein Artikel. Unser Gespräch bedurfte keiner Fortsetzung, denn natürlich hatten wir es so ähnlich schon tausendmal geführt. Es gehörte sozusagen zu den Ritualen unserer Freundschaft. Meistens versicherte Elisabeth mir am Ende noch mal, dass ich ganz normal war und sie eben hyperaktiv. Außerdem könne ich gut putzen.

Jetzt hielt ich ihr das aufgeschlagene Heft hin. »Alle Grafiken am richtigen Platz, wie es aussieht, und sie haben sogar die ungekürzte Version genommen.«

»Echt gut«, meinte sie im Überfliegen. »Auch stilistisch. Und dann die Forderung an die Kommunalpolitik nach den Blühzonen im öffentlichen Raum. Hoffentlich könnt ihr euch damit Gehör verschaffen. Nur dass du halt nicht Ralf Perscheid heißt …«

»Jaaaa«, antwortete ich gedehnt. Der Artikel war von vorn bis hinten von mir, ich hatte die Forschung geleitet und größtenteils selbst in Feld und Flur durchgeführt. Hatte im Regen gestanden und in der Erde gewühlt. Aber mein Name stand nirgends. Offiziell war der Artikel von dem Professor, für den ich arbeitete. Er dankte am Ende nur seinem anonymen Team für die Unterstützung. »So ist es halt. Dafür sorgt er immer wieder dafür, dass mein Vertrag verlängert wird. Trickst mit den Projektmitteln herum und so weiter. Ohne ihn wäre ich schon längst arbeitslos.«

»Du hättest einen anderen Job. Du bist eine Koryphäe – wenn auch leider nur heimlich.«

»Ja, eben. Und mit einem anderen Job hätten wir es auch nicht so gemütlich, sondern du müsstest immer allein hier sitzen. Anderswo könnte ich bestimmt nicht so oft Homeoffice machen.«

»Es würde ja schon reichen, wenn du nur mal verlangen würdest, dass du als Mitautorin unter deinen eigenen Artikeln genannt wirst ... Der Typ braucht dich doch. Er würde sich am Ende bestimmt nicht dagegen sperren.«

»Jahaa ...«, machte ich wieder. »Nächstes Mal.«

Elisabeth sah mich zweifelnd an.

Ich schwieg, wollte das Thema lieber nicht weiter vertiefen. Solange ich nicht so viel drüber nachdachte, wurmte es mich weniger, dass die Lorbeeren für meine Arbeit jemand anders kassierte. Und auch, dass ich so ein harmoniesüchtiges, schissiges Weibchen war.

Ausweichend blickte ich auf mein Handy. Es zeigte einen Kommentar unter meinem Zitronenposting an. Er war allerdings nicht von Jens, sondern von Elisabeth, die vermutete, dass die Zitrone mich weiterarbeiten sehen wollte. Sie grinste mich an, und ich sah es ein. Bis es Zeit für den Rückenkurs war, widmete ich mich noch mal meinem Forschungsthema.

KAPITEL 2

Der schöne Argus, Adonis, ist entschieden der prächtigste unserer deutschen BLÄULINGE, denn das Blau seiner Flügel wird in Feuer und Glanz von keinem anderen erreicht.

Brehms Tierleben, Bd. 9: Insekten, Tausendfüßer und Spinnen, über den Bläuling

Draußen hatte der Dauerregen der letzten Tage nachgelassen, es nieselte nur noch ein bisschen. Ich inhalierte die kühle, feuchte Frühlingsluft und bemerkte, dass die Kastanie vor unserem Haus leicht zu grünen begonnen hatte. Ich hatte auch gestern nicht die Wohnung verlassen, sondern bei geschlossenem Wintergarten über dem Laptop gebrütet und war nur gelegentlich zum Klo oder in die Küche getrottet. Umso schöner war es jetzt, mit ein paar ausgreifenden Schritten in Bewegung zu kommen. Am liebsten wäre ich kurz gerannt, aber mit meinen Gummi-Clogs und dem Schirm war das ungünstig und hätte vielleicht auch etwas komisch ausgesehen. Also hielt ich nur mal eben den Schirm von mir weg, um ein paar Regentropfen mit dem Gesicht aufzufangen.

Hinter der nächsten Straßenecke hörte ich von ferne Hildegard Knef rote Rosen und all die anderen Wunder besingen, die das Leben ab jetzt für sie bereithalten sollte. Ich konnte zwar nicht ausmachen, aus welchem Haus die Musik kam, aber bei dem Wunsch ging ich mit. Nach anderthalb Jahren Singledasein und davor bestimmt sieben mit Jens ohne jegliche Romantik fand ich schon, dass ich damit mal wieder an der Reihe war.

Die Schulturnhalle, in der der Rückenkurs oder genauer gesagt das Faszientraining für den Rücken stattfinden sollte, war an ihren typischen großen, quadratischen Glasbausteinfenstern zu erkennen und in einem langgezogenen Nebengebäude untergebracht. Als ich die stickige Umkleide betrat, in der sich der Geruch alten Gemäuers mit einem Hauch jugendlichen Fußschweißes mischte, bedauerte ich kurz, hergekommen zu sein. Vielleicht hätte es eine Joggingrunde durch den Lohsepark auch getan. Aber nein, ich wollte ja speziell etwas für meinen Nacken tun. Ich stellte Schirm und Schlappen in der Umkleide zu einigen anderen Schuhen und Taschen, die so aussahen, als gehörten sie eher älteren Semestern. Meine Jacke, unter der ich schon die Sportkleidung trug, hängte ich an die Garderobe.

Als ich die Halle betrat, wurde die Musik, die in der Umkleide kaum zu vernehmen gewesen war, wieder lauter. Das kleine Grüppchen Teilnehmer, zwei Männer in ihren Fünfzigern und drei Frauen, die sicher auch ein gutes Stück älter waren als ich, saßen alle mit etwas Sicherheitsabstand zum jeweiligen Nachbarn auf der Turnhallenbank aufgereiht. Einige hatten begonnen, sich zu unterhalten, und fragten sich offenbar ebenfalls, woher der Sound kam. In dem Moment, als ich mich zu ihnen auf die Bank setzte, ging er allerdings auch schon aus.

Dafür öffnete sich die Tür der Herrenumkleide, und ein Mann trat heraus. Er kniff die Augen zusammen, als wäre es ihm zu hell in der Halle, dann schaute er sich mit etwas angestrengtem Gesichtsausdruck um. Zögerlich ging er schließlich auf unsere Bank zu, nickte einmal in die Runde und setzte sich neben einen der Herren. Schade eigentlich, er hatte ganz niedlich ausgesehen in seinen Joggingshorts und dem labbrigen blauen T-Shirt.

Kurz schaute ich an mir herab. Ein sexy Outfit sah anders aus, aber immerhin konnte man mit Fug und Recht behaupten, dass wir vom Stil her ganz gut zusammenpassten. Labbriges T-Shirt konnte ich auch. Außerdem waren wir beide ungeschminkt. Vielleicht fiel es ihm auf.

Allerdings wirkte ich ohne Mascara immer, als wäre ich bei der Verteilung der Wimpern gerade auf dem Klo gewesen. Elisabeth hatte mal gesagt, ich hätte ein Gesicht wie aus einem anderen Jahrhundert. Und tatsächlich hingen im Amsterdamer Rijksmuseum so einige Ölschinken, auf denen die Kaufmannsgattinnen mit ihren runden Gesichtern, der hellen Haut und den großen, ein bisschen glupschigen blauen Augen einem ganz ähnlichen Phänotyp angehörten wie ich.

Verstohlen guckte ich noch mal zu dem Typ hinüber, aber er hatte die Unterarme auf die Oberschenkel gestützt und schaute zu Boden. Wie ein trauriger, verletzter Nationalspieler auf der Ersatzbank.

Jetzt trudelte noch eine Frau in meinem Alter ein, die ziemlich abgehetzt wirkte und sich sogleich auf die Bank plumpsen ließ. Nach ihr erschien eine jüngere mit einem auffälligen Lidstrich und langen schwarzgefärbten Haaren, die zu einem hohen Pferdeschwanz gebunden waren.

»Hallo zusammen, ich leite diesen Kurs heute«, rief Letztere gut gelaunt, während sie federnden Schrittes auf uns zukam. Gekleidet war sie in einen eng anliegenden schwarzen

Catsuit. Das sah eher nach Aerobic als nach Rückenkurs aus, aber vielleicht unterrichtete sie ja beides. Jedenfalls gab es in diesem Moment sicher niemanden in der Halle, der nicht ihre hübsche Silhouette bewunderte. Der Typ sah auch hin, wie ich mit einem Seitenblick feststellte.

»Entschuldigt die Verspätung, ich musste den Hausmeister erst noch bitten, seine Partymusik leiser zu stellen. Die hört er sonntags immer gerne, aber wir kommen bei der Lautstärke ja nicht in die Entspannung, und die ist für den Rücken das A und O. Jetzt setzen wir uns erst mal in einen Kreis. Am besten alle im Schneidersitz – dabei nehmen wir ganz automatisch eine bessere Haltung an.« Unsere Kursleiterin selbst saß, nachdem sie sich elegant niedergelassen hatte, aufrecht da wie eine Balletteuse.

Einige Teilnehmer brauchten ziemlich lange, um ihre Beine einzufalten, und die resolut wirkende Frau neben mir mit ihrem sorgfältig gebügelten T-Shirt und der rot getönten Kurzhaarfrisur entschuldigte sich, sie könne seit ihrer Meniskusoperation das Knie schlecht knicken.

»Ich habe gute Erfahrungen damit gemacht, dass wir uns hier duzen. Hat jemand was dagegen?«, fragte unsere Lara Croft für den Rücken. Niemand widersprach, auch wenn die beiden älteren Herren guckten, als ginge ihnen das nun doch zu weit. »Wunderbar, ich bin also die Pia und ausgebildete Fitnesstrainerin und Physiotherapeutin. Manche kennen mich aus der Praxis am Heumarkt.« Sie nickte zu einer der älteren Damen hinüber. »Der Rücken ist mein Schwerpunkt.«

»Mit Schwerpunkt im Rücken muss dat Leben ja 'n Balanceakt sein«, murmelte einer der Griesgrame in seinen Schnauzer.

Pia lächelte künstlich und zog es ansonsten vor, die Bemerkung zu ignorieren. Außerdem wurde es jetzt spannend, denn sie hatte eine Mappe aus ihrer pinkfarbenen Sporttasche hervorgekramt und kündigte an, die Teilnehmerliste durchzugehen.

»Ich rufe euch alle nacheinander auf, und jeder erzählt mir dann ein bisschen, warum er hier ist, ob es akute Beschwerden gibt und was er von diesem Kurs erwartet. Dann kann ich auch darauf achten, dass ihr keine Übungen mitmacht, die nicht gut für euch sind. Die Erste auf meiner Liste ist Carla.«

»Hier«, meldete sich die jüngere Frau, die zuletzt gekommen war, und hob kurz die Hand. Hektisch begann sie mit ihrer Vorstellung, als gäbe es keine Zeit zu verlieren: »Also, warum ich hier bin: Ich hab vor 'nem guten halben Jahr Zwillinge bekommen, und die beiden wollen die ganze Zeit über getragen werden. Ich hab dann immer die Marie vor dem Bauch und die Juna auf dem Rücken in der Babytrage. Sie schlafen auch nur in der Trage, jedenfalls tagsüber. Abends tun mir die Schultern weh, und ich hab fast den Eindruck, dass ich etwas verkrampfe.«

Den Eindruck hatte ich auch, und ich konnte nur hoffen, dass meine Kinder, falls ich welche bekommen sollte, hintereinander statt gleichzeitig kämen. Auch Pia nickte mitfühlend.

Carla plapperte weiter. »Außerdem steht überall in den Ratgebern, man soll als Mutter auch mal was für sich tun. Ich hab also heute 750 Milliliter Milch abgepumpt und portioniert und beschriftet in den Kühlschrank gestellt und der Oma eine Anleitung geschrieben, auch wie das mit den drei Breien funktioniert, die sie zusammenmischen muss, damit Juna den isst – die ist da ein bisschen wählerisch. Ich hab die beiden dann noch mal gewickelt und mich fertig gemacht – und dann kam also meine Mutter zum fliegenden Wechsel, die stand vorher noch im Stau. Jetzt bin ich also hier. Mal ein bisschen entstressen. Hab aber das Handy hier bei mir. Falls was sein sollte.« Sie lächelte erschöpft in die Runde. »Tschuldigung, ich hab seit vorgestern mit niemandem mehr als einen Satz gesprochen. Hab ein bisschen Nachholbedarf.«

Von den Frauen kam ein verständnisvolles Murmeln. »Das ist nur eine Phase, musst du dir immer sagen«, meinte meine Nachbarin. »Es wird wieder besser.«

»Ach wat. Kleine Kinder, kleine Sorgen, große Kinder, große Sorgen.« Das war wieder der Griesgram mit dem Schnauzbart.

Carla schaute ihn erschreckt an und sagte nichts mehr. Mir fiel auf, dass sie es fast geschafft hatte, sich die Fingernägel zu lackieren. Nur Mittel-, Ring- und kleiner Finger rechts fehlten noch.

»Das hört sich sehr fordernd an, Carla«, schaltete sich Pia mit warmer Stimme ein. »Aber auch erfüllend.«

»Ja, total«, bestätigte Carla, aber klang dabei weit weniger überzeugt. »Sie geben ja so viel zurück«, setzte sie noch tapfer hinzu.

»Das will man aber auch nicht immer haben.« Der Schnauzbart schien aus Erfahrung zu sprechen.

»Du wirst hier ganz bestimmt etwas Ausgleich finden, auch für deine Schultern«, übernahm wieder Pia. »Am Ende jeder Kursstunde machen wir eine Entspannungseinheit. Und vorher werden wir uns einige sehr wirksame Regenerationsübungen erarbeiten.« Sie zwinkerte Carla zu und schaute dann wieder in ihre Mappe. »Die Nächste auf meiner Liste ist Cornelia.«

Das war die Kurzhaarige neben mir, deren T-Shirt intensiv nach Weichspüler duftete. Sie sprach laut und frei von der Seele weg. »Ach, was soll ich sagen, seit der Sache mit dem Meniskus ist irgendwie der Wurm drin. Es zwickt und zwackt an allen Ecken und Enden, besonders am Rücken, und mein Hausarzt meint, ich muss was tun. Diese Faszien sind ja im Moment der letzte Schrei und klingen wie die Lösung aller Probleme, und da dachte ich, das probiere ich mal aus.«

»Tatsächlich ist es so, dass die Faszien, das Bindegewebe, das unseren ganzen Körper zusammenhält, zwar schon lange bekannt sind, aber man erst seit Kürzerem dabei ist, ihre Bedeutung für den ganzen Stütz- und Bewegungsapparat zu erfassen. Und ihr werdet ihre Bedeutung in den nächsten Wochen am eigenen Leib erfahren.« Auch Cornelia bekam ein Zwinkern von Pia.

Während Ronald – das war der Schnauzer – und sein Kollege Rainer verlesen wurden, die beide von der Stadtreinigung waren und nicht freiwillig, sondern aufgrund einer Verschwörung ihrer Ehefrauen hier, begann mein Herz ein bisschen schneller zu schlagen. Ich wäre ja jetzt zwangsläufig eine der Nächsten. Der Typ fehlte noch, ich und eine andere Frau. Zwar war ich mittlerweile daran gewöhnt, an der Uni Seminare zu geben. Aber in fremder Umgebung über mich selbst zu sprechen, das war mir immer noch nicht angenehm. Zumal ich hier nicht richtig wusste, was ich sagen sollte. Die anderen hatten so prominente Beschwerden. Andererseits wollte ich vor dem Typ, der mit konzentrierter Miene die Vorstellung der anderen begleitet und einige Male an den richtigen Stellen sehr nett gelacht hatte, auch nicht total unfit rüberkommen.

Das Los ging noch ein weiteres Mal an mir vorüber. Aufatmen. Und hinhören! »Lars«, las Pia nämlich nun mit dem french manikürten Finger auf ihrer Liste vor.

Lars also. Mit seinem dicken dunkelblonden Haar hatte er auch ein bisschen was Skandinavisches. Jetzt strich er es sich aus der Stirn. Vielleicht war er auch etwas nervös. »Das bin dann ich«, meinte er überflüssigerweise, denn alle anderen Männer waren ja schon dran gewesen. »Ich hatte vor einiger Zeit zwei Bandscheibenvorfälle.« Seine Stimme klang ein bisschen rau, lässig. Mit so einer Stimme ausgesprochen klangen zwei Bandscheibenvorfälle wie etwas, das jeder Mann haben sollte. Wie zwei Millionen auf dem Konto oder zwei Groupies im Bett.

»Damit bist du für heute unser Sieger«, scherzte Pia, die das womöglich genauso sah, und schenkte nun auch Lars ihr Zwinkern, was mir irgendwie nicht passte. »Leider gibt es das gar nicht mal so selten im jüngeren Alter. Am besten sprechen wir beide nachher noch darüber, welche Bandscheiben genau betroffen sind. Dann kann ich dir beim nächsten Mal ein, zwei maßgeschneiderte Übungen mitbringen.«

»Danke. Ich bin jedenfalls top motiviert«, meinte Lars und lächelte etwas gequält, während er wiederum mit diesen angestrengt zusammengekniffenen Augen in Pias Richtung schaute. Als er dann ein wenig sein Gewicht verlagerte, zuckte er prompt zusammen.

»Ich sehe schon, da haben wir einiges zu tun«, antwortete Pia und lächelte warmherzig.

Als sie ihren Blick wieder der Liste zuwandte, war ich an der Reihe. »Svea.«

»Hier!« Ich winkte etwas albern in die Runde.

»Hallo, Svea«, winkte Cornelia zurück, und Ronald und Rainer feixten.

»Also, ich habe hin und wieder Nackenschmerzen.« Und als diese Worte so unabgeschlossen in der Luft hingen, fügte ich noch hinzu: »Wenn Mails von meinem Chef kommen.« Tatsächlich hatte ich da einen Zusammenhang festgestellt.

Ich erntete einen Lacher, den ich so nicht geplant hatte, und wagte es nicht, in Lars' Richtung zu gucken.

Pia aber nahm mich ernst. »Da sprichst du etwas ganz Wichtiges an, das du offensichtlich schon intuitiv erkannt hast. Rückenprobleme haben sehr oft eine psychische Komponente. Wenn man sich die nicht ansieht, kann man meist nur Teilerfolge erzielen. Das können wir hier im Kurs nicht leisten, aber ich kann euch nur immer wieder ermutigen, diesen Aspekt für euch selbst anzuschauen. Danke, Svea!« Pia nickte mir zu, und jetzt war ich fast ein bisschen stolz. Verstohlen schaute ich zu Lars hinüber, der aber nach unten auf seine gekreuzten Beine in den dunkelgrünen Sweat-Shorts sah und vielleicht schon begonnen hatte, seine Psyche zu befragen. Was ihm wohl nach Pias Theorie seine Bandscheibenvorfälle beschert haben mochte?

Als wir gerade noch Miriam und ihren Ischias kennenlernten, sah Lars plötzlich auf und in meine Richtung. Ich konnte nicht rechtzeitig wegschauen, und so begegneten sich unsere Blicke. Mein ertappter und sein etwas angespannter. Er lächelte nicht und strich sich wieder die Haare aus der Stirn.

Und in diesem Moment geschah etwas. Es war, als seien alle meine Nervenenden auf Empfang gestellt worden. Ich konnte ihn nur weiterhin anstarren, während er unverwandt zurückblickte. Mir wurde schwindelig, und ich musste mich mit den Händen auf dem Boden abstützen.

Pia hatte offenbar angeordnet, dass wir aufstehen sollten, denn alle erhoben sich, auch Lars. Wie gebannt verfolgte ich seine Bewegungen. Wie er seine Füße aufsetzte, sich streckte. Erst als er sich umgedreht hatte und mir den Rücken zuwandte, stand ich mit Pudding in den Beinen auf. Die Gruppe strömte zu einem Schrank hinter einem der Rolltore, aus dem wir uns wohl jeder eine Matte nehmen sollten, außerdem eine der Faszienrollen. Zu Lars hielt ich verwirrt Abstand, aber als wir uns alle einen Platz suchen sollten, wählte ich den hinter ihm.

Pia begann nun, die Übungen jeweils erst zu erläutern und dann zu demonstrieren, aber ich konnte ihr beim besten Willen nicht folgen. Mit Blick auf meine Mattennachbarn, vor allem aber auf meinen Vordermann, turnte ich mehr schlecht als recht und immer etwas zeitverzögert hinterher. Ich hatte das Gefühl, dass eine Wärme von diesem Lars ausging, die wie eine Infrarotlampe auf mich gerichtet war und mich magisch anzog.

Am liebsten wäre ich aufgestanden, hätte ihn von hinten umarmt und meine Wange an seinen geschundenen Rücken unter dem verwaschenen T-Shirt gelegt. Wie er wohl roch? Seltsamerweise hatte ich bereits eine Vorstellung davon. Waldig irgendwie. Mit einer kuscheligen Kokosnote.

Nach einiger Zeit kam Pia, die reihum bei allen Teilnehmerinnen und Teilnehmern vorbeiging, Tipps gab oder Fragen stellte, bei Lars an. Ich rollte gerade in halb sitzender, halb liegender Position auf der harten Styroporrolle nach hinten. Als Pia sachte ihre Hand auf Lars' Wirbelsäule legte, hielt ich den Atem an und stoppte in der Bewegung.

»An welcher Stelle waren denn die Vorfälle, und wo hast du noch Schmerzen?«, fragte Pia leise, während sie mit einem professionellen Handstreich Lars' Bandscheiben nach oben folgte.

Ich wünschte mir, sie zu sein.

»Ganz unten«, antwortete Lars mit dieser Bandleaderstimme, während Pias Hand zu der besagten Stelle fuhr. »Zwischen Kreuzbein und Lendenwirbel und eins darüber«, setzte er hinzu, aber ich meinte zu bemerken, dass er unauffällig ein bisschen von Pias Hand abrückte. »Die Schmerzen strahlen von dort bis in die Hüfte und die Beine.« Pia nahm ihre Hand weg, und ich hatte keine Ahnung, ob ich das bedauern oder begrüßen sollte.

Dann sagte sie: »Du solltest den Bereich nicht aussparen, auch wenn es etwas weh tut. Durch die Schonhaltung ist jetzt alles völlig verspannt, und das ist auch der Hauptgrund für die Beschwerden. Schau nur, dass du mit der Rolle nicht direkt auf die Wirbelsäule drückst, ja? Und wenn der Schmerz schussartig kommt, dann hör auf.«

»Okay«, antwortete der Patient und ließ seinen breiten Problemrücken gehorsam weiter über die Rolle gleiten. Die Körperbeherrschung, die er dabei an den Tag legte, verriet, dass er wohl im Grunde nicht unsportlich war. Und ich war mir plötzlich nicht mehr sicher, ob ich wirklich so demisexuell war.

Aber es war nicht nur das. Lars strahlte so etwas Vertrauenerweckendes aus. Oder sollte ich sagen: Vertrautes? Ich hätte ihm sofort einen Gebrauchtwagen abgekauft. Obwohl ich hier in der Stadt kein Auto fuhr. Aber auch jede andere Frage von ihm hätte ich wohl gerade ohne zu zögern mit Ja beantwortet.

Doch jetzt kam Pia erst mal zu mir herüber, und ich bemühte mich, so zu wirken, als sei ich ernsthaft bei der Sache. Aufmunternd lächelnd korrigierte sie meine Haltung. Dann legte sie ihre heilende Physiotherapeutinnenhand für wenige Sekunden auf meinen Nacken, bevor sie weiter zu Rainer oder Ronald ging. Zwar war ich ein bisschen neidisch, weil Pia mit so großer Selbstverständlichkeit einen Catsuit mit Spaghettiträgern trug, und vor allem, weil sie Lars einfach so anfassen durfte. Aber sie war als Kursleiterin echt gut, das musste ich ihr lassen. Selbst wenn das Faszientraining an sich keinen Effekt hätte, so würde sich dank ihrer sachkundigen Zuwendung sicher bei jedem eine Placebo-Wirkung einstellen.

Halbherzig setzte ich die Übungen fort, immer darauf bedacht, keine allzu schlechte Figur abzugeben für den Fall, dass Lars sich mal umdrehen würde. Sofern meine Position das erlaubte, beobachtete ich ihn und versuchte, mir jedes Detail einzuprägen. Schließlich würde ich ihn bald eine Woche lang nicht sehen. Die Silhouette seines blassen Nackens. Seine etwas verhaltene Art, sich zu bewegen. Seine Schulterblätter unter dem blauen T-Shirt und die durch zahlreiche Waschgänge spröde gewordene Schrift darauf. Wie er hin und wieder seine gleichwohl jugendlich wie kraftvoll wirkende Hand mit den paar Sommersprossen darauf in den Rücken drückte. Das Muster, in dem die Venen die Hand durchzogen. Und dann sein solidarisches Lächeln in Richtung Rainer, der neben ihm saß und jedes »Spürt der Zugspannung nach!« oder »Das ist nicht angenehm, aber sehr wirksam!« von Pia mit einem lauten Ächzen quittierte.

Nach der Abschlussentspannung, während derer Pias sanfte, gurrende Anweisungen uns das Gehirn massierten, verstauten wir alle ziemlich benommen unser Material in den Schränken. Nur Carla war schon am Handy und eilte in Richtung Ausgang. Die beiden Herren von der Stadtreinigung wirkten etwas versöhnt, Lars in sich gekehrt. Zu einem weiteren Blickkontakt kam es nicht, und mir war das auch genug für heute.

Draußen regnete es inzwischen nicht mehr. Als ich auf dem Rückweg an einem Vorgarten vorbeikam, in dem die Buschwindröschen in Hülle und Fülle blühten, schaute ich mich kurz um und brach dann eine der kleinen weißen Blüten ab. Sie hatte ihren Zenit schon überschritten, aber für heute wollte ich sie noch auf meinen Schreibtisch stellen.

KAPITEL 3

Unter der Familie der kleinen, meist licht gelblich gefärbten Mücken [...] gibt es auch eine Reihe, welche man wegen ihrer dunklen Flügel TRAUERMÜCKEN *(Sciara)* genannt hat. [...] Die L a r v e hat, wenn sie in größeren Mengen vorkommt, als sogenannter H e e r w u r m (Kriegswurm, Wurmdrache, Heerschlange) eine gewisse Berühmtheit erlangt. [...] Die einen prophezeiten aus dem Erscheinen des Heerwurmes Krieg, die anderen den Ausfall der Ernte; so zwar, daß er den schlesischen Bergbewohnern Segen verhieß, wenn er thaleinwärts zog, Mißwachs dagegen, wenn er seinen Weg bergauf nahm; den Abergläubischen im Thüringer Walde bedeutete jene Marschrichtung Frieden, diese Krieg. Noch andere benutzten das Erscheinen des Heerwurmes als Orakel für i h r e Person. Sie warfen ihm Kleider und Bänder in den Weg und schätzten sich glücklich, besonders hoffnungsvolle Frauen, wenn er über diese hinkroch, bezeichneten hingegen den als einen nahen Todeskandidaten, dessen Kleidungsstücken er auswich.

Brehms Tierleben, Bd. 9: Insekten, Tausendfüßer und Spinnen, über die Trauermücke

Elisabeth war nicht zu Hause, dabei hätte ich ihr so gern sofort von meiner aufregenden Rückenstunde erzählt. Das Buschwindröschen stellte ich in ein Wasserglas. Mit mir hingegen wusste ich nicht so recht wohin, begann schließlich, die Küche aufzuräumen, in der noch die Überreste von unserem Salat herumlagen.

Meyer-Landrut sprang mit einer trägen Bewegung vor mir auf die Arbeitsfläche und setzte sich aufrecht hin, als wollte er sagen: Na komm schon, dann erzähl's halt mir, wenn's raus muss. Ich nahm ihn auf den Arm, rieb meine Nase zwischen seine Ohren und bedankte mich, dass ich so auf ihn zählen konnte.

Unsere Küche war mit ihren beigebraun strukturierten Achtziger-Jahre-Fronten eigentlich ausnehmend hässlich. Als wir einzogen, hatten wir vorgehabt, sie bei nächster Gelegenheit abzubauen und einige luftige Ikea-Elemente zu ein paar Regalen zu kombinieren. Aber wie das so ist, hatten wir uns schon nach kurzer Zeit an den Anblick gewöhnt. Außerdem schnurrten die Schubladen in ihren Scharnieren so sanft raus und wieder rein wie bei keiner zweiten, die Schränke schlossen mit einem samtigen Ploppen, und wir hatten so viele Unter- und Oberschränke, dass Elisabeths umfangreiche Zutaten- und Geschirrsammlung darin verschwand und immer noch Platz war. Und die Geräte würden wahrscheinlich auch noch die nächsten dreißig Jahre halten. Als ich die Spülmaschine angestellt und mit den Resten der Zitrone die Kalkspuren an Wasserhahn und Spülbecken entfernt hatte, ging mein Puls etwas ruhiger. Wo andere eine Achtsamkeitsmeditation brauchten, konnte ich einfach putzen. Da schlug man doch zwei *Musca domestica* (Stubenfliegen) mit einer Klappe. Sowieso fand ich, dass Hausarbeit chronisch unterbewertet wurde. Immerhin rackerte man sich dabei nicht im Dienste irgendeines Unternehmens ab, das im Zweifelsfall am Ende sinnlosen Plastikmüll produzierte, sondern sorgte dafür, dass man selbst und die eigenen Lieben es gemütlich hatten ...

Jedenfalls hatten Elisabeth und ich beschlossen, uns das Geld für neues Küchenmobiliar zu sparen und den Retrostil zur Tugend zu erheben. Wir hatten etwas stümperhaft die Wände um die Schränke herum lindgrün gestrichen, und auf dem Fensterbrett wucherten die Modepflanzen der Achtziger: zwei Grünlilien neben einem Pfennigbaum in einem mit Makramee überzogenen Blumentopf. Nahe meinem Essplatz an dem kleinen Klapptisch aus Kiefernholz störte ein zu großer *Ficus benjamina*, der dafür aber ja auch nichts konnte und deswegen stehen bleiben durfte.

Nachdem hier alles einwandfrei aussah, kramte ich mein Handy aus meiner Jacke hervor. Zu meiner Überraschung zeigte es sieben verpasste Anrufe von meiner Mutter an. Das war aber untypisch. Ohne die Mailbox abzuhören, rief ich zurück. Es klingelte lange, dann ging Mama endlich dran.

»Svea«, sagte sie nur. Sie klang erschöpft.

»Hallo, Mama. Was ist denn los?«

»Alles gut bei dir?«, fragte sie, anstatt meine Frage zu beantworten.

»Ja, klar. Ich war beim Rückenkurs, hatte ich dir, glaube ich, erzählt. Aber was ist los?«

Sie seufzte. »Dass du es jetzt auch schon im Rücken hast ...«

»Mama! Das ist doch jetzt egal. Sag mir, was los ist!«

»Ich weiß gar nicht, wie ich anfangen soll ... Papa ...«

Schreck und Angst schossen mir in die Glieder und ließen meine Stimme lauter und schriller klingen als beabsichtigt. »Sag mir einfach, was los ist!«

»Ja, natürlich, entschuldige. Ich bin noch ganz erschlagen.« Ihre Stimme brach. »Er hatte heute Mittag einen leichten Schlaganfall.«

»Aber er lebt?«, flüsterte ich, während mir das Blut in den Kopf schoss.

»Ja – ja! Doch, es geht ihm sogar den Umständen entsprechend gut. Es war ein Warnschuss, sagt der Arzt, mit dem ich gesprochen habe.«

»Ist er bei Bewusstsein?« Ich kramte in meinem Gehirn nach allen Infos, die ich zum Thema Schlaganfall gespeichert hatte. Viel war das nicht, ich erinnerte mich nur, dass bei Facebook eine Zeitlang eine Liste mit einigen Punkten herumging, an denen man einen Schlaganfall erkennen konnte. Man sollte den Betroffenen zum Lächeln auffordern. Fiel das schief aus, war das ein Anzeichen für einen Hirnschlag, so viel wusste ich noch. Ich dachte an das feine, ein wenig zurückhaltende Lachen meines Papas, und die Tränen traten mir in die Augen.

»Ja, eben war er wach, sollte aber jetzt ein bisschen schlafen. Wir sind im Krankenhaus. Er hat Probleme mit dem linken Bein. Meistens wird das mit Physiotherapie langsam wieder besser, meinen sie hier.« Bei dem Stichwort musste ich kurz an Pia denken.

»Aber so weit sind wir natürlich noch nicht. Jetzt wird er erst mal durchgecheckt, um abzuklären, ob irgendwo noch ein weiteres Blutgerinnsel lauert«, erklärte Mama.

»Ich komme sofort«, kündigte ich an. »Welches Zimmer?«

»Aber hast du denn überhaupt Zeit, du hast doch immer so viel Stress am Lehrstuhl.«

»Also bitte jetzt, sag mir einfach die Station und das Zimmer.«

Sie nannte mir die Daten, ermahnte mich dann noch

mal, auf dem Weg gut aufzupassen, nicht dass mir auch noch etwas passierte, wenn ich jetzt derart aufgewühlt unter die Verkehrsteilnehmer ging.

Es war immer das Gleiche. Ich sollte vor allem geschützt, von allem verschont werden. Als wäre ich immer noch ein hilfloses Kleinkind, das durch einen unglücklichen Zufall in den Körper einer erwachsenen Frau geraten war und dann auch noch eine Stelle an der Uni bekommen hatte. Dabei war es keineswegs so, dass meine Eltern mich aggressiv bevormundeten oder versuchten, sich einzumischen, wie ich das manchmal bei Freundinnen erlebte. Vielmehr fassten sie mich immer mit Samthandschuhen an, bemühten sich, nur ja nicht meinen Unmut zu erregen. Allerdings machte gerade das mich oft rasend. Auch wenn ich nun selbst nicht gerade der Typ war, der sich kopfüber in jeden Konflikt stürzte, sehnte ich mich manchmal nach einer offenen Auseinandersetzung, nach der man sich dann wieder herzlich in die Arme nehmen konnte. Aber das war undenkbar, meine Eltern waren immer schon wie eine liebevolle, samtweiche Front für mich gewesen. Ankuscheln jederzeit, Reibung schwierig.

Dass meine Mutter so ungeduldig versucht hatte, mich zu erreichen, zeigte, wie sehr sie aus der Bahn geworfen war, und auch mir zitterten nach dem Gespräch die Knie. Zum zweiten Mal an diesem Tag, wie mir auffiel, nur aus denkbar unterschiedlichen Gründen.

Ich zog mir schnell etwas Vernünftiges an, damit die Ärzte den Eindruck bekämen, dass man mit den Angehörigen des Patienten Werner Tewald rechnen musste. Dann lief ich zur Bushaltestelle.

Als ich schließlich vor der genannten Zimmertür stand, atmete ich mehrmals tief durch, bevor ich klopfte. Ich hatte zum ersten Mal Angst davor, meine Eltern zu sehen. Davor, dass dem einen Schlaganfall vielleicht in der Zwischenzeit ein zweiter, stärkerer gefolgt war. So etwas gab es doch? Davor, dass mein Vater verändert aussehen, meine Mutter weinen und ich hilflos dastehen würde ...

Langsam ließ ich die Tür aufschwingen – und sah erst nur ein leeres Bett mit einer darüber gebreiteten Plastikfolie. Doch dahinter stand noch ein weiteres Bett, und unter einem weißen, kleingemusterten Plumeau zeichneten sich darin ein paar Beine ab. Der Blick aus dem Fenster ging ins Grüne.

Jetzt kam auch Mama auf mich zu. Sie war sehr blass, und ihr dünnes Gesicht unter dem rötlich gesträhnten Bob wirkte älter, als ich es in Erinnerung hatte. Wir umarmten uns lange, denn mein Vater war eingeschlafen, wie ich mit einem Blick über ihre Schulter feststellte. Ich hatte ihn seit Ewigkeiten nicht mehr schlafend gesehen, und der Anblick ließ mein Herz schwer und warm werden.

Als meine Mutter mir einen Stuhl zurechtrückte, wachte er jedoch schon wieder auf. Eigentlich sah er recht normal aus, stellte ich erleichtert fest. Er trug noch eins seiner grün-weiß-karierten Arbeitshemden. Vermutlich war er mal wieder sonntags auf einer seiner Baustellen unterwegs gewesen. Mein Vater hatte eine Gartenbaufirma und arbeitete zu viel. Das war eigentlich schon lange klar, aber jetzt konnte es wohl erst recht nicht mehr so weitergehen.

»Tag, mein Mäuschen«, sagte er wie immer, aber die Erschöpfung war ihm deutlich anzumerken. Er sprach langsamer als sonst.

»Hallo, Papa«, antwortete ich und gab ihm einen Kuss auf die hohe Stirn, atmete dabei seinen väterlichen Geruch ein, spürte seine Wärme und war heilfroh, dass wir noch mal davongekommen waren. Wieder kamen mir die Tränen, und ich sah kurz zur Seite.

»Setz dich zu mir«, meinte er und klopfte auf seine Bettkante. »Mit dem Bein hier kann ich dich gerade sowieso nicht treten.«

Gehorsam schmunzelte ich über den kleinen Versuch zu scherzen. »Ich habe schon von Mama gehört, dass das Bein Probleme macht.«

»Ja, das kommt natürlich jetzt zur Unzeit. Ich habe vier Aufträge am Laufen und weitere in der Pipeline. Das schafft der Dieter nicht alleine.« Dieter arbeitete schon in der Firma, seit ich denken konnte, und übernahm mit einigen Honorarkräften den Großteil der Arbeit vor Ort in den Gärten. Ums Geschäftliche allerdings kümmerte sich ausschließlich mein Vater.

»Das wird sich irgendwie regeln, Werner«, warf meine Mutter ein. »Ich spreche mit Dieter, und der wird schauen, was er tun kann, und dann die Auftraggeber entsprechend informieren.«

»Ich rede selbst mit ihm. Ich habe ihm gerade schon eine SMS geschickt. Er kommt gleich«, verkündete mein Vater.

»Er kommt gleich?«, wiederholte ich entgeistert. »Du wurdest vor anderthalb Stunden in die Stroke Unit eingeliefert, und jetzt willst du hier ein berufliches Meeting abhalten?«

»Ja, wer soll es denn sonst machen? Du vielleicht?« Er sah mich aufmerksam an. Was hatte das denn jetzt zu bedeuten? So eine spitzfindige rhetorische Frage passte eigentlich nicht zu meinem Vater. Aber sein Tonfall war auch nicht fordernd gewesen, sondern milde wie immer.

»Wenn ich dich damit davon abhalten kann, dass du dich selbst entlässt, um morgen wieder ins Büro zu gehen: ja«, antwortete ich.

»Es wäre natürlich toll, wenn du das machst«, beeilte sich Mama zu sagen. »Du kennst den Laden ja auch.«

Das stimmte. Ich hatte als Studentin immer meine Semesterferien damit verbracht, in der Firma mitzuhelfen, und mir damit meinen Urlaub verdient. Und auch in den letzten Jahren war ich manchmal eingesprungen, wenn Not an der Frau gewesen war oder meine Eltern Urlaub machten. Meine Mutter indes arbeitete als Friseurin und hatte kaum Einblick in die Geschäfte meines Vaters.

»Du kannst ja hierbleiben, wenn Dieter kommt«, schlug Papa eifrig vor.

»Nein, ich schreibe Dieter, dass er nicht kommen soll und wir uns stattdessen morgen früh um acht in der Firma treffen«, berichtigte ich ihn. »Dieter und ich, nur um das klarzustellen. Heute ist Sonntag, und Dieter hat Enkel. So, und jetzt genug davon.«

Mein Vater seufzte und machte ein unzufriedenes Gesicht. »Ich habe wohl keine Wahl«, bemerkte er, besann sich aber dann offenbar und streckte beide Hände aus, eine nach mir und eine nach meiner Mutter auf der anderen Bettseite. Alle drei Hand in Hand saßen wir eine Weile schweigend da. »Gut, dass ich euch beide habe«, sagte Papa irgendwann leise.

Wir unterhielten uns noch eine Weile darüber, was meine Eltern bisher über Papas Zustand erfahren, beziehungsweise das, was sie davon in der Aufregung behalten hatten. Schließlich kam eine Schwester und holte ihn für ein paar Tests ab. Uns legte sie nahe, für heute nach Hause zu fahren, denn der Patient brauche Ruhe. Als er in seinem Bett aus dem Zimmer geschoben wurde, rief er mir zu meiner Verwunderung noch das Passwort für seine Firmen-E-Mails zu. Da hatte ich bisher noch nie rangedurft.

Als ich es in meinem Handy notieren wollte, sah ich, dass Jens doch noch auf mein Posting geantwortet hatte: *Wenn dir das Leben Zitronen gibt, mach Marinade draus.*

Von jemandem, der sich von einem getrennt hatte, fand ich so einen Postkartenmotivationsspruch etwas taktlos. Davon abgesehen: Sollte man nicht »Limonade« machen? Außerdem lebte ich weitgehend vegetarisch, während Jens derjenige war, der gern Fleisch marinierte. Noch gestern hätte ich mich über seinen Spruch aufgeregt. Heute zog ich gnädig in Betracht, dass er ihn witzig gemeint haben könnte.

Wieder zu Hause war auch Elisabeth zurück. Sie saß am Küchentisch, vor sich ein Glas mit einer eklig aussehenden Flüssigkeit – Kokoswasser mit dem Saft der Minusfrucht Ananas und gehäckseltem Brokkoli vielleicht –, und las Zeitung. Sie war kurz bei Damian gewesen, erfuhr ich, einem Zweiradmechaniker aus Köln-Lövenich, mit dem sie sich gelegentlich zum Sex traf oder eine Radtour machte oder beides. Elisabeth hatte meist mehrere Männer für unterschiedliche Zwecke, wobei Sex fast immer dazugehörte. Es war nur die Frage, ob darüber hinaus noch eine Gemeinsamkeit bestand.

»Seid ihr nach dem Kurs noch zusammen was trinken gegangen?«, fragte Elisabeth. »Du warst so lange weg.«

»Wäre ich gerne. Aber leider nicht. Ich war im Krankenhaus ...« Ich setzte mich ihr gegenüber und erzählte, was passiert war.

Nach meinem Bericht war sie sichtlich mitgenommen. Schon oft hatten wir am Sonntag mit meinen Eltern zusammen bei uns Kaffee getrunken und dazu eine von ihr gebackene Obsttarte mit extra dünnem Boden genossen. Elisabeths Eltern betrieben an der Nordsee einen Gasthof, konnten eigentlich nie weg, und so sahen sie sich nicht oft. Irgendwann hatte mein Vater Elisabeth sogar in einem rührend steifen Antrag das Du angeboten.

»Es wird wieder gut, Svea. Jedenfalls fürs Erste. Ein bisschen anders, fragiler vielleicht als früher. Aber vielleicht auch bewusster. Womöglich ist das jetzt wirklich ein Warnschuss gewesen, über den ihr froh sein könnt«, mutmaßte meine Freundin tröstend, auch wenn wir wohl beide wussten, dass das etwas schöngeredet war.

Schließlich berichtete ich auch noch von Lars.

»Klingt nach einem Phänomen aus dem Spektrum ›Liebe auf den ersten Blick‹«, meinte Elisabeth fachmännisch.

»Es war jedenfalls unser erster richtiger Blickkontakt ... Und was heißt das jetzt?« Die Liebe war schließlich Elisabeths Forschungsgebiet.

»Also, eine Erfolgsprognose kann ich daraus leider nicht ableiten. Aber es ist schon so, dass von Liebe auf den ersten Blick meistens beidseitig berichtet wird. Was natürlich auch daran liegen kann, dass die Lieben, aus denen nichts wird, wieder in Vergessenheit geraten. Jedenfalls geben in Studien dreißig bis fünfzig Prozent der Teilnehmer an, so was schon mal erlebt zu haben. Männer übrigens noch häufiger als Frauen!« Sie hob die rechte Augenbraue und sah mich vielsagend an.

»Ich weiß nicht, ob es ihm genauso ging. Er war nicht besonders auf mich fokussiert oder so. Aber genau kann ich es nicht sagen. Ich habe mich ja hinter ihn gesetzt.«

»Du hast dich hinter ihn gesetzt?«, wiederholte Elisabeth verständnislos. »Aber da konnte er dich doch gar nicht sehen!«

»Sollte er ja auch nicht.«

Sie seufzte und ich dann auch. »Ich brauche wohl doch mal ein Coaching von dir. Was hätte ich denn deiner Meinung nach tun sollen?«

»Dich vor ihn setzen und ihm bei den Übungen derart mit deinen herrlichen Brüsten vorm Gesicht herumschaukeln, dass ihm Hören und Sehen vergeht.«

»Ich hatte ein altes Herren-T-Shirt an. Und wenn das Phänomen *Liebe* auf den ersten Blick heißt, passt doch Busenschaukeln sowieso nicht«, widersprach ich lahm.

»Da muss ich dich enttäuschen. Alle Forscher sind sich einig, dass die sogenannte Liebe auf den ersten Blick strenggenommen keine Liebe, sondern nur äußerliche Anziehung ist – erotische Anziehung.«

»Hm ... Ich kann's nicht verleugnen, von meiner Seite aus war die vorhanden – oh Mann, ich habe so ein schlechtes Gewissen. Während ich da in der Turnhalle meinen Hormonwallungen erlegen bin, ist mein Vater irgendwo auf einer Terrasse zusammengebrochen.«

»Äh ... du glaubst doch wohl nicht wirklich, dass dein Vater den Schlaganfall bekommen hat, weil du nicht an deine eigenen Faszien, sondern an die von diesem Lars gedacht hast?«

Okay, so formuliert klang es wirklich absurd. »Nee, das nicht ... aber ... na ja, so ähnlich schon«, gab ich zu.

»Die weibliche Sexualität ist kein Grund für Schuldgefühle«, meinte Elisabeth streng.

»Natürlich nicht, auf keinen Fall!«, beteuerte ich.

»Wir Menschen unterschätzen außerdem gern die Macht des Zufalls«, fuhr Elisabeth fort, die im Gegensatz zu mir das Dozieren liebte. »Diejenigen mit beruflichem Erfolg zum Beispiel schreiben ihn meist ihren herausragenden Fähigkeiten zu statt dem Umstand, dass sie zufällig einen Patenonkel haben, der mehrfacher Millionär mit besten Kontakten ist. Dazu gibt es sogar Studien. Liebende dagegen nennen ihr Zusammentreffen gern Schicksal. Dabei bestimmt in Wirklichkeit oft der Zufall über unser Leben. Auf jeden Fall stehen deine Gedanken im Rückenkurs in keinem Zusammenhang mit dem Blutgerinnsel, das sich im Kopf deines Vaters gelöst hat. Reiner Zufall. Keine Rüge durch das Schicksal oder so.«

»Meinst du, dass Jens damals vor mir vom Himmel gefallen ist, war dann auch kein Schicksal? Das würde einiges erklären.«

»Ganz offensichtlich nicht.«

»Na gut, genau genommen war es auch nur das Klettergerüst auf dem Spielplatz, wo wir als Teenager immer rumhingen, von dem er runtergefallen ist. Aber mir kam das damals schicksalhaft vor.« Jens war neu in der Siedlung gewesen und hatte sich bei der Aktion den Arm gebrochen. Ich war im Krankenwagen mitgefahren und voilà – waren wir zusammen. So spektakulär wie einfach war das damals. Und musste es so nicht eigentlich sein? »Aber dass Ron mir heute abgesagt hat und ich deshalb zum Faszientraining gehen und Lars treffen konnte, das kann doch wirklich nur Schicksal gewesen sein«, meinte ich dann.

»Ich würde mich nicht drauf verlassen. Dafür habe ich aber vollstes Vertrauen in deine Brüste.« Elisabeth grinste.

»Danke. Kriegst gleich rechts und links eins damit um die Ohren. Also, jedenfalls begeistere ich mich gerade das erste Mal nach Jens wieder so richtig für einen Mann. Das ist doch mal was.«

Was ich nicht sagte: Manchmal konnte oder wollte ich Elisabeth nicht folgen, wenn sie die Liebe so sezierte und gnadenlos auf das Spiel der Hormone, Zufälle oder die evolutionären Regeln der Fortpflanzung herunterbrach. Man hätte vielleicht meinen können, gerade ich als Biologin müsste das genauso sehen. Aber als Naturwissenschaftlerin wusste ich auch: Es gab so vieles auf der Erde, was immer noch rätselhaft war. Der Stand der Wissenschaft war nie mehr als das: ein derzeitiger Stand. Nicht ausgeschlossen, dass die Erkenntnisse der Quantenmechanik in vierzig Jahren einen Durchbruch in der Psychologie der menschlichen Liebe bringen würden, der so völlig anders aussah als alles, was derzeit als erwiesen galt. Und der Fakt, dass ich mich heute zum ersten Mal in meinem Leben von einem völlig Fremden so heftig angezogen gefühlt hatte, war doch wirklich bemerkenswert. Auch jetzt noch, nach allem, was danach passiert war, konnte ich das Gefühl in mir zurückholen, wenn ich daran dachte. Aber ich wollte das lieber nicht weiter diskutieren, sondern bis zu unserem nächsten Turnhallen-Date einfach nur in meinem Herzen bewegen.

»Weißt du denn irgendwas über den wunderbaren Lars? Vielleicht können wir ihn googeln?« Gierig griff Elisabeth nach ihrem Smartphone, das auf dem Tisch lag.

»Klar, gib ein: Lars, Bandscheibenvorfall, Köln. Und wenn

du da keinen Treffer landest: Lars, dunkelblond, Faszientraining, blaues T-Shirt.«

»Ich probiere auch noch mal Lars, sportlich, geile Stimme.«

»Lars, Sommersprossen, entzückender Rücken. Gleich haben wir ihn. Nee, aber im Ernst, einen Anhaltspunkt habe ich wirklich. Laut seinem T-Shirt ist er vor vier Jahren für die Stadt Köln bei irgendeinem Firmenlauf an den Start gegangen.«

Die Recherche lief jedoch ins Leere – offenbar war der Firmenlauf eingestellt worden. Und auch unter »Stadt Köln, Lars« fanden wir keinen passenden Treffer.

KAPITEL 4

Die in Winkeln von Ställen, Scheunen, Kirchen und überhaupt von allen nicht öfter dem Werke der Reinigung unterworfenen Räumlichkeiten der Häuser ausgespannten dreieckigen Spinnengewebe, welche meist von darin abgelagertem Staube schwarz aussehen, kennt jedermann zur Genüge. Die verschiedenen Namen, wie Hausspinne, Fensterspinne, WINKELSPINNE *(Tegenaria domestica)*, welche ihre Erbauerin führt, deuten auf deren Aufenthalt hin. Sie breitet sich nicht nur über ganz Europa, sondern auch über das nördliche Afrika aus, überwintert bei uns im Jugendalter und ist durchschnittlich im Juni, das Männchen bei einer Länge von 11 mm, das Weibchen von 17–19,5 mm, erwachsen.

Brehms Tierleben, Bd. 9: Insekten, Tausendfüßer und Spinnen, über die Winkelspinne

Es war Montagmorgen, Viertel vor acht, und ich war mit der S-Bahn auf dem Weg ins Büro meines Vaters. Dieter hatte einen Schlüssel und wollte mich dort erwarten. Die Bahn überquerte gerade die Hohenzollernbrücke und passierte die Abertausende von Liebesschlössern, die hoffnungsvolle Paare in einem romantischen Moment dort angebracht hatten. Irgendwo musste auch noch das von Jens und mir hängen. Wir hatten es schon vor Jahren dort befestigt, als die Dinger noch nicht so dicht gedrängt hingen. Jens hatte uns auf dem Rückweg von irgendeiner Party in einem Kiosk ein Wegbier gekauft und außerdem dieses Schloss. Mit der Spitze des dicken Eddings, den er zu dieser Zeit immer mit sich herumtrug, um bei Bedarf eine Mauer oder einen Aufzug mit seinem »Tag« zu versehen – er hatte damals eine Phase als Gangsterrapper –, hatte er ein J+S daraufgekritzelt. Und dann hatten wir kichernd das Schloss an das Geländer gehängt, das die Schienen vom Fußgängerweg abtrennte. Das Ganze hatte sich damals wenig feierlich, aber total selbstverständlich angefühlt. Jens und ich.

Wie das Geländer wohl aussähe, wenn alle Schlösser von Paaren, deren Beziehung seither in die Brüche gegangen war, aufspringen und in den Rhein fallen würden, überlegte ich. Es gäbe vermutlich ein permanentes Geplatsche, und die Rheinschifffahrt käme zum Erliegen.

Ob ich wohl noch mal irgendwann ein Schloss dort aufhängen würde? Eines mit der Aufschrift S+L, drängte sich eine vorwitzige Eingebung auf.

Und dann hatten wir die Hohenzollernbrücke schon passiert, waren auf der rechten Rheinseite angekommen, und meine Gedanken wanderten weiter zu meinem Vater. Mama hatte gestern noch einmal mit ihm telefoniert, aber nichts Neues erfahren. Sie litt unter der Unsicherheit und darunter, dass sie wenig mehr tun konnte, als ihn zu besuchen und ihm einen eingetupperten Obstsalat mitzubringen.

In schnellen kleinen Schlucken nippte ich an dem Kaffeebecher, den ich mir von zu Hause mitgebracht hatte. Offenbar war ich ein bisschen nervös ob der Aufgaben, die mich gleich im Büro erwarten würden ...

Es lag im ersten Haus einer kurzen Sackgasse mit einigen

kleineren Altbauten, Gewerbeeinheiten und einer Industriebrache mit einer halb abgerissenen Lagerhalle. Es war sicher nur eine Frage der Zeit, bis dort einer dieser Mehrfamilienhaus-Quader mit grauen Fensterrahmen entstehen würde, die jetzt überall hochgezogen und zu horrenden Preisen angeboten wurden. Neben dem Haus, in dem Papa unten in einem ehemaligen Ladengeschäft seinen Firmensitz hatte, gab es noch eine Autowerkstatt, und ein Bildhauer hatte einige nebeneinanderliegende Garagen zu einem Atelier umgewandelt.

Durch das Schaufenster betrachtete ich Papas Schreibtisch und den Kabelsalat darunter und dachte, dass das kein geeignetes Aushängeschild war. Ich drückte die Klingel neben dem immer blank geputzten Messingschild, auf dem »Werner Tewald Gartenbau« und eine Telefonnummer standen, und erwartete das vertraute Summen des Türöffners.

Doch Dieter öffnete selbst. Wie jedes Mal war ich erstaunt, wie riesig er war, als er so vor mir im Hausflur stand. Alles an ihm war groß, die Nase, das ganze Gesicht, die Poren, die Frisur – graue, nicht zu bändigende dicke Haare – und auch sein Herz, an das er mich jetzt drückte.

»Hallo, Dieter, schön dich zu sehen«, sagte ich lachend, als er mich wieder losließ, und fügte hinzu: »Trotz der unerfreulichen Umstände. Ist der Türöffner kaputt?«

Er seufzte. »Nein, beziehungsweise, ich weiß nicht. Ich weiß gar nicht, wo man drücken muss, damit es aufgeht.«

Ich folgte ihm hinein und zeigte ihm die Stelle, die wegen der darum gebauten Regalbretter nicht gleich erkennbar war. Die Wände in Papas Büro waren ringsherum zugebaut mit Regalen und Schränken, die dennoch aus allen Nähten platzten. Es gab ja gewisse Aufbewahrungspflichten, aber dass man Ordner mit Abrechnungen aus den Jahren 1991/92 oder die Gartenbauregelwerke der vergangenen 15 Jahre jeden Tag griffbereit haben musste, das wagte ich doch zu bezweifeln.

An Papas Büro schloss sich ein weiteres, kleineres an, in dem hin und wieder Praktikanten oder Aushilfen wie ich saßen. Dahinter, mit Fenstern zum Hof, lagen nebeneinander eine kleine Küche und die Toilette.

»Ich habe schon Kaffee gemacht«, meinte Dieter. »Soll ich dir einen holen?«

»Nein, ich habe mir einen mitgebracht«, antwortete ich und deutete auf den Becher, den ich auf Papas Schreibtisch abgestellt hatte.

Während Dieter in der Küche verschwand, um sich eine Tasse einzugießen, war ich unsicher, auf welchem Stuhl ich nun Platz nehmen sollte. Auf Papas, weil ich seine Tochter war und den Code für seinen Computer hatte, oder auf dem vor seinem Schreibtisch, weil Dieter schließlich hier angestellt und besser im Bilde war? Ich entschied mich für den Besucherstuhl, doch als Dieter zurückkam, blieb er stehen und sagte: »Werner meinte, du hättest den Zugang zu seinen E-Mails mitgebracht? Ich kann doch nicht tippen, meine Finger sind zu groß.« Er wedelte mit seinen Pranken vor meinem Gesicht herum.

Ich lachte. »Dann müssen wir dir für Papas Abwesenheit eine Übergrößentastatur kaufen.«

»Nee, lass mal. Ich bleibe lieber der Mann fürs Grobe. Da ist auch genug zu tun. Wir haben gerade zwei Gärten am Laufen und sind als Subunternehmer bei einem Auftrag in Dellbrück dabei, wo ein Bachlauf renaturiert und ufertypisch bepflanzt werden soll. Ich muss auch gleich weg, die Jungs sind schon unterwegs.«

Dieter und mein Vater fuhren immer zwischen den einzelnen Aufträgen hin und her, um anzuleiten und die wichtigen Entscheidungen zu treffen. Abends und am Wochenende machte mein Vater dann die ganze Bürokratie. Es war ein beachtliches Pensum, das er absolvierte. Und das, obwohl er eigentlich schon im Rentenalter war. Ich wusste nicht wirklich, warum er sich das antat. Meine Eltern hatten fürs Alter gut vorgesorgt, und ihr Haus war abbezahlt.

Inzwischen war ich um den Schreibtisch herumgegangen und hatte den Rechner hochgefahren.

»Irgendwas dabei, das ich wissen müsste?«, fragte Dieter und sah besorgt auf die Wanduhr über der Ausgangstür. Jede volle Stunde war einem anderen heimischen Vogel zugeordnet, dessen Zwitschern ertönte, wenn der kleine Zeiger dort ankam. Ich hatte sie meinem Vater geschenkt.

»Ein Herr Kranwinkel lässt wegen des Zünslerbefalls seinen Wunsch nach einer Buchsbaumeinfassung fallen und entscheidet sich stattdessen für eine niedrige Mauer aus Betonpalisaden.«

Dieter nickte und machte sich eine Notiz in einem kleinen Buch, das er aus der Brusttasche seines Hemdes genommen hatte. Und ich dachte, eine Felsenbirne oder Kornelkirsche mit etwas Angebot an Pollen und Nektar wären doch eigentlich ein schönerer Ersatz gewesen.

»Dann möchte jemand die drei großen Thujen neben seiner Terrasse auf drei Metern gekappt haben und fragt nach dem Preis. 'ne Idee, was ich ihm antworten könnte?«

»Können wir schon einschieben. Den Preis kenne ich nicht, da musst du deinen Vater fragen.«

Ansonsten scrollte ich durch zwei Rechnungen und die Bitte um Stundung der nächsten Rate von einer Produktionsfirma, die meinem Vater offenbar Geld für die Gestaltung ihres Außengeländes schuldete. Das würde ich wohl oder übel auch mit Papa besprechen müssen. Dabei hatte ich ihn eigentlich aus allem raushalten wollen.

»Da wirst du nach und nach reinwachsen«, meinte Dieter, als er meine besorgte Miene wahrnahm.

»Wieso reinwachsen?«

Dieter zögerte. »Wieso nicht?«

»Ja, weil ... Papa geht doch in Reha und dann, ich meine, die harten körperlichen Arbeiten macht er doch ohnehin schon nicht mehr. Oder ...« Mir kam ein schrecklicher Gedanke. »Weißt du etwas über seinen Gesundheitszustand, das ich nicht weiß?«

»Nein, nein, da bist du sicher besser im Bilde«, beruhigte Dieter mich. »Ich dachte nur ...«

»Was?«

»Ich dachte, dass wir ja nicht wissen, wie lange das alles bei ihm dauert.«

Da hatte er natürlich recht. Aber so wie er jetzt haarscharf an mir vorbei durch das Schaufenster sah, hatte ich das Gefühl, dass er eigentlich etwas anderes hatte sagen wollen.

»Um die laufenden Projekte mach dir keine Sorgen, die habe ich im Griff«, meinte Dieter dann, leerte hastig schlürfend seine Kaffeetasse und stellte sie auf dem Schreibtisch ab. Aus einem der Regale zog er mit zielsicherem Griff einen Katalog, auf dem verschiedene Sorten Steine abgebildet waren. »Toll, dass du einspringst. Da bin ich sehr erleichtert«, ergänzte er, dann war er mit einem leichten Einziehen seines Kopfes durch die Tür.

Ich griff nach meinem mitgebrachten Kaffeebecher, doch der Inhalt war nur noch lauwarm und bot mir keinen Trost. Wie sollte das hier bloß weitergehen? Gestern war ich geschockt und froh über die Aussicht gewesen, etwas Sinnvolles für Papa tun zu können. Jetzt saß ich hier und fragte mich, was das sein konnte. Eine Anzeige schalten und jemanden suchen, der die Firma übernahm vielleicht?

Aber so weit war Papa noch nicht. Wenn das Gespräch bisweilen schon mal in Richtung der Zukunft von Werner Tewald Gartenbau mäandert war, hatte er immer schnell abgewiegelt und irgendwas wie »Vielleicht ergibt sich ja mal was« gemurmelt.

Ich wollte erst mal in die Küche, um mir den Rest von Dieters Kaffee zu holen und seine Tasse in die Spülmaschine zu räumen. Vielleicht war ja auch noch eine dieser Tüten mit gemischten Besprechungskeksen zu finden, die Papa meist dahatte. Am liebsten mochte ich die Waffeln mit der zitronigen Creme dazwischen.

Dieter hatte wohl vorhin den gleichen Gedanken gehabt. Eine der Tüten stand inmitten von Kekskrümeln offen auf der Anrichte, daneben ein Tetrapack Milch. Ich stellte es zurück in den Kühlschrank und wischte anschließend die Arbeitsfläche ab. Die Spülmaschine stand offen, aber als ich Dieters Tasse hineinstellen wollte, bemerkte ich, dass erst das saubere Geschirr ausgeräumt werden musste. Als ich das erledigt hatte, ging ich mit einer Tasse Kaffee und einem Kekstellerchen zurück zum Rechner.

Wegen des Preises für die zu kappenden Bäume klickte ich mich durch die Dateien, die mein Vater auf der Festplatte abgelegt hatte, und wurde fündig: Die Preisliste datierte zwar aufs vorletzte Jahr, aber da hatte sich bestimmt nicht so viel geändert. Ich schrieb dem Kunden den Preis als groben Richtwert, Genaueres würde er bei einem Vor-Ort-Termin erfahren.

Als der Wiedehopf auf der Wanduhr mit seinem sanften Huhu anzeigte, dass es neun war, leitete ich mit etwas Hilfe von Google noch das Firmentelefon auf mein Handy und die Mails auf meinen Account um und machte mich auf den Weg ins heimische Wintergartenbüro.

Unser WG-Sofa war ein Traum für etwas ältere Mädchen in Altrosa und bot Elisabeth und mir je ein eigenes Fußteil. Hier hatten wir bei unserem Einzug richtig investiert und uns etwas zugelegt, das im Möbelhausjargon »Sitzlandschaft« hieß. Auf der integrierten Ablage stand ein Teller mit den Resten meiner Tiefkühlpizza. Schon seit geraumer Zeit hatte ich ins Bett überwechseln wollen, mich aber vor lauter Müdigkeit nicht aufraffen können, Meyer-Landrut zu verjagen, der schwer auf meinen Beinen lag und schnurrte.

»Was guckst du da?«, erkundigte sich Elisabeth, die gerade erst zur Wohnungstür hereingekommen war, mit Blick auf den Fernseher, während sie sich auf ihrer Sofaseite unter ein hellbraunes Wollplaid kuschelte. »Isst du die noch?«, wollte sie außerdem wissen und deutete auf meine letzten beiden Pizzastücke.

»Nein, nicht unbedingt, kannst du haben. Und ich gucke Trailer auf Netflix.«

»Nichts Gutes dabei?«

»Doch, aber ist ja schon spät, da wollte ich keinen ganzen Film mehr anfangen.« Ich griff nach meinem Handy und sah auf die Uhr. »Dafür gucke ich jetzt schon über 'ne Stunde sinnlos Trailer.«

»Und ich schieb mir jetzt sinnlos noch die Pizza rein«, konstatierte Elisabeth kauend.

»Nur in der Natur hat alles einen Sinn. Außerdem hast du die Kalorien doch bestimmt gerade schon abtrainiert.« Ich wusste, dass Elisabeth bei Kerim gewesen war, einem Fachreferenten für Physik an der Unibibliothek, den sie in der Mensa kennengelernt und bisher ein paar Mal für Unternehmungen wie Museumsbesuche getroffen hatte. Heute war nach üblicher Elisabeth-Manier doch sicher der Schritt ins Bett vollzogen worden.

»Von wegen. Wir haben geredet.«

»Wie kam das denn?«

»Er hat mir eine Liebeserklärung gemacht.«

»Das ist ja grundsätzlich nicht verkehrt«, meinte ich. Elisabeth fiel es immer so leicht, Liebe zu entfachen. »Und was hast du erwidert?«

»Ach, das ging in die Hose«, antwortete sie. Ich guckte fragend, und sie fügte hinzu: »Leider nur im übertragenen Sinne.«

»Erzähl!«

»Aaah, ein anderes Mal. Ich will jetzt lieber nicht mehr drüber nachdenken.« Sie nahm Meyer-Landrut von meinen Knien und legte ihre Wange an sein weiches Fell.

Ich kannte das von ihr. Sie machte die Dinge immer eine Weile mit sich aus, bevor sie mir die Schlüsse, zu denen sie in der Zwischenzeit gekommen war, sozusagen zur Prüfung vorlegte. »Und du, denkst du noch an Bandscheiben-Lars?«

»Andauernd«, gab ich zu. »Ich glaube, ich brauche ein paar Tipps von dir. Aber sag jetzt nicht, ich soll ihn einfach im Anschluss an den Kurs auf ein Glas Wein einladen oder so.«

»Wollte ich gerade vorschlagen.« Elisabeth grinste. »Nee, Quatsch, ich weiß doch, dass hier Baggern für Jungfrauen angesagt ist.«

»Sagen wir mal: für Anfängerinnen.«

»Gut, also die erste Lektion: Der Typ muss grundsätzlich das Gefühl bekommen, dass Sex mit dir im Bereich des Möglichen liegt. Und bevor du gleich einwendest, dass er sich ja für dich als Person interessieren soll: Das Interesse an dir als Mensch entsteht über das sexuelle.«

»Ist das nicht ein etwas, äh, eindimensionales Männerbild?«

»Doch. Aber ein zutreffendes. Übrigens sind Frauen genauso. Und wir müssen ja auch bedenken, wo die Anbandelung stattfinden soll. Ich bezweifle, dass du in der Turnhalle dadurch punkten kannst, dass du ein fundiertes Stegreif-Referat über Chancen und Risiken des Faszientrainings hältst. Oder was willst du dort sonst machen, um deine Persönlichkeit in Szene zu setzen?«

»Ich könnte auf dem Weg nach draußen auf eine Mücke hinweisen und etwas über ihr faszinierendes Fortpflanzungsverhalten erzählen«, schlug ich nicht ganz ernst gemeint vor.

»Besser als nichts! Ansonsten setz dich einfach in sein Blickfeld und lächele den Mann mal an. Und dann mach deine Übungen und denk dabei an Sex. Dann hast du schon die richtige Ausstrahlung. Alles andere wird sich ergeben.«

»Das klingt machbar – bis auf das Anlächeln natürlich, das schaff ich bestimmt nicht.« Ich zog mir meine Decke über den Kopf.

»Dann kannst du deine Attraktivität stattdessen damit erhöhen, dass du Rot trägst. Gleich mehrere Studien haben gezeigt, dass Männer eine Frau in Rot als anziehender beurteilen«, hörte ich Elisabeth von der Decke gedämpft sagen.

»Dann muss ich mir jetzt noch einen roten Turnanzug kaufen«, antwortete ich.

»Now we're talking. Aber die Studien wurden mit T-Shirts durchgeführt. Es reicht also fürs Erste, wenn du dir ein rotes T-Shirt anziehst.«

Eine knappe Woche später sprintete ich in meinem alten Abi-T-Shirt, Kapuzenjacke und Blouson die Treppe hinunter, in wenigen Minuten würde das Faszientraining beginnen. Ich war mir nicht so sicher, ob das T-Shirt wirklich eine gute Idee war, aber immerhin: Es war eindeutig rot. Elisabeth meinte, es stünde mir sehr gut und würde Lars eine Menge Anknüpfungspunkte für ein Gespräch liefern.

Die Woche war hektisch gewesen. So einige Anrufe und Mails für die Firma waren bei mir aufgelaufen. Ich versuchte jeweils, sie zu beantworten, ohne meinen Vater zu behelligen – entweder in Absprache mit Dieter oder indem ich in Papas Büro fuhr und in alten E-Mail-Vorgängen oder Ordnern nach Lösungen suchte. Wenn ich gar nicht weiterkam und Papa doch fragen musste, konnte ich an seiner angestrengten Miene und seinem sorgenvollen Stirnrunzeln ablesen, wie sehr ihn die Situation stresste, auch wenn er nach Kräften versuchte, das zu verbergen. Aber seine Kräfte waren eben im Moment begrenzt. Er war immer ganz offensichtlich hin- und hergerissen zwischen dem Drang einzugreifen und dem, ein Nickerchen zu machen. Und so gab ich mir alle Mühe, den Eindruck zu erwecken, als hätte ich alles im Griff und er könne sich einfach zurücklehnen und genesen.

Zu diesem Zweck kam auch täglich ein Physiotherapeut auf die Station, der sich um Papas rechte Hand und das rechte Bein kümmerte. Ansonsten war mein Vater dazu angehalten, viel herumzuspazieren. Ich hatte mich noch nicht daran gewöhnt, ihn so zu sehen: Wie er auf dem Flur herangeschlurft kam, im Bademantel, das rechte Bein leicht nachziehend. Nächste Woche würde er in die Reha wechseln, irgendwo in der Eifel, wo für mich mit öffentlichen Verkehrsmitteln kein Hinkommen war.

Ich hatte wirklich keine Ahnung, wie das alles funktionieren sollte: Schon jetzt hatten sich bei Werner Tewald Gartenbau einige undurchsichtige Fälle angesammelt. Vor allem in der Buchhaltung, aber auch einige Projekte, bei denen ich mir nicht so sicher war, ob ich und Dieter die seriöserweise übernehmen sollten. Andererseits wusste ich, dass mein Vater kürzlich noch einen neuen LKW und eine große Wurzelfräse auf Kredit angeschafft hatte und daher auf jeden Fall regelmäßig Geld reinkommen musste.

Und dann hatte ich parallel ja auch noch meinen eigenen Job. Ende nächster Woche war die Deadline für einen weiteren Beitrag meines Chefs in einer Fachzeitschrift, und bis dahin lag noch eine Menge Arbeit vor mir.

So war also das T-Shirt neben etwas Wimperntusche das Einzige, was ich in Vorbereitung auf die neuerliche Begegnung mit Lars getan hatte. Vielleicht war das aber gar nicht schlecht, dachte ich mir. Ich hatte kaum Zeit gehabt, mich in Sachen meines neuen Mister Right zu sehr verrückt zu machen.

Als dann allerdings das Schultor in mein Blickfeld kam, beschleunigte sich doch mein Herzschlag. Was, wenn Lars gleichzeitig mit mir ankäme? Er konnte jederzeit hier auftauchen! Ich verlangsamte meinen hektischen Schritt und bemühte mich um ein wenig Lässigkeit. Ganz im Gegensatz zu Carla, der Zwillingsmutter, die gerade aus der entgegenkommenden Richtung herangejoggt kam.

»Bin ich wenigstens nicht die Letzte!«, schnaufte sie, als sie mich erkannte.

»Wir haben noch eine Minute«, meinte ich mit Blick auf mein Handy und erkundigte mich dann höflich: »Hat denn heute alles geklappt mit den Kindern?« Mit Kindern kannte ich mich wenig aus. Meine engeren Freundinnen vertagten die K-Frage bisher und würden ebenso wie ich irgendwann zu den Spätgebärenden gehören – wenn überhaupt.

»Ja, zum Glück. Juna hat gerade geschlafen, als meine Mutter kam, und Marie sich widerstandslos übergeben lassen. Es geht aufwärts!« Als ich schmunzelte, setzte sie vertraulich hinzu: »Gerade als ich in der Bahn saß und ein paar Stationen gefahren war, gab es einen Moment, in dem ich mich gefühlt hab, als hätte ich gar keine Kinder.« So wie sie das sagte, schien es ein schöner Gedanke gewesen zu sein.

»Wenn du jetzt noch den Schnuller vom Revers entfernst, siehst du auch so aus.« Ich deutete ermutigend auf ihre Jacke, an die ein rosa glitzernder Schnuller an einer Holzperlenkette geclipst war.

Carla sah an sich herunter, wurde ganz blass und blieb abrupt stehen. »Scheiße. Ich muss zurück.« Als sie meinen irritierten Blick sah, erklärte sie: »Das ist Junas. Wenn die aufwacht und meine Mutter den Schnuller nicht parat hat, dann Gnade ihr Gott ...«

»Oh«, machte ich nur. Ich hatte ja wirklich keine Ahnung. »Vielleicht kann sie ihr Maries Schnuller geben?«

»Nein, Juna akzeptiert nur die Kirschkernschnuller, Marie hat einen tropfenförmigen. Entschuldige, ich muss zu Hause anrufen. Kannst schon reingehen.« Mit panischem Gesichtsausdruck zog Carla ihr Handy aus der Jackentasche und wandte sich ab, um zu telefonieren.

Ich legte in der Umkleide meine Klamotten ab und vermied den Blick in den halbblinden Spiegel, der über dem kleinen Waschbecken hing. Ich musste jetzt einfach selbstbewusst in die Halle marschieren. So wie Elisabeth es machen würde: Kopf hoch, Brust raus, und dem Objekt der Begierde ein verführerisches Lächeln schenken.

Ich öffnete die Metalltür zur Halle und sah ihn sofort. Als sei er extra für mich dort auf die Bank gesetzt worden. Etwas breitbeinige Fußballerpose, heute in langer Trainingshose, ungeordnetes Haar, in sich gekehrter Blick.

Als ich hereinkam, hob er den Kopf, mir schien es wie in Zeitlupe. Ich konnte gar nicht anders, als ihn anzustarren. Aber das war ja nicht verkehrt. Jetzt noch lächeln. Auch das gelang mir.

Aber Lars lächelte nicht zurück, sondern sah nur konzentriert in meine Richtung.

»Hallo, Svea«, hörte ich stattdessen unsere Kursleiterin.

»Hallo«, gab ich automatisch zurück, den Blick weiterhin auf Lars gerichtet, das Lächeln eingefroren im Gesicht. Als ich mich dann jedoch zu Pia wandte, sah ich aus dem Augenwinkel, dass Lars' Lippen sich bewegten. Er hatte mich gegrüßt!

Aber what the ... War unsere Kursleiterin etwa auch bei Elisabeth in die Lehre gegangen? Sie trug wieder einen Catsuit, nur war er dieses Mal feuerrot. Dagegen konnte ich mit meinem T-Shirt einpacken.

»Ich würde sagen, wir fangen an«, meinte meine Partnerin im Look jetzt. »Ich habe euch alle schon auf der Liste abgehakt, außer Cornelia, die mir heute Vormittag abgesagt hat. Nur Carla fehlt uns noch.«

»Die ist auch schon da, vor der Halle. Sie musste noch mal kurz telefonieren. Es gibt ... ein Problem mit den Kindern«, erklärte ich.

In diesem Moment schlich Carla hinter uns bemüht unauffällig herein. Vorsichtig drückte sie die Tür, die sonst immer mit einem metallischen Knall zufiel, ins Schloss.

»Hallöchen, da bist du ja. Problem gelöst?«, fragte Pia freundlich.

»Ja, ich hatte aus Versehen Junas Schnuller mitgenommen. Hab meiner Mutter jetzt die Adresse einer Freundin genannt, die die gleichen benutzt. Die hat noch einen übrig, hab sie direkt erreicht. Alles prima.« Carlas gestresster Blick auf das Handy in ihrer Hand verriet jedoch, dass sie die Situation eigentlich nicht so richtig prima fand.

»Oh, ich erinnere mich noch, als unser Stefan in dem Alter war«, schaltete sich Miriam ein. »Eines Sonntags bin ich mal sechzig Kilometer mit dem Auto zurückgefahren, um auf einem Spielplatz nach dem Schnuller zu suchen, den Stefan verloren hatte. Wir haben ihn nie gefunden.«

»Den Stefan oder den Schnuller?« Ronald von den Abfallwirtschaftsbetrieben lachte schallend über seinen Scherz.

Miriam und Carla fielen höflich mit ein, Lars sah mit einem zweifelnden Grinsen zu Ronald hinüber. Pia klatschte in die Hände. »Also, dann sind wir vollständig. Wir machen uns erst mal ein bisschen mit einem Spiel warm, das Linienlaufen heißt. Hier auf dem Hallenboden sind ja diverse Linien. Sucht euch eine davon, joggt sie locker entlang, und immer, wenn euch jemand entgegenkommt, wechselt ihr die Linie. Und wenn ich drei Mal in die Hände klatsche, haltet ihr an und macht die Übung, die ich euch dann zeige. Los geht's!«

Ich hielt mich auf dem äußeren roten Karree, das das Spielfeld abgrenzte. Mit Bedauern registrierte ich, wie Lars auf der schwarzen Mittellinie in die andere Richtung lief. Als er an ihrem Ende angelangt war, wechselte er zwar ebenfalls auf die rote Spielfeldbegrenzung – aber wir würden uns trotzdem nicht begegnen, denn zwischen uns lief noch Miriam. Die allerdings war sehr langsam. Während ich meinen Weg fortsetzte, beobachtete ich gebannt, was nun auf der anderen Seite des Felds vor sich ging: Als Lars Miriam eingeholt hatte, wechselte er leichtfüßig die Linie und verfolgte den Halbkreis vor dem Tor. Sobald er diesen bis zum Ende gelaufen war, trat er wieder auf die äußere Markierung und joggte zügig auf mich zu. Krass, er kam immer näher! Sollte ich jetzt schon die Linie wechseln, oder war das noch zu früh?

In diesem Moment klatschte Pia in die Hände und nahm mir die Entscheidung ab. Lars stoppte etwa zwei Schritte vor mir und fuhr sich kurz durch die Haare, während seine Augen mich eindringlich fixierten. Waren sie grau? Oder hellbraun?

Ich war wie paralysiert. Erst als er etwas schüchtern »Hi!« sagte und grinste, löste ich mich aus meiner Erstarrung und bemühte mich auch um ein Lächeln. Dann schaute ich nervös zu Pia hinüber, die uns gerade die erste Lockerungsübung zeigte.

»Wir gehen leicht in die Knie und bewegen unsere Hüfte erst nach rechts, dann nach links. Nach rechts, und nach links.« So wie sie dastand und elastisch ihre rot glänzende Hüfte schwang, kam mir Elisabeths Anweisung in den Sinn: *Der Sex mit dir muss im Bereich des Möglichen liegen.* Hatten die anwesenden Männer wohl bei Pia diesen Eindruck? Rainer und Ronald beurteilten die Situation hoffentlich realistisch. Und Lars? Bei ihm hinge das wohl von seinem Selbstvertrauen und seinen Absichten ab.

»Und jetzt: In den Knien bleiben und die Hüfte nach vorne, nach hinten. Vorne – hinten. Jeweils zehnmal und ganz locker«, sagte Pia in diesem Moment und machte vor, wie sie das meinte.

Neben mir murrte Ronald leise: »Sind wir hier beim Bauchtanz?«

»Das habe ich gehö-hört!«, flötete Pia fröhlich. »Nein, wir sind hier beim Lockern der Lendenwirbel.«

Verstohlen blickte ich zu Lars. Wir standen beide Pia zugewandt nebeneinander, mein rechter und sein linker Arm nicht weit voneinander entfernt, und bewegten unsere Hüften vor und zurück. Irgendwie sah das bei ihm attraktiv aus.

Ich wurde normalerweise nicht rot. Aber als Lars plötzlich zu mir herüberschaute, als habe er meine Gedanken empfangen, fühlte es sich doch so an. Er lächelte leicht und zuckte dann mit den Schultern, als wollte er sagen: Ich kann nichts dafür, bin nur wegen meiner Bandscheiben hier.

»Und weiter geht's mit unserem Linienjogging!«, ordnete Pia an, setzte sich in Bewegung, und wir taten es ihr nach.

Als die nächsten Male ihr Klatschen ertönte, schwangen wir in verschiedenen Varianten unsere Arme, um den Rest des Rumpfes aufzuwärmen, dann durften wir unsere knackenden Hälse drehen und uns schließlich alle eine Yoga-Matte holen.

Ich erinnerte mich an Elisabeths Unverständnis, dass ich mich letzten Sonntag absichtlich hinter Lars gesetzt hatte. Heute wollte ich es besser machen. Ich beeilte mich am Spind, blieb meinem Zielobjekt auf den Fersen und schaffte es, meine Matte direkt vor ihm auszurollen.

Doch ich hatte mich überschätzt. Bei der ersten Übung versuchte ich noch, einfach mitzuturnen und den Gedanken daran zu verdrängen, wer direkt hinter mir stand. Bei der zweiten jedoch fiel mir mein T-Shirt wieder ein.

»Uuuund jetzt kommt ihr aus der Beuuugung nach vooorne laaaaangsam wieder hoch«, wies Pia uns mit ihrer angenehmen Stimme an.

Ich stand also, nachdem ich, was schlimm genug war, Lars meinen Hintern entgegengestreckt hatte, wieder aufrecht, und er hinter mir vermutlich auch. In anderthalb Metern Abstand.

»Eeeinmal tieeeef einatmen, dann wieder aaaauuuuss-atmen«, sagte Pia.

Zeit genug für Lars, sich jetzt gaaaanz in Ruuuuhe einmal durchzulesen, was zwar nicht allzu groß, aber durchaus lesbar auf meinem Rücken stand.

Abikini – knapp, aber passt schon. Das war unser Abimotto gewesen. Einfach zu hohl. Hätte das Festkomitee sich damals nicht etwas mit einem Fünkchen Würde ausdenken können? Aber wer konnte auch ahnen, dass ich Dekaden später auf die Idee kommen würde, das T-Shirt anzuziehen, um einen Typen zu beeindrucken? Jedes andere wäre besser gewesen als dieses! Auch eins in beige und XXL.

Lars' Blick brannte förmlich in meinem Rücken. Und in

mir die Scham. Abikini – knapp, aber passt schon. Da war der Name auch noch Programm, denn das Shirt saß mittlerweile ziemlich eng. Zu Hause hatte mir die Idee noch gefallen: Lars in seinem alten Firmenlauf-T-Shirt, ich in meinem alten Abi-T-Shirt. Männer wollten sich doch gespiegelt fühlen. Hatte Elisabeth mir vorgestern erklärt. Wenn wir die Herren in ihrer Haltung bestätigten, fühlten sie sich wohl mit uns.

Aber das galt doch nicht für peinliche T-Shirts! Außerdem trug Lars heute ein gepflegtes graumeliertes Longsleeve.

Ich sehnte mich nach der letzten Woche zurück, in der ich hinter ihm gesessen hatte. Von hinten ein bisschen schauen und träumen, das war mein Ding. Ich musste hier weg! Vielleicht war Lars ja bisher noch zu gefangen genommen gewesen von Pias Catsuit, um mein T-Shirt zu lesen. Ich konnte es nur hoffen.

Ehe ich einen Plan gefasst hatte, schob ich mich schon – »Entschuldigung« – an Rainer vorbei und eilte in Richtung Umkleide. Vermutlich rief Ronald mir gleich spöttisch ›Haste Dünnschiss?‹ hinterher. Aber ich würde einfach meine Kapuzenjacke holen und dann mit einer Schicht mehr bekleidet auf meine Matte zurückkehren. Wusste ja keiner, dass mir gerade eher zu heiß als zu kalt war.

Doch bevor ich die Tür erreicht hatte, hörte ich einen erstickten Schrei. Hatte sich jemand mit den Übungen übernommen?

Ich drehte mich um, und das Bild, das sich mir bot, versetzte mir einen Stich ins Herz. Lars stand neben seiner Matte, Pia war zu ihm gelaufen, legte schon wieder eine fürsorgliche Hand auf seinen Rücken und schaute unter ihren Wimpern, die mir ein bisschen zu dicht schienen, um echt zu sein, zu ihm auf. Ihr roter Anzug glänzte in der Nachmittagssonne, die durch die Glasbausteine fiel.

Bei näherer Betrachtung sah Lars ziemlich verkrampft aus. »Da war eine Spinne«, hörte ich ihn jetzt sagen.

»Hat sie dich gebissen?« Pia schaute etwas verwirrt und nahm ihre Hand runter.

»Nein, sie war einfach nur … hässlich. Und sehr groß. Tut mir leid, ich wollte euch nicht erschrecken, aber ich habe eine schlimme Spinnenphobie.« Er sah wirklich fertig aus.

»War das so eine schwarze mit haarigen Beinen?«, fragte Miriam furchtsam.

»Ich möchte gar nicht dran denken«, antwortete Lars, und ich bemerkte, dass er dabei unauffällig die Umgebung scannte. »Ja, so eine war das. Sorry, ich bin echt ein Weichei.« Gott, diese Stimme. Nein, er war kein Weichei, er ekelte sich offenbar nur sehr vor Spinnen. Da war er ja nicht allein.

»Gar nicht«, beteuerte nun auch Pia. Sie stand für meinen Geschmack immer noch viel zu nah neben ihm. »Schaut auf eure Ängste, das ist auch für den Rücken das Beste, was ihr machen könnt.«

»Wenn ich darf, würde ich meiner Angst lieber konsequent aus dem Weg gehen. Das Viech ist mir gerade über den Arm gelaufen und abgehauen, als ich aufgesprungen bin. Aber sie muss ja noch irgendwo sein.«

Ich hatte mich inzwischen in den Pulk der Kursteilnehmer, die um Lars und Pia herumstanden, eingereiht und konnte sehen, wie sich bei seinen Worten die Härchen auf seiner Hand aufstellten.

»Also die ganz großen mag ich auch nicht«, meinte Rainer. »Deswegen bin ich auch lieber mit dem Laubsauger unterwegs als mit dem Laubbläser.«

»Deswegen sitze ich im Büro.« Lars grinste matt.

»Geht's denn wieder?«, erkundigte sich Pia und lächelte. »Ich hätte da nämlich noch ein paar Übungen für euch.«

»Ja, macht gern weiter«, antwortete Lars. »Aber ich kann nicht hierbleiben, auch wenn ihr das sicher nicht nachvollziehen könnt. Die Vorstellung, dass ich mit diesem ... Exemplar im gleichen Raum bin, ist für mich unerträglich.«

»Du willst gehen?«, fragte Pia entgeistert.

»Ja. Das hat heute keinen Zweck mehr für mich.«

Er griff mit spitzen Fingern nach seiner Matte, schüttelte sie aus und drehte sie einmal um, als wollte er nachschauen, ob die Spinne noch irgendwo daranhing. Dann begann er sie einzurollen.

Mir kam ein schrecklicher Gedanke. Was, wenn er nächstes Mal nicht wiederkommen würde? Er konnte sich ja nicht sicher sein, dass die Spinne bis dahin tot oder fortgelaufen war.

»Wo ist das Tier denn hin?«, schaltete ich mich ein.

Lars sah mich an, und mein Herz fing wild an zu schlagen.

Dann deutete er auf die Sprossenwände zu seiner Linken. »Sie ist, glaube ich, in die Richtung gerannt.«

»Vielleicht finde ich sie ja und kann sie rausbringen.«

»Gibt es hier irgendwo einen Staubsauger?«, fragte Rainer.

»So weit kenne ich mich nicht aus«, antwortete Pia.

»Ist auch nicht nötig. Wenn ich sie finde, fange ich sie ein.« Ich ging zur Sprossenwand hinüber und bückte mich, um dahinter nachzusehen. *Eratigena atrica*, die Große Winkelspinne, auf die Lars' Beschreibung passte, versteckte sich, wie ihr Name schon sagte, gern in Ecken.

»Mit der bloßen Hand?« Miriam staunte.

Lars sah etwas angewidert aus. Aber besser das, als dass ich ihn nie wiedersehen würde, weil er sich nicht mehr hierher traute. Meine Mutter hatte eine Mäusephobie und war vor Jahren vorübergehend zu einer Freundin gezogen, nachdem sie in der Küche Mäusekot gefunden hatte. Erst nachdem der Kammerjäger Gift ausgelegt und die Maus angebissen hatte, konnten sie und mein Vater ihre eheliche Gemeinschaft wieder aufnehmen. Die Leute waren nicht rational, wenn es um solche Ängste ging.

»Ich bin Entomologin«, erklärte ich. »Insektenforscherin. Auch wenn Spinnentiere strenggenommen keine Insekten sind, habe ich einen gewissen Bezug dazu.«

»Lassen Sie mich durch, ich bin Entomologin«, witzelte Ronald.

»Du musst das nicht machen«, meinte Lars schwach.

»Kein Problem, ich mache das gern. Wenn ich sie überhaupt finde.« Souverän lächelte ich ihm zu. Elisabeth wäre stolz auf mich gewesen.

Ich guckte hinter den Bodenbefestigungen der weiteren beiden Leitern nach, ließ meinen Blick dann konzentriert daran herauf- und wieder herabwandern.

Die anderen Kursteilnehmer außer Lars hatten sich wieder auf ihren Matten platziert, und Pia setzte ihr Programm fort. Lars stand mit seiner Matte unterm Arm etwas abseits und sah mir unter Einhaltung eines gehörigen Sicherheitsabstands zu.

Ich stand ganz schön unter Erfolgsdruck.

Meine Augen scannten die Fußleiste. Komm schon, Spinnchen, lass dich blicken – ich verspreche auch, dir nichts zu tun, beschwor ich still meine achtbeinige Freundin. Die vielleicht längst in einer Ecke der hohen holzvertäfelten Decke saß und Lars aus ihren vielen Augen von oben betrachtete.

Bei der Vorstellung packte mich so etwas wie Jagdinstinkt. Der für mich so wunderbare Lars brauchte Schutz, und ich war gerade die Einzige, die ihn gewährleisten konnte.

Ich ging zu den Bänken rüber, auf denen einige ihre Taschen abgestellt hatten. Und Treffer, am Fuße der einen sah ich etwas Schwarzes. Langsam, um das Tier nicht zu verjagen, falls es das war, schlich ich näher, jede Faszie gespannt und bereit zum Angriff, sollte es versuchen zu entkommen.

»Siehst du sie etwa?«, fragte Lars ein Stück hinter mir leise.

»Mmmh«, murmelte ich zustimmend.

Es wurde still in der Halle, und ich spürte die gespannten Blicke der gesamten Kursbelegschaft in meinem Rücken. Jetzt würden es alle lesen: *Knapp, aber passt schon*.

Mit den Zehen stieß ich das, was ich für die zusammengekauerte Spinne hielt, vorsichtig an. Da, sie zog sich noch weiter unter den Fuß der Bank zurück. Ich atmete einmal tief durch, dann hob ich die Bank an der Seite, unter der meine Gegnerin saß, hoch. Sie rannte, aber ich war schneller. Mit der hohlen Hand hielt ich sie auf und griff zu. Die Technik hatte ich während der Forschungen der letzten Jahre immer weiter perfektioniert.

Ein Raunen ging durch die Halle.

»Das war knapp, aber passt schon«, kommentierte jemand, vermutlich Ronald, und die anderen lachten. Nur Lars nicht, der sich bis an die gegenüberliegende Hallenwand zurückgezogen hatte, wie ich auf dem Weg zum Ausgang mit einem Seitenblick feststellte.

Ich spürte das vertraute Kribbeln der Arachnida in meiner Hand, die nach einem Ausgang aus ihrer misslichen Situation suchte. »Ich bringe dich raus, du kleines Ekelpaket. Es wird Frühling, das wird dir gefallen«, murmelte ich meiner Hand zu.

»Bring sie ganz weit weg«, rief Carla mir hinterher.

»Gegenüber ist das Büro der Grünen«, ergänzte Ronald. »Die freuen sich.« Und er lachte dreckig.

Als ich wieder zurückkam, fing Pia an zu klatschen, und die anderen fielen mit ein. Nachdem der Applaus abgeebbt war, meinte Lars grinsend zu mir: »Wenn du nicht eben noch diese widerliche Spinne in der Hand gehabt hättest, würde ich dir jetzt um den Hals fallen.«

Ich grinste zurück, und es war ein ganz zauberhafter Moment. »Kannst du ja nächste Woche nachholen. Bis dahin habe ich mir die Hände gewaschen. Sie war aber auch wirklich groß.«

»Apropos nächste Woche«, mischte sich Pia ein. »Wir haben jetzt drei Wochen Osterferien. Da pausiert unser Kurs.«

Das verpasste meinem Hochgefühl einen herben Dämpfer. Drei Wochen kein Lars, dabei hatte es gerade so gut angefangen! Zwei Übungen noch, dann die Traumreise, die anders als letztes Mal vom Band kam, denn Pia musste Lars in der Zeit den schon angekündigten Privatunterricht für seine verrutschten Bandscheiben geben. Ich schielte immer mal wieder eifersüchtig hinüber und war entsprechend froh, als es schließlich für alle hieß: Matten zurück in den Spind.

Auf dem Weg nach Hause bot sich mir dann aber noch eine unerwartete Gelegenheit. Als ich das Schulgelände verließ, stand Lars in seiner Trainingshose, Sneakers und Parka auf der gegenüberliegenden Straßenseite und schloss gerade sein an einen Laternenpfahl gekettetes Fahrrad auf. Fieberhaft überlegte ich, ob ich noch etwas Geistreiches zum Abschied sagen konnte, aber mir fiel nichts ein – also rief ich nur ein schlichtes »Ciao« hinüber.

Lars schaute auf, sah mich. Das zögerliche »Tschüss« allerdings, das er erwiderte, und sein irritierter Blick machten den Eindruck, als ob er mich überhaupt nicht einordnen konnte. Und ich hatte mir schon eingebildet, dass meine kleine Rettungsaktion der Beginn von etwas Größerem sein könnte. Aber kaum trug ich eine Jacke über meinem roten T-Shirt, war ich offenbar schon wieder unsichtbar.

KAPITEL 5

Der 26 bis 30 mm messende Warzenbeißer oder das große braune HEUPFERDCHEN *(Decticus verrocivorus)* ist über das nördliche und mittlere Europa verbreitet und findet sich auf Wiesen und Kleefeldern. [...] In der ersten Hälfte des Juli erscheinen [die Tiere] nach der dritten Häutung mit den Flügelscheiden und Anfang August durch die vollkommene Ausbildung dieser als vollendete braune Heupferdchen. Alsbald beginnen die Männchen ihren Gesang. Es naht sich das Weibchen und zeigt ihm seine Gegenwart durch Hin- und Herschlagen mit seinen langen Fühlern an. Das Männchen verstummt, legt die Fühler nach hinten und untersucht, ob man sich ihm in freundlicher oder feindlicher Absicht nähert. Überzeugt es sich von ersterem, so bewillkommt es die Angekommene mit sanften Zwitschertönen.

Brehms Tierleben, Bd. 9: Insekten, Tausendfüßer und Spinnen, über das Heupferdchen

Meine Vertragsverlängerung an der Uni war wieder mal in der Schwebe, daher hatte ich mit dem Tagesgeschäft am Lehrstuhl ausnahmsweise nur genau so viel zu tun, wie meine halbe Stelle vorsah. Theoretisch wäre also Gelegenheit gewesen, an meiner Doktorarbeit zu schreiben. Aber dazu kam es nicht. Denn Werner Tewald Gartenbau entwickelte einen Sog, der mich immer tiefer hineinzog. Der Frühling, der draußen mit Macht die Tulpen aus dem Boden trieb und die Sträucher begrünte, bewirkte, dass die Menschen an ihre Gärten dachten. Das Telefon klingelte häufiger, und ich hatte Mühe, alle Termine zu koordinieren.

Die Buchhaltung indessen raubte mir den letzten Nerv und teilweise auch den Schlaf. Dieter gab mir andauernd handschriftliche Zettel mit den Arbeitszeiten der Honorarkräfte, aus denen ich dann die Lohnabrechnungen ableiten musste. Papa hatte mir inzwischen eine Kontovollmacht erteilt, aber eine gute Übersicht über die ganzen Zu- und Abgänge hatte ich nicht. Wenn wir für größere Mengen Pflanzen- oder Baumaterial in Vorleistung gehen mussten, war mir immer angst und bange. Bisher blieben wir zwar meist knapp auf der Habenseite, aber das konnte mit einer unvorhergesehenen Abbuchung jederzeit kippen.

Was ich jedoch nach einiger Zeit liebte, waren die Außentermine. Zu Anfang war ich immer nur mit Dieter hingegangen, alleine hätte ich mich nicht getraut. Aber es nervte mich schon etwas, dass die Leute immer nur ihn ansahen und ich danebenstand wie die Praktikantin. Er war mit seiner Größe, seinem Alter und seiner Männlichkeit automatisch für die Kunden präsenter. Dabei hatte ich durchaus etwas beizutragen. Mein ästhetisches Gespür war besser ausgeprägt als seins, fand ich. Und so war ich manchmal unzufrieden mit Dieters sturem Pragmatismus, der nach dem Motto »Wir machen es nach der Idee des Kunden und so, dass wir möglichst schnell fertig werden« funktionierte, wo wir vielleicht mit etwas Überzeugungsarbeit ein viel schöneres Ergebnis hätten erzielen können. Eines, mit dem auch der Kunde langfristig glücklicher geworden wäre.

Irgendwann ergab es sich zum ersten Mal, dass Dieter auf einer anderen Baustelle unabkömmlich war und ich eine Erstbesichtigung alleine bestreiten musste. Es ging um einen Einstellplatz, der neu angelegt werden sollte. Ich hatte gehöriges Lampenfieber und Angst, dass auffiel, dass ich keine ausgebildete Garten- und Landschaftsbauerin war.

Der Termin war in einem Vorort an einem dieser alten Häuser, die direkt an den Gehweg grenzen. Neben dem Haus gab es eine vernachlässigte Rasenfläche, auf der allerhand wucherte. Hier sollte zukünftig das Auto abgestellt werden. Ich war extra mit einem der beschrifteten Firmenwagen hingefahren, um geschäftsmäßiger daherzukommen, und trug ein Polohemd mit unserem aufgestickten Emblem, um meine Darbietung der Juniorchefin zu unterstützen. Denn so fühlte ich mich: als sei ich eine Schauspielerin, die nun möglichst überzeugend die Fachfrau geben musste.

Ob wegen der vielen Logos oder einfach so: Der Besichtigungstermin lief vollkommen professionell ab. Der Hausherr schilderte mir, dass Tewald Gartenbau hier das Gestrüpp entfernen und die Pflasterarbeiten übernehmen sollte. Er hörte sehr interessiert meinen Ausführungen zum Ablauf des Regenwassers zu, die ich mir vorher angelesen hatte. Und irgendwie genoss ich es, mal nicht im Schatten von jemandem zu stehen – ob in dem von Dieter oder in dem von Professor Perscheid. Nach der Auswahl der Steine gefragt schlug ich vor, farblich zur Hausfassade passende Natursteine zu nehmen oder aber Rasengitter und die Fugen teils mit trittfestem Sandthymian zu bepflanzen. Außerdem nicht die ganze Fläche zu pflastern, die um einiges breiter als ein Auto war, sondern am Rand noch einen Streifen mit einem pflegeleichten Mix aus Früh- und Spätblühern zu lassen.

Es machte mir richtig Spaß, ein Bild vor dem inneren Auge des Hausherrn zu entwerfen, das von Stil und Farbkonzept her zu seinem alten Haus passte. Ich hatte das Gefühl, dass er auf meine Idee ansprang. Fast euphorisch verabschiedete ich mich und versprach, ein Angebot zu schicken.

Bei den nächsten Terminen allein hatte ich zwar immer noch Lampenfieber, aber keine Angst mehr – und in der Folge plante ich bevorzugt ohne Dieter. Wenn ich etwas nicht wusste, sagte ich den Kunden einfach, ich würde das noch mit dem ausführenden Kollegen absprechen. Niemand wunderte sich darüber.

Einen kleinen Dämpfer verpasste mir dann der Anruf des Kunden mit der Einfahrt. Er hatte nachgedacht und wollte doch lieber alles unkompliziert durchpflastern. Um den Auftrag nicht zu gefährden, schickte ich anstandslos ein neues Angebot und in der Folge Dieter hin. Da war ich wieder froh um seine pragmatische Umsetzung.

Papa war inzwischen zur Reha in die Eifel verlegt worden, und ich fuhr gelegentlich mit meiner Mutter zusammen hin. Die Gute setzte sich jeden Abend, nachdem sie den ganzen Tag im Salon gestanden hatte, ins Auto. Die Liebe der beiden war eben so symbiotisch, dass sogar unzählige Kilometer nordrhein-westfälischer Straßen sie keine vierundzwanzig Stunden trennen konnten.

Papa drehte nach dem frühen Abendbrot immer noch eine Runde über den sogenannten Landschaftspfad, der von der Klinik ausging. Er arbeitete ehrgeizig an der Rückbildung seiner Beschwerden. Heute trafen wir ihn bei den Wacholderbüschen. Die Wacholderbestände seien für einige Regionen der Kalkeifel bis heute landschaftsprägend, verriet die Lehrtafel neben der aus Baumstämmen geschnitzten

Bank, auf der wir uns zu dritt niederließen. Die Rehaklinik, ein großer grauer Kasten, lag auf einer Anhöhe hinter uns, sodass sich uns ein unverstellter Blick in die Natur bot. Vor uns breitete sich ein Stück Heide aus. Wiese und Erika, unterbrochen von den kugeligen Wacholderbüschen. Früher hatten auf solchen Flächen Schafe oder Ziegen gegrast und verhindert, dass andere schnellwachsende Pflanzen das Gelände einnahmen. Heute übernehmen oft ehrenamtliche Landschaftspfleger die Erhaltung dieser Biotope, in denen auch viele selten gewordene Insekten wie zum Beispiel das Braune Heupferdchen zu Hause waren.

Es war absolut still hier. Wir saßen für eine Weile schweigend nebeneinander und nahmen die abendliche Landschaft in uns auf. Nur ein Vogel war zu hören, ein Wiesenpieper vielleicht. Alles um uns herum atmete eine frühlingshafte Erwartung, und ich dachte, dass wir nach dem Schlaganfall einen Moment wie diesen wohl alle drei bewusster wahrnahmen als zuvor.

Aber offenbar beschäftigte meinen Vater etwas ganz anderes. »Wie sieht es denn eigentlich an der Uni aus?«, fragte er plötzlich etwas heiser in die Stille hinein.

»An der Uni?«, erwiderte ich überrascht. »Ganz okay, ich warte nur mal wieder auf meine Vertragsverlängerung.«

Ich merkte, wie er aufhorchte.

»Die Stelle ist im Prinzip schon bewilligt, aber die Univerwaltung arbeitet unerträglich langsam, meint Perscheid«, erklärte ich. Wobei ich mir nicht so sicher war, ob nicht neben der unterbesetzten Univerwaltung auch Ralf Perscheid langsam gearbeitet hatte.

»Und das im öffentlichen Dienst ...«, seufzte meine Mutter. Sie als chronisch unterbezahlte Friseurin war zunächst begeistert gewesen, dass ihre Tochter bei einer öffentlichen Einrichtung untergekommen war.

»Damit wird mein Angebot vielleicht etwas interessanter«, frohlockte mein Vater.

»Welches Angebot?«, fragte ich alarmiert, und auch der Wiesenpieper schien nun aufgeregter zu piepen.

Papa sah mich nicht an, sondern vor sich hin in die Vegetation. »Du hast dich ja inzwischen noch mal tiefer vertraut gemacht mit den Aufgaben in der Firma.« Er räusperte sich. »Wie gefällt es dir denn?«

»Gut so weit«, antwortete ich, etwas gelähmt von der Tragweite des Gesprächs, das sich hier gerade anbahnte.

»Das freut mich. Denn ich würde dich gern offiziell als Geschäftsführerin der Firma einsetzen. Wenn du dir das vorstellen kannst.« Er klang ebenso verlegen wie feierlich.

Wow. Ein Schauer lief mir über den Rücken. Es wurde langsam echt kalt hier draußen. Mir kam eine Ahnung, was Dieter mit seinen Andeutungen bei unserem ersten Termin im Büro gemeint hatte. Vielleicht trug sich Papa schon länger mit dem Gedanken, die Geschäfte an mich zu übergeben, und hatte nur auf eine gute Gelegenheit gewartet, um mit mir drüber zu sprechen.

»Du bist zwar keine GaLa-Bauerin, aber Biologin passt ja auch nicht schlecht«, fuhr er fort. »Dieter würde dir noch ein paar Jährchen zur Seite stehen. Und ich kann bestimmt auch bald wieder ein paar Bürostunden machen und dir bei allen Entscheidungen unter die Arme greifen.« Nach einem Moment der Stille setzte er hinzu: »Aber so wie vorher kann es ja nicht weitergehen, das habe ich eingesehen.«

»Er meint, ich habe es ihm eingebläut«, korrigierte meine Mutter milde lächelnd.

»Ja, ich gebe zu, Mama ist auch sehr dafür. Und ich habe ja im Grunde schon immer gehofft, dass ich die Firma nicht an jemand Fremden verkaufen muss ... » Er holte tief Atem. »Sondern dass du ...« Es dauerte ein wenig, bis er weitersprach. »... dass du meine Arbeit weiterführst. Jetzt hat das Leben mir eben die Pistole auf die Brust gesetzt.«

Er und Mama tauschten einen vielsagenden Blick, dann legte sie in einer beschützenden Geste den Arm um ihn und den Kopf an seine Schulter. Die Ehe meiner Eltern ... Sie hatten die Messlatte in Beziehungsdingen wirklich hoch gelegt. Aber immerhin war ich als ihre Tochter ein Teil davon.

Ich lehnte mich an Papas andere Schulter, und während mein Herz »Auweia« rief, formulierte mein Hirn mit Bedacht meine Antwort. »Ich freue mich natürlich über dein Vertrauen. Aber das kann ich nicht so ad hoc entscheiden. Gib mir ein bisschen Zeit.«

»Ja, natürlich, das Angebot steht.« Er schien erleichtert, dass es raus war.

»Es läuft ja gerade wirklich toll«, wandte Mama sich ermunternd an mich.

»Also toll weiß ich jetzt nicht, aber es läuft auf jeden Fall.« Sollte ich die Gelegenheit nutzen, von meinen Ängsten, vor allem in Bezug auf das Konto zu berichten? Aber ich wollte meinen Vater nicht verrückt machen. Also setzte ich nur hinzu: »Die Buchhaltung kostet mich allerdings immer viel Zeit, und da schwimme ich auch fachlich ein bisschen. Ich hatte schon mal überlegt, dafür wenigstens vorübergehend eine Dienstleistungsagentur zu engagieren.«

»Damit habe ich schlechte Erfahrungen gemacht. Die denken sich nicht richtig ein, arbeiten immer nur auf Anweisung. Dann kann man es auch gleich selbst machen.

Aber du könntest dich nach einer kompetenten Teilzeitkraft umschauen.«

»Bist du denn sicher, dass wir uns das leisten können?«

»Ja, keine Sorge. Ich bin ja auch mit Dieter in Kontakt, und der meint, der Laden läuft.«

»Okay, gut, dann gehe ich das an.« Wieder breitete sich Schweigen aus. Papa war mit Dieter in Kontakt. Klar eigentlich. Aber was sagte Dieter wohl über mich?

Nichts allzu Schlechtes offenbar, denn mein Vater fuhr fort: »Über dein Gehalt müssen wir uns auch bald verständigen. Überleg dir mal, wie viel Zeit du in den letzten Wochen in die Firma gesteckt hast. Das soll natürlich nicht umsonst sein.«

Ich schwieg beklommen. Nicht weil ich befürchtete, ein schlechtes Angebot zu bekommen, meine Eltern waren immer großzügig zu mir gewesen. Aber da war es ums Taschengeld, um Weihnachtsgeschenke oder meine Studienfinanzierung gegangen. Ich hatte keine konkrete Gegenleistung zu erbringen gehabt. Jetzt aber ... Würde ich mit meiner Ausbildung, die sich in Sachen Gartenbau weitgehend auf Ferienjobs beschränkte, der Sache gerecht werden können?

»Und langfristig gibt es natürlich auch die Möglichkeit, dir die Firma zu überschreiben, wenn du das möchtest«, fügte Papa nun zu allem Überfluss hinzu, auch wenn ich bei diesen Worten einen unterschwelligen Widerwillen in seiner Stimme heraushörte. Tewald Gartenbau war Papas Lebenswerk und das Loslassen sicher ein Prozess, bei dem wir, wenn überhaupt, erst am Anfang standen.

Als ich mit Mama auf dem Rückweg im Auto saß, hallte sein »bei allen Entscheidungen unter die Arme greifen« in mir nach. Hieß das, dass er die Entscheidungen weiterhin selbst treffen wollte?

Ich saß in der Küche an unserem Klapptisch, vor mir eine Flasche Kölsch, und sah Elisabeth dabei zu, wie sie einen vitaminreichen Brotsalat für uns zubereitete. In den vergangenen turbulenten Wochen hatten wir eher aneinander vorbeigelebt. So waren wir für heute Abend ausdrücklich verabredet, um zusammen zu essen. Mir fiel ein, dass ich mich gar nicht mehr nach der Sache mit dem Bibliotheks-Physiker und der Liebeserklärung erkundigt hatte. Ich fühlte mich ein bisschen wie eine schlechte Freundin. Aber nur ein bisschen, denn angesichts der Vielzahl von Elisabeths Liebesgeschichten hatte die einzelne aus meiner, aber ich glaube auch aus ihrer Warte doch nie ganz so viel Gewicht. »Wie ist denn jetzt eigentlich der Stand mit Karim?«, fragte ich.

»Kerim«, korrigierte sie. »Also, ich hatte ihm ja gesagt, dass ich auch dabei bin, mich zu verlieben. In ihn. Dass er aber wissen muss, dass ich keine exklusiven Paarbeziehungen führe. Ach, das hatte ich noch gar nicht so genau erzählt, oder?« Sie nahm die Salatschleuder aus einem der Oberschränke.

»Nee. So hatte er sich das wahrscheinlich nicht vorgestellt.«

»Richtig. Aber ich habe versucht, ihm die Vorzüge der polyamoren Liebe zu erklären. Zeigen lassen wollte er sie sich danach erst mal nicht.«

»Erklär's mir doch bitte auch noch mal.« Ich nahm einen großen Schluck aus meiner Flasche.

»Er kann auch noch andere neben mir haben.«

»Und hat ihn das überzeugt?«

»Nein, er will keine andere. Sagt er jetzt. Ich habe ihm aber prophezeit, dass das nicht für immer so bleiben wird. Früher oder später wird selbst mit mir der Sex zur Routine.«

»Kaum vorstellbar.«

»Na ja, vermutlich wird das noch etwas dauern.« Elisabeth grinste und schwieg eine Weile, während sie die Salatschleuder rattern ließ. »Aber unabhängig davon bin ich eben überzeugt, dass kein Mensch einem anderen ein Leben lang alles geben kann, was er braucht. Dafür haben wir alle zu viele Facetten. Damian zum Beispiel –«

»Das war der Zweiradmechaniker, oder?«

»Genau. Also, Damian ist ja total kuschelig. Und ich liebe die Fahrradtouren und heißen Picknicks mit ihm, und wir blödeln die ganze Zeit nur rum. Das ist total nett. Aber politisch zum Beispiel glänzt er vor allem durch Ahnungslosigkeit. Kerim dagegen kann faszinierend von Gravitationswellen und schwarzen Löchern erzählen und ist auch ansonsten echt ein Lexikon. Wenn er mich ansieht und von Liebe spricht, hat das eine Tiefe wie das Weltall selbst. Aber er hat zum Beispiel kein Fahrrad.« Sie sah zu mir herüber, wie um zu prüfen, ob ich ihr folgen konnte.

»Vielleicht hast du einfach noch nicht den Richtigen gefunden?«, schlug ich vor.

»Ich glaube, den gibt es nicht. Am Anfang hat es sich manchmal so angefühlt, aber nach einigen Monaten hatte ich bei keinem mehr das Gefühl, dass er mir für immer reichen wird.« Sie zuckte mit den Schultern.

Ich dachte einen Moment nach. »Ein Partner muss doch nicht in allen Belangen reichen. Man muss ihn nur lieben können. Und die Fahrradtouren macht man dann mit einer Freundin.«

»Und die Picknicks? Außerdem ist das mit dem Lieben ja genau das Problem. Ich habe mich nach einiger Zeit immer wieder in jemand anderen verliebt.« Sie holte sich jetzt auch ein Bier aus dem Kühlschrank. Vorhin hatte sie noch gesagt, sie wollte aus Kaloriengründen nichts trinken.

»Ich habe mich während der ganzen Jahre mit Jens kein einziges Mal verliebt. Vielleicht fand ich mal jemanden süß. Weißt du noch, den blutjungen Agrarwissenschaftler aus meinem Seminar? Aber verlieben war für mich irgendwie keine Option, und dann ist es auch nicht passiert. Und wenn ich mir vorstelle, dass Jens nebenbei noch andere gehabt hätte ... Wobei – hatte er ja vielleicht ...«

»Siehst du, auch das ein Vorteil. Heimlichkeiten erübrigen sich.«

»Die erübrigen sich auch, wenn man einfach aufs Fremdgehen verzichtet. Aber was ich eigentlich sagen wollte: Mich hätte das total gestresst. Ich will mich in einer Beziehung auch mal gehen lassen. Ich will picklig in meiner Fleecejacke von Tchibo herumsitzen oder beim Sex müde auf dem Rücken liegen können, ohne befürchten zu müssen, dass die Nebenfrau zwei Stunden später im Stringtanga Austern kocht und danach am Kaminfeuer das Kamasutra vortanzt.«

»Austern werden nicht gekocht, sondern roh gegessen, Süße. Und das Kamasutra ist kein Tanz.«

»Da hast du es. Ich wäre in einer polyamoren Beziehung ganz schnell nur noch fürs Putzen zuständig.«

»Nicht mit deinen Brüsten«, widersprach sie, während sie in rasanter Chefkochmanier eine Handvoll Walnüsse hackte. »Aber mal im Ernst: Sicher braucht man ein gutes

Selbstbewusstsein, um eine glückliche polyamore Beziehung zu führen. Man muss sehr viel und sehr offen reden, und manchmal ist es trotzdem ein Balanceakt. Aber für mich passt das. Ob es für Kerim passt, das hat er, glaube ich, noch nicht so ganz herausgefunden. Wir treffen uns weiterhin, hatten inzwischen sogar tollen Sex, aber emotional ist er etwas abgekühlt.«

»Ich würde auch keinen Balanceakt wollen. Ich will es gemütlich«, sagte ich und legte meine Füße auf den gegenüberstehenden Stuhl. »Aber ich drücke dir die Daumen, dass Kerim die Vorteile für sich erkennen kann.«

»Danke. Es täte mir weh, ihn zu verlieren. Aber ich will ihm auch nichts vormachen.« Mit einer fließenden Bewegung ihrer weichen Hände mit den rot lackierten Fingernägeln schwenkte sie erst die Olivenölflasche über der Pfanne und warf dann die Brötchenstücke hinterher. »Sonntag fängt dein Rückenkurs wieder an, oder?«

Elisabeth erahnte oft, was ich dachte. Während unseres Gesprächs war mir natürlich immer wieder Lars in den Sinn gekommen. Hoffentlich war er monogam. Und single. »Nein, jedenfalls nicht für mich. Ich muss auf eine Baustelle«, antwortete ich bedauernd. »Na ja, ist vielleicht besser so. Dann steigere ich mich nicht wieder so rein.«

Während der dreiwöchigen Kurspause hatte ich, jedenfalls tagsüber, zunehmend weniger an Lars gedacht. Nur wenn ich zufällig an einer Behörde der Stadt Köln vorbeikam, dann musterte ich die Raucher, die davorstanden. Könnte ja sein, dass einer von ihnen Lars war. Und abends zum Einschlafen fungierte er als ein schöner Gedanke, mit dem ich meine Grübeleien über die Firma zu unterbrechen versuchte.

»Die Aktion mit der Spinne war doch eigentlich ein eindrucksvoller Einstieg«, gab Elisabeth zu bedenken. »Manchmal muss man eben erst eine Weile belagern, bevor man erobern kann.«

Für mich klang das allerdings nach einem Feldzug, für den ich nicht die Ressourcen hatte.

Auf meine Anzeige in einem Online-Portal hin, mit der ich jemanden mit Buchhaltungserfahrung suchte, hatte ich nur drei Bewerbungen bekommen. Von einem Typ, der keinen Lebenslauf, aber gleich eine absurde Gehaltsvorstellung mitschickte. Und einer Frau, die Floristin war und Erfahrung als Kassenwartin bei den Eulensammlerinnen e.V. hatte. Das passte zwar irgendwie, schien mir jedoch riskant. Als Erstes lud ich also einen Ex-Finanzbeamten ein, der in Frührente war, sich aber eine Teilzeitarbeit gut vorstellen konnte und, so drückte er es aus, meine Anzeige so nett formuliert gefunden hatte. Da ich seine Bewerbung vom Tonfall her auch sympathisch fand – ein Foto hatte er nicht mitgeschickt –, war ich gespannt auf das Gespräch.

Ich fuhr eine halbe Stunde früher ins Büro und räumte eine Ecke von Papas Schreibtisch frei. So was wie einen Besprechungstisch gab es nicht. Als ich in die Küche ging, um den Strauß gelber Tulpen, den ich auf dem Weg gekauft hatte, in eine Karaffe zu stecken und schon mal Kaffee durchlaufen zu lassen, herrschte dort wieder Chaos. Dieter musste in der Zwischenzeit hier gewesen sein. Etwas genervt stellte ich Ordnung her und die Tulpen auf den Schreibtisch. Angesichts der dürren Bewerbungslage hatte ich das Gefühl, das

Büro ein bisschen in Schale werfen zu müssen. Kaffeeduft und Blumen sollten den Eindruck verstärken, dass es angenehm wäre, hier zu arbeiten.

Auf die Minute pünktlich klingelte es. Ich drückte den Türöffner und erwartete unseren Bewerber, Herr Schulte war sein Name, an der Eingangstür des Büros. Als ich den Mann sah, der in den Flur trat, war ich ganz schön überrascht! Bis er bei mir angelangt war, hatte ich mich aber zusammengerissen. Sein Händedruck bei der Begrüßung war warm und sympathisch, und wir setzten uns – ich ein wenig steif, er mit Anstrengung – einander schräg gegenüber an die beiden angrenzenden Seiten des großen Schreibtischs.

»Wir empfangen hier nicht oft Gäste, die Kundenbesprechungen finden meist auf der Baustelle statt«, sagte ich entschuldigend. »Kaffee?«

»Ja, gern.« Herr Schulte lehnte sich auf seinem Stuhl zurück. »Ist doch gemütlich hier.«

»Ich hole mal den Kaffee, dann wird es noch gemütlicher. Milch, Zucker?«

»Schwarz, bitte.«

Als ich mit zwei dampfenden Bechern aus der Küche zurückkam und ihn so dasitzen saß, platzte es aus mir heraus: »Sie sehen ja aus wie George Clooney!«

»Aber nur ein bisschen.« Er grinste.

»Na ja, eher ein bisschen mehr. Nur halt nicht ganz«, erwiderte ich, während ich die Becher abstellte.

»In klein eben.« Er schenkte mir sein Hollywoodlächeln.

»Sie sagen es.« Ich spürte, wie sich meine Anspannung löste. Es erleichterte mich, kurz angesprochen zu haben, dass Herr Schulte ein Ebenbild des Superstars war, nur eben kleinwüchsig und vielleicht mit einer etwas größeren Stirn.

»Sie sehen aus wie niemand, den ich kenne«, meinte er, als ich ihm wieder gegenübersaß. »Ich wüsste das, ich habe einen Blick für Ähnlichkeiten. Just heute Morgen, als ich beim Frühstück Nachrichten schaute, fiel mir zum Beispiel auf, dass Donald Trump aussieht wie Angelika Milster. Ist Ihnen das schon mal aufgefallen? Oder dass Bettina Böttinger, diese Talkmasterin, aussieht wie Benedict Cumberbatch?«

»Der Sherlock Holmes gespielt hat?«, erkundigte ich mich erstaunt und überlegte. »Jetzt, wo Sie es sagen ... Ja, erstaunlich!«

»Finde ich auch immer wieder.« Er lachte und zeigte dabei seine ebenmäßigen Clooney-Zähne. »Okay, da wir das geklärt haben, können wir uns ja jetzt dem Geschäftlichen zuwenden.«

»Richtig, da war ja noch was. Also ...« Ich erklärte unsere Situation und fragte, was genau er beim Finanzamt gemacht habe und inwieweit ihn das für die Tätigkeit bei uns qualifiziere. Herrn Schultes Antwort darauf klang sehr plausibel. Dann stellte er einige Nachfragen zu unserer Buchhaltung, die so kompetent waren, dass ich sie nur zum Teil beantworten konnte.

»Ich bin mir gar nicht sicher, inwieweit ich das überhaupt fragen darf. Aber wir sind ja eine kleine Firma, in der Sie niemand vertreten kann. Insofern brauche ich natürlich schon jemanden, der zuverlässig herkommt. Also: Warum sind Sie denn in Frührente?«, fragte ich dann.

»Ich kann nicht so viel sitzen. Ich habe aufgrund meines Handicaps Probleme, vor allem mit der Hüfte. Vollzeit im Amt hat dazu geführt, dass ich oft krankgeschrieben war. Wenn ich aber manchmal auch von zu Hause aus arbeiten könnte, wo ich spezielles Mobiliar und so was habe, dann garantiere ich Ihnen, dass ich meine Stunden jede Woche ableiste. Und zwar sehr effektiv. Von zu Hause aus arbeiten ging beim Finanzamt schlecht, da herrscht im Allgemeinen Präsenzpflicht.«

»Ich mache auch einiges daheim im Wintergarten. Das wäre kein Problem. Könnte ich denn irgendetwas für Sie tun in Bezug auf das Mobiliar hier im Büro?«

»Tritthocker wären nicht schlecht. Einer auf der Toilette, einer hier bei den Regalen und einer für die Küche. Der Hocker ist quasi das verlängerte Bein des kleinen Mannes«, erklärte er.

»Verstehe. Und an Ihrem Arbeitsplatz? Sie würden drüben sitzen.« Ich wies auf den Schreibtisch im benachbarten Zimmer, das zwischen meinem und der Küche lag.

»Der Schreibtisch und der Stuhl scheinen ja höhenverstellbar. Wenn ich den einen hoch und den anderen runterstelle, sollte das für ein, zwei kurze Tage in der Woche passen. Würde ich jedenfalls erst mal so probieren.«

Wir kamen überein, dass es sinnvoll wäre, sich mindestens einmal in der Woche im Büro zu sehen. Und nachdem wir uns auch bezüglich des Gehalts schnell geeinigt hatten, schlug ich spontan vor, dass er kommende Woche anfangen könne, wenn ihm das passte. Vorausgesetzt, er störe sich nicht daran, dass bei uns gerade eine Umbruchphase anstand.

»Das ist für mich in Ordnung. Ein bisschen Bewegung finde ich gut«, antwortete Herr Schulte und grinste mich an.

Mit einem herzlichen Handschlag besiegelten wir unsere Zusammenarbeit. Für mich war es dabei ein bisschen seltsam, dass ich gute drei Köpfe größer war als Herr Schulte – aber er war das ja gewohnt.

Als ich später von zu Hause meinen Vater anrief, um ihm von meiner Neueinstellung zu erzählen, war er etwas konsterniert. Dabei hatte ihm Herrn Schultes Bewerbungsmappe ebenso gefallen wie mir, und auch das vereinbarte Gehalt lag im Rahmen dessen, was wir zuvor besprochen hatten.

»Ach so, gleich zugesagt?«, echote er. Schweigen in der Leitung. »Jaaaa ... also ... dann ist das wohl so. Kann man jetzt schlecht rückgängig machen.«

»Warum sollte ich auch? Wie besprochen ist der Mann qualifiziert, zudem hatten wir ein überzeugendes Gespräch. Wir können von Glück sagen, dass er sich beworben hat.«

»Hm, ich war ja nicht dabei.«

»Nein, warst du nicht. So ist das jetzt eben, Papa. Aber ich verstehe, dass du dich erst daran gewöhnen musst.« Ich gab mir Mühe, sanft zu sprechen, obwohl ich genervt war. Ich hatte geahnt, dass seine Reaktion ungefähr so ausfallen würde. Wenn ich ehrlich war, hatte ich sie sogar ein wenig herausgefordert. Als Test sozusagen, um herauszufinden, wie er damit klarkommen würde, wenn ich tatsächlich allein Entscheidungen traf.

»Dran gewöhnen, ja, das muss ich mich wohl.« Papas Stimme klang schwach. »Danke dir. Ich muss jetzt Schluss machen. Muss zur Ergotherapie.«

»Viel Erfolg, Papa. Ich ... ich hab dich lieb.«

»Ich dich auch, Svea. Wir schaffen das schon.« Er legte auf, und ich war mir nicht sicher, ob der Test bestanden war oder nicht.

Dann war wieder Sonntag und Rückenkurs. Fast schien es mir angesichts der vielen Termine und beruflichen Aufregungen zu stressig hinzugehen. Auch und gerade wegen Lars. Aber ich ging natürlich doch. Vielleicht würde Lars sich ja an unsere letzte Stunde erinnern und mir wirklich um den Hals fallen. So hatte ich es mir abends im Bett manchmal vorgestellt.

Als ich die Halle betrat, sah ich ihn sofort in seiner einmaligen Larsigkeit auf der Bank sitzen: kurze Hose, das blaue T-Shirt vom ersten Mal mit dem Aufdruck vom Firmenlauf, dunkelblonde Wuschelsträhne in der Stirn. Und dann noch dieses gewisse Etwas, das mich so anzog. Diese Wärme, die ihn zu umgeben schien und in deren Klimazone ich mich gern öfter aufgehalten hätte.

Mutig hielt ich auf ihn zu, mit dem Plan, mich nicht allzu weit neben ihm niederzulassen. Seine Augen schienen mir zu folgen, aber es dauerte wieder entschieden zu lange, bis er mich wiedererkannte – selbst hier in der Umgebung, in der ich zu erwarten war. Schließlich nickte er mir dann aber doch zu, grinste und meinte: »Ach, die Spinnenflüsterin.«

Der raue Klang seiner Stimme begleitet von dem konzentrierten Blick aus seinen hellbraunen Augen ließ meinen Magen schmelzen wie den Bleiersatz an Silvester über der Kerze. Fast schon verstört setzte ich mich mit etwa zwei Metern Abstand neben ihn und nickte nur schüchtern. Dann guckten wir beide wieder nach vorn. Offensichtlich dachte er nicht mehr an die Sache mit der Umarmung. Klar, das alles war inzwischen vier Wochen her und einfach nur so lustig dahingesagt gewesen.

So war ich froh, als mich Carla von der anderen Seite ansprach und fragte, ob ich schöne Ferien gehabt hätte.

Ziemlich steif, weil Lars mir unweigerlich zuhören würde, antwortete ich: »Eigentlich habe ich hauptsächlich gearbeitet.« Toll, da machte ich mich ja richtig interessant.

»Gearbeitet ...«, echote Carla mit Sehnsucht in der Stimme.

»Und du bist wahrscheinlich mit den Zwillingen zu Hause?«, erkundigte ich mich.

»Ja. Das war mir auch sehr wichtig. Das erste Jahr kommt ja nie wieder.«

»Stimmt«, sagte ich nur, weil das sachlich richtig und ich so verkrampft war. »Und du hast es geschafft, dir alle Fingernägel zu lackieren«, setzte ich hinzu.

Carla lachte. Offenbar erinnerte sie sich, dass das in der ersten Stunde nicht so ganz geklappt hatte. Ich aber, die ich mich die ganze Zeit durch Lars' Ohren hörte, biss mir auf die Lippen. Ihm fehlte sicher die Vorinformation, und ohne die war das ein ganz schön bescheuerter Satz.

Dann kam Pia, heute als Hiphop-Star: Sie trug eine pinkfarbene, weite Jogginghose aus einem dünnen Stoff, die weit unten auf ihren schmalen Hüften saß, und darüber ein schwarzes Tanktop, das zwar nicht direkt bauchfrei war, aber doch einen attraktiven Streifen Haut hervorblitzen ließ. Ihr schwarzer Pferdeschwanz wippte fröhlich auf und ab.

Ich blickte zu Lars, er sah zu Pia, die gerade ihre Sporttasche und einen Ghettoblaster abstellte. Ganz ruhig, sagte ich mir. Sie ist die Leiterin, klar guckt er hin. Er will erfahren, was wir jetzt tun sollen. Matten holen? Aufwärmen? Darum geht es ihm. Aber mein eben noch geschmolzener Magen hatte sich wieder zum Bleiklumpen verhärtet. Kein gutes Omen.

Pia begann die Stunde mit etwas Theorie. Wir saßen wieder im Schneidersitz im Kreis, Lars zwei Leute weiter, und ich sah angestrengt nicht zu ihm hin. Wirklich zuhören konnte ich jedoch auch nicht.

»Manche gehen so weit und betrachten die Faszien in ihrer Gesamtheit als eigenes Organ«, drang zwischendurch ein Satz an mein Ohr. Das war natürlich erstaunlich.

Aber dann dachte ich abwechselnd an Perscheid und den immer noch nicht eingetroffenen Arbeitsvertrag, an meinen Vater, an die anstehende Neugestaltung eines Reihenhausgartens und parallel die ganze Zeit an Lars. Daran, wohin er gerade guckte, wie es wohl seinem Rücken ging und ob er schon gemerkt hatte, dass ich sein größter Fan war. Dann überlegte ich, ob ich wohl wirklich sein größter Fan war oder er vielleicht der Typ, der überall Fans hatte. Auf der Arbeit, in jedem Verein, auf jeder Party, die er besuchte. Ich konnte es nicht einschätzen. Er war kein Schönling und wirkte nicht so, als wäre er sich seiner Ausstrahlung bewusst. Aber es war wohl auch unrealistisch zu hoffen, dass sein Reiz allen außer mir bisher verborgen geblieben war.

Nachdem wir Matten und Faszienrollen geholt hatten, setzte ich mich mit einem guten Sicherheitsabstand schräg hinter ihn. Es machte nicht den Eindruck, als ginge es Lars' Bandscheiben schon bedeutend besser. Manche Übungen musste er sogar abbrechen. Zu gerne hätte ich ihm den breiten Rücken gestützt, eine Massage durchgeführt oder etwas Freundliches in sein Ohr geflüstert ... War es vielleicht sein Gebrechen, das Lars' besonderen Reiz für mich ausmachte? So ein Bandscheibenproblem war ja auch einfach zu sexy. Und eine Arachnophobie erst. Nein, aber im Ernst: Das alles gab ihm so etwas Menschliches, Nahbares. Vielleicht hatte ich deswegen, ohne ihn überhaupt zu kennen, das Gefühl, dass ich mich mit ihm rundum wohlfühlen könnte. Dass er ein Mann war, dem ich meine zahlreichen Mankos – Trägheit, Angepasstheit und, was Männer betraf, relative Unerfahrenheit – offenbaren konnte.

Doch während ich, ganz Wissenschaftlerin, noch analysierte, schritt Pia zur Tat: Als sich die Stunde dem Ende zuneigte, schaltete sie den Ghettoblaster ein, und die Anweisungen zu einigen ruhigeren Abschlussübungen kamen aus den Lautsprechern. Sie selbst machte noch einmal ihre Runde, gab Hilfestellungen und jedem ein persönliches Wort.

Bei Lars angekommen hockte sie sich hin. Ich spitzte die Ohren. »Wie bist du denn mit der Übung mit dem Stuhl zurechtgekommen, die ich dir beim letzten Mal erklärt habe?«

»Direkt danach ist das Kribbeln im Fuß immer weg. Also, das hilft schon, aber so insgesamt ...«

»... geht es noch nicht so wirklich besser, oder?«, vollendete Pia seinen Satz und sah ihn durch ihre hypnotischen Wimpern hindurch an. »Ich habe dich eben ein bisschen beobachtet.«

Ich auch, dachte ich.

»Oje«, sagte Lars, und auch da konnte ich nur zustimmen.

»Es wurmt mich, dass ich dir bisher noch nicht helfen konnte«, meinte Pia sanft zu Lars. »Ich habe noch mal etwas tiefer recherchiert. Magst du nach der Stunde kurz bleiben? Ich will dir noch etwas zeigen.«

Lag es an meinen unkeuschen Gedanken, oder hörte sich das total nach Briefmarkensammlung-Zeigen an?

»Gern, ich bin gespannt«, antwortete Lars. Klang das ein bisschen unsicher?

Pia nickte ihm zufrieden zu – und kam zu mir. Auch bei mir hockte sie sich hin und fragte sehr lieb, wie es denn inzwischen mit meinem Nacken aussähe. Sofort bekam ich ein schlechtes Gewissen wegen meiner Eifersucht.

»Meinem Nacken geht es gut. Ich bekomme im Moment aber auch nicht so viele ärgerliche Mails«, griff ich meinen kleinen Scherz aus der ersten Stunde auf. Perscheid vermied es nämlich, mir zu schreiben. Die Sache mit dem Vertrag war ihm wohl immerhin minimal peinlich. »Aber auch sonst tut mir die Bewegung hier gut«, fügte ich hinzu. »Vielen Dank, dass du dich so individuell um uns kümmerst, das ist echt nicht selbstverständlich.«

Ein offenes Lächeln erschien auf Pias Gesicht. Damit sah sie womöglich noch hübscher aus als ohnehin schon. Ich wollte auch mit Lars länger bleiben!

Doch die Stunde war zu Ende, für uns anderen hieß es nun aufräumen und raus. Als ich meine Matte verstaute und noch mal kurz zu Lars herüberschaute, ging sein Blick ausdruckslos durch mich hindurch.

In der Umkleide trödelte ich, und mein Herz hing bei dem Gedanken an Pia und Lars allein in der von der späten Nachmittagssonne erhellten Halle schwer in meinem Brustkorb. Was Pia wohl recherchiert hatte? Eine spezielle Massage mit einem durchblutungsfördernden Öl? Eine Anwendung aus Thailand, bei der sie mit ihren eleganten Füßen auf seinen Bandscheiben herumlaufen musste? Oder würde sie forsch behaupten, dass eigentlich nur Sex gegen Rückenprobleme half?

Statistisch hätte auch ich da mühelos einen Zusammenhang herstellen können. Geschlechtsverkehr war in Deutschland seit Jahrzehnten rückläufig, hatte Elisabeth mir noch vor Kurzem erzählt. Während die Zahlen zur Berufsunfähigkeit aufgrund von Rückenproblemen sprunghaft anstiegen – das hatte ich letztens im Internet gelesen. Wenn man das nun in Zusammenhang setzte ... Elisabeth wäre kaltschnäuzig genug, jemandem, der sie interessierte, so was mit einem intensiven Augenkontakt zu verklickern und die Sache damit klarzumachen.

Ich hingegen war inzwischen auf der Straße angelangt. Ich hätte wirklich beruhigter den Heimweg antreten können, wenn ich Lars nicht mehr mit Pia zusammen gewusst hätte. Doch sein rotes Fahrrad, von dem ich mir gemerkt hatte, wie es aussah, stand noch an der Laterne.

Ein paar Meter weiter gab es ein Büdchen. Langsam ging ich darauf zu und schaute mir ausführlich das typische Angebot an, um mir – wiewohl gerade gar nicht hungrig – eine Tüte Schokonüsse zu kaufen. Als ich wieder rauskam, stand das Fahrrad immer noch an seinem Platz. Na ja, ich konnte hier auch nicht länger rumlungern. Wenn die beiden jetzt rauskamen, würde das ganz schön seltsam wirken. Und sowieso lauerte die Konkurrentin um mein Glück vielleicht gar nicht in der Turnhalle, sondern war längst mit Lars verheiratet und wunderte sich schon, wo er blieb.

Mit dem Gefühl, ein Mauerblümchen und auf ganzer Linie abgehängt worden zu sein, trottete ich nach Hause.

KAPITEL 6

Im Mai und Juni fliegt in Deutschland nicht selten die verlobte SCHLANKJUNGFER *(Lestes sponsa, Agrion forcipula Charpentiers).* Der smaragdgrüne Körper mißt 33–35 mm und wird beim ausgefärbten Männchen oben und unten am Mittelleib sowie auf den beiden Wurzel- und Endgliedern des Hinterleibes von lichtgrauem Reif überzogen, eine fast weiße Randader am braunen oder schwarzen Flügelmal und zwei gleich große und spitze Zähne am Innenrande der Haftzangen gehören zu den weiteren Erkennungszeichen des Männchens. Das Eierlegen dieser Art beobachtete von Siebold an einem mit Binsen *(Scirpus luacstris)* bewachsenen Teiche. [...] Ist die Paarung, wie oben berichtet, erfolgt, so läßt das Männchen sein Weibchen nicht los, wie dies andere thun, sondern hält es am Nacken fest und führt es spazieren. Beide fliegen in dieser Verbindung mit ausgestreckten Leibern umher, setzen sich auf diese und jene Wasserpflanze und scheinen in ihren Handlungen von einem Willen beseelt zu sein.

Brehms Tierleben, Bd. 9: Insekten, Tausendfüßer und Spinnen, über die Schlankjungfer

Es war erst halb sieben Uhr morgens, als ich mit geputzten Zähnen losradelte, doch auf den Straßen war bereits Leben. Ich war sonst selten zu dieser Tageszeit unterwegs, aber Herr Schulte hatte heute seinen ersten Tag, und ich wollte ihm vorher noch seinen Computer und einen Kontozugang einrichten. Die Kastanie auf dem Platz vor unserem Haus stand in saftigem Grün, und wenn jemand auf der umgebenden Einbahnstraße ausparkte, staute es sich trotz der frühen Stunde. Die Schönheit des Maimorgens aber bewirkte, dass die Leute nicht so hupten und drängelten wie sonst.

Als ich vor der Firma mein Rad an eine Laterne kettete – was mich zuerst an Lars und sein Rad erinnerte und dann auf die Idee brachte, hier einen Fahrradständer mit einer Werbetafel aufzustellen –, hatte sich auch meine Müdigkeit fürs Erste verflüchtigt. Ich schloss die Bürotür auf, und ein abgestandener Essensgeruch schlug mir entgegen.

Die Küche lieferte mir die Erklärung. Dieter musste sich hier vor dem Wochenende etwas warmgemacht haben. Zwar standen seine Tupperdosen und der Topf, den er benutzt hatte, in der Spülmaschine – der Wille war offenbar da. Aber um den Herd herum verteilten sich orangerote Spritzer, und in der Spüle gärten nach dem Eintopfmassaker noch einige Essensreste. Ich sorgte erst mal für Durchzug, indem ich sowohl das Fenster zum Hof als auch das zur Straße öffnete. Dann warf ich den widerlichen Matsch aus der Spüle mit spitzen Fingern in den Müll, holte die Tupperdosen aus der Spülmaschine, die sie eh nicht sauberkriegen würde, und schrubbte Fliesenspiegel und Herd. Mann, Mann, Mann, wie hielt Dieters Frau das bloß aus?

Als die Amsel auf Papas Uhr acht zwitscherte, traf Herr Schulte ein. Er fröstelte, als er seine Lederjacke an die Garderobe an der Innenseite der Tür hing, und ich beeilte mich, die Fenster wieder zu schließen.

»Ich wollte die Frühlingsluft für uns hereinlassen«, erklärte ich.

»Wunderbar, da kann ich jetzt mit kühlem Kopf an die Arbeit gehen.«

»Ich koche uns einen Kaffee, und Sie können sich ja schon mal mit Ihrem Arbeitsplatz vertraut machen.« Ich wies mit einer einladenden Geste auf den Schreibtisch im Durchgangszimmer und ging zur Kaffeemaschine.

Während ich sie startete, drehte Herr Schulte sich den Schreibtischstuhl so weit wie möglich nach oben. Dann holte er ein Kissen aus seiner Aktentasche und legte es auf die Sitzfläche. Schließlich setzte er sich auf den Stuhl, klappte nacheinander die Ordner auf, die ich ihm hingelegt hatte, und warf je einen kurzen Blick hinein.

»Schon irgendwelche Fragen?«, wollte ich wissen, als ich ihm seinen Becher brachte.

»Nein, so weit erschließt sich mir das alles.«

»Dann zeige ich Ihnen jetzt das Konto.«

Wir loggten uns mit dem neuen Benutzernamen dort ein, dann setzte ich mich nebenan an meinen eigenen Rechner und brachte meine Gedanken zu dem Reihenhausgarten in Form, in dem ich für morgen verabredet war. Es handelte sich um einen dieser Handtuchgärten hinter einem schlicht weißen, kastig entworfenen Reihenhausneubau. Einzige Besonderheit war eine teilweise Holzverschalung, die der Fassade etwas Individualität gab. Der Hausherr war einer von den ganz Genauen und hatte es eilig. Möglichst zum Einzug in drei Wochen wollte er den Garten fertig haben – wahrscheinlich sollten die Gäste, die danach mit Brot und Salz vorbeikamen, gleich einen perfekten Eindruck bekommen. Ordentlich, pflegeleicht, schnell, so lautete das Briefing. Ich fand den Auftrag interessant, weil es um ein Gesamtkonzept ging, das uns als Beispiel für kommende, ähnliche

Fälle dienen konnte. Vielleicht dürfte ich Fotos vom Ergebnis machen und damit die Homepage bestücken, die in meinem Kopf schon Form angenommen hatte. Doch ich plante viel zu weit voraus ... Noch hatte ich mich ja gar nicht dazu entschieden, das Angebot meines Vaters anzunehmen. Dennoch fiel mir auf, wie viel mehr Energie ich für die Belange der Firma aufbrachte als für meine Doktorarbeit und die Seminare. Nur die Feldforschung hatte ich immer gern gemacht.

Ich rief das Programm auf, in dem man Entwürfe visualisieren konnte, und gab die Maße aus der Bauskizze ein, die ich bekommen hatte. Ich selbst würde mir ja einen wilden Bauerngarten anlegen, in dem es nur so summte und brummte. Aber natürlich sah ich ein, dass jemand wie der akkurate Herr Kohlgruber etwas anderes brauchte. Und auch zur Architektur des Hauses passte so etwas Verspieltes nicht. Die nussbaumfarbenen Holzelemente an der Fassade boten aber einen schönen Anknüpfungspunkt, der den Garten optisch mit dem Haus verbinden würde. Ich fügte eine Terrasse aus Bangkirai-Dielen in Nussbaumfarbe ein. Beziehungsweise würde ich dem Mann schweren Herzens vorschlagen, welche zu nehmen, die aus einer verwitterungsresistenten Holz-Kunststoffverbindung bestanden. Pflegeleicht eben. Allerdings irgendwann Restmüll.

Dann plante ich den Rest. Die Arbeit ging mir leicht von der Hand und machte, bis auf die paar Tücken, die das Programm für mich bereithielt, echt Spaß. Mit Herrn Schulte fand ich es auch angenehm. Zwischendurch raschelte leise das Papier, wenn er etwas in einem der Ordner suchte, oder ich hörte sein heimeliges Tastaturklackern. Dann wieder konnte ich ganz vergessen, dass noch jemand mit im Raum war.

Zwischendurch hatte er einmal zu mir herübergelächelt, was ich als gutes Zeichen für meine Buchführung interpretierte. Außerdem war es nett, bei der Arbeit von George Clooney angelächelt zu werden.

Als ich meine elektronische Skizze aus dem Drucker zog, war ich sehr zufrieden. Das sah alles symmetrisch und harmonisch aus, war so geplant, dass der Auftraggeber später nicht mehr tun musste, als gelegentlich zu gießen und für die Düngung vielleicht mal ein paar Hornspäne auszuwerfen, und hatte dennoch einen gewissen ökologischen Wert.

Denn da kam ich einfach nicht aus meiner Haut. Ich konnte eine Pflanze nicht betrachten, ohne daran zu denken, welchen Insekten sie diente. Leider war es so, dass ein Großteil der in den Bau- und Supermärkten verkauften Pflanzen so gezüchtet war, dass sie zwar möglichst lange und prächtig blühten, aber wenig Nektar und Pollen produzierten oder beides aufgrund der prächtigen Füllung der Blüten für Insekten nicht zugänglich war. Viele Menschen wussten das nicht, stellte ich immer wieder fest, dabei wollte wohl kaum jemand absichtlich Bienen verhungern lassen.

Als ich auf dem Weg vom Drucker zurück zum Schreibtisch an Herrn Schulte vorbeikam, fragte ich, was er denn für einen ersten Eindruck von unseren Finanzen hätte.

»Die sind in Ordnung.«

»Was heißt das?«, hakte ich etwas alarmiert nach.

»Schauen Sie ...«, begann er und zeigte auf seinen Bildschirm. »Ich habe auf Grundlage der Zahlen der vergangenen Jahre und der derzeit schon abgeschlossenen Verträge eine Prognose für den Rest des Jahres erstellt. Wenn der Cashflow so weitergeht wie bisher, kommen wir zunächst sehr gut über die Runden. Saisonbedingt wird die Auftragslage aber zum Winter hin sicher etwas dünner. Das können wir mit der Zahlung puffern, die wir für die Außenanlagen von äh ... Cologne Splatter Productions bekommen. Die wird ja größer ausfallen. Also, wir werden aller Voraussicht nach solide übers Jahr kommen. Für den Fall, dass irgendwas Unvorhergesehenes passiert, hat Ihr Vater auch noch eine kleine Rücklage angelegt.«

Ich warf einen Blick auf das erstellte Diagramm, verstand nicht alles im Detail, aber die Kurve zeigte keinen langfristigen Ausschlag nach unten. Das war doch eigentlich beruhigend.

Mein Handy klingelte, eine Nummer von der Uni. »Äh ... entschuldigen Sie, das muss ich annehmen«, sagte ich zu Herrn Schulte. Ich ging in die Küche und schloss die Tür hinter mir. Ich war doch etwas nervös. Ob es endlich um den Vertrag ging?

»Tewald«, meldete ich mich.

»Hier ist Anika«, sagte die helle Stimme von Perscheids studentischer Mitarbeiterin. »Ich soll dir vom Chef ausrichten, dass dein Vertrag gekommen ist. Du kannst zum Unterschreiben reinkommen.«

Ich spürte etwas wie Enttäuschung, konnte aber nicht festmachen, warum. Weil Perscheid nicht selbst anrief? Oder weil der Vertrag jetzt da war und ich damit vor einer echten Entscheidung pro oder contra Tewald Gartenbau stand? Wenn das mit dem Vertrag wider Erwarten nicht geklappt hätte, dann wäre sie mir abgenommen worden. Irgendwie hätte ich das ganz bequem gefunden. Beherzte Entscheidungen waren nicht so mein Ding.

»Ach, na endlich«, sagte ich. »Ich komme gleich morgen. Und nächste Woche kann es dann richtig weitergehen. Bist du auch da? Dann sprechen wir darüber, ob wir für den Kongress ins Rennen gehen oder nicht.«

»Äh. Ja ... Kannst gerne morgen reinkommen. Aber es eilt nicht so ... Du hast, äh, eine kleine Pause. Dein neuer Vertrag datiert erst auf den 1.6.«

»Oh. Okay«, antwortete ich etwas perplex. »Na, dann ... sage ich noch Bescheid, wann ich komme.« Ich atmete einmal kräftig aus und rollte meine Schultern nach hinten, wie ich es von Pia gelernt hatte, um die Anspannung loszuwerden, die sich prompt in meinem Nacken aufgebaut hatte. »Ist ja alles nichts Neues«, fügte ich hinzu, wie um mich selbst zu beschwichtigen.

»Ja. Ich hatte auch schon mal so eine Pause. Trotzdem doof, tut mir leid. Als ob man seine Miete nicht bezahlen müsste.«

»In der Tat. Na ja, es wird schon gehen. Wir sehen uns, ich melde mich! Und danke für die Nachricht.« Ich lehnte mich an die Spüle, in der Dieters verkrustete Plastikdosen einweichten, und überlegte, was ich von all dem halten sollte. Dass Perscheid noch nicht mal die Eier hatte, selbst anzurufen und sich für die knapp vierwöchige Vertragspause zu entschuldigen, sah ihm mal wieder ähnlich.

Ich atmete einmal tief durch – Herr Schulte musste ja nicht unbedingt mitbekommen, dass ich gerade gekränkt worden war.

»Alles klar?«, meinte mein neuer Mitarbeiter, als ich wieder durch die Tür kam.

»Ja, es ging um meinen anderen Job. Ich arbeite derzeit auch noch an der Uni.«

»Derzeit? Wollen Sie das aufgeben? Entschuldigen Sie meine Neugier ...«

»Schon okay, das ist ja alles auch für Sie relevant. Aber ich weiß selbst noch nicht, ob ich es aufgebe«, antwortete ich, obwohl mir gerade durchaus nach Hinschmeißen zumute war. Und zwar Ralf Perscheid alles vor die Füße.

Doch weil es in diesem Moment klingelte, ging ich erst zur Tür und öffnete. Zwei Sekunden später stand Dieter im Büro. Wie immer schien er mit seiner Größe den ganzen Raum auszufüllen. Mehr als verdutzt schaute er nun Herrn Schulte an, der von seinem Stuhl herunterglitt, um sich vorzustellen.

Zwar hatte ich Dieter erzählt, dass mir Herr Schulte ab sofort zur Hand gehen würde, und auch von seinem Handicap berichtet, aber offenbar war Dieter dennoch überrascht, ihn jetzt hier zu sehen.

»Sie sind aber riesig. Wie kommt man denn damit zurecht?«, erkundigte sich Herr Schulte freundlich, streckte Dieter die Hand hin und sah todernst zu ihm hoch.

Dieter schüttelte sie vorsichtig und guckte noch verdutzter, bevor er schließlich etwas unsicher antwortete: »Ach, man findet Mittel und Wege. Es gibt spezielle Geschäfte für Übergrößen.« Dann begriff er endlich und ließ sein dröhnendes Lachen ertönen. »Man gewöhnt sich sogar an die neugierigen Blicke und die doofen Fragen.«

Herr Schulte lächelte sein feines Hollywoodlächeln und nahm wieder an seinem Schreibtisch Platz.

»Ich bin der Dieter«, schob Dieter noch nach.

»Cord«, sagte Herr Schulte. »Auf gute Zusammenarbeit.«

»Aber ja doch«, antwortete Dieter herzlich und wandte sich dann an mich. »Ich habe gerade nur den Sprinter zurückgebracht und wollte mir einen Kaffee genehmigen.«

Ich setzte mich wieder zu Herrn Schulte und zeigte ihm

unsere Zettelwirtschaft für die Honorarabrechnungen. Er kündigte gleich an, dass wir das mal besser umstellen sollten. Bei einer Steuerprüfung würde das keinen guten Eindruck machen. Es gäbe für ein paar Euro eine mit unserem Buchhaltungssystem kompatible App, in die Dieter sehr simpel vor Ort die Zeiten der einzelnen Mitarbeiter eintragen konnte. Er würde sie, wenn es uns recht sei, gleich auf Dieters Smartphone installieren.

Ich öffnete die Küchentür, um Dieter mit der Idee vertraut zu machen, bevor er wieder wegmusste. Mein kurzer Blick in den Raum sagte mir nebenbei mal wieder alles. Die dreckigen Plastikdosen hatte Dieter ausgekippt und auf die Anrichte gestellt. Vielleicht waren sie seiner Kaffeekanne im Weg gewesen. Zwei Filter lagen durchnässt daneben, und alles war garniert mit etwas Kaffeepulver aus der offenen Dose. Ich seufzte und fand das langsam durchaus unverschämt. Wer, dachte er denn, würde das immer wegmachen? Die Heinzelmännchen von Köln? Ich wollte aber die Stimmung nicht verderben.

»Herr Schulte hat eine gute Idee«, teilte ich also mit und erklärte kurz die Funktionsweise der App.

»So was habe ich noch nie gemacht«, antwortete unser Mann fürs Grobe zögerlich. »Aber zeigt es mir halt mal.« Kurz sah er auf seine Armbanduhr und ergänzte: »Besser morgen früh allerdings. Ich komme so gegen halb acht rein. Würde es dir was ausmachen, dann da zu sein? Jetzt muss ich wieder los.«

»Geht klar, ich fange gern früh an«, meinte Herr Schulte.

Dieter verabschiedete sich, und wir hörten seine Schritte durch den Hausflur donnern.

Während ich anschließend in der Küche noch mal Heinzelfrauchen spielte, kam mir in den Sinn, dass es eigentlich eine Zumutung für Herrn Schulte war, immer so souverän mit der Überraschung oder den betont unbeteiligten Blicken seiner Mitmenschen umzugehen. Ich war ihm allerdings dankbar, dass er sie auch heute wieder auf sich genommen und uns einen guten Start als Team gesichert hatte.

»Wollen wir uns auch duzen?«, fragte Cord Schulte in diesem Moment durch die offene Küchentür. »Ich bin zwar Ihr Mitarbeiter, aber wie es aussieht der Ältere, deswegen wage ich das mal zu fragen.«

»Sehr gern. Ich habe auch schon überlegt, ob ich das anbieten kann. Dann sind wir also Svea und Cord.«

»Genau. Und wenn ich dir in dem Saustall da helfen kann, sagst du Bescheid, ja?«

Wir wussten wohl beide, dass ich das ablehnen würde, aber ich fand es trotzdem eine sehr nette Geste.

Als der Wecker am nächsten Morgen wieder sehr früh klingelte, dachte ich doch noch mal sehnsüchtig an die Zeiten, als ich nur meinen Unijob gehabt hatte. Zwei Mal in der Woche um zehn Uhr unterrichten, ansonsten weitgehend freie Zeiteinteilung und nur ganz, ganz selten einen echten Stresstermin. Heute hätte ich gemächlich in den Wintergarten spazieren und vor mich hinarbeiten können. Stattdessen: Los ins Bad und kaltes Wasser ins Gesicht. Ich band mir die Haare im Nacken zu einem so strengen Knoten zusammen, wie es mit meinen dünnen Löckchen möglich war. Sah ich so nach kompetenter Gartenbauerin aus? Ich zog Jeans, Polohemd und Arbeitsschuhe an und aß und trank in der Küche im Stehen, während ich nervös die Sätze durchging, die ich mir zurechtgelegt hatte, um mein Konzept zu präsentieren. Elisabeth schlief noch, die Glückliche.

Als ich in der Firma ankam, um den Wagen zu holen, beugten sich Cord und Dieter bereits einträchtig über Dieters Smartphone.

»Und wie klappt's?«, fragte ich und nahm den Autoschlüssel vom Haken.

»Gib ihm zwei Wochen, und er wird es lieben«, antwortete Cord.

»Machen wir zwei Monate draus, aber dann: vielleicht ja«, brummte Dieter.

»Wunderbar, Männer«, gab ich zurück und war gleich viel besser gelaunt. »Drückt mir die Daumen, dass es bei mir auch so gut läuft.«

Zwei gedrückte Daumen wurden mir entgegengehalten.

Als ich den Lieferwagen parkte, war der kurze Schauer, der während der Fahrt niedergegangen war, schon wieder vorbei. Den Namen »Waldeslustsiedlung« verdankte das kleine Neubauareal dem Streifen Baumbestand, an den es grenzte. Es war still hier, stellte ich fest, nachdem ich ausgestiegen war und auf der frisch asphaltierten Straße stand. Die Bauarbeiten waren abgeschlossen, doch nur wenige Häuser schienen schon bewohnt. Außerdem fehlte die Bepflanzung. Wenn die bei Familie Kohlgruber schön wurde, würden sich vielleicht weitere Nachbarn bei uns melden.

Es roch nach feuchter Erde, einem Hauch Zement und Neuanfang. Die etwa zwanzig Häuschen waren sternförmig um eine Gemeinschaftsfläche herum angelegt worden. In ihrer Mitte hatte man eine alte Linde stehen gelassen – eine schöne Idee. Ich stellte mir vor, wie Ende des Sommers, wenn alle eingezogen waren, die Engagierteste der Neuzugezogenen ein Straßenfest organisieren würde. Bierbänke mit Nudelsalat, ein Fässchen Kölsch und Kinder, die herumzogen und das Areal für sich eroberten, das ihnen noch riesig erschien. *Wo wir uns fihinden, wohl unter Lihinden, zur Abendzeit ...* Eine Amsel hüpfte auf dem Baum herum und flog dann in Richtung des Wäldchens davon. Ich hatte das Gefühl, das Schicksal wies mich mit Macht in Richtung »Svea Tewald, Geschäftsführerin von Tewald Gartenbau«. Wenn der Termin gut lief, würde ich heute Abend meinen Vater anrufen und zusagen. Oder?

Ich sah auf die Uhr. Zwei Minuten noch. Herr Kohlgruber, Vermessungstechniker bei den Kölner Verkehrsbetrieben, würde Pünktlichkeit zu schätzen wissen.

An einigen Häusern hingen schon Briefkästen und Außenleuchten, die den individuellen Geschmack der Besitzer widerspiegelten. Die Kohlgrubers hatten sich für schlichte Modelle in Edelstahl entschieden. Die Postbox der Nachbarn zu Linken war mit den signierten Handabdrücken der Familie verziert, während rechts noch gar nichts hing.

Ich klingelte, und der Endvierziger öffnete in einem Blaumann die Tür. Der Overall sah aus, als hätte er ihn gerade erst im Baumarkt gekauft. Ein Blick ins Haus verriet mir, dass er anfangen wollte, den Fußboden zu legen. Einige Pakete steingrauer Vinyldielen lagen aufgestapelt im Eingangsbereich.

Der einzige Zugang zum Garten führte durchs Haus, und ich bot an, meine Schuhe auszuziehen, was Herr Kohlgruber annahm, obwohl noch der rohe Estrich zu sehen war. »Ich lege den Boden selbst, das spart mir ein paar Tausend Euro«, erklärte er und wies auf die Dielen. »Gerade bin ich im Obergeschoss, und wenn der Garten fertig ist, geht es hier unten weiter.«

»Wir beeilen uns natürlich, damit Sie schnell weiterkommen«, antwortete ich.

Als wir hinter dem Haus standen, dort, wo demnächst die Terrasse hinkäme, atmeten wir beide gleichzeitig einmal tief ein und sahen uns um. Er mit Besitzerstolz, ich mit dem Gedanken, wie ich es fände, hierherzuziehen. Bisher hatte ich nicht zu jenen gehört, die vom Familienglück im Reihenhaus träumten. Aber dann fiel mir wie so oft Lars ein, und ich stellte mir vor, mit ihm zusammen jetzt, da es nach dem kleinen Regenschauer nach frischer Erde roch, auf der Europalette da drüben zu sitzen. Wir würden die Verkleidung für die Mülltonnen absprechen und anschließend das Trampolin für die Kinder aufbauen. Mit Lars bekam die Vorstellung irgendwie Glamour.

Ich lächelte Herrn Kohlgruber an, holte die Klemmmappe mit dem Plan aus meiner Tasche und begann zu erläutern, was ich mir gedacht hatte.

Die Kunststoffverbunddielen für die Terrasse kamen gut an. Nur dass er sie lieber nicht in Nussbaum, sondern in steingrau wollte, damit sie zum Fußboden im Wohnzimmer passten. Sollte er haben.

»Hier an den beiden vorderen Ecken könnte ich mir je ein Glanzmispelstämmchen im runden Formschnitt vorstellen. Das ist ein immergrünes Laubbäumchen, das im Frühjahr blüht und ziemlich unkaputtbar ist.«

»Laub …«, wiederholte Herr Kohlgruber und überlegte. »Das ist auf der Terrasse vielleicht nicht so gut. Oder können Sie mir von wegen immergrün garantieren, dass da auf keinen Fall was abfällt?«

»Äh, nein, irgendwann erneuern sich die Blätter natürlich schon.«

»Dann hätte ich da lieber ein kleines Nadelbäumchen. Wissen Sie, so eins, das man in Zylinderform schneiden und zur Weihnachtszeit mit einer Lichterkette schmücken kann.«

»Ach ja. Schöne Idee. Dafür müssen Sie in der Südlage hier eine kleinwüchsige Thuja nehmen. Auch bekannt unter ›Lebensbaum‹.« Ihrem Namen zum Trotz hatten die zwar nur wenig ökologischen Wert, aber okay, es waren ja nur zwei.

Für den Sichtschutz zum gegenüberliegenden Garten hatte ich mit einer Ligusterhecke einen Klassiker geplant. »Die wächst schnell, und wenn wir gleich etwas größere Exemplare pflanzen, haben Sie schon im nächsten Jahr eine mannshohe Hecke. Schön ist es, sie knospenschonend früh im Jahr zu schneiden, dann haben Sie auch etwas von der weißen Blüte, die sich gut zu Ihrer Fassade macht.«

»Hm«, machte Herr Kohlgruber und sah zum Nachbarn zwei Häuser weiter hinüber, der gerade in Eigenregie dabei war, sich an der Grundstücksgrenze mit einer Reihe Bretterwände abzuschirmen.

Schnell kam ich auf den Rollrasen zu sprechen. Vielleicht gelang es mir, ihn damit von den hässlichen Brettern abzulenken.

Herr Kohlgruber nickte abwesend, während ich versicherte, dass der Rollrasen bei der überschaubaren Quadratmeterzahl nicht allzu teuer wäre. »Und dann haben wir hier als schlichtes Gestaltungselement einen Apfelbaum. Wenn wir ihn im hinteren Teil der Rasenfläche hinsetzen ...« Ich trat an die entsprechende Stelle, um zu demonstrieren, wo ich ihn mir vorstellte. »... dann spendet er dem Gras einen durchlässigen Schatten, und Sie müssen in heißen Sommern weniger sprengen. Auf der Terrasse haben Sie aber trotzdem volle Sonne.«

Herr Kohlgruber nickte wieder. »Schöne Idee«, sagte er, ebenso wie ich gerade, und mir schwante Übles. »Aber ich glaube, ich habe noch eine bessere. Sie haben mich gerade durch die Thuja drauf gebracht. Setzen Sie die doch auch hinten an die Grenze. Meine Eltern hatten die auch als Hecke, die sind unkompliziert und machen alles schnell dicht. Außerdem ist dann alles einheitlich.«

»Da haben Sie einen Punkt«, meinte ich zögerlich. »Allerdings haben die so ungefähr den ökologischen Wert einer Betonmauer.« Das konnte ich mir nicht verkneifen.

Herr Kohlgruber sah mich erstaunt an. »Aber ich will doch hier kein Öko-Biotop, sondern nur einen ganz normalen Garten.«

»Klar«, lenkte ich umgehend ein. »Also dann eine Thujahecke. Und was halten Sie von dem Apfelbaum?«

»Ja, nee, also in mir ist da eine ganz andere Idee gereift.«

»Welche denn?«, fragte ich angstvoll.

»Ich hätte gerne eine größere Terrasse. Und wo Sie das gerade mit dem Rasensprengen sagten ...«

»Das müssen Sie natürlich nicht. So ein Rasen vertrocknet nie langfristig. Sobald es wieder regnet, ist der im Nu wieder schön grün.«

»Ja, mag sein. Aber man hat ja dann auch immer das Problem mit dem Klee. Und den Gänseblümchen. Löwenzahn! Oder es kommt am Ende noch ein Maulwurf.«

Das konnte ich schlecht bestreiten, das waren alles Dinge, die passieren konnten.

»Ziehen wir die Terrasse doch einfach bis hinten zu den Thujen. Fertig ist der Lack.«

»Die komplette Fläche mit den Dielen zumachen? Gut, ja ...« Ich dachte nach. Die Terrasse war wirklich nicht allzu groß. Wenn die Familie oft Gäste hatte ... Aber sah das aus? »Für die Optik bräuchten wir drum herum dann noch einen Rahmen. Vielleicht ...« Ich überlegte, welche Stauden dem Ganzen doch noch etwas vegetativen Reiz abringen würden. »Lavendel wäre als Umrandung schön – abwechselnd ein weißer und ein blauer. Den müssen Sie selten gießen, und was meinen Sie, wie das dann hier auf der Terrasse duftet.«

»Auf der Terrasse liebe ich nur den Duft eines guten Grillsteaks«, scherzte Herr Kohlgruber.

Ich lachte höflich. »Was würde Ihnen denn dann gefallen, um Ihr Grundstück einzurahmen?«

»Kieselsteine. In weiß, das sieht doch superschick aus.«

»Äh, ja. Kiesel haben immer was sehr Etabliertes. Aber ich muss Ihnen sagen, auch wenn Ihnen Kollegen anderes versprechen: Selbst wenn wir die hochwertigste Folie darunterlegen, kommt da spätestens in zehn Jahren was durch. Auch durch Windflug setzen sich Samen zwischen die Steine, und letztlich sind Sie immer am Ausreißen.«

»Ach, davor habe ich keine Angst. Wozu gibt es Unkrautvernichter?«

»Ja, wozu eigentlich ...«, murmelte ich resigniert. Einem plötzlichen Impuls folgend hockte ich mich hin, griff in die Erde und ließ einen Brocken durch meine Finger rieseln. Manchmal wurde vor der Bebauung die Muttererde abgetragen und verkauft, und die Bauherren waren dann mit einem lehmigen Boden konfrontiert. Hier war das nicht so. »Eine gute Scholle haben Sie hier«, sagte ich bedrückt.

»Meine Frau und ich sind auch ganz zufrieden mit unserer Kaufentscheidung«, gab mein potenzieller Auftraggeber stolz zurück. Er verstand mich nicht. »War zwar ein teurer Spaß, aber bestimmt wird der Wert in den nächsten Jahren noch steigen. Und es ist einfach ein ganz anderes Gefühl, wenn man die eigene ›Scholle‹, wie Sie es so schön nennen, gestalten kann. Schicken Sie mir dann auf der Grundlage, wie wir es besprochen haben, ein Angebot? Ich bin sicher, wir werden uns einig.«

»Mach ich. Haben Sie spätestens morgen in Ihrem E-Mail-Eingang«, antwortete ich mechanisch. »Dann ... überlasse ich Sie mal wieder Ihrem Fußboden. Toi, toi, toi!«

Ich verabschiedete mich, ging – Schuhe wieder aus – durch das Haus zurück zum Wagen, lehnte mich mit dem Rücken an die Kühlerhaube und dachte nach. Ich hatte das Gefühl, dass wir den Auftrag bekommen würden. Unsere Preise waren schließlich moderat. Aber der Gedanke, dass unsere Firma wieder einmal einige Quadratmeter Fläche versiegeln würde, machte mir fast ein schlechtes Gewissen. Auch wenn ich mir sagte, dass es sonst ein anderer tun würde.

»Entschuldigen Sie, kann ich Sie etwas fragen?«

Ich schrak zusammen, denn ich hatte die junge Frau, die mich ansprach, nicht kommen hören.

»Äh, ja, natürlich. Worum geht's?« Vielleicht suchte sie ja noch jemanden für ihre Gartengestaltung. Dann würde sich der Termin heute immerhin noch weiter bezahlt machen.

»Sie kennen sich ja mit Gärten aus, sehe ich an Ihrem Fahrzeug und äh ...« Sie blickte auf das Emblem an meinem Oberteil. »... an Ihrem T-Shirt.«

»Die sind mein Job.« Ich lachte. Trotz des Termins mit Herrn Schottergruber fühlte es sich gut an, das zu sagen.

»Schöner Job«, bestätigte die Frau. Ihre Jeans hatte Grasflecken an den Knien, außerdem hing ein kleiner Zweig in ihrem blonden Dutt. »Dann wissen Sie vielleicht, was eine Benjeshecke ist? Wir würden damit gern unser Grundstück einzäunen – uns gehört das Eckhaus da drüben.«

»Ah, schön! Glückwunsch zum neuen Heim. Ja, ich weiß, was eine Benjeshecke ist. Im Prinzip eine wunderschöne Idee. Aber ich muss Sie enttäuschen, das wird hier nicht funktionieren. Ich hätte aber einen Vorschlag, was Sie stattdessen machen könnten.«

»Ja? Was denn? Und warum funktioniert es nicht?«

»Für eine Benjeshecke werden altes Holz, Reisig, Äste, ausgediente Weihnachtsbäume und so weiter aufgeschichtet oder einfach dort abgekippt, wo die Hecke entstehen soll. Die Vögel, die dort Schutz finden, und auch der Wind tragen dann Samen gegen den Wall, sodass dort mit der Zeit ein natürlicher Bewuchs mit heimischen Arten entsteht.«

Die Frau nickte. So weit hatte sie sich sicher schon informiert.

»Hier in der Stadt fliegen aber nicht so viele variable Arten herum, und am Ende haben Sie da einen Hügelrücken, der viel Platz wegnimmt und von einigen wenigen dominanten Arten wie der Brennnessel und stachligen Brombeerranken überwuchert wird. Wie man es von Bahndämmen kennt. Ich würde Ihnen stattdessen zu einem Totholzzaun raten. Das hört sich hässlich an, ist aber ein ganz ähnliches Prinzip und an den heimischen Stadtgarten besser angepasst. Trotzdem mit großem Nutzen für Schmetterlinge, Wildbienen und Vögel. Mit einer buschig wachsenden Clematis zum Beispiel ist das eine Augenweide.«

Ich erklärte der Frau kurz, wie der Zaun errichtet wurde.

»Wenn Sie Hilfe brauchen: Hier ist meine Nummer!« Ich wies auf die Telefonnummer an unserem Wagen, und die Frau schoss ein Handyfoto davon. »Wir wollen das zwar eigentlich selbst machen, aber danke. Wer weiß ...«

Obwohl ich vermutlich nichts mehr von ihr hören würde, fühlte ich mich etwas besser. Und mir kam eine Idee. Hier hatte ich meinen Rat kostenlos gegeben. Aber Klimawandel und Artensterben waren doch in aller Munde, und es gab immer mehr Menschen, die auf ihrem Grundstück etwas dagegen tun wollten. Die aber nicht so recht wussten, wie sie ihr Bedürfnis nach einem gepflegten Garten damit vereinbaren sollten. Was, wenn wir uns auf die Anlage von Naturgärten spezialisierten? Nicht jeder wollte seine bescheidene Reihenhausparzelle in ein wildes Biotop verwandeln, in dem Laubhaufen und naturbelassene Ecken Igeln und Raupen Schutz boten und unscheinbare heimische Pflanzen bedrohte Insektenarten anlockten. Wofür es aber sicher einen Markt gäbe, wäre eine Beratung, wie man zu einem schmucken Kompromiss kommen könnte.

Ich stieg ins Fahrerhäuschen, und als ich eine Viertelstunde später auf dem Hof hinter der Firma parkte, konnte ich mich kaum daran erinnern, wie ich dorthin gekommen war, so sehr war ich während der Fahrt ins Pläneschmieden versunken gewesen.

Drinnen war niemand. Ich setzte mich direkt an den Rechner und recherchierte. Es gab in Köln schon einige Gartenbauer, die ihren Fokus auf naturnahe Gärten gelegt hatten. Das hieß, es gab Bedarf. Und ich als Insektenspezialistin hatte eine Zusatzexpertise, mit der ich punkten konnte. Sofort schossen mir einige Formulierungen für die geplante Homepage durch den Kopf, die ich schnell niedertippte.

Hin und wieder schielte ich auf das Telefon. Sollte ich Papa anrufen, um ihm zu sagen, dass ich an Bord war? Was mich abhielt, war doch nur die Angst vor der Verantwortung. Aber jetzt, mit Cord auf der theoretischen und Dieter auf der praktischen Seite, konnte ich mir fast vorstellen, sie zu tragen.

Zu Hause nach dem Abendessen nahm ich den Hörer mehrere Male auf und legte ihn wieder hin, bis ich mich endgültig dazu durchrang, es bei Papa klingeln zu lassen. Und wenig später war ich auf mündlicher Basis auf meinem Geschäftsführerinnenposten bestätigt. Mein Vater hatte sich riesig gefreut. Nur als ich von meinem Plan mit den naturnahen Gärten sprach und darüber, dass ich, wenn wir es uns irgendwie leisten konnten, lieber keine Schottergärten mehr anlegen wollte, hatte er etwas verschnupft reagiert. Als hätte ich damit seine Arbeit kritisiert.

Während ich mich früher manchmal abends gefragt hatte, wie um alles in der Welt ich es wieder hingekriegt hatte, in den vielen Stunden am Schreibtisch so wenig zu schaffen, wunderte ich mich jetzt, wenn ich im Bett lag und vor lauter Adrenalin nicht einschlafen konnte, was ich heute wieder alles hingekriegt hatte. Meine Entscheidung setzte ungeheure Energien in mir frei, die ich als Zeichen dafür nahm, dass sie goldrichtig gewesen war. Nur Meyer-Landrut beäugte mich immer misstrauisch, als würde er mich nicht wiedererkennen, wenn ich im Wintergarten saß und fieberhaft an der neuen Homepage werkelte, die mit den großformatigen Gartenfotos ziemlich gut aussah.

Perscheid setzte ich telefonisch davon in Kenntnis, dass er von nun an ohne mich auskommen musste. Allerdings behielt ich meinen Unmut für mich, weil ich noch ein gutes Zeugnis von ihm haben wollte. Das ich mir natürlich selbst würde schreiben müssen. Sein offensichtlicher Schock ob der Nachricht war mir jedoch ausreichend Genugtuung.

»Aber ich habe doch der *Apidologie* diesen Fünfseiter versprochen ...«, stammelte er nervös. Die *Apidologie* war das internationale Fachmagazin für Bienenforschung.

Ich schwieg.

»Wie soll ich denn jetzt ...?«, drang ein Murmeln durch den Hörer.

»Sie werden einen guten Ersatz für mich finden«, meinte ich schließlich gönnerhaft. Und war mir sicher, dass das stimmte. Leute wie Perscheid kamen immer klar.

»Was ist denn dann mit Ihrer tollen Dissertation?«, fragte mein Ex-Chef in einem letzten Aufbäumen schmeichelnd.

»Vielleicht schreibe ich sie irgendwann später noch zu Ende. Aber wenn wir ganz ehrlich sind, bin ich in den letzten Jahren nicht nennenswert damit weitergekommen.« Das offen auszusprechen war erleichternd, wenn auch mit Traurigkeit verbunden. Sicher würde das Thema noch hin und wieder in mir hochkommen. Aber ich würde der Insektenwelt ab jetzt einen viel praktischeren Dienst erweisen, sagte ich mir. Herr Kohlgruber bekäme von Dieter noch seinen grauen Garten, aber er würde hoffentlich einer unserer letzten sein.

Als ich am nächsten Morgen im Büro ankam und gerade tatendurstig meinen Rechner hochfuhr, sprach Cord mich von seinem Schreibtisch aus an. »Du Svea, bist du mit diesen Splatter Productions in Kontakt? Die nächste Rate wäre jetzt fällig gewesen.«

»Splatter Productions ...«, wiederholte ich. Leise klingelte bei dem Stichwort etwas, und ein ungutes Gefühl meldete sich in meiner Magengrube.

»Das sind die, denen dein Vater die kompletten Außenanlagen gestaltet hat. Da steht was Fünfstelliges aus. Wir hatten ja drüber gesprochen, dass uns das über den Winter bringt.«

Ich fühlte mich wie ein Schleusenbecken, das rasant geflutet wurde von Furcht und Scham, bis mir beides bis zum Hals stand.

Cord sah mich besorgt an.

Erst schlug ich die Hände vors Gesicht, dann scrollte ich hektisch durch die Mails. Da war doch was gewesen, an meinem allerersten Tag hier. Nur allzu schnell fand ich, was ich suchte. Die Mail, in der die Produktionsfirma darum bat, die Rechnung bis ins nächste Jahr zu stunden. Ich erinnerte mich vage, dass ich das mit Papa hatte besprechen wollen, es dann aber in all dem Trubel vergessen hatte. Scheiße.

»Nur ruhig Blut«, meinte Cord, als ich ihm die Lage schilderte. »Das kann mal passieren. Ich rufe jetzt in deren Buchhaltung an und erkläre, dass eine Stundung leider nicht möglich ist. Vielleicht erfahre ich dabei gleich mehr.«

»Ich hatte die ganze Zeit über Angst, dass ich etwas Wichtiges übersehe oder vergesse«, sagte ich, jede Vorgesetztenwürde in den Wind schlagend. »Gleichzeitig dachte ich aber: Nein, das sind nur Ängste, weil du gerade sehr gefordert wirst. Und jetzt habe ich mir wirklich so ein Ei gelegt! O Gott, wie soll ich das nur meinem Vater erklären?«

Cord antwortete nicht, sondern nahm den Hörer und legte den Zeigefinger vor den Mund, damit ich aufhörte.

Es klingelte lange, dann nahm endlich jemand ab. Cord

stellte das Telefon auf Lautsprecher. Zwei Mal wurde er weiterverbunden, dann führte er ein kurzes Gespräch, bei dem mir auffiel, wie souverän und bestimmt er unser Anliegen vertrat. Ergiebig war das Telefonat trotzdem nicht, denn am anderen Ende der Leitung war eine Mitarbeiterin, die betont wenig wusste und natürlich keinerlei Kompetenzen hatte. An Ende kündigte sie auf Cords Druck hin halbgar einen Rückruf der Geschäftsführung an, von dem wir ahnten, dass er nie erfolgen würde.

Als er aufgelegt hatte, fingen wir beide an zu googeln. Cord beförderte aus den Tiefen des Internets eine Branchenmeldung zutage, der zu entnehmen war, dass Cologne Splatter Productions ein verlustreiches Jahr zu erwarten hatte und der Fortbestand der Firma in den Sternen stand.

Und unserer dann wohl ebenso. »Wenn ich doch Papa gleich Bescheid gegeben hätte oder selbst irgendwas unternommen ... Das ist ja schon Monate her ... Vielleicht wäre da noch was zu holen gewesen!«

»Mach dich nicht verrückt, Svea. Ich werde noch heute ein Mahnverfahren einleiten. Und dann sehen wir weiter. Das Recht ist auf unserer Seite. Mit der Bitte um Stundung haben sie die Rechnung schon anerkannt. Mach du erst mal Feierabend. Es ist spät genug, und du hast viel gearbeitet in der letzten Zeit. Ich überlege mir übers Wochenende was. Und du guckst dir mal Sebastian Vettel und Joshua Jackson an. Die sehen sich auch sehr ähnlich!«

»Joshua Jackson ... Ist das der aus *Dawson's Creek?* Den gibt es noch?«

»Ja, er wurde geklont und fährt jetzt auch Formel 1.«

Ich musste trotz allem lachen. Und Cord hatte recht, ich konnte heute Abend nichts mehr tun.

Zu Hause angekommen sah ich, dass Kirsten, eine alte Schulkameradin, mir geschrieben hatte. Sie war mit einigen Freundinnen in einer Bar in der Nähe und fragte, ob ich kommen wollte. Bar und Cocktail klangen zwar im Prinzip verlockend, aber womöglich erkundigte sich noch jemand, was ich so machte oder wie es bei mir lief. Um bei der Wahrheit zu bleiben, hätte ich antworten müssen, dass ich gerade an der Uni gekündigt hatte, um die Firma meines Vaters zugrunde zu richten. Und nein, bevor ihr fragt: Zur Doktorarbeit könnt ihr leider auch nicht gratulieren ...

Ich sagte Kirsten ab und war sogar froh, als ich von Elisabeth eine Notiz in der Küche fand, dass sie erst morgen Vormittag wiederkäme.

Aggressiv entstaubte ich unsere Fußleisten und sah dann fern, bis ich müde genug war, um schlafen zu gehen. Meyer-Landrut, der gerade von einem Streifzug durch die Höfe und Gärten hinter unserem Haus hereinkam, leistete mir freundlicherweise Gesellschaft. Ich fand es zwar keinen feinen Charakterzug von ihm, dass ich ihm jetzt als armer Tropf wieder lieber war als in meiner energiegeladenen Phase. Aber als er mich treu ins Bett begleitete und sich auf der leeren Hälfte meiner breiten Matratze ausstreckte, half mir sein beruhigendes Schnurren, in den Schlaf zu finden.

So früh, wie ich eingeschlafen war, erwachte ich am Samstagmorgen auch wieder. Wenige Sekunden nach dem Augenaufschlagen fiel mir mein Versagen wieder ein, aber immerhin fühlte ich mich ausgeruht. Vielleicht war das mein neuer Handwerkerinnenschlafrhythmus. Ich tapste in den Wintergarten, wo Meyer-Landrut schon an der Tür wartete. Als ich sie öffnete, kletterte er mit der trägen Eleganz des dicken Katers über das davor angebrachte Geländer ins Freie, und ich hielt mein Gesicht in die Morgensonne.

Womöglich hatte Cord recht, und es würde sich alles wieder einrenken. Bei Jens und seinem Start-up hatte es auch immer wieder mittlere Katastrophen gegeben, und jetzt lief es gut. Ich musste anfangen, wie eine Unternehmerin zu denken anstatt wie ein Kind, das aus Versehen beim Seilspringen in Papis Modellbausammlung gehüpft war. Probleme hießen ab sofort Herausforderungen!

Nach dem Frühstück beschloss ich, in den Baumarkt zu fahren und mich um eine Lösung für die im Schaufenster herumliegenden Kabel unter unseren Firmenschreibtischen zu kümmern. Deren Anblick nervte mich schon die ganze Zeit. Ich konnte zwar die Bezahlung der Rechnung von Splatter Productions nicht beschleunigen, aber ich konnte alles andere perfekt machen. Mit einem Sortiment an Kabelkanälen radelte ich anschließend zur Firma. Als ich ächzend unter den Schreibtischen herumkroch, um die Kabel zusammenzufassen und an den Tischbeinen entlangzuführen, fühlte ich mich, als würde ich Buße tun, und das gefiel mir.

Obwohl ich einen starken inneren Widerwillen gegen den blau-weißen Anblick meines Büromail-Postfachs verspürte, zwang ich mich, kurz nachzuschauen. Cord hatte mir geschrieben. Er meinte, wir sollten uns um einen größeren Auftrag von einem angesehenen Klienten bemühen. Selbst wenn der erst nach Abschluss bezahlt würde, könnte so was im Fall der Fälle bei der Bank als Sicherheit dienen, um einen Überbrückungskredit zu bekommen. Er hatte als Beispiel einen Link zu einer Ausschreibung der Stadt Köln angehängt, in der eine Firma für die Baumpflege auf städtischen Grünflächen gesucht wurde.

Das war nicht das Richtige für uns, für die ganz hohen Bäume fehlte uns das Gerät. Doch es gab in der Rubrik Gartenbau noch zwei andere Aufträge. Einer war vom Umfang her eine Nummer zu groß für uns, der andere klang jedoch interessant: »Grüne Neugestaltung des Lucie-von-Hardenberg-Platzes – Gestaltungswettbewerb«

Ich klickte mich durch die bereitgestellten Unterlagen. Der Platz lag in Köln-Bilderstöckchen und war eine dieser Pflastersteinwüsten aus den Achtzigern mit drei Bänken und einem langgezogenen, mit traurigen Heckenberberitzen bepflanzten Beet, die regelmäßig mit Scherben und alten Coffee-to-go-Bechern gedüngt wurden. Weitere Fachinfos konnte man bei dem zuständigen Referenten im Grünflächenamt, Herrn Lars Opitz, einholen.

Moment mal. Lars.

Hastig öffnete ich ein neues Browserfenster, strich mir die Haare hinter die Ohren und gab »Lars Opitz Grünflächenamt« in die Suchmaschine ein. Es erschien ein Artikel aus dem Kölner Stadt-Anzeiger, in dem Herr Opitz sich zu den Folgen einer EU-Richtlinie für die städtischen Anpflanzungen geäußert hatte. Leider ziemlich sachlich, ohne Foto oder Hinweise auf Bandscheibenprobleme oder eine etwaige Seelenverwandtschaft mit mir.

Als ich im Anschluss einfach nur »Lars Opitz Köln« eingab, wurde ich jedoch fündig. Eine alte Meldung der TU Berlin besagte, dass der junge Landschaftsarchitekt mit seiner Diplom-Arbeit einen Innovationspreis gewonnen hatte.

Als sich das zugehörige Foto auf meinem Bildschirm aufbaute, spürte ich, wie sich ein deppertes Lächeln auf meinem Gesicht ausbreitete. Das war mein Rücken-Lars, nur jünger und mit kürzeren Haaren, in der Hand eine Urkunde. Er grinste ein wenig spöttisch in die Kamera, wie jemand, dem der Rummel unangenehm ist. Gott, war er süß. Jetzt hatte ich ihn unverhofft gefunden, und er stand mir zur Verfügung, versprach die Ausschreibung! Wenn auch nur für Informationen zur Neugestaltung des Lucie-von-Hardenberg-Platzes. Aber trotzdem sollte da noch mal einer behaupten, das wäre kein Schicksal mit uns beiden!

In meiner Euphorie schickte ich Elisabeth auf dem Weg nach draußen zu meinem Fahrrad eine aufgeregte Sprachnachricht, die in der Frage mündete, ob sie inzwischen zu Hause wäre. Obwohl ich Sprachnachrichten sonst super nervig fand.

Ich traf Elisabeth bei uns am Briefkasten. Am Hinterkopf hatte sie statt ihrer sonstigen gepflegten Frisur ein merkwürdig verfilztes Haarnest. Als ich sie darauf ansprach, meinte sie: »Na, hallo, du hast mir eine Sprachnachricht geschickt! Da wusste ich, dass es dringend sein muss, und bin sofort los.« Sie griff sich in die Haare. »Bin wohl heute Nacht ziemlich anhaltend über die Matratze geschubbert worden. War bei Damian.« Sie lachte begeistert. »Also, was ist los. Lass mich raten, warst du etwa bei Lars?«

»Nein, aber ich habe ihn im Internet gefunden!« Wir begeisterten uns eben auf unterschiedlichen Niveaus.

Zum Glück konnte sich Elisabeth auf meins herabbegeben, wenn es darauf ankam. »Nein!«, rief sie aus.

»Doch«, quiekte ich. »Lass uns schnell hochgehen!«

Auf der Treppe erzählte ich ihr in knappen Worten, was ich in der Firma verbockt, dann mit wesentlich mehr Verve, was ich im Internet entdeckt hatte.

Oben mixte Elisabeth uns beiden einen Smoothie, während ich im Wintergarten die Türen aufriss, meinen Laptop hochfuhr und Elisabeths Schreibtischstuhl neben meinen rollte.

Als sie mit den beiden Gläsern kam, bedeutete ich ihr, den Platz vor der Tastatur einzunehmen. »Und jetzt logge dich mal bei Facebook ein.« Elisabeth tippte nicht nur schneller als ich, es war mir auch zu heikel, Lars unter meinem Namen zu stalken.

Wir stießen auf ein privates Profil mit einem Schnappschuss, auf dem Lars ein smaragdgrünes Fußballtrikot trug – wusste ich es doch – und ungezwungen in die Kamera lachte, als sei der Fotograf ein Kumpel von ihm.

»Hui, der sieht ja wirklich zum Knutschen aus«, meinte Elisabeth anerkennend. Dem konnte ich natürlich nur beipflichten.

Des Weiteren gab es ein Profil in einem Businessnetzwerk mit einem wenig gelungenen Automatenfoto, auf dem Lars, das musste sogar ich zugeben, ziemlich schäl guckte.

»Halt!«, schrie ich, als Elisabeth draufklicken wollte.

»Was ist los?«, gab sie erschreckt zurück.

»Vielleicht kann er sehen, wer sein Profil besucht! Und du bist ja mit mir befreundet! Ich kann jetzt noch nicht als Gartenbauerin aus der Deckung kommen. Vermutlich wäre es sowieso aussichtslos, wenn ich als blutige Anfängerin bei seiner Ausschreibung mitmachen würde ...«

»Erkundige dich doch mal unverbindlich bei deinem Vater, ob er schon an so etwas teilgenommen hat.«

»Ja, vielleicht mache ich das«, überlegte ich zögerlich. »Allerdings wäre ich vollkommen auf Papas und Dieters Expertise angewiesen, wenn ich ins Rennen gehen wollte, und wir drei sind bei aller Liebe nicht gerade mein Dreamteam für eine enge Zusammenarbeit ... Ach, jetzt such erst mal nach ›Lars Opitz Freundin‹. Oder ›Frau‹.«

»Der ist kein Promi«, wandte Elisabeth ein. »Ich glaube kaum, dass wir ein Foto von ihm mit seiner Liebsten auf dem roten Teppich finden.« Sie behielt glücklicherweise recht.

»Du bist doch auch bei Instagram?«, fragte ich dann.

»Ja, wieso?«

»Guck da mal nach Pia Leuthaus.« Denn sollte dort seit letzter Woche der Hashtag #newboyfriend und ein Foto von Lars und Pia im Sonnenuntergang vor der Turnhalle aufgetaucht sein, wollte ich es wissen, bevor ich mich morgen zum Faszientraining aufmachen würde. Aber Pias letzte Posts waren zum Glück ein paar ästhetische Verrenkungen vor einer Urlaubskulisse aus dem vergangenen Sommer.

KAPITEL 7

Es kommt wohl auch vor, daß beide IGEL in der warmen Jahreszeit in ein Nest sich legen; ja zärtliche Igel vermögen es gar nicht, von ihrer Schönen sich zu trennen, und theilen regelmäßig das Lager mit ihr. Dabei spielen sie allerliebst miteinander, necken und jagen sich gegenseitig, kurz, kosen zusammen, wie Verliebte überhaupt zu thun pflegen. Wenn der Ort ganz sicher ist, sieht man die beiden Gatten wohl auch bei Tage ihre Liebesspiele und Scherze treiben, an halbwegs lauten Orten aber erscheinen sie bloß zur Nachtzeit.

Aus Brehms Tierleben, Bd. 1: Säugethiere, über den Igel

Obwohl Lars ja nichts davon ahnte, dass wir so was Ähnliches wie Kollegen waren, war ich noch aufgeregter als sonst, als ich die Halle betrat. Jetzt musste ich nicht nur attraktiv, sondern vorsichtshalber auch noch kompetent rüberkommen. Und das alles in Trainingskleidung! Kate Middleton würde das eventuell schaffen ...

Als Lars die Halle betrat, saß ich neben Cornelia und Miriam auf der Bank und bekam gerade erklärt, welche Faszienrolle für zu Hause empfehlenswert und dazu günstig war. Lars grüßte in die Runde, ohne jemand Bestimmten anzusehen. Mich jedenfalls nicht.

Dann traf auch Pia ein und ließ uns erst einmal eine

Weile kreuz und quer durcheinanderjoggen, um warm zu werden. Lars machte heute einen ziemlich fitten Eindruck, vielleicht hatte Pias Spezialtraining gewirkt. Er lief auf eine Weise, dass ich ihn mir auch gut mit einem Ball am Fuß vorstellen konnte. Einmal kam er mir frontal entgegen und lächelte mich höflich an. Danach hätten wir von mir aus direkt mit den Übungen anfangen können. Mir war jedenfalls warm.

Kurze Zeit später absolvierten wir unsere bewährten Bewegungen auf den Yoga-Matten. Bis Pia irgendwann ankündigte, sie habe uns etwas mitgebracht, und ihre große Sporttasche öffnete. Zum Vorschein kamen diese handlichen bunten Massagebälle mit den Gummistacheln in verschiedenen Größen. Meine Mutter hatte auch so einen Igelball.

»Diese Bälle waren eine Zeitlang sehr populär und finden sich daher in so manchem Haushalt«, erklärte Pia. »Obwohl unsere Faszien damals noch gar nicht ›entdeckt waren‹ ...«, bei den letzten Worten zeichnete sie zwei Gänsefüßchen in die Luft, »... sind diese Dinger sehr nützlich für ihre Lockerung, für die Durchblutung und, wenn man sie unter dem Fuß rollt, auch für eine Massage der Reflexzonen. Der Fuß enthält viele Meridiane, deren Stimulation den Rücken aktiviert. Daher probieren wir das heute mal aus. Für die Füße nehmen wir die kleineren Bälle. Keine Angst, die werden vorher und nachher desinfiziert. Aber ihr könnt trotzdem die Socken anbehalten.«

Sie warf jedem einen Ball zu. Lars schnappte seinen sehr lässig, was Pia mit einem, wie ich fand, flirtigen Lächeln quittierte.

Dann begannen wir unter Pias erwartungsvollen Blicken, den Igelball auf die beschriebene Weise unter unseren Fußsohlen auf und ab zu rollen. Ronald machte Witze darüber, dass Igel doch unter Naturschutz stünden und Rainers Socken tödlicher seien als jedes Rattengift. Rainer lachte verlegen, womöglich war am Scherz seines Kollegen etwas dran. Ich konnte es nicht beurteilen, denn zwischen mir und ihm saßen Cornelia und Miriam. Auf meiner anderen Seite aktivierte Lars seine Meridiane.

Pia erklärte: »Ihr seht, das kann man leicht allein durchführen, zum Beispiel zwischendurch im Büro. Es gibt aber auch etwas größere Igelbälle, die toll für die Partnermassage sind. Die möchte ich euch ebenfalls zeigen, vielleicht kann ja der eine oder andere zu Hause jemand davon überzeugen. Ihr wisst ja: Entspannung und Wohlgefühle sind das A und O für den Rücken.« Sie holte einen der Bälle heraus und rollte ihn zu Demonstrationszwecken über ihre Schulter und ihren Nacken, während sie ihren Schwanenhals dehnte und ein genussvolles Gesicht dazu machte. »Findet euch doch jeweils zu Paaren zusammen, dann zeige ich euch das. Wir gehen heute genau auf.«

Mir wurde umgehend ganz schwummrig, und ich sah angestrengt nach links, nur um festzustellen, dass Rainer und Ronald sich blödelnd zusammenfanden, während Cornelia die neben ihr sitzende Miriam auffordernd anguckte. Carla fehlte heute, vielleicht waren die Zwillinge krank.

Wie in Zeitlupe drehte ich mich zur anderen Seite. Es war nicht so, dass das, was nun kommen würde, mir unangenehm war, im Gegenteil ... Trotzdem wäre ich am liebsten rausgerannt. Ich sah Lars an wie das Kaninchen die Schlange, und er zuckte entschuldigend mit den Schultern. Reiß dich zusammen, Svea, dachte ich. Er muss denken, du fändest ihn abstoßend.

»Wir beide?«, fragte ich ihn also lächelnd und war erstaunt, wie souverän meine Stimme sich anhörte.

»Alles, was Pia sagt«, gab er mit einem Seitenblick auf unsere Trainerin zurück.

»Einigt euch, wer zu massieren anfängt, und der oder die andere darf sich schon mal ganz entspannt auf den Bauch auf die Matte legen.« Pia warf jedem Pärchen einen größeren Igel zu.

Lars und ich versuchten beide zu fangen. Ihm gelang es, während ich nur seine Schulter rammte.

»'tschuldigung«, murmelte ich.

»Kein Problem«, antwortete er, was offensichtlich gelogen war, denn ich konnte seinem Gesicht ansehen, dass der Stoß ihm einen Schuss in den Rücken gegeben haben musste.

Auf zwei Dinge komme es an, wenn ich einen Menschen an mich binden wolle, hatte Elisabeth mir gestern noch erläutert. Er müsse sich in meiner Gegenwart wohl fühlen und als eine gute Version seiner selbst wahrnehmen. Das hatte ich ja heute schon toll geschafft. Zuerst hatte ich Lars das Gefühl gegeben, eine Partnerübung mit ihm sei eine Zumutung, und dann hatte ich ihm auch noch Schmerzen zugefügt. Es gab einiges wiedergutzumachen!

Jetzt aber deutete erst mal Lars mit einer einladenden Geste auf seine Matte. »Möchtest du? Ich habe ja schon den Ball.« Er hielt den pinkfarbenen Igel hoch und drehte ihn in seiner Hand hin und her.

»Tja, dann. Sehr gern.« Ich suchte den Kontakt zu seinen Bernsteinaugen und sah auch nicht sofort wieder weg, als ich ihn fand, obwohl mein Herz wild gegen die Rippen schlug. Dann legte ich mich vor ihn hin. Und wünschte, ich hätte eine Jogginghose statt meiner engen Leggins an. Wie weit war mein T-Shirt wohl hochgerutscht?

Schließlich zwang ich mich, nicht mehr daran zu denken und die Situation anzunehmen, wie sie nun mal war. Womöglich würde sie niemals besser werden, also genoss ich lieber das, was ich gleich bekommen würde.

Ich schloss die Augen und atmete tief durch.

Pia hob mit dem sanften Tonfall, den sie immer für den Entspannungsteil am Schluss einsetzte, zu sprechen an: »Nehmt nun den Ball und beginnt langsam in kreisenden Bewegungen an der ...«

Ich spürte Lars' Knie an meiner Seite und dann, als läse er meine Gedanken, wie er mein T-Shirt ordentlich nach unten zog und glattstrich. Ehe ich darüber weiter nachdenken konnte, berührte schon der Ball meine Hüfte und folgte mit leichtem Druck Pias Anweisungen, die aber nur noch wie in Trance zu mir durchdrangen.

Hin und wieder spürte ich nicht nur den Ball, sondern auch flüchtig Lars' Hände auf meinem Rücken. Dann wieder nahm ich den stärkeren Druck seiner Knie und Oberschenkel an meiner Seite wahr, wenn er sich über mich beugte, um meine gegenüberliegende Körperhälfte zu bearbeiten.

Ich hielt die Augen geschlossen und hoffte, die Stunde würde noch ewig so weitergehen, hoffte, dass Pias Stimme Lars' Hände, nachdem sie sich mit dem Ball zu Nacken und Schulter hochgearbeitet hatten, noch einmal herunterschicken würde.

Doch jetzt streifte seine Handfläche erst einmal meinen Nacken, und die Noppen des Igels verfingen sich ein wenig in meinem Haaransatz. Ich spürte, wie sie wieder abgelöst und der Ball weggenommen wurde, dann wie Lars meine

Haare nach oben wegstrich. Es fühlte sich gleichzeitig selbstverständlich und sehr aufregend an.

Von Miriam und Cornelia drangen gelegentlich Satzfetzen wie »Ist dir das angenehm oder ...? Kannst du den Arm hier mal weglegen?« zu mir herüber.

Wir hingegen sprachen nicht, Lars tat einfach das Naheliegende. Als mein Arm im Weg war, ergriff er ihn mit seiner warmen Hand und schob ihn ein wenig zur Seite.

Ich war hochkonzentriert in meiner Mitte, der Rest meines Körpers zerflossen, als Pia schließlich sagte: »Und jetzt dürft ihr einmal wechseln.«

Es dauerte ein bisschen, hoffentlich nicht allzu lange, bis ich mich erhob. Ich war noch ganz benommen, hatte bestimmt ziemlich rote Wangen, und wahrscheinlich standen meine aus dem Dutt herausgerutschten Fissellöckchen elektrisch aufgeladen in alle Richtungen ab.

Lars sah mich forschend an, ich hielt den Blickkontakt dieses Mal nicht lang aus, presste aber ein »Das war wirklich sehr entspannend« hervor.

»Bitte sehr«, meinte Lars. »Gern.« Ich hatte das dumme Gefühl, dass er möglicherweise ahnte, dass ich diese Massage auch jenseits der konkreten Faszienarbeit genossen hatte. Aber gut, sollte er. Elisabeth hatte doch gesagt, ich solle mich in sein Blickfeld setzen und an Sex denken, der Rest würde sich von ganz alleine ergeben. Na also, da hatte ich für heute abgeliefert.

Aber es ging noch weiter. Lars reichte mir den Igelball und legte sich statt meiner auf die Matte. Am liebsten hätte ich mich der Länge nach auf ihn draufgelegt und ihn fest umarmt. Aber immerhin konnte ich ihn jetzt ganz ungeniert betrachten: Die Waden, keine richtigen Fußballerwaden eigentlich. Sein Kreuz, dem man die Erkrankung nicht ansah. Einzig die durch die Haut scheinende Pulsader an der Innenseite seines Handgelenks schien eine Verletzlichkeit zu verraten. Das etwas wellige dunkelblonde Haar, oben länger, an den Seiten kürzer, sah aus, als sei es schon eine Weile nicht mehr geschnitten worden. Nur sein Gesicht konnte ich nicht sehen, er hatte es zu der mir abgewandten Seite gedreht.

Und dann ging es los. Ich machte es wie Lars und verrichtete schweigsam meine Arbeit. Versuchte aber viel Gefühl in meine Bewegungen zu legen. Am unteren Rücken, wo die Ursache seiner Schmerzen lag, war ich vorsichtiger, oben rollte ich mit mehr Druck über sein weißes T-Shirt. Gerade als ich an seinem Nacken angelangt war und ein wenig absichtlich dafür sorgte, dass meine Hand seine Haut streifte, kam Pia auf ihrer obligatorischen Runde vorbei. Oder kam sie, um mich zu stören?

»Darf ich mal?«, fragte sie mich freundlich und deutete auf meinen pinkfarbenen Igel.

Nein, geh weg!, dachte ich. »Äh, ja klar«, sagte ich und reichte ihr den Ball.

»Schau mal, Lars, wenn du dich zu Hause massieren lässt, ist auch der Bereich unterhalb des Ischias' wichtig. Dein durch den Vorfall gereizter Ischiasnerv sitzt ja hier ...« Sie setzte den Ball an der entsprechenden Stelle an und massierte sie mit kleinen Kreisen. »... aber die Schmerzen und Verspannungen sitzen meist tiefer.« Sie deutete nun mit einer größeren Bewegung des Balls Halbkreise in Richtung von Lars hübschem Hintern in den Sweatshorts an.

Mir war nicht klar, was das sollte. Wollte sie mir ersparen, Lars' Hintern zu massieren, weil sie glaubte, dass das zu viel Intimität für zwei fremde Kursteilnehmer wäre? Oder wollte sie es sich einfach nicht nehmen lassen?

»Hast du denn zu Hause jemanden, der dich massieren kann? Zwei-, dreimal die Woche wäre toll, wenn schon dein Arzt dir das nicht verschreibt«, ergänzte Pia. Die Eingangsfrage interessierte mich natürlich auch brennend. Vielleicht war sie auch deswegen gekommen! Wenn ja, dann war sie wirklich ein Fuchs.

»Nee, eher nicht«, brummte Lars unbestimmt aus seiner Liegeposition heraus, und ich frohlockte.

Wenn jemand eine feste Partnerin hatte, würde er doch anders antworten? Oder hatte er eine feste Partnerin, die es ablehnte, ihn zu massieren? Dann sollte er sich schleunigst trennen!

»Schade«, antwortete Pia. »Na, dann sprich auf jeden Fall noch mal mit deinem Arzt wegen einer Verordnung. Ich gebe in der Praxis am Heumarkt auch Massagen.« Sie legte noch einmal mit sanftem Nachdruck ihre flache Hand auf Lars' Ischias, dann ging sie, nahm den Igelball mit und steckte ihn in ihre Sporttasche.

Hoffentlich stellt sich Lars' Orthopäde stur, dachte ich. Lars, der ja nicht gesehen hatte, dass der Igel schon gegangen worden war, blieb noch liegen. Ob er darauf wartete, dass die Massage weiterging?

Jedenfalls übte er eine so enorme Anziehungskraft auf meine Hand aus, dass ich sie, mehr intuitiv als mit voller Absicht, wie Pia mittig auf seinen unteren Rücken legte. Nach wenigen Sekunden verband sich die Wärme seiner Haut mit der meiner Hand, und für einen Moment dachte ich, dass meine Zuneigung zu ihm vielleicht heilende Kräfte entwickeln könnte. So was wie heilende Hände gab es doch. Nach dieser magischen Kurseinheit konnte ich mir alles vorstellen ...

Doch dann zerstörte wiederum Pia den Zauber, indem sie das Ende der Stunde ausrief. Lars bewegte sich, und ich wollte auch schnell aufstehen, wollte schneller oben sein als er, um nicht den Eindruck zu erwecken, ich könne hier kein Ende finden. In meiner Hektik stützte ich mich wohl unwillkürlich ein bisschen auf Lars' Rücken ab. Jedenfalls stöhnte er kurz auf, um dann wieder platt auf dem Boden zusammenzusacken.

Alle sahen zu uns rüber, und Pia eilte heran, fragte bestürzt, was los war.

»Ah ...«, ächzte Lars, während er sich steif abmühte, in eine sitzende Position hochzukommen. »Ähm ... Ich muss wohl eine falsche Bewegung gemacht haben.« Sein einnehmendes Gesicht war immer noch schmerzverzerrt, als er kurz zu mir hochsah, die ich in einer entsetzten Lähmung dastand.

»Bleib am besten erst mal so sitzen und atme ein paar Mal tief aus, ich schau gleich noch mal nach dir«, sagte Pia und ging dann wieder, um eilig die restlichen Bälle einzusammeln.

Ich kniete mich neben mein Opfer und entschuldigte mich beschämt. »Es tut mir so leid, ich weiß auch nicht, wie das passieren konnte. Hoffentlich ist nichts Ernstes passiert. Kannst du dich denn noch bewegen?« Den Impuls, meine Hand auf sein Knie zu legen, unterdrückte ich lieber.

Als er mich sehr nett und schon etwas weniger gequält anlächelte, ließ ich mich erleichtert neben ihn auf die Matte sinken. »Danke, dass du mich nicht verraten hast«, fügte ich hinzu.

»Das wäre unfair gewesen. Ich nehme mal an, dass es keine Absicht war.« Sein Grinsen wurde ein bisschen breiter. »Und du kannst ja auch nichts dafür, dass ich so ein Montagsmodell bin.«

»Ach ... äh, du bist schon in Ordnung«, stammelte ich, während er mehr zu sich selbst sagte: »Nur das Training heute Abend sollte ich wohl vergessen ...«

»Training? Welches Training?«, hakte ich nach.

»Psst!« Er legte den Zeigefinger an die Lippen. »Jetzt verrate du mich aber auch nicht.«

Ich sah ihn weiterhin fragend an.

»Heute Abend ist das letzte Training vor dem Turnier. Fußball. Hobbyliga.«

»Ach so, ich dachte schon, du seist Profi«, witzelte ich.

»Dann säße ich wohl nicht hier bei der VHS, hast schon recht.« Er grinste wieder matt. »Jedenfalls trainieren wir immer Sonntagsabends. Für die Jecke Liga.«

»Ach, die kenne ich. Mein Ex spielt da auch mit.«

»Dein Ex?« Er sah mir sehr direkt ins Gesicht. »In welcher Mannschaft denn?«

»Ich habe vergessen, wie die hießen. Wir sind schon länger nicht mehr zusammen. Und er ist eh selten hingegangen. Solltest du auch nicht, aber das weißt du ja sicher, ne?«

»Ja«, sagte er. »Aber wenn ich nicht spiele, ist hundertprozentig sicher, dass wir verlieren. Wenn ich spiele, verlieren wir wahrscheinlich auch. Aber sollte ich ein-, zweimal einen guten Lauf haben und danach erst umkippen, haben wir vielleicht eine Chance. Und in der letzten Woche ging es mir eigentlich ganz gut. Ich bin in meiner insgesamt, sagen wir mal, amateurhaften Mannschaft der wichtigste Stürmer – was natürlich nicht viel heißt. Aber die Jungs brauchen mich.«

»Ich sehe schon, ich werde dich nicht zur Vernunft bringen. Dazu fehlen mir auch die professionellen Argumente«, antwortete ich mit Blick auf die herantänzelnde Pia. »Aber wenn ich dich schon nicht abhalten kann, kann ich dich wenigstens anfeuern. Wann denn?«

»Die K.-o.-Runde beginnt Samstag in drei Wochen. Nach derzeitigem Stand treten wir gegen die Junkersdorfer Sportschnösel an, unsere Erzfeinde seit alters her. Da können wir jede Unterstützung gebrauchen! Aber wir sehen uns ja vorher noch.« Er blickte mich freundlich an, und es fiel mir schwer, mich loszureißen. Aber jetzt stand Pia vor uns und wollte offensichtlich übernehmen.

Meine Motivation, beim Wettbewerb der Stadt mitzumachen, war mit der letzten Rückenkursstunde noch mal gesunken. Zuvor war mir die Ausschreibung zwar kompliziert und definitiv wie ein Riesenschritt raus aus meiner Komfortzone erschienen. Aber die Vorstellung, darüber in Kontakt mit Lars zu treten, war mir, wiewohl ebenfalls beängstigend, immerhin wie eine Chance vorgekommen. Jetzt wagte ich zu hoffen, dass ich die vielleicht gar nicht brauchen würde. In drei Wochen könnte ich, wenn ich mich traute, mit Elisabeth zum Spiel gegen die Sportschnösel gehen und danach vielleicht ... Tja, wohl eher nicht in die Kabine, ich war ja nicht die Bundeskanzlerin und auch nicht Elisabeth. Aber vielleicht würde ich in die Kneipe eingeladen, in der Lars' Dilettantentruppe auf ihre Siege anstieß oder ihre Niederlagen im Kölsch versenkte.

Als ich am folgenden Nachmittag ins Büro fuhr, wies Cord

mich darauf hin, dass der RAF-Terrorist Ernst-Volker Staub auf seinem jüngsten Fahndungsfoto aussehe wie Robert Atzorn oder auch Walter White in Breaking Bad. Wir machten ein bisschen Smalltalk über unser Wochenende – Cord war mit seinen Eltern spazieren und am Samstagabend mit zwei Freunden in einer Kneipe darten gewesen – und dann fragte er mich, ob ich schon seine Mail gesehen habe und was ich von seinem Vorschlag hielte, sich um einen prestigeträchtigen Auftrag zu bemühen.

»Es gibt da einen Wettbewerb für die Neugestaltung eines Platzes in Köln-Bilderstöckchen«, antwortete ich. »Ideen hätte ich sofort, aber ich bin unsicher, ob es sinnvoll ist teilzunehmen. Nicht dass ich viel Zeit reinstecke, und am Ende machen doch die das Rennen, die es immer machen.«

»Das kann ich dir natürlich auch nicht sagen. Aber wenn du so ein Ding gewinnen würdest, wäre das für eine Bank ein Argument, sobald es um einen Kredit geht. Das würden wir schon brauchen, schließlich läuft ja parallel auch noch der Kredit für den LKW und die Fräse. Außerdem habe ich gestern einen alten Kollegen von der Finanzverwaltung angerufen und um eine Einschätzung gebeten, wie es um die Liquidität von Cologne Splatter Productions bestellt ist. Der hat mich vorhin zurückgerufen und dezent angedeutet, dass wir uns auf einen Rechnungsausfall vorbereiten sollten.«

Cord zeigte mir den aktualisierten Liquiditätsplan und versuchte redlich zu verbergen, dass er besorgt war. Aber ich sah es selbst: Wir würden alle Reserven aufbrauchen und dann auch über die Wintermonate sehr regelmäßige Einnahmen haben müssen. Sonst wären wir auf eine Geldspritze angewiesen.

»Okay, ich rede mit Dieter und meinem Vater darüber«,

versprach ich zögerlich, während mir wieder die Angst vor dem Bankrott in die Eingeweide kroch.

Dieter schneite bald nach unserem Gespräch herein, um den Wagen zu wechseln und die Küche zu verwüsten. Er kannte den Platz und meinte, der sei überschaubar. In die Pläne warf er nur einen kurzen Blick, brummte jaja und dass mir mein Vater helfen könne. »Ich fände es toll, wenn wir noch mal so was machen. Haben wir früher oft, das hat der Firma immer einen Schub gegeben. Wenn man den Wettbewerb gewinnt, bekommt man häufig auch den Auftrag für die Durchführung. Und dann hängt man da sein Werbeschild auf, und daraus ergibt sich immer viel Neues.«

»Und du meinst nicht, dass das in unserer äh, derzeitigen Aufstellung eine Nummer zu groß ist?«

»Der bürokratische Teil ist zwar anspruchsvoll. Aber da ist dein Vater ein Crack. Er liebt doch alles, was mit Unterlagen zu tun hat.«

Aber mein Vater war krank. Außerdem war es mir unsagbar unangenehm, Papa zu beichten, dass ich verschwitzt hatte, den Splatter Productions aufs Dach zu steigen, als vielleicht noch etwas zu holen gewesen wäre.

Aber das musste ich ja auch nicht unbedingt, überlegte ich. Als Dieter wieder weg war, instruierte ich Cord, dass er Dieter und Papa vorerst nicht mit den jüngsten Entwicklungen beunruhigen sollte. »Ich möchte die Genesung meines Vaters nicht gefährden. Er würde sich furchtbare Sorgen machen. Und bei Dieter bin ich nicht überzeugt, ob er meinem Vater gegenüber nicht doch versehentlich was durchblicken lassen würde.«

Falls Cord durchschaute, dass meine Bedenken zum Teil vorgeschoben waren, ließ er es sich nicht anmerken.

Papa und ich hatten das letzte Mal vor etwa vier Tagen telefoniert. Als er abhob, klang er sehr aufgeräumt.

»Papa, hast du eigentlich schon mal bei einer städtischen Ausschreibung mitgemacht?«, fragte ich, nachdem wir ein bisschen geplaudert hatten.

»Ja, früher des Öfteren. Und nicht selten haben wir auch gewonnen. Wieso, steht da was an?«, erwiderte er erfreut.

»Äh, ja, nein, also eher nicht. Ich wollte nur mal so nachfragen. Es geht um die Neugestaltung des Lucie-von-Hardenberg-Platzes in Bilderstöckchen. Lucie war die Frau von Fürst Pückler und ebenso wie er eine begabte Landschaftsgärtnerin. Ich schick dir mal einen Link.«

Ich machte die Mail fertig, hörte, wie es im Hintergrund Pling machte, dann wie mein Vater brummte. Sein Tablet- und PC-Brummen. Das machte er immer, wenn sich eine Seite ordnungsgemäß aufgebaut hatte oder er den richtigen Button fand. Wenn irgendetwas nicht klappte, wurde sein Brummen zu einem leisen Stöhnen. Ich kannte es von früher, wenn ich bei ihm im Büro ausgeholfen hatte und er sich nach einem Update in seinem Gestaltungsprogramm neu zurechtfinden musste. Dieses Brummen, das war für mich Papa bei der Arbeit. Jetzt stöhnte er kurz, dann brummte er wieder. »Mmh. Mmh. Ah!«

Nervös tigerte ich mit dem Hörer zwischen den Gewächsen in unserem Wintergarten hin und her. »Und? Was meinst du?«

»Ja, ich hätte Lust.«

»Du hättest Lust?«

»Ja. Die Nachricht wollte ich mir eigentlich für den Schluss aufbewahren: Ich komme nächste Woche raus. Ich hätte wohl noch verlängern können. Aber mir fällt die Decke auf den Kopf, und auch wenn ich noch humple, dann humple ich doch lieber zu Hause und von da aus zur Physiotherapie. Der Arm hat sich in der letzten Woche sehr verbessert. Da werde ich dir gut zur Hand gehen können, Mäuschen.« Er klang total motiviert.

»Das ist ja wunderbar, Papa!« Ich war glücklich, dass es ihm besser ging. Aber dieses zur Hand gehen ... Davor war mir etwas bange. Und doch wäre es für den Wettbewerb wohl unumgänglich.

Ich wollte zurückrudern, kriegte jedoch die Kurve nicht. »Aber Papa, wegen der Ausschreibung: Vielleicht bin ich noch nicht so weit.«

»Natürlich bist du so weit. Wir alle zusammen sind es auf jeden Fall! Du beherrschst GaLa Works 4.0 besser als ich und hast ein großartiges Gespür für den Raum, das habe ich dir ja schon öfter gesagt. Dieter ist der Libero auf dem Platz, und dein alter Herr hat die nötige bürokratische Erfahrung, wenn ich das mal so sagen darf.«

Er brummte wieder. Dann murmelte er: »Lars Opitz ... Den kenne ich nicht.«

Mein Herz geriet bei der Erwähnung des Namens kurz aus dem Takt. »Vielleicht ein neuer«, meinte ich leichthin.

»So neu muss der gar nicht sein. In den letzten Jahren habe ich die Akquise schleifen lassen und mich immer schon ausgelastet gefühlt mit dem, was kam ...« Er klang, als würde er sich das übelnehmen.

»Ist ja auch vollkommen in Ordnung, solange es läuft«, erwiderte ich. Nur lief es jetzt leider nicht mehr. Ich riss ein vertrocknetes Blatt von einem der Zitronenbäume und fühlte an seiner Erde, gab ihm dann Wasser aus meiner Sprudelflasche, während mein Vater sagte: »Ich guck mir das alles in Ruhe an, und dann sprechen wir wieder. Aber du wirst sehen: Das kann dein Meisterstück werden! Auch wenn vermutlich offiziell ich als Projektleiter auftreten muss, weil ich die formale Qualifikation hab.«

Als wir auflegten, hatte ich das Gefühl, Papas Genesung ein Stück nach vorne gebracht zu haben. Aber leider hatte ich auch die Befürchtung, dass bei meinem nächsten Date mit Lars mein Vater dabei sein würde.

KAPITEL 8

Die BIENEN leben in einem wohlgeordneten Staate, in welchem die Arbeiter das Volk, ein von diesem erwähltes, fruchtbares Weibchen die allgemein geliebte und gehätschelte Königin (auch Weisel genannt) und die Männchen die wohlhäbigen und vornehmen Faulenzer darstellen, die unumgänglich nötig sind, aber nur so lange geduldet werden, als man sie braucht. Diese Einrichtung ist darum so musterhaft, weil jeder Teil an seinem Platze seine Schuldigkeit in vollstem Maße thut, weil keiner mehr oder weniger sein will als das, wozu ihn seine Leistungsfähigkeit bestimmt.

Brehms Tierleben, Bd. 9: Insekten, Tausendfüßer und Spinnen, über die Biene

Nicht nur mein Vater, sondern auch Dieter war dabei, als wir aus dem Auto stiegen und uns auf den Weg in Lars' Büro im Deutzer Stadthaus machten. Beide trugen eine hochsitzende Jeans mit Gürtel, ein hässliches Karohemd und darüber ein Jackett. Ich neigte im Allgemeinen nicht zu modischen Oberflächlichkeiten, aber heute war mir das peinlich. Wahrscheinlich lag es daran, dass ich Lars nicht unter einer Neonröhre und in Gegenwart meines Vaters gegenübertreten wollte. Meines Vaters und meines Mitarbeiters, beide im Gegensatz zu mir Vollprofis und keine Quereinsteiger ohne

Berufserfahrung. Aber Papa hatte gemeint, es sei gut, unsere Manpower zu demonstrieren.

Überhaupt war ich aus der ganzen Sache einfach nicht mehr herausgekommen. Wie auch, wenn alle Beteiligten so angetan von dem Projekt waren und überdies das Überleben der Firma davon abhing? Zunächst hatte ich noch versucht, den Termin abzubiegen und auf ein Telefonat mit Lars umzuleiten. Papa aber fand das unpraktisch, weil wir schließlich alle beitragen und auf dem gleichen Stand sein sollten. Als ich Cord davon erzählt hatte, hatte er ebenfalls für einen Besuch plädiert. »Aus meiner Erfahrung bei den städtischen Behörden heraus: Auf jeden Fall hingehen, auch wenn du keine Fragen hast. Es geht bei so was auch immer um persönliche Beziehungen. Zeig dich da, knüpfe Kontakte. Wir sind hier schließlich in Köln.«

»Ich kenne den zuständigen Fachreferenten sogar schon.« Ich liebte es, das zu sagen.

»Perfekt. Wie heißt er denn? Vielleicht kenne ich ihn ja auch.«

»Lars Opitz.« Die beiden Worte purzelten so auffällig schnell aus meinem Mund, dass sie wie eines klangen.

Cord schien es nicht zu merken, er googelte. »Nein, den kenne ich nicht. Sieht aber aus wie Eddie Redmayne in Joanne K. Rowlings *Phantastische Tierwesen*.«

Ich googlete Eddie Redmayne. »Hm. Na ja, ich kann erkennen, was du meinst. Eddie Redmayne aus den *Tierwesen* in einer etwas breitschultrigeren, weniger ausgezehrten Fußballervariante.«

»Kennst du ihn vom Fußball?«, wollte Cord wissen.

»Nein, aus dem Rückenkurs.«

»Wunderbar, das klingt doch sehr ... intim.« Damit traf

er den Nagel auf den Kopf. »Besser wäre nur noch Golfclub oder Karnevalsverein.«

Ich lachte.

»Im Ernst, fast alle wichtigen Entscheider sind da«, sagte Cord, und ich stellte mir Lars in einer schicken Gardeuniform beim Stippeföttche vor, wie man in Köln das rituelle Aneinanderreihen der Karnevalistenpopos nennt.

Ich trug für den Termin heute – eigentlich nicht viel anders als Papa und Dieter – Jeans und Elisabeths klein gemusterte Promotionsbluse. Dazu Stiefeletten mit etwas Absatz, deren Klackern auf dem Pflaster vor dem Stadthaus das Einzige an mir war, das sich nach Geschäftsführerin anfühlte. Ansonsten fühlte ich mich eher, als würde ich von den beiden Männern zum Schafott geführt.

»Bist du nervös, Mäuschen?«, erkundigte sich Papa mitfühlend und legte einen Arm um mich.

Unwillig schüttelte ich ihn ab, was mir direkt danach leidtat. »'tschuldigung. Ja, ein bisschen. Aber geht schon.«

Ich hätte mich ja am liebsten an ihn rangekuschelt, aber gleichzeitig störte die väterliche Umarmung meine Autosuggestion. Ich versuchte mir nämlich die ganze Zeit vorzustellen, ich wäre eine taffe, furchtlose Gartenbauerin mit viel Talent auf dem Weg zu einem stinknormalen Arbeitstermin. Aber es gab natürlich einiges, was das Szenario störte. Die finanzielle Schieflage, die dem Projekt eine zu hohe Dringlichkeit gab. Dass mir der mögliche Auftraggeber vor einer knappen Woche noch unfreiwillig eine Igelballmassage verpasst hatte. Der doch immer noch etwas lahme Arm meines Vaters, der seiner Gestik etwas Schräges gab, jedenfalls für mich, die ich ihn so gut kannte.

Unsere firmeninternen Vorbereitungen waren zwar offiziell konfliktfrei gelaufen. Papa hatte sich redlich bemüht, meine neue Rolle als Entscheiderin nicht infrage zu stellen und mir ausschließlich helfend zur Seite zu stehen. Leider war aber nur allzu deutlich, welch große Anstrengung ihn das kostete. Wenn ich eine Idee hatte, die nicht seine erste Wahl gewesen wäre, war sein Standardspruch: »Gut, dann machen wir das so, du bist ja jetzt die Geschäftsführerin.« Als müsse er es für sich selbst von Zeit zu Zeit wiederholen.

Außerdem nervte mich, wie vorsichtig er mir immer widersprach, wenn ich irgendetwas falsch verstand oder mir das Hintergrundwissen fehlte. Anstatt einfach zu sagen: »Nee, Svea, das ist aber so und so ...« – womit ich kein Problem gehabt hätte –, leitete er seine Einwände überaus umständlich ein. »Du, wollen wir nicht lieber ... Tolle Idee, aber wie wäre es denn, wenn wir stattdessen ...«

Da er aber gleichzeitig so bemüht und hilfreich und außerdem immer wieder furchtbar stolz auf mich gewesen war, hatte ich das Gefühl gehabt, meckern sei unangebracht. Von meinem schlechten Gewissen wegen des Rechnungsausfalls, von dem ich ihm immer noch nicht erzählt hatte, mal ganz abgesehen.

Jedenfalls hatte ich seit zwei Nächten kaum geschlafen und mir stattdessen die unterschiedlichsten Horrorszenarien ausgemalt. Von einem Zweistundentermin, in dem ich keine Silbe von mir gab, weil die ganze Zeit nur Papa und Dieter redeten, über einen, bei dem ich von einem landschaftsgärtnerischen Fettnäpfchen ins nächste stolperte, bis hin zu einem, bei dem ich in meiner Nervosität die Kaffeekanne vom Schreibtisch fegte und Lars beim Aufheben einen neuen Bandscheibenvorfall erlitt.

Jetzt aber würde es so weit sein. Wir standen im Aufzug, der uns rasant nach oben beförderte. Als wir vor der richtigen Tür angelangt waren, blieb mir keine Zeit, mich zu sammeln, denn Dieter klopfte donnernd dagegen und riss sie dann auf.

Überrascht starrte ich Lars an, der in diesem stinknormalen Amtsbüro hinter seinem Schreibtisch saß und aufstand, um seinen Besuch willkommen zu heißen. Er sah super smart aus in seinen schmal geschnittenen Chinos. Dazu trug auch er ein Hemd, allerdings eine lässigere Variante als Dieter und mein Vater. Komischerweise hatte ich ihn mir in meinen persönlichen Worstcase-Szenarien immer in dem Firmenlauf-T-Shirt vorgestellt.

Sehr uncool allerdings war Lars' Brille. Man trug ja heutzutage alle möglichen Retromodelle, aber erstens hatte Lars bisher nicht wie ein Superhipster auf mich gewirkt, und zweitens war dieses Gestell wirklich aus der Zeit gefallen. In dem Fotoalbum, das die Highlights meiner Jugend abbildete, waren ein paar Jungs mit solchen Metallgestellen zu sehen.

Lars schien mich noch nicht erkannt zu haben. Er gab zuerst Dieter die Hand und stellte sich vor, dann meinem Vater – und dann trat ich hinter Papa hervor.

Irritiert sah Lars mich an, in seinem Kopf schien es zu arbeiten. Er fuhr sich durch seine heute gestriegelte Haarsträhne, nahm einmal kurz die Brille ab, um sie gleich wieder aufzusetzen. Dann fragte er ein wenig ratlos, während er die Hand ergriff, die ich ihm hinstreckte: »Rückenkurs?«

Ich mimte auch die Überraschte, während ich sie schüttelte. »Ja ... Das gibt es ja nicht. Was für ein Zufall! Svea Tewald von Tewald Gartenbau. Wir sind wegen der Ausschreibung hier.« Ich lachte nervös, und mir fiel auf, dass wir immer noch unsere Hände schüttelten. Meine Hand fühlte sich sehr wohl in seiner. Sie war warm und kräftig, und ich wollte mir einprägen, wie sich seine Haut anfühlte.

In dem Moment rutschte ihm die komische Brille von der Nase. Mit einer erstaunlichen Reaktionsfähigkeit ließ er meine Hand los, fing die Brille auf und setzte sie zurück an ihren Ursprungsort. Die Bewegung wirkte routiniert. »Dass ihr wegen der Ausschreibung hier seid, wusste ich natürlich«, sagte er dann. »Aber nicht, dass du Gartenbauerin bist.«

»Ich bin eigentlich Biologin, aber mit ... äh ... Erfahrung im Garten- und Landschaftsbau.«

»Sie ist die Geschäftsführerin«, schaltete sich mein Vater von der Seite ein.

»Ah ja. Schön. Also herzlich willkommen.« Lars deutete auf die beiden Stühle vor seinem Schreibtisch. »Setzt euch doch. Moment, einen dritten Stuhl haben wir auch.« Er wollte zu dem Stuhl hinübergehen, der neben der Tür stand und ihm offenbar als Garderobe diente. Eine Jacke und ein Rucksack lagen darauf. Schnell überholte ich ihn, damit er nicht heben musste.

»Danke.« Lars nickte mir ein bisschen spöttisch zu und nahm hinter seinem Schreibtisch auf einem ergonomischen Kissen Platz.

Als ich fast ehrfürchtig Lars' Jacke und Rucksack griff, stieg mir ihr Duft in die Nase. Ich hatte ihn schon bei unserer Massagesession wahrgenommen. Ein minimaler Hauch eines vor längerer Zeit aufgetragenen Aftershaves, duftmäßig das Pendant zum Dreitagebart. Ich stellte den Rucksack auf den Boden und legte einmal liebevoll längs gefaltet die

Jacke darüber. Dann stellte ich den Stuhl in die Lücke, die Dieter und mein Vater mir zwischen ihnen beiden freigemacht hatten, und setzte mich.

Ich war froh, als Papa das Wort ergriff, musste ich doch erst mal die neu gewonnenen Eindrücke verarbeiten. Den Duft, Lars' Bürohemd und diese komische Brille. Während mein Vater kurz, aber eindrucksvoll mit seiner sanften Stimme die vergangenen Erfolge der Firma mit städtischen Wettbewerben und Bauprojekten Revue passieren ließ, hatte ich noch ein bisschen Zeit, mich umzusehen und Lars zu beobachten.

Keine Familienfotos auf dem Schreibtisch, registrierte ich erfreut, und auch sonst war der Raum nicht persönlich eingerichtet. Aber vielleicht war das sowieso eher ein Frauending. Männer legten vermutlich eher Wert auf Insignien der Macht wie Bürogröße und -ausblick oder teures Mobiliar. Lars hätte das Bild aufhängen können, auf dem er mit seinem Diplomarbeitspreis posierte, oder seine sicher großartige Platzierung bei dem Firmenlauf. Bei dem Gedanken musste ich innerlich schmunzeln.

Einmal fing ich kurz Lars' Blick auf. Abgesehen davon lauschte er interessiert Papas Ausführungen und machte sich hin und wieder Notizen.

»Aber Svea, du möchtest sicher anfangen«, meinte schließlich mein Vater zu meiner Linken.

Es war mir unangenehm, so das Wort erteilt zu bekommen. Bestimmt wurde dem sensiblen Betrachter schon anhand dieses einen Satzes unser ganzer Konflikt deutlich: Mein Vater eröffnete selbstverständlich die Besprechung, obwohl doch »sicher« ich anfangen wollte. Nun ja, ich war empfindlich, und außerdem waren wir wahrscheinlich nicht die ersten Freaks, die hier auf diesen Stühlen saßen. Ich würde jetzt einfach meine gestern immer und immer wieder eingeübten Sätze abspulen.

»Wir wollten einmal persönlich mit, äh, dir sprechen, um äh, euren Bedarf und etwaige Überlegungen, die euerseits zur Gestaltung schon im Raum stehen, in unserem Entwurf bestmöglich einzufangen«, leitete ich ein und merkte selbst, wie gestelzt das klang.

»Wir sind da nicht festgelegt. Um einmal die Struktur zu erklären: Von städtischer Seite aus gibt es ein Komitee, das für die Prämierung des passenden Entwurfs zuständig ist, bestehend aus mir für das Grünflächenamt, außerdem Herrn Kress, dem Leiter des Vergabeamts, und drei Leuten aus dem Bezirksrat. Wir bemühen uns dann, einen Konsens zu finden.«

Ob in diesen Worten auch ein Konflikt anklang?

»Gut, dann kommen wir doch zu den konkreten Fragen ...« Ich sprach einige Punkte an, die für die Gestaltungsideen, die uns vorschwebten, von Belang waren. Manchmal ergänzte Papa noch ein Detail, oder Dieter gab einen flapsigen Kommentar ab, der seine jahrzehntelange Erfahrung mit der praktischen Umsetzung durchblicken ließ. Es war eine gute Idee gewesen, zu dritt zu kommen, das sah ich jetzt. Ich als junger, kreativer Kopf des Ganzen, mein Vater als Garant für Erfahrung und Seriosität. Dazu der handfeste Dieter, bei dem man sich vorstellen konnte, dass er die Pflastersteine auf dem Lucie-von-Hardenberg-Platz persönlich herausreißen würde, wenn es denn nötig wäre.

Wenn aber Lars entsprechend seine Antwort an Dieter oder meinen Vater richtete, wurde Papa nach kurzer Zeit immer unruhig und betonte bei jeder passenden und unpassenden Gelegenheit: »Das wird meine Tochter entscheiden« oder »Aber die Geschäfte führt ja meine Tochter«. Er wollte es mir wirklich recht machen. Aber die Umsetzung war verfehlt.

Wir waren fast durch, als einmal kurz und heftig an die Tür geklopft wurde und gleich darauf zwei mittelalte Herren eintraten. Der eine, Anzugträger mit einer sehnigen Figur und einer gegelten, vorn etwas dünnen Nick-Carter-Gedächtnis-Frisur, legte dem anderen kumpelhaft den Arm um die Schultern und führte ihn in Richtung von Lars' Schreibtisch.

»Herr Opitz!«, begann er. »Ich grüße Sie! Ich wollte Ihnen schon mal Herrn Karcher vorstellen. Er hat einen ganz, ganz tollen Entwurf für den Hardenberg-Platz gemacht. Karcher wie Kärcher. Der räumt auf!« Er lachte, und sein Begleiter tat es ihm nach.

Lars, der mit Eintreten der beiden Männer ein fast arrogantes Gesicht aufgesetzt hatte, zeigte nun ein reserviertes Lächeln. So vieles, das ich noch nicht von ihm kannte …

»Freut mich«, sagte er, stand auf und schüttelte beiden beiläufig die Hand. »Aber wie Sie sehen, habe ich noch Besuch. Ebenfalls wegen des Wettbewerbs. Würden Sie sich kurz gedulden und draußen warten?« Er klang sehr bestimmt.

Erst jetzt schien den Herren aufzufallen, dass noch jemand im Raum war. Mein Vater stand umständlich auf und drückte den beiden die Hand. Der Sehnige, der sich als Herr Kress vom Vergabeamt herausstellte, taxierte mich bei der Begrüßung auf unangenehme Art und Weise. »Svea Tewald«, stellte ich mich vor. »Angenehm.« Was gelogen war.

»Sie ist die Geschäftsführerin und entscheidet alles«,

erklärte Lars, und als ich ihn ansah, grinste er mir fast unmerklich zu.

»Soso«, antwortete Herr Kress.

Ich trat schnell zur Seite, um seinem abschätzenden Blick zu entkommen und außerdem Dieter Platz zu machen, der sich hinter mir zu seiner vollen Größe aufgebaut hatte und betont von oben herab auf die beiden Herren schaute, während er sich knapp vorstellte. Manche Männer hatten bei diesen Spielchen einfach Vorteile.

»Wir sind eigentlich durch, von uns aus können Sie ruhig bleiben«, meinte Papa höflich.

»Ganz sicher?«, fragte Lars und schaute erst mich und, als ich nickte, noch mal meinen Vater an.

»Wir haben gleich den nächsten Termin«, verkündete Papa. Auch das war gelogen, kam aber gut in dieser Situation.

Wir nahmen unsere Jacken von unseren Stuhllehnen, ich packte meine Unterlagen in die Tasche, dann verabschiedeten wir uns von Lars. Enttäuscht registrierte ich, dass er währenddessen nicht bei der Sache schien.

Als wir die Tür hinter uns schlossen, hörte ich Herrn Kress schwärmen: »Herr Karcher hat die nötige Erfahrung für wirklich alle Leistungsphasen!«

Zu Hause im Treppenhaus roch es köstlich nach irgendwas Pikantem, Exotischem. Ich hoffte, dass es aus unserer Wohnung kam, denn ich hatte einen Bärenhunger. Zum Glück hörte ich, nachdem ich unsere Tür aufgeschlossen hatte, Elisabeth klappern und ein Brutzeln vom Herd.

Ich trat die unbequemen Absatzstiefeletten aus und genoss es, die Füße wieder gerade durchtreten zu können, als ich in die Küche ging.

»Hallöchen, du kommst gerade recht! In zwanzig Minuten bin ich fertig«, begrüßte Elisabeth mich. »Wie war's?« Sie sprudelte mir eine Flasche Wasser auf und stellte sie zusammen mit einem Glas auf unseren kleinen Tisch. Sie war der Meinung, dass ich zu wenig trank.

Ich schnappte mir eine Kuchengabel und langte damit in die Pfanne, in der ein wundersames Gemüsecurry schmurgelte. Es schmeckte herrlich. Dann schob ich die Blätter des *Ficus* beiseite und setzte mich. Ich schenkte mir ein halbes Glas ein und trank es leer.

»Also?«, hakte Elisabeth nach und sah mich gespannt an. Sie unterbrach dafür sogar das Schnibbeln des Obstsalats, oder was auch immer es da als Beilage oder Nachtisch geben sollte.

»Ach, ich weiß nicht. Zwischendurch dachte ich, vielleicht findet er mich auch nicht schlecht. Aber am Ende hat er nicht mehr so begeistert gewirkt.«

»Und du meinst, das lag an dir?«, forschte Elisabeth nach.

»Schwer zu sagen. Vielleicht lag es auch an den Typen, die hereingeplatzt sind. Besonders den einen fand ich fies. Sah auf so eine eklige, virile Art gut aus und hat mich abschätzig gemustert.«

»Klingt geil«, meinte Elisabeth. »Kleiner Scherz«, fügte sie hinzu, als ich sie entgeistert ansah.

»Wenn der hier plötzlich mit einem tiefsitzenden Handtuch um seine drahtigen Lenden geschlungen aus der Dusche kommt, dann zieh ich aus«, drohte ich.

»Okay, ich beherrsche mich. Vielleicht war dein Lars ja auch nur empört, dass der Mann dich angeguckt hat.«

»So erschien es mir nicht.«

»Vergiss nicht – ihr seid durch die Igelmassage auf ewig verbunden.«

»Das vergesse ich bestimmt nicht«, seufzte ich. »Das war besser als jeder Sex, den ich in den letzten fünf Jahren mit Jens hatte.«

»Dann solltest du aber dringend mal Sex mit diesem Lars haben.«

»Mmmh, an mir soll es nicht liegen.«

»Aber jetzt mal ehrlich. Du und die Gartenbaufirma! Und dann ein Typ vom Grünflächenamt! Merkst du was?«

Jetzt musste ich lachen. »Du hast doch gesagt, dass es so was wie Schicksal nicht gäbe.«

»Wissenschaftsirrtum«, sagte Elisabeth cool und wandte sich grinsend wieder ihren Schnibbelarbeiten zu. »Okay, das war die romantische Seite des Termins. Aber hat das Treffen auch für den Wettbewerb was gebracht?«, fragte sie dann.

»Ich glaube, das war okay. Wir sind ein schwieriges, aber im Ergebnis ganz gutes Gespann. Allerdings habe ich den Eindruck, dass es bei dem Wettbewerb nicht allein um den besten Entwurf gehen wird ...«

In diesem Moment quietschte Elisabeths Zimmertür. Ich wandte mich erschrocken um und sah einen Mann in der Tür stehen.

»Das ist Kerim«, stellte Elisabeth vor.

So also sah der Physiker aus der Uni-Bibliothek aus! Ich war überrascht. Erstens, dass noch jemand in der Wohnung war, und zweitens, dass Kerim auf den ersten Blick nicht so attraktiv war wie Elisabeths Männer sonst. Er sah aus wie ein ... Physiker. Allerdings ohne Hose, sodass mir ein Blick auf seine dünnen, schwarz behaarten Beine vergönnt war.

Darüber trug er, wie konnte es anders sein: ein Karohemd. Der braune, schon von grauen Fäden durchzogene Haarschopf mit den großen Geheimratsecken stand Kerim zu Berge. Doch als er zu mir rüberkam und mich mit seinen großen dunklen Augen unter dichten Wimpern freundlich ansah, bekam ich eine Ahnung davon, was Elisabeth an ihm mochte.

»Hallo, schön dich mal kennenzulernen. Ich nehme an, du bist Svea und wohnst hier? Keine Sorge, ich trage eine Unterhose.« Er lupfte sein Hemd, um zu beweisen, dass er eine Boxershorts anhatte.

Ich lachte. »Mach dir bitte auch keine Sorgen, ich ziehe mir gleich etwas Gemütliches an. Komme gerade von der Arbeit. Und dito, ich freue mich ebenso, dich kennenzulernen.«

»Sorry, dass ich eingeschlafen bin«, wandte sich Kerim zerknirscht an Elisabeth. »Eigentlich wollte ich dir helfen.«

»Womöglich bin ich schneller ohne dich. Du kannst aber im Esszimmer den Tisch decken. Svea sagt dir, wo alles ist.«

Ich wollte schon von meinem Platz an dem kleinen Küchentisch aufstehen, aber Kerim wiegelte ab. »Bleib bloß sitzen, ich will öfter kommen, da muss ich das lernen.«

Ein erfreutes Lächeln huschte bei seinen Worten über Elisabeths Gesicht.

»Das lass ich mir nicht zweimal sagen.« Ich legte meine geschundenen Füße auf den Stuhl gegenüber.

Während Elisabeth abwechselnd auf dem Schneidebrettchen Kräuter hackte und in der Pfanne rührte, wies sie uns an. »Wir brauchen Glasschälchen, Gabeln, Weißweingläser, eine Karaffe und tiefe Essteller.«

Kerim begann demonstrativ hektisch alle Schubladen

und Schränke nacheinander aufzureißen, und ich begleitete seine ausgelassenen Bemühungen mit lauten Heiß- und Kaltrufen, wie früher auf dem Kindergeburtstag beim Topfschlagen.

Elisabeth grinste, offensichtlich freute sie sich, dass wir uns auf Anhieb gut verstanden. Und das taten wir. Wir hatten ein ebenso lockeres wie leckeres Abendessen zu dritt, bis ich mich gegen neun dezent zurückzog. Ich liebte solche Abende mit Essen, Trinken und von Hölzchen auf Stöckchen kommen. Besonders, wenn sie sich unverhofft einstellten und – wie heute – neue Leute mit von der Partie waren, mit denen wir keine Vergangenheit teilten, die aber dennoch auf unserer Wellenlänge funkten. Das gab mir ein Gefühl von Zuversicht. Denn wenn dieser witzige, kluge Kerl in unser Esszimmer gefunden hatte, dann war das doch ein Zeichen dafür, dass da draußen unglaublich viele tolle Menschen herumliefen und die Zukunft nichts anderes als gut werden konnte.

Nur einmal gab es einen Misston, als Kerims Handy brummte und ein Freund von ihm Bescheid gab, dass er kurzfristig zwei Karten für eine Lesung morgen übrig hatte. Elisabeth erklärte, sie habe morgen schon was vor. Daran, dass sie nicht erwähnte, was, ließ sich ablesen, dass es kein Termin war, der Kerim gefallen würde. Er fragte nicht nach, guckte aber ziemlich getroffen. Wahrscheinlich versuchte er, Elisabeths polyamore Lebensphilosophie so gut wie möglich zu verdrängen. Aber manchmal gab es Momente wie diesen, in denen sich das nicht aufrechterhalten ließ.

Mir tat das leid, und ich überlegte, wie ich mich in Kerims Situation verhalten würde. Wenn Lars mir nach bombastischem Sex und einem schönen Abend bei Wein und köstlichem Nachtisch die Info übermitteln würde, morgen sei er dann leider mit Pia verabredet ...

❦

Am nächsten Morgen kam ich vom Brötchenholen nach Hause und fand meine *Passiflora-macrophylla*-Samen in der Post. Diese als Baum wachsende Passionsblumenart hatte ich in einer Doku über Südamerika gesehen und mir daraufhin ein Päckchen mit Samen bestellt. Es reizte mich, die Pflanze mit ihren spektakulären Blüten und Blättern so groß wie Meyer-Landrut für unseren Wintergarten zu kultivieren.

Ich machte einen Abstecher in unseren Kellerverschlag, nahm mir einen der Blumentöpfe und füllte etwas aus dem Sack Anzuchterde, der danebenstand, hinein. Dann lief ich zu dem Minispielplatz vor unserem Haus und vermischte die Erde mit einer Handvoll Sand aus der Sandkiste.

Oben in der Wohnung legte ich die noch warmen Brötchen ab, öffnete den Briefumschlag und schüttelte die Samen heraus. Sie waren nur etwa einen halben Zentimeter breit und hatten winzige Mondkrater auf ihrer Oberfläche. Dennoch war die ganze Pracht schon darin. Aber damit sie zum Vorschein kam, würde ich ihr den richtigen Rahmen bieten müssen. Wie der Liebe, dachte ich. Ob in Lars wohl die Möglichkeit angelegt war, mich zu lieben, wenn ich dafür die Bedingungen schuf? Mit Wohlfühlatmosphäre und roten T-Shirts?

Laut Anleitung, die den Samen beilag, sollte man eine Thermoskanne mit warmem Wasser füllen und die Samen darin einlegen. Ein bis zwei Tage würden sie nun quellen, dann kämen sie in den Topf mit dem Erde-Sand-Gemisch.

Wenn einer der Passionsblumensamen anginge, würde es auch mit Lars klappen, beschloss ich. Dann würde auch zwischen uns die Leidenschaft erblühen. Mein persönliches Lars-Orakel.

Ich schickte Elisabeth, die zur Uni gefahren war, um ein Buch zu holen, eine Nachricht, dass es Frühstück gab, und deckte den Tisch. Als ich fertig war und Elisabeth noch nicht da, setzte ich mich in den Wintergarten an den Laptop und versuchte, die neuen Informationen zum Wettbewerb in mein Konzept einzubauen. Aber ich konnte mich nicht konzentrieren. War ja auch klar – wie sollte ich das Problem der Leitungswege unter dem Platz lösen, ohne an Lars zu denken, der vor nicht einmal vierundzwanzig Stunden vor mir gesessen und darüber referiert hatte.

Ich öffnete den Browser, um mir noch mal die Verkehrssituation am Lucie-von-Hardenberg-Platz vor Augen zu rufen und den Kartenausschnitt auszudrucken. Danach gab ich einem kindischen Impuls nach und »Wie macht man einen Mann in sich verliebt?« in die Suchmaschine ein.

Die Foreneinträge, auf die ich stieß, stammten tendenziell von verliebten Teenagern, und die Antworten brachten mir keine neuen Erkenntnisse. Immer hieß es: Sei einfach authentisch! Aber ich fand es nicht plausibel, dass das die ganze Wahrheit sein sollte. Schließlich gab es sowohl Männer als auch Frauen, die überall gut ankamen und bei denen das nicht allein übers Aussehen zu erklären war. Und wenn ich »einfach authentisch« war, was bedeutete: etwas träge, spröde und zurückhaltend, dann würde ich bestimmt kein Männerherz im Sturm erobern. Da hatte ich meine Erfahrungswerte.

Irgendwann öffnete ich einen Artikel mit dem vielversprechenden Titel »Sieben Schritte, um jeden Mann rumzukriegen«. Es handelte sich um ein Interview mit einer Flirtcoachin, und der Inhalt war differenzierter, als die Überschrift vermuten ließ. Die Flirtcoachin empfahl unter anderem, Anzeichen zu streuen, dass man den anderen interessant fände, ihm dann aber wieder Raum für Zweifel zu geben. Außerdem gab sie ähnlich wie Elisabeth den praktischen Tipp, während des Gesprächs mit dem Schwarm an die eigene Vagina zu denken, um eine erotische Ausstrahlung zu bekommen. Ich druckte mir den Artikel aus.

Als Elisabeth wieder nach Hause kam, war ich auf Finder, nur um festzustellen, dass niemand mich interessierte. Ich hörte Elisabeth in der Küche rumoren, und aus einer Eingebung heraus sprang ich auf und stürmte zu ihr. Und tatsächlich schickte sie sich gerade an, die Thermoskanne mit den Samen aufzuschrauben, um das Wasser auszuschütten.

»Stopp!«, schrie ich panisch, schließlich ging es hier um Lars und mich!

»Wieso stopp? Ist da frischer Kaffee drin? Der teure aus dem Ökoladen?«

»Nein, da sind Samen drin.«

»Äh ... Samen?« Elisabeth war verwirrt.

»Nein, nicht was du denkst. Ich will eine Passionsblume züchten.«

»Ach so, verstehe. Gartenbau.« Sie stellte die Thermoskanne zurück und schraubte sie fest zu.

»Nein, das ist für unseren Wintergarten. Außerdem steht die Pflanze für die Sache mit Lars. Sie soll sehr empfindlich sein und nicht leicht zu züchten. Wenn der Samen aber keimt, dann bekomme ich auch Lars.«

»Interessante Strategie. Du meinst es ernst mit Lars.« Elisabeth grinste und füllte Kaffeepulver in eine Filtertüte.

»Ja klar, sowieso. Und du? Mit Kerim, mein ich? Ich fand ihn toll.«

Sie drehte sich um und lehnte sich mit dem Rücken gegen die Arbeitsfläche, die Arme vor der Brust verschränkt. Es dauerte eine Weile, bis sie antwortete. »Ich meine es auch ernst. Aber es ist nach wie vor schwierig. Er kann nicht verstehen, dass ich ihn liebe und mich trotzdem nicht exklusiv für ihn entscheiden will.«

»Und du willst es wirklich nicht, auch wenn du weißt, dass du ihn dadurch verlieren könntest? Ihr passt so gut zusammen, es wäre wirklich eine Schande. Aus meiner Sicht.«

»Klar, ich könnte jetzt sagen, ich mach's, ich entscheide mich nur für ihn. Und für den Moment, wo ich noch frisch verknallt bin, würde mir wohl auch nicht viel fehlen. Außer Damian, ein bisschen. Aber ich weiß aus Erfahrung, dass das nicht für immer so bleibt. Du musst dir das mit der Polyamorie vorstellen wie eine sexuelle Orientierung – die kann man auch nicht einfach durch pure Willenskraft ändern.«

Ich war mir nicht sicher, aber ich hatte den Eindruck, dass Elisabeth Tränen in den Augen hatte.

»Weißt du, warum das bei dir so ist und bei mir nicht?«

»Keine Ahnung, jemanden, der homosexuell ist, fragt man das ja auch nicht.«

»Hm. Ich finde schon, dass es da einen Unterschied gibt.«

»Es ist natürlich nicht so, dass ich noch nie darüber nachgedacht hätte ...«, sagte Elisabeth. »Vielleicht liegt es zum Teil daran, wie ich aufgewachsen bin.«

»Du meinst, auf dem Gasthof?«

»Ja. Wir hatten andauernd Feriengäste da. Und ich habe

natürlich mit den Kindern gespielt. Mich immer für zwei Wochen mit jemandem innig angefreundet, der dann wieder abgereist ist. Dann kam jemand Neues. Ich mochte zwar die Abschiede nicht, aber das Leben war ungemein spannend. Ich habe so viele unterschiedliche Familien kennengelernt. Und auch davon abgesehen war immer Trubel um mich herum. Wir hatten nie diesen Kleinfamilienmief. Diese ständige Anspannung, weil man so viel umeinander und die gegenseitigen Vorwürfe kreist. Wir haben immer mit der ganzen Familie in der Großküche zusammen mit den Angestellten gegessen. Das war toll.«

Mir fiel es wie Schuppen von den Augen, warum wir so oft Gäste hatten. »Du veranstaltest deine großen Abendessen, um dem Kleinfamilienmief mit mir zu entgehen?« Ich musste lachen.

Elisabeth fiel mit ein. »Nein. Du bist die erste Freundin, die ich schon so lange hab. Und mir deswegen die Allerliebste und Allerteuerste.«

»Danke, du mir auch.« Ich lächelte sie an.

»Ich denke aber, dass das Bedürfnis nach mehreren Partnern in vielen Menschen steckt«, fuhr Elisabeth fort. »Die sich das aber nicht eingestehen oder aber eben heimlich ausleben, weil sie sich an Konventionen gebunden fühlen. Und ich bin einfach, so eitel das klingt, schon ein Stück weiter. Oder freier.«

»Und schneller. Im Kopf wie im Leben.«

»Wir sind einfach alle unterschiedlich. Warum sollten wir dann in der Liebe alle gleich sein? Sogar die Liebe zum selben Partner verändert sich doch im Laufe eines Lebens. Irgendwann pflegt vielleicht einer den anderen, weil er dement ist. Auch das im Namen der Liebe, aber die ist bestimmt ein anderes Gefühl als vorher. Am Anfang ist sie anders als am Ende, mit fünfzehn liebt man anders als mit sechzig.«

»Hoffentlich ist Lars wie ich.«

»Ja, das wünsche ich dir«, sagte Elisabeth leise, und nach einer kleinen Pause meinte sie: »Eigentlich muss ich es beenden.« Sie starrte auf den PVC-Boden in unserer Küche und redete offensichtlich von Kerim. »Ich predige doch sonst immer, dass der Wunsch nach einer polyamoren Beziehung von beiden kommen muss. Dass es nicht klappt, wenn einer nur widerstrebend mitmacht, weil er den anderen nicht verlieren will. Eigentlich müssten wir beide Schluss machen. Aber keiner tut es. Weil wir so toll zusammen sind. Und es so schwer ist ...« Die letzten Worte hatte sie nur noch geflüstert.

Ich ging zu ihr und umarmte sie, inklusive ihrer noch immer vor der Brust verschränkten Arme, und legte meinen Kopf auf ihre Schulter. Elisabeth zu sein war auch nicht gerade einfach. Vollgestopft mit Wissen und Haltung zu allen Facetten der Liebe war es vielleicht umso schwieriger, auf sein Herz zu hören. Andererseits war das Herz auch nicht in jedem Fall ein guter Ratgeber – zu parteiisch und zu leicht zu verwirren, von Hormonen, unerfüllten Bedürfnissen und anderen Einflüsterern.

»Wie wäre es mit einem Kompromiss?«, fragte ich, als ich mich nach einiger Zeit wieder von ihr löste. »Sagen wir: Knutschen wäre erlaubt? Vielleicht könnte er sich darauf einlassen?«

»Eine halboffene Beziehung – bis zum Gürtel?«

»Iiih. Ja, wenn man das so nennt ...«

»Nein, das ist für mich witzlos. Wenn ich knutsche, will

ich danach auch den Gürtel öffnen. Sorry, da kann ich nicht anders.«

»Ich weiß, ich weiß. Aber Insektenvölker, die zum großen Teil auf Sex verzichten, sind sozialer, siehe Bienen.«

»Die Bienen sind aber auch vom Aussterben bedroht.« Elisabeth warf ein Geschirrtuch nach mir.

»Das hat andere Gründe. Da muss ich ein bisschen ausholen ...« Ich schleuderte das Geschirrtuch zurück, und es landete auf Elisabeths Kopf.

»Nein, nicht ausholen, bitte!« Sie zog sich das Tuch vom Kopf und hängte es über den Griff des Backofens. »Lass uns lieber erst mal frühstücken. Hast du nicht was von Brötchen geschrieben? Ich hoffe, für mich hast du nur eins gekauft.«

»Natürlich. Schau nur: Bei den Brötchen geht's doch auch!«

»Ist aber nicht minder schwer«, antwortete sie.

KAPITEL 9

Daß das Männchen fortlebt, also auch ein »König« das Nest bewohnt, gehört zu den bisher noch nicht aufgeklärten Erscheinungen im Termitenstaat und läßt eine wiederholte Befruchtung vermuten. Die Arbeiter und Soldaten und vielleicht auch ihre erwachsenen Larven sind es, welche sich rührig nach Nahrung für diejenigen, die sich dieselbe nicht selbst suchen können, umhertreiben, welche die Eier in die verschiedenen Räumlichkeiten des Nestes tragen, Schäden ausbessern, den Schwärmenden einen Ausgang aus dem Neste bahnen und dergleichen mehr.

Brehms Tierleben, Bd. 9: Insekten, Tausendfüßer und Spinnen, über die Termite

»Hallo, Svea«, begrüßte mich Lars, als wir nebeneinander in den Spind griffen, um uns eine Matte und eine Faszienrolle zu holen. Mein Name aus seinem Mund ... Ein kurzer Schwindel ergriff mich. Doch dann fragte ich mich, ob seine Singer-Songwriter-Stimme mich womöglich darüber hinwegtäuschte, dass das nur ... professionell geklungen hatte. So wie ein Entscheider eine Bewerberin grüßte. Ein Beamter ein flüchtig bekanntes Mitglied der freien Wirtschaft. Oder einfach wie ein Gruß unter Rückenkursteilnehmern.

Ach was, er hatte einfach »Hallo, Svea« gesagt. Daraus konnte man überhaupt nichts ableiten. Ich wurde nur langsam, was Lars betraf, ein bisschen hysterisch. Deswegen war ich auch zu spät. Weil ich mich zu Hause sage und schreibe fünfmal umgezogen hatte und am Ende immer noch total verunsichert wegen meines Sport-Outfits war. Ich trug meine Jogginghose, in der ein pinkfarbenes T-Shirt von Elisabeth steckte. Pink als das neue Rot. Mit der Jogginghose fand ich mich ganz lässig, aber obenrum kam ich mir nun vor wie ein Bonbon.

Lars steuerte inzwischen auf den Halbkreis zu, den die Teilnehmer um Pia bildeten, die in einem grauen Baumwoll-Catsuit heute fast unauffällig gekleidet war. Wie viele von den Dingern hatte sie überhaupt?

Zu Lars' linker Hand war noch frei, und ich zwang mich, meine Chance zu ergreifen. Lächelte ihm zu, als ich mich setzte. Er lächelte zurück, aber etwas steif, wie mir schien. Ob ich durch meine Bewerbung für die Platzgestaltung am Ende Chancen zerstört anstatt geschaffen hatte? Außerdem fiel mir auf, dass seine Augen rotgerändert waren. Hatte er etwa geweint?

Das war eine seltsame Vorstellung. Nachdem ich ihn als dynamischen Referenten erlebt hatte, erst recht. Andererseits, was wusste ich schon?

Er hielt mich – sofern er überhaupt über mich nachdachte – vermutlich auch für die taffe Juniorchefin einer Gartenbaufirma, die alle aufkeimenden Probleme so proaktiv bei der Wurzel packte wie ihre kaum vorhandenen Nackenprobleme. Für eine Frau, die jede Spinne in ihrem Leben ohne viel Federlesens vor die Tür brachte, metaphorisch gesprochen. Sicher stellte er sich nicht vor, dass ich manchmal weinte.

Dabei hatte ich das gerade gestern noch getan. Als ich

nachts aus einem schlechten Traum hochgeschreckt war und mir in der nächtlichen Schwärze und Einsamkeit meines Zimmers die kommenden Wochen wie ein unüberwindlicher Berg erschienen waren: der Wettbewerb zu schwierig, unser Liquiditätsproblem unlösbar, die Zusammenarbeit mit meinem angeschlagenen Vater zu belastend. Meine Gefühle für Lars zu aussichtslos. Irgendwann war ich wieder eingeschlafen und erst am Vormittag mit geschwollenen Lidern aufgewacht.

Vielleicht war auch der spöttische Ronald, der gerade Rainer mit spitzen Bemerkungen über seine zugegebenermaßen wirklich nicht gerade vorteilhafte Sporthose piesackte, in Wirklichkeit einfach traurig.

Babygelächter riss mich aus meinen Gedanken.

Babygelächter?

Es stammte von einem winzigen, kahlen Kind, das kichernd auf kurzen, krummen Beinen auf uns zugerannt kam. Verwundert sahen wir alle in Richtung der Damenumkleide, aus der es gekommen war. Die Tür öffnete sich ein zweites Mal, Carla erschien mit gestresstem Gesichtsausdruck im Türrahmen, zu ihren Füßen ein zweites Baby, das auf allen vieren unterwegs war.

»Verzeihung, seid ihr einverstanden, wenn die beiden heute teilnehmen? Mein Mann ist auf Dienstreise und meine Mutter eingeladen. Ich hätte sonst wieder nicht kommen können ...« Sie sah so flehentlich in die Runde, dass man schon ein Herz aus Diamant hätte haben müssen, um zu widersprechen.

Nur Ronald murrte in seinen Schnauzer: »Ich dachte, Entspannung sei das A und O für den Rücken. Das können wir dann mal schön vergessen.«

»Ach, plötzlich glaubst du dran?«, foppte ihn Cornelia.

»Ausnahmsweise ist das natürlich kein Problem«, schaltete Pia sich ein, mit Betonung auf »ausnahmsweise«.

»Warum lacht der kleine Mann denn so?«, fragte Miriam.

»Das ist eine kleine Frau, Juna heißt sie. Sieht man vielleicht nicht so, weil sie noch keine Haare hat«, korrigierte Carla zerknirscht. Es klang, als sei das mit den Haaren ein wunder Punkt. Carla hatte dünne blonde Haare, vielleicht fürchtete sie dasselbe Schicksal für ihre Töchter. »Warum sie so lacht, weiß ich auch nicht genau. Ich glaube, Marie hat eben in der Umkleide einen guten Witz gemacht.«

Miriam staunte. »Können die denn schon sprechen?«

»Mit mir nicht, miteinander schon. Das nennt man Kryptophasie. Eine Art Geheimsprache, typisch für Zwillinge.«

»Bestimmt hochbegabt, sind sie ja heutzutage alle«, ätzte Ronald.

»Nicht unbedingt. Kinder besonders intelligenter Eltern sind tendenziell wieder durchschnittlicher. Außerdem entwickeln etwa die Hälfte aller Zwillingspaare eine Kryptophasie, das hat nichts mit Begabung zu tun. Verschwindet irgendwann wieder«, antwortete Carla angefasst.

»Hoho«, machte Ronald nur noch. Das wurde ihm wohl zu sachlich.

»Motorisch sind sie aber früh dran, vor allem die eine, die schon läuft, oder?«, erkundigte Cornelia sich freundlich.

»Ja, viel zu früh.« Carla seufzte. »Sie sind erst elf Monate alt. Jetzt ist es alles noch anstrengender. Super mobil mit null Hirn, die beiden. Das passt überhaupt nicht zusammen!«

Alle murmelten mitfühlend, bis auf Ronald.

Marie war zwischenzeitlich in unsere Runde gekrabbelt, hatte jeden eindringlich angeschaut und sich dann nach einem Blick zu ihrer Mutter neben Pia plumpsen lassen. Vielleicht spürte sie, dass die hier das Sagen hatte. Sie brabbelte irgendetwas, und Juna unterbrach ihren Versuch, die Sprossenwand aus ihrer Verankerung zu reißen, um sich wiederum schier auszuschütten vor Lachen.

»Magst du dir eine Matte holen, Carla, und den Kindern vielleicht auch? Dann können sie sich drauflegen und etwas spielen«, schlug Pia vor.

Lars grinste vor sich hin, wie ich mit einem Seitenblick feststellte, während Carla laut auflachte. »Die bleiben nicht auf der Matte. Ich lasse sie einfach machen, was sie wollen. Kann eigentlich nichts passieren.« Damit ging sie rüber zum Spind.

»Aber der Boden ist nicht sauber«, wandte Pia ein.

Von Carla kam nur ein kurzes, wegwerfendes »Ah«, unterstrichen von einer entsprechenden Handbewegung, während sie ihren Weg fortsetzte. Als sie mit einer Matte zurückkam, sagte sie: »Ich mache jetzt einfach beim Kurs mit. Sag an, Pia.«

»Na, wenn du meinst ...«, antwortete Pia zweifelnd. »Du kennst die beiden besser als ich.«

»Ganz genau«, bestätigte Carla und setzte sich.

Pia begann, uns die Übungen vorzumachen, aber man merkte ihr an, dass sie sich neben Marie etwas unbehaglich fühlte. Ich konnte es ihr nachfühlen. Als die Kleine auf uns zugekrabbelt war, hatte ich gehofft, dass sie nicht zu mir kommen würde und ich vor versammelter Mannschaft, vor allem aber vor Lars, genötigt sein würde, irgendetwas zu ihr zu sagen.

Natürlich hatte ich einige Bekannte mit Kindern, aber das waren keine engen Freundinnen. Wenn ab und an auf

Grillfesten der Nachwuchs dabei war, hielt ich mich davon fern. Ich befürchtete, dass die Kleinen meine Unsicherheit spüren und mich ablehnen würden. Ich selbst konnte ja auch wenig mit ihnen anfangen.

Marie indes schien Pia als ihr Vorbild auserkoren zu haben. Erst starrte sie sie eine Weile unverwandt an, wie sie so erklärte und vorturnte. Dann begann sie, es ihr nachzutun und abwechselnd zu brabbeln und selbst entwickelte Übungen vorzumachen, die auch nicht viel absurder aussahen als Pias. Juna indes lutschte an der Sprossenwand.

Nach einiger Zeit verschob sich Maries Fokus von Pia zu Lars. Ich wusste auch, wieso. Lars machte nicht mehr Pias Übungen nach, sondern schäkerte mit Marie und ahmte ihre Bewegungen nach. So etwas Albernes hatte ich ihm gar nicht zugetraut. Aber es gefiel mir.

Auch Pia war nicht entgangen, dass Lars abtrünnig geworden war. Sie mochte das weniger. Fast beleidigt sah sie Lars an und sagte dann spitz: »Jetzt ermuntere sie doch nicht noch!«

»Entschuldigung«, antwortete er. »Natürlich.« Aber ich sah, wie er Marie danach mehrmals in auffälliger Verschwörermanier zuzwinkerte.

Marie allerdings reichte das nicht mehr. Sie brabbelte noch etwas lauter als zuvor, und dann entschied sie sich, endgültig das Ruder zu übernehmen.

Pia rollte gerade auf der Faszienrolle ihren Rücken entlang. Bei ihr sah das gut aus. Marie krabbelte entschlossen zu ihr hin und versuchte, mit ihren kleinen dicken, aber schon erstaunlich koordinierten Händen die Faszienrolle unter ihr hervorzuziehen.

»Hey«, rief Pia, hielt in der Bewegung inne und sah das

Baby aus ihren schwarz umrandeten Augen scharf an. Sie tat mir leid, ich hätte nicht an ihrer Stelle sein mögen.

An Carla gewandt meinte Pia dann mit sichtbarer Beherrschung: »Würdest du deiner Tochter sagen, dass das meine Rolle und außerdem ein Arbeitsgerät ist.«

»Marie, das ist Pias Arbeitsgerät. Lass es los«, meinte Carla lahm.

Marie gehorchte nicht und versuchte weiter unter angestrengtem Ächzen, die Rolle unter Pias Hintern hervorzuziehen. Juna kam im Laufschritt angewackelt und ließ sich neben Marie plumpsen, um zu sehen, was hier los war.

»Würdest du das Kind mal hier wegnehmen, damit wir weitermachen können?« Pia war deutlich anzumerken, was sie dachte: Mütter!

»Dann wird sie weinen«, gab Carla zu bedenken. »Damit ist nichts gewonnen.«

Ich war unsicher, ob ich Carlas Desinteresse nicht auch etwas unverschämt fand. Andererseits waren die beiden Kleinen das erste Mal dabei. Und Carla wahrscheinlich nach mehreren Tagen allein mit den fidelen Zwillingen völlig am Ende. Außerdem konnte sich Pia auch einfach eine neue Rolle aus dem Spind holen.

Das hatte unterdessen Lars erledigt. »Bitte sehr, ihr beiden.« Er überreichte den kahlköpfigen Mädchen je eine Rolle und setzte sich wieder auf seine Matte.

Juna versuchte ihre in den Mund zu stecken, Marie stieß ein erfreutes Juchzen aus und stürzte sich bäuchlings darauf.

»Super, Lars.« Pia warf ihm ein dankbares Lächeln zu. Offenbar war die kleine Missstimmung wieder vergessen.

Die Kinder waren fürs Erste beschäftigt, und wir konnten weitermachen. Als Marie schließlich zunehmend quengliger wurde, setzte Carla sich mit ihr auf die Bank, stillte sie in den Schlaf und legte sie in dem Zwillingskinderwagen ab, den sie in der Umkleide geparkt hatte und nun in den Türrahmen schob. Juna nutzte derweil den Platz in der Halle zum Rennen auf ihren kurzen Beinen.

Und so verlief die Entspannungsphase am Schluss ohne Zwischenfälle, bis ein lauter Pups alle aufschreckte. Vereinzeltes Lachen.

»Das mit der Endentspannung war nicht auf den Schließmuskel bezogen, Leute«, frotzelte Ronald.

Das war zwar wieder mal geschmacklos, aber witzig.

Ein Blick auf Lars zeigte mir, dass er auch kurz davor war loszuprusten.

Pia korrigierte Ronald in ihrer Entspannungsstimme, sanft und beruhigend: »Dooooch, das gilt auch für den Schliieeeßmuskel. Wir sind hier aaalle nur Menschen. Wenn etwas Menschliches passiiiert, wollen wir auch menschlich damit umgeeehen.«

»Und wer noch niiiieeee gefuuuuurzet hat, weeeeeerfe den eeeeeersten Steeeeiiiin«, ahmte Ronald sie nach. »Rainer, möchtest du anfangen?«

»Sicher nicht«, brummte Rainer. »Kannst du jetzt mal den Mund halten?«

»Da wäre ich auch für«, stimmte Pia zu und wechselte sogar den Tonfall.

Als Ronald endlich schwieg, führte Pia uns von unserem Po noch einmal hoch durch den Rücken, den wir gaaaanz schwer auf der Matte fühlen sollten, um schließlich einen eleganten Abschluss zu finden und uns noch einen schönen Sonntag zu wünschen.

Als ich mich aufrichtete, fing ich den Blick von Lars auf. Beim Einrollen der Matte beeilte ich mich nicht sonderlich, denn er ließ sich ebenfalls Zeit. Während die ersten schon auf die Schränke zustürmten, in denen die Utensilien untergebracht wurden, standen wir beide träge auf. Wir hatten heute jenseits der kurzen Begrüßung noch nicht miteinander gesprochen. Das wollte ich aber unbedingt noch. Scheu sah ich noch mal zu ihm hin.

Doch erst als ich meinen Kopf wieder wegdrehte, sah ich aus dem Augenwinkel, dass nun er zu mir herübersah. Dann sprach er mich an. »Werdet ihr an dem Wettbewerb teilnehmen?«

Ruckartig fuhr mein Kopf wieder zu ihm herum.

»Ja, das ist der Plan. Wieso?«, antwortete ich etwas atemlos.

»Nur so. Wollte ich einfach wissen ...« Obwohl er noch ein pflichtschuldiges »Viel Erfolg« hinterherschob, hatte ich wieder das Gefühl, dass er von unserem Engagement nicht so begeistert war.

Na großartig, eigentlich war ja – neben der Rettung der Firma – auch der Plan gewesen, Lars über die Zusammenarbeit besser kennenzulernen. Jetzt nervte ich ihn stattdessen.

Die nächsten Schritte Richtung Spind legten wir in unverwandtem Schweigen zurück. Etwa vier Sekunden, dann wären die Matten und die Rollen verstaut und unsere Wege würden sich in die unterschiedlichen Kabinen trennen. Alle außer Carla und Pia waren schon verschwunden.

»Du, äh, was ich noch sagen wollte. Das mit dem, äh, Pups eben, das war ich nicht«, brachte ich heraus.

»Nein? Ich war fest davon ausgegangen.« Er sah mich erstaunt aus seinen immer noch rotgeränderten Augen an.

»Echt jetzt? Dann bin ich ja froh, dass ich das, äh, noch mal klargestellt hab.«

Zu spät bemerkte ich das Grinsen in seinem Gesicht.

Jetzt schaltete Carla sich ein. »Lasst uns doch einfach darauf einigen, dass es eins meiner Kinder war. Oder beide. Im Chor. Denen ist das egal, wir können sie ruhig zum Sündenbock machen.« Offenbar hatte sie, während sie auf der Bank in ihrer riesigen Tasche kramte, unserem Gespräch gelauscht. Na wenn schon. Vor Carla brauchte man sich für nichts zu schämen, hatte ich den Eindruck. Das Thema schien für sie auch schon erledigt. Wie gebannt starrte sie auf ihr Handy, dann wurde sie hektisch.

»Shit«, schrie sie. Und noch einmal: »Shit!!« Sie stampfte sogar mit dem Fuß auf.

»Können wir helfen?«, fragte Lars, und ich registrierte, dass er »wir« gesagt hatte. Bedeutete im Zweifelsfall nichts, freute mich aber trotzdem.

Jetzt kam auch Pia angerannt, die auf der Bank gesessen und in ihren Listen herumgestrichen hatte. »Ja, können wir helfen?«, wiederholte sie. Möglicherweise hatte Lars ja auch sich und Pia gemeint.

»Vielleicht«, meinte Carla und sah von einem zum anderen. »Ich muss nämlich sofort weg. Könnt ihr die Kinder nehmen?«

»Nein«, erwiderte Pia schnell. »Ich meine, eigentlich gern. Aber ich habe jetzt noch eine Privatstunde in der Praxis. Die kann ich schlecht kurzfristig absagen.«

»Ich kann das machen«, bot Lars an.

»Ehrlich? Danke schön!« Carla fiel ihm spontan um den Hals, und ich hatte prompt das Gefühl, etwas tun zu müssen.

»Ich helfe ihm«, warf ich hastig ein.

»Oh, vielen Dank!« Jetzt bekam auch ich eine Umarmung. Pia sah aus, als sei sie unzufrieden mit den Entwicklungen.

»Was ist denn eigentlich los?«, fragte Lars Carla.

Die war schon dabei, sich von Juna zu verabschieden. Zwischen gemurmelten Koseworten und zahlreichen Küssen auf den kahlen Kopf ihrer Tochter erklärte sie: »Ich bin in der Forschung tätig. Beziehungsweise ich war. Bin ja in Elternzeit. Aber meine Forschungsgruppe führt unser Projekt weiter. Jetzt hat ein Kollege einen kapitalen Fehler gemacht, der Jahre meiner Arbeit infrage stellt. Ich muss sofort hin und retten, was zu retten ist.«

»Auf welchem Feld forschst du denn?«, fragte ich und fühlte mich ertappt, weil ich Carla das nicht zugetraut hätte.

»Nanomaterialien«, antwortete sie, tippte wieder auf ihrem Handy und hielt es sich dann ans Ohr. »Hallo, ich brauche sofort ein Taxi in die – wie heißt die Straße hier?«

»Cilly-Aussem-Straße 47«, half Pia aus.

»Danke. Am Kinderwagen hängt eine Kühlbox mit abgepumpter Milch. Für den Notfall. Juna könnte eventuell müde werden. Wenn ihr ihr die Flasche im Liegen gebt, schläft sie vielleicht ein, und mit etwas Glück schafft ihr es, sie im Kinderwagen abzulegen. Marie pennt hoffentlich noch ein bisschen. Shit, ich darf nicht drüber nachdenken. Ich muss einfach gehen.«

»Wir schaffen das. Und die beiden auch. Sie sind ja zu zweit.« Lars wirkte souverän und beruhigend wie ein empathischer Arzt.

»Es tut gut, dass du das sagst«, antwortete Carla, und als sie uns alle drei noch mal umarmte, sah ich, dass sie Tränen in den Augen hatte.

Wir tauschten Nummern aus, um uns absprechen zu

können, wenn sie fertig war. Dann beugte sie sich noch mal vorsichtig über die schlafende Marie in ihrem Wagen und verließ schnellen Schrittes die Halle.

»Was sind denn Nanomaterialien?«, wollte Pia wissen, als sie weg war.

Da konnte ich helfen. »Die farbigen Schuppen der Schmetterlingsflügel zum Beispiel bestehen daraus und so manches andere in der Natur. Das sind Stoffe in sehr geringer Teilchengröße, die andere, nützliche Eigenschaften aufweisen können als der gleiche Stoff in einer größeren Form. Nanomaterialien können zum Beispiel gleichzeitig sehr hart und sehr leicht sein. Das macht sie zur Zukunftstechnologie, zum Beispiel in der Medizin oder auch der Energiegewinnung – ein faszinierendes Feld, das –«

»Okay«, würgte Pia mich ab. »Hört mal, ich muss leider wirklich weg.« Sie sah von Lars zu mir. »Obwohl ich euch nicht gern hier allein lasse.«

»Warum?«, fragte ich, ein bisschen auf Krawall gebürstet.

»Na ... weil, also, ich habe ja hier die Verantwortung. Wegen Abschließen und so. Aber zieht einfach die Tür zu, wenn ihr geht. Und denkt dran, alle Lichter auszumachen. Ausnahmsweise sollte das dann in Ordnung sein.«

»Ach so, verstehe. Natürlich, wir machen alles so, dass nichts auf dich zurückfällt«, versicherte ich, und Lars nickte.

Dieses »wir« fühlte sich so toll an.

Pia kramte in ihrer Sporttasche, und mir kam es so vor, als zöge sie das extra ein wenig in die Länge. Es schien ihr wirklich sehr, sehr schwerzufallen, uns allein zu lassen. Ich konnte mich gut in sie hineinversetzen. Gleichzeitig schmeichelte es mir, dass sie mich in Bezug auf Lars womöglich als Gefahr betrachtete.

Aber jetzt förderte sie aus ihrer Tasche zwei Igelbälle zutage. Was wollte sie uns damit sagen? Ich warf Lars einen verstohlenen Blick zu, doch er sah Pia an.

»Für Juna und Marie«, erklärte sie uns fast ein bisschen streng.

Ach so, dachte ich.

»Als Spielzeug«, ergänzte Pia. »Vielleicht können sie ja ... daran lutschen.« Sie sah angeekelt aus. Ein Blick auf ihre Armbanduhr ließ ihr aber keine Wahl mehr. »Jetzt muss ich wirklich schleunigst los«, seufzte sie. Mit einem eleganten Schwung warf sie ihre Tasche über die Schulter sowie Lars einen letzten feurigen Blick zu und tänzelte zum Ausgang. Ein »Ciao«, dann fiel die Tür der Umkleide mit einem Knall ins Schloss, dessen Nachhall markierte, dass wir nun allein waren.

Lars und ich sahen uns an, ein bisschen scheu.

»Und jetzt?«, fragte ich unsicher.

»Setzen wir uns hin und lassen es auf uns zukommen. Im Moment sind die beiden ja friedlich. Warte, ich hol uns mal wieder eine Matte.« Er lief zum Spind rüber, der nicht abgeschlossen war.

Marie schlief noch in ihrem Wagen, Juna krabbelte an der Wand entlang und untersuchte eingehend alles, was ihren Weg kreuzte: eine Bank oder eine Markierung auf dem Boden. Lars rollte die Matte aus und lud mich mit einer Geste ein, mich hinzusetzen.

Mit flattrigem Herzen gehorchte ich und beobachtete gebannt, wie er sich neben mir niederließ. Schlanke, muskulöse Beine in Trainingsshorts und ein lockeres weißes T-Shirt mit V-Ausschnitt. Dann saßen wir da, einander halb zugewandt, zwischen uns etwa dreißig Zentimeter Platz. Der

Blick auf sein Schlüsselbein machte mich so nervös, dass ich unbedingt ein Gespräch beginnen wollte.

»Ähm ...«, setzte ich an, und dann fiel mir nichts mehr ein. Außer: »Warum hast du eigentlich so rote Augen?« Oh Mann, ich hatte ja echt immer die besten Icebreaker auf Lager.

Lars stutzte und grinste dann. »Damit ich dich besser sehen kann«, antwortete er und verstellte seine Bandleaderstimme zu einer heiseren Wolfsstimme.

Ich lachte. Er schien wirklich eine alberne Seite zu haben. So süß.

»Aber Lars, warum hast du so große Ohren?«, spielte ich mit.

»Damit ich dich besser höören kann.« Er klang noch bedrohlicher, und ich dachte, dass ich liebend gern von ihm gefressen werden würde.

Doch dann sah Juna irritiert zu uns hinüber, und wir hielten inne.

»Ich frage lieber nicht weiter. Sonst wird es gefährlich. Für mich und eventuell auch für die schöne Ruhe«, entschied ich.

Juna fuhr mit ihren Erkundungen fort.

Nach einer kurzen Pause sagte Lars mit normaler Stimme: »Mal im Ernst, zu der Frage mit den roten Augen: Ich sehe ohne Brille überspitzt gesagt so wie du, wenn du durch diese Glasbausteine guckst.« Er wies auf die dickwandigen Fenster der Turnhalle oberhalb der Holzvertäfelung. »Seit einiger Zeit vertrage ich meine Kontaktlinsen nicht mehr. Heute Vormittag habe ich es noch mal ausprobiert, aber es hat keinen Zweck. Muss wohl umsteigen. Meine Brille habe ich mir beim Fußball zerdeppert. Im Büro trage ich eine uralte, aber die ist so ausgeleiert, dass sie mir dauernd von der Nase rutscht. Das hast du ja gesehen. Also bin ich ohne Sehhilfe hier. Äh – wo bist du denn hin?« Suchend sah er sich um, sein ausdrucksloser Blick ging durch mich hindurch.

Verwirrt winkte ich ihm zu. »Hier?«, antwortete ich fragend.

»Ach so. Gut.« Er grinste mich an, ich begriff, und er sprach weiter. »Also, wieder im Ernst: Ich weiß inzwischen ungefähr, wie deine Umrisse aussehen, und erkenne dich auch ohne Sehhilfe.«

Lars kannte meine Umrisse! Wenn das kein Kompliment war. Ich spürte, wie sich unwillkürlich ein geschmeicheltes Lächeln auf meinem Gesicht ausbreitete, und hoffte, dass Lars tatsächlich nur so schemenhaft sah, wie er behauptete. Als mir dann auch noch einfiel, dass er vielleicht a) mein Abi-T-Shirt nicht hatte lesen können, und mich b) damals am Fahrradständer nur mangels Sehkraft nicht erkannt hatte, strahlte ich wie ein Honigkuchenpferd.

Um ganz sicher zu gehen, hakte ich noch mal nach: »Wie lange hast du dieses Kontaktlinsenproblem denn schon?«

»Ach, schon Monate. Ich müsste mir mal harte anpassen lassen, vielleicht würde ich die besser vertragen, aber ich komme nie dazu.«

Zu gern hätte ich gewusst, was in seinem Leben los war, das ihn vom Besuch beim Optiker abhielt, aber ich traute mich nicht zu fragen.

»Hast du damit Erfahrung? Mit harten Kontaktlinsen, meine ich?«, wollte er stattdessen wissen.

»Nein. Ich habe Adleraugen.«

»Du Glückliche.« Er schaute in Junas Richtung. »Meine Nashornaugen sehen schemenhaft, dass das Baby sich wieder an der Sprossenwand zu schaffen macht. Will sie da etwa hochklettern?«

»Sieht so aus.« Ich sprang auf und lief zu der Kleinen, Lars hinterher.

Ich hockte mich hinter sie und hielt in einer unsicheren Bewegung die Hände auf, um sie gegebenenfalls aufzufangen.

Juna guckte sich noch nicht einmal um. Vermutlich war sie es gewohnt, dass hinter ihr Erwachsene in Hektik gerieten. Ungehemmt ächzend versuchte sie, sich hochzuziehen, hatte aber das Prinzip noch nicht so ganz durchschaut. Auch die dicke Wabe, zu der ihre Windel inzwischen angeschwollen war und die ihr schwer am Babypopo hing, musste hinderlich sein.

Hilfesuchend schaute ich zu Lars.

Der kam mit seinem Gesicht ein bisschen näher an meins heran, sah mich mit konzentriert zusammengekniffenen Augen an und lachte dann. »Du guckst angesichts von Juna ein bisschen wie ich im Angesicht der Spinne.«

Verwirrt durch seine Nähe, aber auch unsicher, ob ich mich versehentlich als Mutter seiner ungeborenen Kinder disqualifiziert hatte, verzog ich den Mund. »Na, direkt eklig finde ich Babys nicht. Ich habe mit Kindern einfach nichts am Hut. Vielleicht habe ich ganz, ganz leichte Berührungsängste.«

In diesem Moment rutschte Juna ab, doch ich konnte den kleinen Sturz abfangen, und sie landete einigermaßen sanft auf ihrer dicken Windel. Trotzdem stieß sie einen wütenden Schrei aus, und ich hatte ein schlechtes Gewissen. Aber Juna rappelte sich schnell wieder hoch und begann erneut, die Leiter zu erklimmen.

»Sollen wir mal die Plätze tauschen?«, bot Lars an. »Mir macht das nichts aus.«

»Okay«, sagte ich, und wir gingen umeinander herum.

»Was glaubst du, wie lange das heute dauert? Dazu hat Carla gar nichts gesagt.« Er hielt seine inzwischen etwas gebräunten Hände präventiv an Junas Rücken, der unter dem Baumwollstoff des Bodys schon erschreckend muskulös wirkte.

»Sicher nicht unter zwei Stunden. Musst du noch weg?«, erkundigte ich mich. Furcht und Enttäuschung schwangen schon in meiner Stimme mit, bevor es mir einfiel: »Oh, nein, dein Training!«

»Ich gehe nicht hin.«

»Sicher? Ich meine, die K.-o.-Runde fängt ja bald an«, erwiderte ich tapfer.

»Ganz sicher.« Er lachte. »Ich kann nicht erst anbieten zu helfen und dich dann hier mit den beiden allein lassen. Außerdem wäre ich wahrscheinlich sowieso nicht gegangen. Wegen der Verletzungsgefahr. Ich gehe besser nur noch zu den Spielen.«

»Tolle Logik.«

»Der Situation angepasst.« Er grinste.

Ich atmete aus. »Ich habe auch nichts mehr vor.«

»Dann können wir das ja zusammen durchstehen.«

Ein Schweigen entstand, und wenigstens meinem Empfinden nach lag eine gewisse Spannung in der Luft.

Die mit einem plötzlichen Schrei aus dem Kinderwagen noch verstärkt, aber in ihrem Fokus verschoben wurde.

Lars nahm hastig Juna hoch, und alle zusammen liefen wir zu Marie hinüber, die offensichtlich aufgewacht war.

Jetzt musste wohl ich ran. Ich beugte mich über das

schreiende Kind und versuchte, den Anschnallgurt zu lösen, den Carla in weiser Voraussicht angelegt hatte. Marie wand sich wütend in ihrer Fixierung. Sicher wäre es gut gewesen, beruhigend mit dem Kind zu sprechen. Ich hatte mal gelesen, dass es intuitiv richtig war, wenn Erwachsene in einen höheren, schmeichelnden Tonfall verfielen, sobald sie mit Babys sprachen. Aber was um alles in der Welt sollte ich sagen? Außerdem fühlte ich mich von Lars trotz seiner schlechten Augen beobachtet. Also schwieg ich lieber, konzentrierte mich auf die Schnalle und – als ich sie aufbekommen hatte – darauf, die zappelnde, kreischende Marie auf den Arm zu nehmen.

»Maaamamamamamam!«, heulte sie und wand sich auf meinem Arm genauso wie zuvor im Wagen. »Mammamamamamam!«

Komplett meiner Sprache beraubt sah ich Lars nur verzweifelt an. Er setzte Juna in den Wagen, schnallte sie an und nahm mir dann Marie ab. Erstaunt schaute die Kleine den Neuen an und vergaß darüber sogar das Kreischen.

»Komm, ich zeig dir was«, sagte Lars und gab ihr einen Kuss auf die Wange. Das hätte ich mich nie getraut. »Wir gehen hier in diesen Verschlag und schauen uns die Geräte an. Und das erste, auf das du zeigst, bauen wir auf.«

Er wandte sich an mich. »Wir machen es so interessant für die beiden, dass sie nicht an Carla denken. Rollst du mit Juna hinter uns her?«

»Klar«, antwortete ich und schaffte es, ohne Hilfe die Bremse des Kinderwagens zu lösen. Davon motiviert traute ich mich sogar, mein unbeholfenes Wort an Juna zu richten. »Dann schauen wir mal, was Lars und deine Schwester so vorhaben.« Ich kam mir komisch dabei vor, zumal Juna vor mir saß und mich nicht sehen konnte. Sie antwortete nicht, aber begann immerhin auch nicht zu schreien.

Marie indes versuchte, sich von Lars' Arm auf den Barren zu werfen, aber Lars hielt sie fest. »Okay, sagen wir: das zweite, worauf du zeigst, bauen wir auf«, korrigierte er und ging schnell weiter.

Nun weckte der Mattenwagen Maries Interesse. Lars setzte sie darauf, und sie sah ihn freundlich an.

Juna im Buggy fing an zu zappeln und zu schreien: »Au! Au!«

Ich stoppte, stürzte um den Wagen herum und untersuchte die Kleine hastig – nicht dass ich ihr mit dem Gurt irgendwas eingeklemmt hatte! »Was tut dir denn weh?«, fragte ich immer wieder, während Juna immer aufgebrachter kreischte: »Au! Au au au au au!«

Lars rief mir von hinten irgendwas zu, aber ich konnte ihn nicht verstehen. Irgendwann drangen seine Worte zu mir durch: »Ich vermute, sie meint *auch!* Sie will *auch* auf den Mattenwagen!«

»Du willst *auch* auf den Mattenwagen? Da wollte ich dich doch gerade hinbringen!« Ich hatte ebenfalls meine Stimme erhoben, um mir Gehör zu verschaffen.

»Mm!«, antwortete Juna kurz und sachlich und zappelte nur noch ein bisschen, während ich sie aus dem Kinderwagen hob und mit ausgestreckten Armen zu ihrer Schwester hinübertrug.

Auf dem Mattenwagen glucksten beide zufrieden. Lars löste mit dem Fuß die Bremse, suchte mit den Augen die metallene Lenkstange und das umgebende Gestell ab, wahrscheinlich um sicherzugehen, dass keine Spinne dranhing. Dann steuerte er den Wagen aus dem Unterstand in die

Halle. Ich fasste vorn mit an und passte gleichzeitig auf, dass die Babys nicht herunterkrabbelten – froh, dass ich etwas Sinnvolles beitragen konnte.

In diesem Moment begann es, mit einem treibenden Beat unterlegt durch die Halle zu dröhnen: »Ich möchte die sein, die du ansiehst!« Der Hausmeister hatte offensichtlich wieder seine Top Ten aufgelegt. Er konnte nicht wissen, dass immer noch Kursteilnehmer da waren.

»Ich bin deine große Liebe. Du weißt es nur noch nicht.«

Und er konnte auch nicht wissen, dass eine der Kursteilnehmerinnen sich von den Lyrics ertappt fühlte. Lars begann mitzusummen. Die Melodie war aber auch eingängig. Auch Marie lallte jetzt mit, und Juna wippte auf ihren Knien. »Die große Liebe deines Lebens ... bin ich!«, sang Lars unbefangen, und ich dachte nur: ja. Deine Stimme ist auch so schön.

Er ließ den Wagen im Takt der Melodie ruckeln, was Juna und Marie noch mehr anstachelte. Ich hatte alle Hände voll damit zu tun, die beiden abzusichern, aber zwischendurch sah ich immer wieder Lars an, dessen rotgeränderte Bernsteinaugen vom durch die Glasbausteine fallenden, warmen Licht des späten Nachmittags zum Leuchten gebracht wurden. Die ganze Situation war so schräg und unerwartet schön, dass von tief in mir drin ein seliges Lächeln aufstieg. Und Lars lächelte zurück.

Marie allerdings oder vielleicht war es auch Juna – jetzt, da die beiden nebeneinander auf dem Mattenwagen saßen, verlor ich den Überblick – hatte genug. Es begann mit einem dezenten Meckern, das Lars durch grimassenschneidendes Ansingen zwar kurzfristig unterbrechen, aber nicht aufhalten konnte.

»Kannst du die beiden festhalten, dann hole ich die Igelbälle«, sagte ich eilig und lief los.

Als ich zurückkam, hatte Lars die zwei schon auf den Boden gesetzt, ich händigte jeder einen Igelball aus, und wie von Pia prophezeit fingen sie sofort an, darauf herumzukauen.

Wir setzten uns ebenfalls, und nach einer Weile Geplauder über die Zwillinge erkundigte ich mich: »Ergibt es denn Sinn, wenn wir bei dem Wettbewerb um die Platzgestaltung mitmachen?« Die Frage brannte mir auf der Seele, und das Thema stand sowieso die ganze Zeit wie der berühmte Elefant im Raum, hatte ich das Gefühl.

»Das ist eine offene Ausschreibung, da kann jede Firma mitmachen, die den Kriterien entspricht«, antwortete Lars fast ein bisschen unwirsch. Dann wurde er wieder freundlicher. »Wie geht's denn eigentlich deinem Nacken?«

»Ganz gut«, antwortete ich auch ziemlich knapp, während ich fieberhaft nach einem Thema suchte, das uns wieder in ein leichteres Fahrwasser bringen würde. »Und was machst du in deiner Freizeit, wenn du nicht gerade Fußball spielst oder deine Faszien trainierst?«, fragte ich schließlich.

Doch es war mir nicht vergönnt, mehr über Lars' Privatleben zu erfahren. Juna war wieder zu den Sprossenwänden gelaufen. Eben noch hatte sie neben uns den Igel hin und her gerollt, jetzt schon die dritte Stufe erklommen. Sie lernte schnell. Entsetzt sprang ich auf und spurtete los. Als ich ankam, war Juna schon weit oben und Lars direkt hinter mir. Unwillkürlich drehte ich mich um, wollte ihm die Sache überlassen. In dem Moment wurde ich auch schon gegen die Leiter gedrückt und mein Gesicht gegen sein Schlüsselbein, das mich schon die ganze Zeit so faszinierte. Während er nach Juna griff, nahm ich einen tiefen Atemzug. Lars neigte sein Gesicht zu mir herunter und murmelte, Juna noch über seinem Kopf erhoben: »Entschuldigung.« Ich sah seinen weichen Mund und die Sommersprossen auf seiner Nase. Und – man spürt so was doch – ich hatte das Gefühl, dass auch er in diesem Moment ans Küssen dachte.

Doch dann trat er schnell einen Schritt zurück und trug die kleine Gouvernante wieder in den anderen Teil der Halle zu ihrer Schwester, die sich immer noch brav mit dem Igel beschäftigte. Juna indes interessierte der Igelball nicht mehr. Als Lars und ich etwas außer Atem wieder neben den Kindern saßen, kletterte sie auf meinen Schoß und machte sich an meinem T-Shirt zu schaffen. Hilflos starrte ich sie an, traute mich nicht, sie wegzusetzen, denn dann würde sie bestimmt wütend.

»Vielleicht sollten wir mal nach den Milchflaschen gucken«, sagt Lars diplomatisch, aber er grinste, als er aufstand und zu Carlas Buggy hinüberging.

Es war ein Nachmittag voller Premieren. Ich war das erste Mal mit Lars allein und gab das erste Mal einem Baby die Flasche. Später wickelte ich das erste Mal ein Baby, und am Ende umarmte ich Lars das erste Mal. Ganz kurz nur, zum Abschied vor der Halle, nachdem Carla schließlich von ihrer – zum Glück erfolgreichen – Mission wiedergekommen war. Es war die schnelle, seitliche Umarmung zweier Menschen, die durch eine betonte Beiläufigkeit verleugneten, dass sie sich voneinander angezogen fühlen. So wenigstens wollte ich das interpretieren. Nur eine Sekunde lang berührten sich meine rechte und seine linke Seite, für einen Wimpernschlag streifte mich sein Atem, während ich seine Hand auf meinem Rücken spürte.

Auf dem Nachhauseweg fühlte ich mich fast ein bisschen betrunken, und alles, was ich gehört, gesehen und erfahren hatte, schwirrte mir in chaotischer Reihenfolge im Kopf herum. Bis mir plötzlich etwas einfiel. Nämlich, dass Lars intensiver Blick aus den leicht zusammengekniffenen Augen bei unserer ersten Rückenstunde, der mich wie Amors Pfeil direkt ins Herz getroffen hatte, wohl einfach seiner Sehschwäche geschuldet gewesen war. Meine schöne Liebe auf den ersten Blick eine schlichte Folge seiner Kontaktlinsenunverträglichkeit ... Aber sei's drum, jetzt war sie eben da.

KAPITEL 10

> Die erste ist die prächtige goldäugige BLINDBREMSE *(Chrysops coecutiens)*. Goldäugig und doch blind? Das scheint ein gewaltiger Widerspruch zu sein. Man gab vermutlich dieser Fliege jenen Namen, weil sie gegen jede Gefahr, die ihr droht, blind ist, wenn sie sich einmal zum Saugen eingerichtet hat. Ihre Zudringlichkeit kennt keine Grenzen.
>
> *Brehms Tierleben, Bd. 9: Insekten, Tausendfüßer und Spinnen, über die Bremse*

Im Hausflur, vor der Tür zu unserem Büro, lag ein großer Strauß roter Rosen. Verwundert, aber auch ein bisschen aufgeregt hob ich ihn auf und suchte nach einer Karte oder einem anderen Hinweis auf den Absender. Doch da war nichts. Ob sich jemand in der Tür vertan hatte, oder war der tatsächlich für mich? Von einem zufriedenen Kunden vielleicht oder …? Ich wagte den Gedanken kaum zu denken, und es gab auch keine Grundlage dafür, aber … Nein, das war natürlich absurd, der Blumenstrauß war eher noch von Carla als von Lars.

In diesem Moment drehte sich der Schlüssel in der Haustür, und Cord kam herein. Als er den Rosenstrauß in meiner Hand sah, erstarrte er. »Der ist nicht zufällig für dich?«, fragte er.

»Keine Ahnung. Also, er lag hier. Es steckt aber keine Nachricht drin.«

»Dann ist er für mich.«

Ich sah ihn fragend an. Ein bisschen enttäuscht war ich schon.

»Sorry«, sagte Cord. »Lass uns mal reingehen.«

»Okay ...«, erwiderte ich und schloss die Bürotür auf.

»Gleich vorweg: Du kannst ihn haben.« Er seufzte frustriert.

Ich ging in die Küche und suchte nach einer Vase, aber so etwas gab es in diesem Gartenbauunternehmen wohl nicht. Dafür fand ich unter der Spüle einen Putzeimer. Ich kürzte die Stiele und arrangierte die Rosen in dem Eimer. Immerhin war er ebenfalls rot. Ich stellte ihn oben auf Cords Aktenstapel und setzte mich auf den Rand seines Schreibtischs.

»Jetzt bin ich aber neugierig«, meinte ich.

»Ich habe eine hartnäckige Verehrerin«, antwortete Cord. »Beziehungsweise würde ich spätestens jetzt eher sagen: Stalkerin.«

»Woher weißt du, dass die Blumen von ihr sind?«

»Weil das nicht ihr erster Strauß ist. Sondern der dritte. Jetzt weiß sie offenbar sogar, wo ich arbeite.« Er klang extrem genervt.

»Wie kann sie das denn so schnell rausgefunden haben? Du arbeitest doch noch gar nicht so lange hier.«

»Das liegt daran«, hob er an und hörte sich jetzt noch genervter an, »dass alle so angetan davon sind, wenn eine normal große, normal gut aussehende Frau was von mir will. Und sie glauben, ich müsste darüber auch automatisch erfreut sein. So muss sie nur irgendwen fragen, und jeder gibt begeistert Auskunft.«

»Verstehe. Dann musst du dein Umfeld wohl mal entsprechend einnorden.«

»Muss ich wohl. Habe ich nur keine Lust zu. Ich wünschte, es wäre nicht nötig.«

Ich nahm mir ein Post-it und schrieb drauf: *Zum Mitnehmen: Einen rosigen Tag für Sie! Ihr Team von Tewald Gartenbau & Freundinnen.*

Ich zeigte ihm den Zettel, und als der ihm ein schwaches Grinsen entlockte, klebe ich ihn auf den Eimer mit den Rosen und lief schnell nach draußen, um das Arrangement dort auf die Fensterbank zu stellen.

»Du bist die Richtige für den Job hier«, meinte Cord lächelnd, als ich etwas außer Atem zurückkam und mich wieder auf seinen Schreibtisch setzte.

»Na hoffentlich«, antwortete ich und verdrängte den Gedanken an die Zigtausende von Euros, die uns in diesem Winter fehlen würden. »Woher kennst du deine Stalkerin denn?«

»Aus dem Debattierclub. Wir treffen uns alle zwei Wochen und führen Rededebatten zu aktuellen Themen.«

»Interessant, an der Uni gab es auch so was. Ich hätte mich aber nie getraut, da mitzumachen.«

»Ich ursprünglich auch nicht. Als junger Erwachsener war ich sehr schüchtern und zurückgezogen. Entsprechend habe ich Referate in der Schule und später während der Ausbildung gehasst und war auch wirklich schlecht darin.«

»Das klingt vertraut. Ich musste mich aber in meinem Job an der Uni zwangsweise daran gewöhnen, vor Leuten zu sprechen. Ich fürchte, die Studierenden in meinen ersten Kursen haben daraus eher die Erkenntnis mitgenommen, dass Dozentinnen auch nur Menschen sind, als dass Insekten zu den Gliederfüßern gehören.« Ich schämte mich noch bei der Erinnerung daran.

»Ich habe früher immer so gut wie möglich versucht, mich unsichtbar zu machen. Und das ist, obwohl beziehungsweise gerade weil ich so klein bin, natürlich schwierig. Ich errege Aufsehen, wohin ich auch gehe. Wenn man das vermeiden will, dann kann man eigentlich gar nicht mehr am Leben teilnehmen. Und das habe ich eine Zeitlang gemacht.«

Er machte eine Pause, und ich dachte, dass ich mir meine Dozentinnenanekdote hätte sparen können. Meine Erfahrung war nicht zu vergleichen mit seinen.

Aber er redete schon weiter. »Irgendwann ist mir klargeworden, dass es kontraproduktiv ist, mir zusätzlich zu den körperlichen Einschränkungen noch weitere aufzuerlegen. Und dann habe ich mit einer Art selbstverordneter Konfrontationstherapie angefangen. Darunter fällt auch der Debattierclub.«

»Und mittlerweile bist du so gut, dass dir die Herzen der Damen zufliegen«, schloss ich.

Er grinste. »So richtig nach vorne gebracht hat mich eigentlich *Game of Thrones*. Seit alle Fan von Tyrion Lannister sind, habe auch ich viel mehr. Man glaubt gar nicht, was so eine populäre Medienfigur ausmacht. Plötzlich scheint vielen Menschen erst bewusst zu werden, dass auch in einem Randgruppenkörper ein echter Held stecken kann. Aber ich schweife ab. Jedenfalls sind ich und meine Stalkerin ziemlich gut im Debattieren, sodass der Abend oft in einer Battle zwischen uns beiden endet.«

»Und jetzt will sie dich in eine Beziehung reindiskutieren.«

»Genau. Dabei weiß jeder, dass das nicht klappen kann.« Ich seufzte.

»Warum seufzt du so?« Er sah mich interessiert an. »Gibt es bei dir auch jemanden, für den du am liebsten ein Fleurop-Abo abschließen würdest? Ich kann davon nur abraten.«

Ich lachte. »Ja, aber davon erzähle ich lieber ein anderes Mal. Für heute merke ich mir: Rosen und überreden funktionieren nicht.«

Draußen am Fenster ging gerade der gut aussehende Bildhauer von gegenüber mit seinem blondgelockten Kind vorbei, nahm sich eine Rose und lächelte mich durch die Fensterscheibe hinweg an. Ich nickte ihm erfreut zu. Dann bemerkte ich Dieter. Auch er lief vor dem Fenster vorbei, beachtete die Rosen allerdings nicht, sondern blickte überaus finster.

»Oje«, sagte ich. »Hast du Dieter gesehen?«

»Nein«, meinte Cord. »Aber jetzt höre ich ihn.«

Poltrige Schritte im Flur, ein aggressives Knirschen im Schloss, dann stand er in der Tür. »Der Wagen ist Schrott.«

Bitte lass ihn den Polo meinen, schickte ich ein Stoßgebet zum Himmel.

»Welcher Wagen?«, fragte Cord.

»Der große Lieferwagen«, antwortete Dieter frustriert.

Das Herz sackte mir in die Hose. »Was ist passiert?«

»Der Zahnriemen ist gerissen. Heute Morgen, auf dem Weg zum Kunden. Der Wagen wurde mitsamt seiner Ladung, drei Paletten Steine, zur Werkstatt geschleppt, und die haben auch schon mal reingeguckt. Wir können ihn nur noch verschrotten lassen.«

»Das ist doch bestimmt versichert«, stellte ich hoffnungsvoll in den Raum.

»Für den Lieferwagen haben wir nur eine Teilkasko«, meinte Cord betreten.

»Dein Vater hat für solche Fälle eine Rücklage gebildet, das ist nicht das Problem. Ich bin nur genervt, weil der Vormittag so frustrierend war, ich nicht zum Kunden konnte und stattdessen mit Dirk und Avram an der B55 gehockt hab«, ergänzte Dieter, schon etwas ruhiger, vielleicht weil er meine Panik spürte.

Cord und ich wechselten einen schnellen Blick. Wir dachten wohl beide das Gleiche. Die Rücklage, von der Dieter sprach, war leider schon fest eingeplant, um unseren Forderungsausfall abzufedern. Und würde nicht einmal dafür ausreichen.

Das Telefon klingelte, ich hob ab und hatte Dieters erbosten Kunden am Apparat. »Herr Weniger, der Kollege hatte einen Autounfall. Er ruft sie sofort an, wenn wir Ersatz für den Wagen beschafft haben.«

Eine Tirade über die zeitlichen Zwänge des Kunden prasselte durch den Hörer auf mich ein, während Dieter von der anderen Seite etwas beleidigt zweimal wiederholte, er habe auch schon mit dem Mann telefoniert.

»Autounfall, jaja … Sicher, dass nicht einfach woanders etwas Lukrativeres reingekommen ist?«

»Leider nicht, Herr Weniger, das können Sie uns glauben. Ich lasse Sie so bald wie möglich wissen, wann es weitergeht. Seien Sie sicher, das liegt auch in unserem Interesse.«

»Ich verlasse mich auf Sie. Wenn ich hier auf einer halbfertigen Gartenanlage sitzenbleibe, mache ich Sie regresspflichtig.«

»Wie gesagt, es ist heute einfach der Wagen kaputtgegangen, mit dem die Kollegen auf dem Weg zu Ihnen waren. Wir hören spätestens morgen voneinander.«

»Da hat wohl jemand schlechte Erfahrungen mit Handwerkern gemacht«, meinte Cord trocken, als ich aufgelegt hatte.

Dieter lachte. »Avram und Dirk habe ich nach Hause geschickt. Bezahlen müssen wir sie natürlich trotzdem, sie hatten sich den Tag freigehalten. Hier ist die Nummer von der Werkstatt.« Er hielt mir einen Zettel hin. »Die schicken eine Rechnung. Du musst sie aber anrufen, um zu klären, wie der Wagen bei denen vom Hof kommt. Und wegen eines neuen Wagens: Bei Fuhrpark To-Go in Kalk haben wir uns gelegentlich mal einen Transporter ausgeliehen. Nur bis ein neuer Lieferwagen da ist.«

»Danke, über den sprechen wir dann noch mal«, antwortete ich vage.

»Alles klar, Svea, wird schon. Ich fahre dann jetzt mit dem Polo in die Waldeslustsiedlung und mache in Herrn Kohlgrubers Kunstgarten die Abnahme.«

»Sehr gut, mach das«, bestätigte ich um Fassung bemüht.

Dieter nahm mich zum Abschied in den Arm. Eigentlich hätte ich das gut gebrauchen können, aber weil ich ihm bisher nicht von unserer finanziellen Misere erzählt hatte, die der kaputte Wagen nun noch verschlimmerte, verstärkte die warme Geste mein schlechtes Gewissen.

Als Dieter wieder aus der Tür war, sank ich auf meinen Schreibtischstuhl und legte den Kopf auf die Tischplatte. Sie fühlte sich hart und kühl an meiner heißen Wange an. Cord ließ mich in Ruhe und fuhr seinen Rechner hoch.

»Wenn mein Vater wüsste, wie es hier in seinem Namen

drunter und drüber geht ...«, sagte ich irgendwann in das Schweigen hinein.

»Vielleicht wäre es sowieso mal eine Idee, Werner Tewald Gartenbau in Svea Tewald Naturgartenbau umzubenennen.«

»Svea Tewald Naturgartenbau – die Eintagsfliege unter den Kölner Garten- und Landschaftsbauern. Nein danke, lieber nicht.«

»So wird es nicht kommen. Du kriegst den Auftrag von der Stadt und dann auch einen Überbrückungskredit. Oder uns fällt was anderes ein. Ich würde mich für einen Firmennamen hergeben. Dieter bestimmt auch.« Er grinste. »Gartenzwerg und Baumriese – grüne Oasen für jeden Geschmack.«

Wider Willen musste ich lächeln, auch weil Cord sich so bemühte, mich aufzuheitern. »Klingt süß. Bin dann natürlich auch dabei. ›Gartenzwerg, Baumriese & Pleitegeierin‹. Wir werden uns vor Aufträgen nicht retten können.«

Mit einem tiefen Seufzer drückte ich den Power-Knopf an meinem Rechner, und dann reservierte ich bei Fuhrpark To-go einen leider nicht so günstigen Lieferwagen für eine Woche.

Als ich wieder zu Hause ankam, hörte ich, wie in der Küche aggressiv die Schranktüren aufgerissen und wieder zugeknallt wurden. Erschrocken blieb ich stehen. Elisabeths Leinenslipper lagen in der Mitte der Diele, als seien sie gerade erst ausgezogen worden. Aber diese Geräusche klangen nicht nach den eleganten Bewegungen, mit denen sie üblicherweise in der Küche hantierte. Ich griff mir den Stockschirm aus einer Vase, die ansonsten diverse vergessene Knirpse von Elisabeths Gästen beherbergte, schlich mich an und riss die Tür auf, um das Überraschungsmoment auszunutzen.

Doch vor mir stand nur meine Mitbewohnerin mit einem Rührgerät und starrte mich entgeistert an.

»Hast du mich erschreckt!«

»Du mich auch.«

»Was willst du mir mit dem Schirm sagen?«

»Dass ich nicht wusste, was hier los ist. Was willst du mir mit diesem Türenschlagen sagen?«

»Dass ...« Ihre Stimme brach, und ihr Gesicht verzerrte sich in dem Bemühen, ein Schluchzen zu unterdrücken. »Dass ... dass ich den zweiten Rührbesen nicht finde.«

»Und deshalb ... weinst du?«, fragte ich sanft.

»Und dass ... Kerim mit mir Schluss gemacht hat«, ergänzte sie.

»Oh. Scheiße.«

»Ja.« Sie sah mich hilflos an.

»Wegen der Polyamorie-Sache«, stellte ich mehr fest, als dass ich es fragte.

»Genau«, antwortete Elisabeth nur. »Aber weißt du, wo der Rührbesen sein könnte?«

»Nein, aber ich helfe dir suchen.« Ich fand ihn nach anderthalb Minuten schweigendem Türen auf- und zumachen an einem Haken hinter der Gemüsereibe. »Jetzt besser?«, fragte ich, als ich ihr das Ding reichte.

»Nein«, antwortete Elisabeth.

»Willst du dich vielleicht mal hinsetzen und erzählen, was passiert ist?«

Gehorsam setzte sie sich an den Küchentisch. Allein daran konnte ich erkennen, wie schlecht es ihr gehen musste. Normalerweise hätte sie »Später mal« gemurmelt und wäre aufs Klo verschwunden. Heute aber platzte es aus ihr heraus: »Ich vermisse ihn so schrecklich. Dabei ist er gerade erst gegangen.« Sie sah auf ihr Handy. »Vor zwanzig Minuten. Ich wollte wenigstens noch ein letztes Mal mit ihm schlafen, aber er hat Nein gesagt.«

Fragend sah ich sie an.

»Er erträgt es nicht. Die Vorstellung, dass ich bei Damian oder irgendwem anders bin. Er denkt die ganze Zeit daran, auch wenn wir beide zusammen sind. Er will das nicht mehr und meint, dass ihm die Beziehung, je stärker er sich bindet, umso größere Qualen zufügt.«

»Für mich klingt das nachvollziehbar«, meinte ich vorsichtig. »Auch wenn ich es mir für dich von Herzen anders gewünscht hätte.«

»Aber könnte man nicht auch sagen, er liebt mich nicht genug, wenn er das nicht aushält?«

»Nein, könnte man nicht, finde ich. Sorry. Wie du schon sagtest: Wir sind alle verschieden, auch in der Liebe.«

»Okay.« Sie atmete tief aus, und ich stellte ihr ein Glas Wasser hin.

»Du weißt, dass du es trotzdem in der Hand hast?« Ich setzte mich ihr gegenüber, nahm ihre weichen Hände mit den schön gefeilten roten Nägeln in meine von Dornen verkratzten mit der Blumenerde unter den Fingernägeln.

»Du meinst, indem ich ihm doch Treue verspreche? Nein. Ich weiß auch nicht, ob er mir das abnehmen würde. Und damit würde ich das Problem nur vertagen. Nee, ich muss da jetzt durch.« Sie setzte sich gerade hin und entzog mir ihre

Finger. »Direkt nach der Trennung setzt die Protestphase ein. In der tut die Verlassene alles, um den Verflossenen zurückzugewinnen. Der Ex-Partner wird zum Mittelpunkt aller Gedanken, die Liebe intensiviert sind noch mal. So weit ganz normal.«

»War bei mir mit Jens auch so«, bestätigte ich.

»Praktische Abhilfe schafft eine Verbindung aus Ablenkung und negativen Gedanken über den Verflossenen. Das ist das Wichtigste: Man muss sich den Typen ordentlich schlechtreden. Das legte jüngst auch eine kleine Studie nahe.«

»Die Studie hätten sie sich sparen können, das hätte ich dir auch sagen können. Fangen wir am besten gleich an: Kerim hat dich einfach nicht genug geliebt.«

»Gerade hast du noch das Gegenteil behauptet.«

»Okay, aber er war auch sehr dünn und nicht gerade muskulös.«

»Das stimmt. Nur war es im Bett trotzdem super mit ihm ...« Sie sah versonnen vor sich hin.

Schnell unterbrach ich ihre Gedanken. »Er hatte viele graue Strähnen.« Es war wirklich schwer, an Kerim herumzumäkeln, mir fielen nur Äußerlichkeiten ein.

»Das passte zu seiner Weisheit und Tiefe.«

»Du torpedierst deine eigene wissenschaftlich fundierte Strategie, das weißt du?«

»Ja, weiß ich. Als Betroffene kann ich aber nicht anders.«

»Dann müssen wir das mit der Ablenkung angehen.«

»Hm«, meinte Elisabeth. »Ich will zwar eigentlich niemanden sehen ... außer ihm.« Sie schwieg eine Weile und ich auch. »Aber es ist natürlich wichtig, meinen Serotoninspiegel wieder auf Normalniveau zu heben. Bei Liebeskummerpatienten ist ein messbarer Abfall zu beobachten.«

»Wenn du nicht Elisabeth wärst, würde ich dir Schnaps und Schokolade bringen und einen seichten Film mit dir gucken.«

»Nein, bitte keine Bridget-Jones-Klischees«, stimmte sie mir zu.

»Schade eigentlich, ich könnte auch etwas Ablenkung gebrauchen.«

»Warum?« Aufmerksam sah sie mich an.

»Zum Beispiel weil die Firma dem Konkurs heute noch ein Stückchen näher gekommen ist.« Ich lieferte ihr einen kurzen Abriss des Morgens. »Und vielleicht auch ein bisschen, weil ich nach dreieinhalb Stunden alleine mit Lars in der Turnhalle immer noch keinen Deut weiter bin. Keine Telefonnummer, keine Info, ob er mit jemandem zusammen ist. Und wie er mich findet, weiß ich auch nicht.«

»Was du nicht sagst«, meinte Elisabeth gedehnt. »Da fällt mir etwas ein, wie ich mich hervorragend ablenken könnte.« Sie griff nach ihrem Handy.

»Aha«, machte ich, ein bisschen verwundert, dass sie nicht auf mein Thema einging. Normalerweise war sie immer bereit, ausführlich meine Probleme zu erörtern. »Was hast du denn vor?«

»Lass mich nur machen«, gab sie geistesabwesend zurück. Sie tippte auf ihrem Handy herum, aber als ich versuchte, auf ihr Display zu gucken, hielt sie es von mir weg. Dann nahm sie es ans Ohr und wartete.

»Wen rufst du an?«, fragte ich, zunehmend unruhig.

Sie bedeutete mir zu schweigen. Offenbar hatte am anderen Ende der Leitung jemand abgehoben. »Guuten Tag, hier ist Anita Perl von der kulturanthropologischen Forschungsgruppe ›Esskulturen der Gegenwart in deutschen

Großstädten‹ von der Uni Köln. Ihre Telefonnummer ist von einem Zufallsgenerator ausgewählt worden. Wir würden uns freuen, wenn Sie an unserer Umfrage teilnähmen – es dauert nicht lange, fünf Minuten etwa.«

Pause, offenbar antwortete ihr Gesprächspartner.

Was sollte das?

»Anita Perl wie die Perle.« Schweigen. »Ja, genau. Also machen Sie mit? Das ist toll. Die Datenschutzbestimmungen können Sie auf der Webseite der Universität nachlesen. Stimmen Sie zu, dass die Infos, die ich anonym erhebe, für unsere Forschungszwecke gespeichert werden dürfen? – Gut, dann fange ich schnell an, damit ich Ihre Zeit nicht lange in Anspruch nehme.« Sie legte das Handy auf den Tisch und stellte auf Lautsprecher. »Welcher Alterskohorte darf ich Sie zuordnen: Von 18 bis 29 Jahren, von 30 bis 49 Jahren –«

»Das«, sagte eine männliche Stimme. »Also das Letzte trifft zu.« Der Klang aus dem Hörer ging mir durch Mark und Bein, und ich spürte, wie mein vegetatives Nervensystem in Aufruhr geriet und sinnlos anfing, Blut in meinen Kopf zu pumpen.

»Guut, danke.« Elisabeth kratzte mit dem Finger auf der Platte des Küchentischs, wohl damit es sich am anderen Ende der Leitung anhörte, als schriebe sie etwas auf. Ich erholte mich langsam von meinem Schock und machte wilde Stoppzeichen in der Luft, dann versuchte ich, mir das Handy zu schnappen. Elisabeth aber war natürlich schneller und grinste. »Vertrau mir«, formte sie mit ihren Lippen in meine Richtung, während sie mit dem Telefon aus meiner Reichweite lief.

»Leben Sie allein in einem Haushalt?«, fragte sie in den Hörer.

»Äh ja, im Prinzip schon.«

»Im Prinzip?«

»Kreuzen Sie alleinlebend an.« Lars klang kurz angebunden.

Elisabeth streckte grinsend ihren Daumen in die Luft.

Ich verdrehte die Augen und flüsterte aufgeregt: »Leg auf!«

Aber Elisabeth dachte nicht daran. »Kommen wir zur nächsten Frage«, sagte sie in ihrer singenden Telefoninterviewerinnenstimme. Dann raschelte sie mit der Zeitung, die auf der Arbeitsfläche neben ihr lag.

Ehrlich gesagt war ich hin- und hergerissen. Einerseits wollte ich hören, was folgte, und mich nicht gleich wieder von Lars' Stimme verabschieden. Andererseits fand ich es unlauter, was Elisabeth hier trieb.

»Sind Sie eigentlich noch da?«, klang Lars' Stimme aus dem Telefon.

»Selbstverständlich. Nächste Frage: Mit wem nehmen Sie außerhalb Ihrer Arbeitszeiten Ihre Mahlzeiten ein? Mit Ihrem Partner oder Ihrer Partnerin, allein, mit Verwandten oder mit Freunden? Mehrfachnennungen sind möglich.«

»Die letzten drei Optionen: allein, Verwandte, Freunde.«

»Wie oft gehen Sie auswärts essen? Täglich, einmal im Monat oder einmal in der Woche? Bitte wählen Sie die Antwort, die am ehesten zutrifft.«

»Einmal in der Woche.«

»Sexy Stimme«, formte Elisabeth mit den Lippen. In das Handy sagte sie: »Welche geschmackliche Richtung bevorzugen Sie: Italienisch, Indisch ...«

Ich lief zu ihr und versuchte, ihr das Telefon zu entreißen. Sie sollte auflegen, das war ja lächerlich.

Elisabeth entwand sich mir, unterdrückte ihr Lachen und sprach ins Telefon: »... Thai, Döner oder eine der bekannten Fastfood-Ketten?«

»Darf ich noch eine Rückfrage stellen?«, erwiderte Lars, und ich hielt erschreckt inne. »Welchen Erkenntnisgewinn erhoffen Sie sich von dieser Befragung?«

»Wie gesagt heißt das Projekt ›Esskulturen der Gegenwart in deutschen Großstädten‹ und ...«, begann Elisabeth und tippte dabei hastig auf ihrem Handy herum, bis ein Alarmton ertönte. »Oh, entschuldigen Sie!«, rief sie ins Mikro. »Das ist der angekündigte Probealarm. Daran habe ich gar nicht mehr gedacht. Wir müssen aus dem Gebäude raus.«

»Dann passen Sie mal auf, dass Sie sich nicht verbrennen«, antwortete Lars kurz angebunden, und ein Klicken verriet, dass er aufgelegt hatte.

Ich lehnte mich entkräftet gegen den Kühlschrank.

»Sag nichts«, kam Elisabeth mir zuvor. »Wir haben herausgefunden, dass er allein lebt und nicht mit einer Partnerin oder einem Partner isst. Ich würde sagen, er ist zu haben. Das wolltest du doch wissen.«

»Aber doch nicht so! Hast du ihn etwa im Büro angerufen?«

»Klar, oder hast du vielleicht seine Privatnummer? Jetzt beschwer dich nicht, ich sollte mich doch ablenken. Und tatsächlich habe ich fünf Minuten nicht an Kerim gedacht.«

»Na, dann ... hat es sich immerhin gelohnt.« Ich überlegte kurz. »Die Altersgruppen hättest du aber anders einteilen können. Dass er über 30 ist, hätte ich auch so geschätzt. Nur wie viel, das hätte mich noch interessiert.«

»Ich wollte es so machen, wie es soziologisch üblich ist. Will ja Anita nicht in Verruf bringen.«

»Die gibt es wirklich?«

»Sicher, ist 'ne Kollegin von mir. Er hat sie auch direkt gegoogelt, dein schlauer Lars, um zu überprüfen, ob ich ihm keinen Quatsch erzähle – das konnte ich hören. Aber da Professor Anita Perl dick und fett mit ihrem Lehrstuhl für Kulturanthropologie auf der Uni-Homepage steht, war er zufrieden.«

Ich stöhnte. »Und wenn er auf die Idee kommt zurückzurufen, sobald du nicht mehr dran denkst und dich mit deinem Namen meldest?« Bei dem Gedanken wurde mir heiß. »Dann dauert es nicht lange, bis er über Facebook oder so rausfindet, dass du meine Freundin bist. Dann hält er mich im besten Fall für komplett bescheuert!«

»Du hältst wohl mich für komplett bescheuert. Ich habe natürlich vorher meine Nummer unterdrückt. Mache das ja nicht zum ersten Mal.«

»Ach so. Über dich erfahre ich auch immer mal wieder was Neues.«

»Wollen wir für heute Abend ein paar Leute einladen?«, schlug Elisabeth vor.

»Das wären also die drei, die preislich im Rahmen lägen.« Ich saß mit Dieter vor meinem Rechner und zeigte ihm drei Lieferwagen, die ungefähr dieselben Spezifikationen hatten wie unser alter. Nur dass sie deutlich älter und schlechter ausgestattet waren.

Dieters Gesicht wurde immer länger. Am Ende war es sicher fast so lang wie mein Arm. »Aber warum so kniepig? Wir brauchen einen sicheren Wagen, mit dem wir nicht alle nasenlang liegen bleiben. Du hast doch gesehen, wie viel Stress das macht. Und dass das Kosten nach sich zieht. Der Abschleppwagen, der ausgefallene Termin, die Honorarkosten für die Mitarbeiter, die aber nicht arbeiten konnten. Der Mietwagen, die Arbeitsstunden, die in die Orga des neuen Autos fließen ...«

»Schon gut, dein Punkt ist klargeworden!«, erwiderte ich frustriert. »Ich weiß, dass ein neuerer Wagen besser wäre. Aber wir können uns das derzeit nicht leisten.«

»Aber dein Vater hat Rücklagen. Für solche Fälle sind die doch da. Lass dich nicht von der Angst hemmen!«

»Die Rücklagen brauchen wir für was anderes.«

»Für was denn?« Jetzt rollte er auf Cords Stuhl ein wenig von mir weg und musterte mich interessiert.

»Splatter Productions zahlt nicht, weißt du, diese Produktionsfirma in ...«

»Ich weiß, wer Splatter Productions sind«, unterbrach Dieter mich ungeduldig. »Schließlich habe ich da vom letzten Herbst an bis kurz vor dem Ausfall deines Vaters große Teile meiner Zeit verbracht. Und die zahlen nicht? Das kommt bestimmt bald, das ist doch ein Riesenladen.«

»Die sind so gut wie pleite.«

Dieter sah aus dem Fenster, und seine Kieferknochen mahlten. »Verdammt.« Ich folgte seinem Blick. Cords Rosen waren weg, der Eimer leider auch.

»So richtig wundert es mich eigentlich nicht«, überlegte er laut. »Ein protziger Haufen war das ... Großformatige Ölporträts der Inhaber im Stil von Untoten in der Eingangshalle, die Außenanlagen mit zwei riesengroßen Heckenlabyrinthen, ein Barockpavillon, der vollständig von blutroten Kletterrosen bewachsen werden sollte und so weiter. Wie der Garten eines Gruselschlosses. Und das in einem Gewerbegebiet in Köln-Braunsfeld. Vollidioten.«

Hass auf die beiden Typen stieg in mir auf, die mit ihrem Großkotz sicher nicht nur uns in die Bredouille gebracht hatten.

»Was sagt dein Vater dazu?«, wollte Dieter wissen.

»Er weiß bisher noch nichts. Ich will ihn nicht aufregen und seine Genesung in Gefahr bringen. Ich wäre dir dankbar, wenn du ihm gegenüber auch nichts verraten würdest.«

Dieter dachte eine Weile nach, und mein Nacken schmerzte.

»Das ist aber harter Tobak«, meinte er schließlich verhalten. »Eigentlich müsste dein Vater das wissen.« Schweigen. »Ich fühle mich nicht gut dabei, ihm so einen Hammer zu verheimlichen. Aber gut, die Zeiten haben sich geändert. Jetzt bist du am Ruder, und wahrscheinlich hast du recht: Wir dürfen nichts riskieren. Aber wie stehen wir denn jetzt da – finanziell, meine ich?«

»Über den Sommer sollte noch alles klargehen, wenn nicht noch etwas kaputtgeht und wir den Cashflow ein bisschen geschickt planen. Aber wir können kein Polster aufbauen, um die laufenden Kosten für den Winter zu bestreiten. Dafür werden wir einen Kredit brauchen. Cord meint, den kriegen wir eher, wenn wir einen renommierten Auftrag in unseren Büchern sicherhaben. Daher auch die Sache mit dem Gestaltungswettbewerb.«

Er starrte mich an, und ich sah, wie es in seinem Kopf arbeitete. Dann wurde er sauer. »Ihr wusstet das schon länger und habt nichts gesagt?«

Die Verspannungen in meinem Nacken zogen unangenehm hoch in den Hinterkopf. »Wir wollten erst nach einer Lösung suchen, bevor wir die Pferde scheu machen.«

»Ich bin also ein Pferd, bei dem man zusehen muss, dass es reitfähig bleibt? Zur Not setzt man ihm Scheuklappen auf?«

Dieters Stimme dröhnte in meinem schmerzenden Kopf. »Nein, nein, so war das nicht gemeint. Das ist doch nur eine Redewendung.«

»Svea, so geht das nicht. Zu deiner Idee mit den Öko-Gärten habe ich nichts gesagt, auch wenn ich meine Zweifel habe. Ich will nicht der alte Mitarbeiter sein, der sich gegen Neues sperrt. Aber das hier geht zu weit. So können wir nicht zusammenarbeiten. Wir müssen offen zueinander sein. Ich war schon in der Firma, als du deine Außenanlagen noch um eine stümperhafte Sandburg herum gebaut hast. Glaubt ihr denn nicht, ich hätte das Recht zu wissen, wenn so was passiert?«

»Lass Cord da raus. Ich habe ihn gebeten, dass das erst mal unter uns bleibt. Und du hast immer, wenn es um Verwaltungsaufgaben ging, gesagt, da müsse ich meinen Vater fragen und du hättest damit nichts zu tun«, wandte ich schwach ein.

»Aber es geht hier nicht um Verwaltungsaufgaben, sondern um die Existenz unserer Firma.«

»Okay«, sagte ich nur. Mehr brachte ich nicht heraus, denn ich wollte nicht weinen, und das würde passieren, wenn ich weitersprach.

»Okay«, wiederholte er. »Dann sind wir uns ja einig. Und wenn wir gerade schon so offen sind: Gibt es sonst noch etwas?«

Ich dachte an sein Küchenchaos, antwortete jedoch:

»Nein, alles in Ordnung. Auch dass du dich aus den Verwaltungsaufgaben raushältst, ist völlig in Ordnung für mich. Bitte entschuldige. Alles.«

Er sah mich an, nicht wirklich versöhnt, und ich fühlte mich weniger denn je wie die Chefin, sondern vielmehr wie das zurechtgewiesene Kind, das seine stümperhafte Sandburg bei Flut mit dem Ehering seiner Mutter verziert hatte.

»Dann druck mir mal die Exposés zu den letzten beiden Schrottlauben aus. Ich guck sie mir an und such eine aus.«

Ich tat wie geheißen, wir verabschiedeten uns mit sachlicher Kühle, und ich fühlte mich schrecklich.

In den folgenden Tagen arbeitete ich mit Hochdruck an dem Wettbewerb. Schön war, dass mein Vater sich besser fühlte. So kam er jedoch öfter vorbei, als ich ihn für die Ausarbeitung der Wettbewerbsunterlagen gebraucht hätte. Er konnte nichts dafür, aber seine Gegenwart ließ das schlechte Gewissen, das mich ohnehin permanent plagte, noch schwerer drücken. Hinzu kam, dass ich mich vor lauter Schuldgefühlen nicht traute, ihm zu widersprechen, wenn er meine Ideen auf seine sanfte Art abbügelte. Elisabeth flüchtete häufiger als sonst in die Uni, weil sie es nicht mehr aushielt, uns zuzuhören, wie wir uns in vordergründiger Harmonie mit den Plänen beschäftigten.

Mein Verhältnis zu Dieter normalisierte sich mit der Zeit wieder etwas. Schließlich gab es immer einiges, was wir absprechen mussten, und wir hatten beide kein Interesse, uns das Leben unnötig schwer zu machen. Nur die Herzlichkeit von früher fehlte. Das verschwörerische Zwinkern oder die

Umarmung, wenn ein größeres Projekt abgenommen worden war und der Kunde unsere Firma über den grünen Klee gelobt hatte.

Doch all das konnte nicht verhindern, dass ich in der Arbeit am Lucie-von-Hardenberg-Platz völlig aufging, sobald ich allein war. Wenn ich abends im Wintergarten inmitten unserer grünen Exoten über den Planungen saß und es ganz still war bis auf ein gelegentliches Blätterrascheln, weil Meyer-Landrut auf samtigen Pfoten seinen Parcours von Blumentopf zu Blumentopf absolvierte. Der Lichtkegel der Schreibtischlampe beschrieb dann den Raum, in dem in meiner Vorstellung der Platz entstand.

Dessen Architektur sollte dazu einladen, ein echter Veedelstreffpunkt zu werden. Es sollte eine Freifläche geben, auf der eine Bühne aufgestellt werden konnte, sowie ein paar Spielgeräte für Kleinkinder in einem abgezäunten Bereich. Außerdem wollte ich eine Silberlinde auf den Platz pflanzen, die – resistent gegen Hitze und Trockenheit – in kommenden heißen Sommern Schatten spenden und mit ihrer späten Blüte Bienen und Hummeln eine wichtige Nahrungsquelle sein würde. Ich mochte den Gedanken, dass dieser Baum, der zweihundert Jahre alt werden konnte, auch kommenden Generationen mit wachsender Krone einen immer größeren Nutzen erweisen würde. Noch die Urenkel von Juna und Marie würden darunter sitzen können und dem Summen zuhören. (Dass ich bei der Arbeit hin und wieder pathetisch wurde, lag wohl zum Teil daran, dass ich sie an Lars schicken würde und mir bei allem, was ich ausgestaltete, vorstellte, wie demnächst seine schönen kurzsichtigen Augen hinter der komischen Brille darauf schauen würden.) Um den Stamm der Linde herum würden bequeme Bänke zum Verweilen einladen, und daneben stünde eine von einem lokalen Künstler gefertigte Büste der chronisch unterschätzten Landschaftsgestalterin Lucie von Hardenberg als Wasserspender, zum Zapfen von Gieß-, aber auch Trinkwasser für durstige Bürger in kommenden Hitzesommern.

Die Möglichkeit, an Wasser zum Gießen zu kommen, war wichtig. Denn der Clou meiner Planung waren die vielen, teils ebenfalls von Bänken eingefassten Hochbeete in verschiedenen Größen, die locker verteilt den Platz verschönern und beleben würden. Interessierte Anwohner oder Schulklassen sollten sich als Pate dafür melden können und die Parzellen nach ihrem Geschmack gestalten und pflegen. Außerdem wollte ich eine Ladestation für E-Bikes installieren und reichlich Möglichkeiten, sein Rad anzuketten. Das Pflaster sollte nicht grau sein, sondern eine wärmere Farbe haben – beige oder terrakotta. Außerdem plante ich mobile Sitzgelegenheiten, die nach Bedarf zu Gruppen zusammengeschoben werden konnten.

Als ich alle Elemente in meinem Gestaltungsprogramm visualisiert hatte, sah der Platz wahnsinnig einladend aus, und ich spürte, dass ich diesen Wettbewerb unbedingt gewinnen wollte. Um die Firma zu retten, aber auch weil der Gedanke, etwas zu erschaffen, das die nächsten hundert Jahre oder länger überdauern und vielen Menschen im Veedel ein Heimatgefühl geben würde, großartig war.

Das Faszientraining am folgenden Sonntag verlief ziemlich unspektakulär. Ich erhaschte zwar zwischendurch mal ein

Lächeln von Lars, aber am Ende rief er mir nur zu, dass er schnell weg müsse.

Am nächsten Morgen in der Firma legte ich Cord einige neue Rechnungen auf den Schreibtisch.

»Du guckst wieder so sorgenvoll. Hast du denn wenigstens am Wochenende was Schönes gemacht oder wieder nur über dem Wettbewerb gebrütet?«

»Hauptsächlich über dem Wettbewerb gebrütet«, gab ich zu, während ich zurück zu meinem Schreibtisch ging. »Aber ich mag das. Was hast du denn gemacht? Debattieren?«

»Nein, ich will meine Verehrerin lieber nicht treffen.«

»Eigentlich nicht richtig, dass du dein Hobby auf Eis legen musst.«

»Ja, aber was soll ich machen? Ich kann sie schlecht anzeigen.«

»Doch, könntest du. Hat eine Freundin von mir mal gemacht. Kirsten hatte auch erst das Gefühl, was ihr Stalker tat, sei nicht schlimm genug. Briefe vor ihrer Tür, andauernd Nachrichten auf ihrem Handy und so. Aber bei der Polizei sagte man ihr, es sei richtig, dass sie gekommen sei. Solche Leute würden selten von selbst aufhören, aber nach einer offiziellen Ansage wäre immerhin bei manchen Ruhe.«

»Hm«, brummte Cord.

»Denk drüber nach«, ermunterte ich ihn. »Ich finde, es kann nicht angehen, dass du am Wochenende zu Hause bleibst, während sie weiterhin ihren Hobbys nachgehen kann.«

»Ich habe stattdessen was anderes unternommen.«

»Was denn?«, fragte ich, während ich parallel meine To-do-Liste aktualisierte.

»Ich war auf einem Sommerausflug von der KG Gelbe Funken.«

»Von der Karnevalsgesellschaft?« Erstaunt blickte ich auf. »Außerhalb der Session veranstalten die Kaffeefahrten?«

»Sommerausflüge«, korrigierte er grinsend. »Es war aber echt nett. Eine abendliche Panoramafahrt auf dem Rhein, vorbei an der atemberaubenden Kulisse unserer Domstadt bei Loungemusik und Cocktails. Zwanglos, gesellig, nicht anstrengend. Mir kam das entgegen. Und es waren Leute aus der Stadtverwaltung dabei.« Er hob vielsagend eine Augenbraue.

»Lars Opitz?«, fragte ich wie aus der Pistole geschossen, um dann betont lässig hinzuzusetzen: »Unser zuständiger Referent.«

»Nein, die hießen anders. Aber es kann sicher nicht schaden, sich da als Firma ein bisschen ins Spiel zu bringen. Übrigens ist eine Erhöhung des aktiven Damenanteils sehr erwünscht! Und ein bisschen Zerstreuung könnte dir auch nicht schaden.«

»Hm«, machte jetzt ich. »Apropos Damenanteil: Wer guckt denn da durchs Fenster?«

Cord wurde blass. »Scheiße, das ist sie.«

Eine attraktive Frau mit schulterlangen, glatten blonden Haaren und rotem Lippenstift, ich schätzte sie auf Mitte, Ende vierzig, versuchte, durch die spiegelnde Scheibe zu erkennen, ob Cord hier war. Jetzt winkte sie mit schlecht gespielter Überraschung.

»Soll ich rausgehen und ihr sagen, dass du sie nicht sprechen möchtest?«

»Nein, das kann ich selbst«, erwiderte Cord.

»Das ist mir klar, aber die Polizei damals meinte, jede Reaktion des Opfers würde den Stalker nur weiter anstacheln. Auch wenn es eine negative Reaktion ist.«

»Ich bin kein Opfer.«

»Es wäre keine Schande, eins zu sein.«

»Nimm es mir nicht übel, aber ich helfe mir schon selbst.« Seinen entschlossenen Worten zum Trotz blieb er noch einen Moment sitzen. Als er schließlich aufstand, hatte sein Gesicht einen grimmigen Ausdruck angenommen. Bedächtig ging er zur Tür, und dann sah ich ihn einige Sekunden später vor dem Fenster wieder.

Das Gesicht der Frau leuchtete auf. »Was für eine Koinzidenz!«, hörte ich sie mit überkandidelter Stimme durch die Scheibe hindurch rufen. »Ich war gerade in der Gegend …«

»… und wollte jetzt sofort wieder dahin gehen, woher ich gekommen bin«, schnitt Cord ihr das Wort ab.

Das Leuchten verschwand, das Lächeln erstarrte und blieb als Grimasse in ihrem Gesicht stehen. Sie tat mir leid, bis sie antwortete: »Nicht ohne vorher mit dir einen Kaffee zu trinken.« Ihre Stimme war unangemessen bestimmt.

»Ohne vorher mit mir einen Kaffee zu trinken.« Cords war es nicht minder.

»Du hörst mir nicht zu, Cord. Dabei weiß ich doch, dass du das kannst«, erwiderte die Frau schmeichelnd und stülpte die Lippen vor, ein verunglückter Schmollmund.

»Du bist es, die mir nicht zuhört. Ich habe dir schon mindestens zehnmal ausdrücklich und vorher unzählige Male durch die Blume gesagt, dass ich keinen Kaffee mit dir trinken, kein Kino und kein Museum mit dir besuchen, keine Wanderung und auch kein Geocaching mit dir machen werde.«

Immer noch lag dieses starre Lächeln auf ihrem Gesicht, fast unheimlich. »Wollen wir jetzt los? Ich habe hier um die Ecke eine klasse Kaffeerösterei entdeckt. Die haben gerade eröffnet, zwei nette junge Männer, so was muss man doch unterstützen. Komm, ich lade dich ein.« Ihre Gestik, während sie redete, war merkwürdig. Irgendwie einstudiert, wie bei einer jungen Politikerin nach ihrem ersten Medientraining.

»Ich werde jetzt weiterarbeiten«, sagte Cord.

»Komm, ein Kaffee, oder stehst du etwa so unter der Fuchtel deiner süßen Chefin, dass du nicht weg darfst?«

Cord antwortete nicht und wandte sich zum Gehen. Unterdrückte Wut spiegelte sich auf seinem Gesicht. Und obwohl die Frau mir nur ihr Profil zuwandte, meinte ich, förmlich das Glitzern in ihren Augen zu sehen. Unangenehm, dass sie mich offenbar gegoogelt hatte. Wie musste Cord sich erst fühlen? Während ich seinen Schlüssel in der Haustür hörte, rief die Frau mit überschlagender Stimme: »Du machst einen riesigen Fehler. Es wird dich niemals jemand so lieben wie ich!«

»Das kann ich nur hoffen«, hörte ich Cord im Flur, bevor die Haustür zufiel.

Als die Frau noch einmal zu uns ins Fenster hineinschaute, war die harte Maske von ihrem Gesicht verschwunden, und ich konnte die Verletzung darin sehen. Ein bisschen fühlte ich mich mit ihr verbunden.

Ich dachte an mein Gefühl, als ich Lars und Pia in der Turnhalle zurücklassen musste, und daran, wie auch Pia sich gewunden hatte, als sie später mich und Lars in der Turnhalle verabschiedet hatte. Ich dachte daran, wie ich Lars hinterhergegoogelt und Elisabeth ihn angerufen hatte.

Das war zu weit gegangen, ich hätte ihr das Telefon aus der Hand reißen müssen. Ich dachte daran, wie ich in den ersten Monaten nach der Trennung von Jens immer, wenn ich von der Uni kam, den Weg an seinem Büro vorbei genommen hatte, obwohl es ein Umweg war. Ich hatte das vor mir selbst damit gerechtfertigt, dass die Strecke ein bisschen schöner war. Aber eigentlich war es mir darum gegangen, zu schauen, ob hinter seinem Fenster Licht brannte. Nur geklingelt hatte ich nie.

Wir Menschen waren in der Liebe verschieden, ja, aber wir waren uns auch ähnlich. Es waren nur Nuancen, die den Unterschied machten. Zwischen gesund und krank. Zwischen Erfolg und Misserfolg. Und zwischen Liebe und etwas anderem. Nicht Hass, aber etwas Verbohrtem, bei dem die Gefühle des anderen vollkommen aus dem Blick gerieten.

Auch meine Liebe – oder vielleicht sollte ich es lieber eine Nummer kleiner Verliebtheit nennen – bestand aus meinen Wünschen, Fantasien und Projektionen, da brauchte ich nur an Lars' vermeintlich brennenden Blick bei unserem ersten Kurstermin zu denken, bei dem er mich überhaupt nicht gesehen hatte. Aber ich eben ihn.

Cord, der inzwischen wieder zurück an seine Arbeit gegangen war, erzählte ich nichts von meinen zwiespältigen Gedanken. Von Kirsten damals wusste ich, dass er hart bleiben musste. Vermutlich war es ihm unangenehm, dass ich die unschöne Szene mitbekommen hatte. Auch das war wieder so ungerecht. Nicht er war es, der sich schämen sollte.

»Sie wollte tatsächlich mit dir geocashen?«, unterbrach ich das Schweigen und seine Gedanken.

Ein müdes Grinsen erschien auf Cords Gesicht. »Ich habe mich auch gewundert. Sie behauptete, ich wüsste ja gar nicht, was ich verpasse. Irgendeinen Schatz hat sie für mich versteckt. Ich bin so was von nicht gespannt, was das ist.«

»Gute Einstellung«, lobte ich.

»Du hast sicher gemerkt, warum ich mir mit ihr nichts vorstellen kann«, ergänzte Cord. »Und warum mich meine Verwandten und Bekannten in den Wahnsinn treiben, wenn sie mich ganz sensibel fragen, ob sie mir denn wirklich nicht gefällt.«

»Sie sieht ja nun wirklich nicht schlecht aus«, gab ich die unverbesserliche Großtante, und Cord verdrehte die Augen.

»Du hast recht, sie sieht aus wie Reese Witherspoon.«

Ich lachte, aber dann rief ich mir ihr Profil in Erinnerung und merkte, dass da was dran war. Eine etwas verdrehte Reese Witherspoon.

»Eine Karikatur von Reese Witherspoon«, sprach Cord meine Gedanken aus.

Gerade überlegte ich, ob ein Spruch zur Hollywood-Verbindung Witherspoon – Clooney witzig oder im Gegenteil unangebracht wäre, als laute Schritte durch den Hausflur polterten. Unsere beiden Köpfe fuhren herum zur Tür, als könnte im nächsten Moment eine von Cords Verfolgerin angeführte SEK-Einheit hereinbrechen. Aber es war nur Dieter, der mit seinem ersten Auftrag durch war.

»Bin gleich wieder weg, ich brauche nur noch 'nen dritten Spaten. Und können wir uns mal eben unter vier Augen unterhalten?«, fragte er mich, nachdem er uns beide begrüßt hatte. Cord stand auf und schloss taktvoll die Tür zwischen den Zimmern.

Ein Alpdruck breitete sich in meinem Brustkorb aus. Es war bestimmt keine gute Nachricht, die Dieter mir so diskret überbringen wollte. Als ich ihm höflich einen Stuhl zurechtschob, zitterte meine Hand.

»Ich will es kurz machen«, begann er und setzte sich. »Ich nehme deine Entschuldigung an. Ich weiß, dass du kein berechnender Mensch bist, und auch, dass das hier alles nicht leicht für dich ist. Und ich bin wirklich der Letzte, der dir vorwirft, dass dir diese Sache mit der Rechnung entfallen ist. Die Typen von der Produktionsfirma sind Idioten, da hättest du auch ein paar Wochen vorher vermutlich nichts dran ändern können. Aber ...«

Ich sank auf meinem Stuhl zusammen.

»... du weißt ja, dass mein Sohn letztes Jahr gebaut hat.«
Ich nickte, hatte am Rande davon gehört.

»Corinna und ich haben ihn dabei finanziell unterstützt. Wir haben unser Erspartes da reingesteckt und helfen auch bei der monatlichen Tilgung des Kredits. Das heißt, wir haben derzeit keinen Puffer. Ich kann mir nicht leisten, arbeitslos zu werden. Auch nicht wenige Monate. Damit möchte ich nicht sagen, dass ich glaube, dass Tewald Gartenbau konkurs geht. Aber ich bin es meiner Familie schuldig, mich umzusehen und einen Plan B zu entwickeln. Ich muss mich jetzt bewerben. Ehrlich, es tut mir wahnsinnig leid, ich hätte nie geglaubt, dass es mal so weit kommen würde. Tewald Gartenbau und ich, das hat sich immer wie ein Bund fürs Leben angefühlt. Aber ich kann das nicht auf mich zukommen lassen. Da hängen zu viele Leute dran. Meine Enkel ...«

»Ich verstehe schon«, unterbrach ich ihn leise. Ich wollte nicht noch mehr hören. »Ist okay. Also ...« Ich stockte. »Ich meine: Es ist schrecklich. Aber ich verstehe, was du sagen willst. Ich hoffe nur, wir können das Blatt noch wenden.« Ich spürte dieses Bohren im Rachen, das dem Weinen vorausgeht, und schluckte.

»Das hoffe ich auch. Komm her.« Er stand auf und öffnete seine langen, starken Arme. Ich erhob mich wie die Marionette eines müden Puppenspielers. Ich roch den vertrauten Geruch nach frischer Luft und gemähtem Gras, und trotz der furchtbaren Nachricht war mir doch ein bisschen leichter ums Herz, weil wenigstens menschlich zwischen Dieter und mir das Eis zu schmelzen begann.

Während Dieter in unserem neuen Schrottlaster zu seinem nächsten Termin unterwegs war, hallte jedoch seine Stimme in meinem Kopf nach: *Ich hätte nie geglaubt, dass es mal so weit kommen würde. Tewald Gartenbau und ich, das hat sich immer wie ein Bund fürs Leben angefühlt.*

Dasselbe dachte sicher auch mein Vater. Wenn er hörte, dass Dieter möglicherweise kündigen würde und Tewald Gartenbau ums Überleben kämpfte, dann wäre das auf so vielen Ebenen schlimm, dass ich lieber gar nicht erst darüber nachgrübelte.

Ich war in meiner Situation darauf angewiesen, dass ich einen Mitarbeiter hatte, dem ich nicht nur blind vertrauen konnte, sondern der auch genau wusste, wie alles in der Firma lief. Selbst wenn ich es schaffte, eine der begehrten Fachkräfte zu gewinnen, würde es Monate, wenn nicht Jahre dauern, bis alles so gut eingespielt war wie mit Dieter. Ganz zu schweigen davon, was die Nachricht für die Gesundheit meines Vaters bedeuten würde.

Ich wollte mich am liebsten irgendwo auf eine Wiese legen, nicht mehr aufstehen und zum Fundament einer Benjeshecke werden, als in meinem Postfach eine neue E-Mail aufpoppte. Von der Stadt Köln. Mein unruhiges Herz machte einen Extrastolperer. Aber ... der Absender hieß Stefan Kress.

> Sehr geehrte Frau Tewald,
>
> bezugnehmend auf Ihre Ankündigung, sich an dem Gestaltungswettbewerb über den Lucie-von-Hardenberg-Platz beteiligen zu wollen, lade ich Sie für den 11. Juni, 17:30 Uhr, in o.a. Büro im Stadthaus Deutz ein. Bitte bringen Sie eine Ausfertigung der bis dahin eingereichten Unterlagen mit.
>
> Mit freundlichem Gruß
> Stefan Kress

Der Termin war in drei Wochen, kurz nach der Deadline für den Wettbewerb. Heute war ich zwar nicht in der Verfassung, mich darauf zu freuen, meine Ergebnisse persönlich zu präsentieren. Aber eigentlich war es nicht schlecht, dass ich die Chance dazu bekommen sollte. Und eine Gelegenheit, Lars zu sehen, war ja immer schön.

KAPITEL 11

> Es folgt jetzt das große Heer der springenden GERAD-
> FLÜGLER, welche die Volkssprache mit den verschie-
> densten Namen, wie Heuschrecken, Graspferden, Gras-
> hüpfer, Heupferde, Sprengsel, Grillen und anderen zu
> bezeichnen pflegt. [...] Als unermüdliche Musikanten
> beleben sie im Hochsommer und Herbst Wald, Feld und
> Wiese, die eine auf die eine, die andere auf die andere Art
> und eine andere Weise geigend.
>
> Brehms Tierleben, Bd. 9: Insekten, Tausendfüßer
und Spinnen, über die Geradflügler

Ich saß mit meinem ersten Kaffee in einem Schlaf-T-Shirt mit dem Werbe-Slogan »Hoden gut – alles gut« von Jens' Start-up im Wintergarten am Laptop, alle Türen weit geöffnet. (Jens und sein Kumpel hatten sich das Geld für eine Werbeagentur zunächst sparen wollen und selbst getextet.) Ich wollte die kühle Morgenluft hereinlassen, denn es würde heute brütend heiß werden. Der Oleander stand in voller zartgelber Blüte und duftete sanft nach Anis, Meyer-Landrut döste auf Elisabeths Schreibtisch vor sich hin, vermutlich hatte er eine aufregende Nacht gehabt.

Ich wollte für unsere Homepage einen Blog-Artikel darüber schreiben, wie man einen verwilderten Garten mit wenigen, gezielten Eingriffen zu einem reizvollen Naturgarten gestalten konnte, indem man die Zeichen zu lesen wusste, die der wilde Bewuchs einem gab. Das Thema war ergiebig, aber ich konnte mich nicht konzentrieren. Das lag nicht daran, dass mit dem Luftzug auch der Sound der nach und nach erwachenden Stadt hereinwehte: Gedämpfte Motorengeräusche, zwei weibliche Stimmen, die sich über ihre Balkontomaten unterhielten, jemand bollerte seine Mülltonne zurück in ihren Verschlag.

Ausnahmsweise war meine Unruhe heute auch nicht auf akute, neue Hiobsbotschaften aus der Firma zurückzuführen. Also musste es wohl am Fußballturnier liegen, bei dem sich Lars heute Abend beweisen musste, dass ich mich fühlte, als beherbergte ich einen Bienenstock. Dabei waren es noch elf Stunden, bis es anfing, und ich war mir unsicher, ob ich überhaupt hingehen sollte. Aber vielleicht war das gerade das Problem. Seit Tagen schon ging ich immer wieder meine innere Pro-und-Contra-Liste durch.

Fürs Hingehen sprach, dass ich Lars versprochen hatte zu kommen, dass es mich drängte, ihn wiederzusehen, dass es genau das richtige Wetter dafür war, relaxt am Spielfeldrand zu stehen und vielleicht nachher noch ein Bier trinken zu gehen. Dass genau dies eine Chance bedeutete, Lars noch mal anders kennenzulernen.

Dagegen sprach, dass ich das mit dem Anfeuern beim Turnier nur so scherzhaft dahingesagt hatte und wir in den folgenden drei Wochen kein Wort mehr darüber verloren hatten. Dass wir uns morgen wahrscheinlich sowieso beim Rückenkurs sehen würden. Und dass die Königin der Komfortzone lieber in ihrem Herrschaftsbereich blieb.

Seufzend versuchte ich, mich wieder auf meinen Blog-Artikel zu besinnen.

»Was machst du?«, fragte Elisabeth, als sie mit zerzaustem Haar und etwas aufgequollenem Gesicht in den Wintergarten trat, in dem es inzwischen deutlich wärmer geworden war. Sie datete im Moment, was das Zeug hielt, und war gestern Abend lange unterwegs gewesen.

Ich hatte meinen Zwiespalt ihr gegenüber bisher nicht ausgebreitet, weil ich ihre Haltung kannte: auf jeden Fall hingehen, was für eine Frage.

Sie stellte sich an das offene Fenster, zu dem die Sonne vorgerückt war, und hielt genüsslich ihr Gesicht hinein. »Was für ein Prachtwetter!« Sie streckte sich. »Was hast du denn heute vor?«

»Heute Vormittag wollte ich arbeiten«, erwiderte ich.

»Und heute Abend?« Sie hatte offenbar etwas gewittert, denn sie drehte sich interessiert zu mir um.

»Da wäre dieses Fußballturnier, in dem Lars mitspielt.«

»Wäre? Was soll das heißen? Ihr seid doch verabredet?«

»Na ja. In deiner Welt würde man das so nennen.«

»In der Welt der zuverlässigen Menschen, die zu ihrem Wort stehen, meinst du wohl?« Sie sah mich streng an.

»In der Welt der sexy Menschen, die selbstbewusst ihre romantischen Ziele verfolgen, weil die Erfahrung sie gelehrt hat, dass sie Erfolg haben.«

»Ich glaube ja, dass es einen Zusammenhang zwischen dem unbeirrten Verfolgen der Ziele und der Erfolgsquote gibt.«

»Ach, hat den auch Anita Perl erforscht?«, erkundigte ich mich etwas spitz, aber Elisabeth lachte nur gutmütig.

»Soll ich mitkommen?«, fragte sie.

»Hm.« Darüber hatte ich schon nachgedacht. Natürlich war es angenehmer, nicht allein da aufzuschlagen und dann womöglich wie bestellt und nicht abgeholt mit verkrampftem Gesichtsausdruck herumzustehen. Aber ich hatte auch ein bisschen Angst, dass Elisabeth mich zu hart in Lars' Richtung pushen würde.

»Ich bin eigentlich mit Damian verabredet, aber wir wollten sowieso irgendwas draußen machen. Ich sage ihm einfach, dass er mitkommen muss. Also nur, wenn du willst natürlich.«

»Hm«, antwortete ich wieder unentschlossen. Noch mehr Publikum für meine hilflosen Flirtversuche.

»Überleg's dir, du scheues Reh.« Elisabeth verschwand in der Küche.

Ich starrte vor mich hin.

Und dann sah ich etwas Grünes.

Aufgeregt sprang ich auf und inspizierte den Blumentopf in dem kleinen Gewächshaus, in dem ich an einem Sonnenplätzchen auf der ausgeschalteten Heizung den Passionsblumen-Samen zu ziehen versuchte. Ein winziges grünes Köpfchen ragte aus der Erde! Das Zeichen, und das heute, am Turniertag! Damit hatte ich keine Ausrede mehr, ich war es mir, Lars und meinem Lebensglück schuldig. Vorsichtig gab ich dem zarten Keimling ein bisschen Wasser, dann rief ich: »Elisabeth! Wir gehen dahin. Sag Damian Bescheid.«

Passionsblume hin oder her: Als wir nahe des Grüngürtels, wo auf einer Wiese das Spiel aller Spiele stattfinden sollte, nach einem freien Laternenpfahl für unsere Räder suchten, war mir fast ein bisschen übel.

»Du siehst super aus«, munterte Elisabeth mich auf, die meinen Gesichtsausdruck zu lesen wusste. Ich trug nach reiflicher Überlegung eine über den Knien abgeschnittene und umgekrempelte alte Jeans, die einen guten Hintern machte, dazu ein weißes Tanktop und Flipflops. Ich fand das Outfit dem Anlass angemessen sportlich, Elisabeth hatte zu Hause behauptet, ich sähe sexy aus. Die Haare hatte ich mir zu einem Dutt gebunden, vorn ein paar dekorative Löckchen ins Gesicht gezupft und das Make-up weggelassen, aber extra viel Wimperntusche aufgetragen.

»Ich finde auch, dass du heiß aussiehst«, bestätigte Damian, der grob eingeweiht war, dass es heute Abend nicht nur um Fußball ging. »Lass uns da drüben am Büdchen noch ein Bier holen«, schlug er vor. Elisabeth hob immer hervor, wie handfest er war. Er konnte vom Fahrrad bis zur Klospülung alles reparieren, hatte für jedes Problem eine einfache Lösung und mit seinem Vorschlag auch hier das richtige Gespür.

»Auf jeden Fall«, stimmte ich zu, denn ein Bier war genau das, was ich brauchte.

Vor dem Kiosk war ein Rad umgefallen. Als Damian, der ja Zweiradmechaniker war, es wieder hinstellte, bemerkte ich, dass es mir bekannt vorkam. »Ist das ein häufiges Modell?«, fragte ich und zeigte auf das Fahrrad.

»Nein, nicht mehr. Ist schon mindestens zwanzig Jahre alt. Aber richtige Wertarbeit. Brauchst du ein neues Rad?«

»Nein, nein, ich brauche nur das Bier«, antwortete ich. Denn wenn Lars' Fahrrad hier stand, dann war er selbst sicher auch nicht weit.

Wir öffneten unsere Flaschen an dem Öffner, der an einem Haken vor der Büdchentür hing, stießen an, wobei sich erst Elisabeth und Damian tief in die Augen sahen, dann beide mir.

»Auf einen denkwürdigen Abend«, sagte Elisabeth gut gelaunt.

»›Denkwürdig‹ kann alles bedeuten«, erwiderte ich gequält. »Sagen wir doch lieber: auf einen netten Abend.«

»Du weißt ja, wessen kleine Schwester nett ist, oder?«, zog Elisabeth mich auf.

»Nett ist die kleine Schwester von scheiße?«, mutmaßte Damian.

»Exakt, du Schlaukopf«, bestätigte Elisabeth.

»Ich finde nett nett. Mir würde nett fürs Erste reichen. Auf einen rundum netten Abend, ihr Lieben.« Ziemlich gierig trank ich mehrere Schlucke hintereinander von dem eiskalten Kölsch. Als wir zurück zu dem Pfad gingen, der durch einen Gebüschstreifen in den Grüngürtel führte, strich ich im Vorbeigehen über Lars' Sattel. Er war nicht mehr warm.

Von irgendwoher kam Musik, der wir folgten, und zu den Tönen von *Toni, lass es polstern* liefen wir schließlich auf eine Wiese zu, an deren Rand eine lockere Partyatmosphäre herrschte.

»Der Song ist von den Fabulösen Thekenschlampen«, klärte Damian uns auf. »Ich war als Kind mit meinen Eltern auf 'nem Open-Air-Konzert von denen und habe da beide verloren. Bis ich sie an der Theke wiedergefunden habe.«

Elisabeth strich Damian mitleidig über den Kopf. »Apropos Theke, wir hätten mit dem Bier auch warten können. Hier ist auch welches zu haben.« Sie wies auf einen Mann und eine Frau, die hinter einem Tapeziertisch Kölsch in Flaschen ausgaben. Für 1,50 Euro, wie ein Pappschild verriet. Zu meiner Verwunderung trugen beide einen neongelben

Bikini, »Bikini Rebels« stand auf dem Bustier. Dunkel erinnerte ich mich, den Namen unter den Mannschaften gelesen zu haben, die heute antreten würden. Spielte man hier etwa gemischt und im Bikini?

Tja, war ja die Jecke Liga. Umso gespannter war ich auf Lars. Eigentlich war gespannt schon gar kein Ausdruck mehr. Äußerlich jedoch betont lässig sah ich mich immer wieder um, konnte den Spieler meines Herzens aber nicht entdecken. Dafür viele andere Männer in unserem Alter. Womöglich bereute Elisabeth schon, dass sie mit Damian hier war. Einige waren mit ihren Kindern gekommen, manche Familien hatten sich Picknickdecken mitgebracht. Ein paar jüngere Typen standen in Gruppen zusammen und unterhielten sich in einer Lautstärke, die verriet, dass die Flaschen in ihren Händen nicht die ersten waren. Eine Clique von Frauen, unter denen der kurze Pixie-Cut die angesagte Frisur war, hatte schon den Tanz eröffnet – zwei davon in Fußballtrikots. Die Musik kam aus großen Boxen, die vor zwei weißen Zelten aufgebaut waren. Jetzt liefen die *Dance Monkeys* von *Tones and I*, und Elisabeth zuckten auch schon die Beine in ihrem kurzen gelben Kleid. Sie war auch so ein Dance Monkey und, wenn sie nicht gerade jemanden an der Bar erobern musste, immer die Erste und die Letzte auf der Tanzfläche.

»Wollen wir ein bisschen rumlaufen und uns umsehen?«, schlug sie vor, und wir schlenderten los. Damian und ich kauften uns bei dem Typen im Bikini noch ein zweites Bier.

Der Eingang des ersten Zelts war hochgerollt. An den Seiten standen Sporttaschen und in der Mitte ein Biertisch, um den herum einige Typen in hellblauen Polohemden beisammensaßen. Der Eingang des anderen Zelts war verschlossen, aber draußen klebte ein Din-A-4-Blatt: *Grünflächenguerillas, Kommandozentrale. Hit and run and hope*, hatte jemand mit grünem Edding daraufgekrakelt.

Als wir die Wiese halb umrundet hatten, tippte mir plötzlich jemand auf die Schulter. Ich fuhr herum.

»Jens!«, rief ich überrascht. An meinen Ex hatte ich gar nicht mehr gedacht – ein gutes Zeichen eigentlich. »Spielst du heute auch?«

»Nein, ich habe zu oft das Training geschwänzt. Weißt ja, die Firma.« Ich wusste. »Aber die anderen spielen nachher, und ich wollte ein bisschen abspannen und die Jungs verlieren sehen.« Er lachte.

»Wie nett«, erwiderte ich, immer noch etwas verdattert. »Lange nicht gesehen.«

»Ist dir gut bekommen«, gab Jens zurück, während er mich von oben bis unten musterte. »Du bist ja fast ein bisschen braun, was ist passiert?«

Jens war sehr stolz drauf, dass er so schnell knackig braun wurde, und hatte mich oft mit meiner bleichen Rotschopfhaut aufgezogen. Seltsamerweise freute es mich, dass sich das nicht geändert hatte. Überhaupt freute es mich, ihn hier zu treffen. Ich fühlte mich gleich ein bisschen weniger wie ein ungebetener Zaungast.

»Ich arbeite neuerdings öfter auf der freien Fläche als früher. Hab den Job gewechselt«, erklärte ich.

Überrascht sah er mich an. »Sieh an, es geschehen noch Zeichen und Wunder. Wollen wir uns kurz setzen und ein bisschen quatschen?«

»Gerne!«

»Aber erst mal lass dich drücken«, sagte Jens, und wir nahmen uns herzlich in den Arm. »Und euch auch!«, rief er

Elisabeth und Damian zu, die die Zeit während unseres kurzen Gesprächs zum Knutschen nutzten.

Die beiden lösten sich voneinander, Elisabeth lachte und drückte Jens. Die beiden kannten sich ja auch schon ewig. Damian stellte sich mit einem kumpelhaften Handschlag vor. Dann zog Jens mich an der Hand zu einem dicken Stein.

»Guck, hier kannst du dich anlehnen.« Er machte eine große Geste.

Wir setzten uns ins trocken raschelnde Gras, und der Stein in meinem Rücken war glatt und warm. Ich dachte an Meyer-Landrut, der sich sofort quer darüber ausgebreitet hätte. Aber das hier lag vermutlich außerhalb seines Reviers.

»Was gibt es denn bei dir Neues?«, fragte ich. Ich hatte eigentlich keine Lust, heute Abend über Tewald Gartenbau zu reden.

»Oh, vieles!! Wir haben drei neue Großkunden, expandieren besonders in Polen und Tschechien, konnten die Umsätze in diesem Quartal gegenüber dem letzten verdreifachen, und auch wenn man den Vorjahreszeitraum betrachtet, ist es eine Umsatzsteigerung von ... Aber jetzt erzähl du erst mal. Ich könnte noch ewig so weitermachen, aber dann kommen wir nicht durch, bevor die Spiele anfangen.«

Ich lächelte ihn an. Er hatte sich wirklich nicht verändert. Ein warmes, friedvolles Gefühl machte sich in mir breit.

»Neuer Job«, gab Jens mir das Stichwort vor.

So erzählte ich dann doch von Papas Krankheit, meinen Zweifeln und wie ich mich schließlich für die Geschäftsführung entschieden hatte.

»Freut mich, dass du dich nicht mehr von Perscheid über den Tisch ziehen lässt. Und jetzt gleich 'ne eigene Firma! Meine Svea!«

»Deine Ex-Svea«, korrigierte ich.

»Jaaa, schon gut. Ex-Svea. Aber wer weiß, vielleicht kommen wir ja zum Kinderkriegen wieder zusammen.« Er grinste frech, ich starrte ihn irritiert an. »Aber noch nicht jetzt«, verdeutlichte er dann seine Aussage. »Erst mal austoben.«

»Alles klar. So weit hattest du mich ja schon informiert.«

»Genau.« Die Ironie in meiner Stimme war ihm offenbar entgangen, oder er wollte sie nicht zur Kenntnis nehmen. »Und läuft's gut? Männer? Die Firma?«

»Die Männer möchte ich nicht mit dir besprechen, und die Firma geht so.«

»Was denn, gibt's Probleme?«

Vielleicht war es das Bier, das meine Zunge löste, oder vielleicht lag es an Jens. Jedenfalls erzählte ich ihm stockend von meiner bedrohlichen Situation.

Jens hörte erstaunlich gut zu. Vielleicht hatte ich früher nur über die falschen Themen mit ihm gesprochen. Das hier war wohl mehr seins. Als mein Bericht zu Ende war, rutschte er so zu mir herum, dass er mir frontal gegenübersaß, und ergriff meine Oberarme mit beiden Händen. »Hör mal, Svea«, sagte er eindringlich. »So, wie du das erzählst, stehst du kurz vor der Pleite.«

»Genau.« Meine Augen begannen zu schwimmen.

»Nein«, widersprach Jens entschieden. »Das denkst du nur, weil du Svea bist und weil alles neu für dich ist. Ich kenne so einige Unternehmer, und ich sage dir: Niemand von denen ist pleitegegangen, der das nicht auch wollte. Ist einfach so.«

»Glaubst du, ich will das?«, erwiderte ich empört, und die Tränen verzogen sich wieder.

»Nein. Und es wird auch nicht passieren. Dieter wird

nicht kündigen – Dieter und kündigen, das glaube ich erst, wenn er nicht mehr zur Arbeit kommt. Und du bist Svea Tewald – der Star im Mathe- und Bio-Leistungskurs sowie die offizielle Nummer vier im Ranking der schönsten Schülerinnen unserer Stufe.«

»Na, das wird mir jetzt helfen«, entgegnete ich spöttisch, auch wenn ich ehrlich gesagt geschmeichelt war.

»Ich sag's ja nur. Du bist einer der tollsten und kompetentesten Menschen, die ich kenne. Bei Weitem kompetenter als ich jedenfalls. Eigentlich in allem, was wir je parallel angepackt haben. In der Schule sowieso, und weißt du noch die Wahl zum Kurssprecher? Der Tauchkurs damals auf Malle? Das Minigolfturnier?«

Ich lachte.

»Also echt, da kann es doch nicht sein, dass ich mit einem hodenfreundlichen Sattel ein Vermögen mache – ein hodenfreundlicher Sattel, das muss man sich nur mal vorstellen! – und du mit einer alteingesessenen, florierenden Firma den Bach runtergehst.«

»Tja. Du kannst dich halt verkaufen«, wandte ich niedergeschlagen ein.

»Genau. Und falls das mit dem Kredit nötig wird, wirst du das auch können.«

»Dein Wort in Gottes Ohr«, meinte ich zweifelnd.

»Nein, Gottes Wort in deinem Ohr.«

»Wie meinst du das?«, fragte ich.

»Ich werde dich coachen.« Stolz und sichtlich überzeugt von seinen Fähigkeiten und der Großartigkeit seines Angebots sah er mich an. »Unentgeltlich natürlich.«

»Äh, davon wäre ich ausgegangen. Aber danke. Vielleicht komme ich darauf zurück.« Ich lächelte ihn an. Und war wirklich froh, dass wir darüber geredet hatten. Jens war der Typ Mann, der ganz selbstverständlich davon ausging, dass seine Ideen großartig waren und einen Anspruch auf Erfolg hatten. Und meist war das auch so. Vielleicht, weil er sich durch Rückschläge kaum entmutigen ließ. Oder weil sich seine Überzeugung und positive Energie auf andere übertrug. Auch ich fühlte mich gleich ein bisschen frohgemuter, was die Firma betraf. Obwohl mir rein rational betrachtet klar war, dass meine Fähigkeiten beim Minigolf und mein Rang als Stufenschönheit hinter der glutäugigen Amalie und zwei weiteren Mädels, deren Namen ich inzwischen vergessen hatte, kaum dabei helfen würden.

Als Jens meinte: »Komm, wir gehen mal zu Hendrik und Sehun rüber, die freuen sich auch, dich mal wiederzusehen«, und mich an der Hand hochzog, merkte ich, dass ich schon etwas angeschickert war.

Es gab ein allseitiges Umarmen und Schulterklopfen, auch mit Elisabeth und Damian, die dazukamen. Hendrik ging eine Runde Bier holen, wobei Sehun und ich aussetzten. Sehun würde nachher noch spielen.

Da ich aber keineswegs vergessen hatte, warum ich hier war, postierte ich mich in unserer Runde so, dass ich die Zelte im Auge behielt – besonders das eine, das verschlossen gewesen war. Das, an dem der Zettel mit dem Kampfmotto der Grünflächenguerillas hing.

Eine Weile standen wir alle zusammen da und blödelten herum, wobei Jens mir keinen halben Schritt von der Seite wich. Dann erschien ein kleiner Mann mit einem mächtigen Bauch in dem von mir überwachten Zelteingang, rollte die vordere Tuchbahn hoch und fixierte sie. Er trug ein grünes T-Shirt und etwas ebenfalls Grünes auf dem Kopf. Hinter ihm erschien ein weiterer Mann im gleichen grünen Shirt und einem unter den Arm geklemmten Ball. Dahinter folgte noch einer, mit Rastas, und jetzt erkannte ich auch, was es war, das die Herren auf dem Kopf trugen: ein Geflecht aus Grünzeug, das wohl einen siegreichen Lorbeerkranz symbolisieren sollte. Hinter dem Rastafari schließlich verließ Lars das Zelt, und auf meinem Gesicht breitete sich spontan ein Strahlen aus. Auch er war mit einem Kranz geschmückt. Freimütig lachend haute er dem Typen vor ihm auf die Schulter und sagte irgendwas.

Wenn die Jungs jetzt aufs Spielfeld wollten, würden sie an uns vorbeimüssen. Bei dem Gedanken wurde ich ganz aufgeregt.

»Kann ich den Rest von deinem Bier haben?«, bat ich Jens.

»Äh, klar. Wenn's leer ist, können wir uns ja noch eins teilen.« Er zwinkerte mir zu.

Lars' Trüppchen stand inzwischen komplett vor dem Zelt, und die Bierverkäufer mit den gelben Bikinis begannen zu klatschen und zu jubeln. Weitere Gäste fielen mit ein, unter anderem ich und Elisabeth.

Andere wiederum schrien »Buh«, aber an ihrem Gelächter merkte man, dass es nicht ganz ernst gemeint war. Wahrscheinlich waren das Familien und Freunde der gegnerischen Mannschaft.

Jetzt hielten die grünen Herren im Gänsemarsch und mit entschlossenen Mienen auf uns beziehungsweise auf die Wiese zu. Mein Herzschlag beschleunigte sich.

Doch als Lars auf unser Grüppchen zulief, sah er durch seine Brille, die neu sein musste, nur konzentriert in sich hinein und bemerkte mich nicht. Kalt erwischte mich der

Gedanke, dass wir uns heute möglicherweise gar nicht begegnen würden. Gleich begann das Spiel, und Lars würde sich natürlich auf den Ball fokussieren, danach ging er vielleicht einfach nach Hause.

Zwei Meter noch, dann wäre er vorbei.

Aus den Lautsprechern kam Labrassbanda: »Leit, heid is' endlich so weid, seit Wochen hamma uns drauf gfreit. Heid geh i, so vui is gwieß auf unser scheene Volksfestwies.«

Und ich, Puls auf 180, sagte: nichts.

Dafür aber Elisabeth. »Hi, Lars«, stieß sie kurz und lässig hervor.

Erschrocken starrte ich Lars an, der überrascht aufblickte, sich umsah und schließlich mich erkannte. Etwas unentschlossen blieb er stehen, während seine Kumpel weitergingen.

»Hi, Svea!« Er kam zögerlich ein Stück auf mich zu. »Wie geht's?«

»Gut«, antwortete ich einfallsreich. »Und dir? Bist du fit?«

Er grinste. »Hoffen wir's. Hab vorsichtshalber zwei hochdosierte Schmerztabletten genommen.« Er schaute Jens an, der jetzt wirklich sehr dicht neben mir stand. »Bist du ... mit deinem ... Ex-Freund hier?« Dann blickte er weiter in die Runde, während er sich seine berühmte Haarsträhne aus der Stirn strich. Dabei verrutschte sein Blätterkrönchen ein wenig.

Elisabeth schaute unbeteiligt zur Seite. Nichts in ihrer Miene verriet, dass nicht ich, sondern sie es gewesen war, die ihn angesprochen hatte.

»Ja, also, das ist zwar Jens ...« Jens hielt Lars eifrig die Hand hin, und der schlug ein, während er Jens neugierig, aber freundlich ins Gesicht sah. »... aber wir haben uns nur zufällig getroffen. Ich bin mit meiner Mitbewohnerin hier. Die mit dem gelben Kleid, die da gerade ihrem ... Freund den Po tätschelt. Damian.« Jetzt aber zur Sache, Svea. »Ich bin eigentlich hier, um dich anzufeuern. Du erinnerst dich vielleicht nicht, aber das hatte ich ja versprochen, nachdem ich dich beim Rückenkurs ausgeknockt habe.«

Lars lächelte, ich schmolz. »Stimmt«, sagte er. »Ich wusste nur nicht, dass es ernst gemeint war.«

»Ich beliebe nicht zu scherzen«, scherzte ich.

»Das ist gut. Ist auch kein Witz hier. Wir treten gleich gegen die Junkersdorfer Sportschnösel an. Das ist wie Deutschland gegen Holland. Oder Schalke gegen Dortmund. Mönchengladbach gegen den FC. Wir sind die Erzrivalen des Turniers. Letztes Jahr haben die uns nach einer erschauspielerten Ecke im Halbfinale rausgeworfen. Die Revanche heute muss an uns gehen. Aber uns fehlt ein wichtiger Mann in der Verteidigung. Und ich bin – wer wüsste das besser als du – auch nicht in der Form meines Lebens.«

So lange hatte ich ihn noch nie am Stück reden gehört, vermutlich noch nicht mal damals im Büro. Fußball war offenbar ein emotionales Thema für ihn. »Ich bin sicher, der Fußballgott ist an eurer Seite. Der Fußballgott und ich.«

»Ich auch«, schaltete Jens sich ein. »Mit den Sportschnöseln haben wir auch noch ein Hühnchen zu rupfen. Ich bin inaktives Mitglied der Rasenraser, ewiger Meister von 2017.«

»Respekt, Alter. Ihr seid unsere Vorbilder.« Lars grinste Jens an, dann wandte er sich wieder an mich. »Wenn du extra gekommen bist, müssen wir ja gewinnen.« Er lächelte wieder. Er war einfach perfekt, nur sein Lorbeerkranz hing schief.

»Darf ich?«, fragte ich daher, und meine Hände griffen

schon in sein Haar. Ja, wirklich, meine, Svea Tewalds Hände griffen in Lars' Haare und rückten seinen Siegerkranz gerade. Was zweieinhalb Bier und ein verwirrtes Herz manchmal bewirken können.

»Danke«, sagte Lars, und seine Augen hinter der neuen Pantobrille – ich war kürzlich drei Stunden lang mit Kirsten Brille aussuchen gewesen, daher kannte ich mich aus – guckten etwas erstaunt. »Nicht auszudenken, dem Kapitän der Grünflächenguerillas hätte beim Anpfiff das Kränzchen schief gesessen. Das wäre kein gutes Omen gewesen.«

Ich überlegte, ob dabei wie der Schatten einer schnell am Himmel ziehenden Wolke ein Hauch Röte über sein hübsches Gesicht gezogen war. Doch dann war der Moment schon wieder vorbei, und Lars verabschiedete sich mit einem kumpelhaften Klaps gegen meinen nackten Oberarm, während er Jens noch mal zunickte. »Ich muss mich jetzt warmmachen. Wir sehen uns.« Dann joggte er in Richtung Wiese davon.

»Geht da was zwischen euch?«, sprach Jens mich neugierig von der Seite an.

»Nein«, antwortete ich ausweichend.

»Aber bald. Glaub mir. Ich sehe so was.« Das glaubte ich zwar nicht, Jens war mir nie als großer Menschenkenner aufgefallen. Trotzdem freute mich seine Einschätzung. »Netter Typ. Aber denk dran: Die Kinder später mit mir«, schob er hinterher.

Ich verdrehte die Augen.

»Ach, komm doch, du hattest ihm ja sogar schon von mir erzählt«, meinte er selbstbewusst.

»Das kam nur zufällig im Gespräch auf, als wir über die Jecke Liga geredet haben.«

»Na, wie auch immer. Lass uns weiter vor ins Publikum gehen. Wir brauchen gute Sicht.« Jens legte mir eine Hand auf den Rücken und schob mich vor sich her, wie früher.

Jetzt ging die Musik aus, und eine Frau mit einem Mikro an einem langen Kabel hatte sich mitten auf die Wiese gestellt. Sie testete den Ton, während auch Lars' Gegner der Reihe nach das Spielfeld betraten. Was den Grünflächenguerillas das Gestrüpp im Haar war den Junkersdorfer Sportschnöseln die mit einer Menge Gel fixierte Frisur. Zudem hatten sie alle die Kragen ihrer hellblauen Polohemden hochgeklappt und einheitlich vorne rechts einen Zipfel in die Sporthose gesteckt. Sie spielten offenbar mit ihrem Image. Ganz lustig eigentlich.

Die Frau mit dem Mikro erhob die Stimme. Im Tonfall eines Boxkampfmoderators kündigte sie das bevorstehende Spiel an, hob dessen Bedeutung hervor – K.-o.-Runde! – und zählte, immer wieder von Jubel und Applaus unterbrochen, die Erfolge der beiden Mannschaften auf. Man spielte sechs gegen sechs.

Wir hatten einen Logenplatz direkt hinter der auf den Rasen aufgesprühten Spielfeldmarkierung, und Jens ließ mich hin und wieder an seinem Bier nippen. Hinter uns standen Elisabeth und Damian, und die Sonne sengte nicht mehr ganz so heiß vom Himmel. Ich fühlte mich als Teil des Publikums, das sich inzwischen dicht um die Wiese drängte, gut aufgehoben. Viel zu lange schon war ich viel zu selten ausgegangen. Seit ich die Firma übernommen hatte, gar nicht mehr. Ich nahm mir vor, in Zukunft öfter abends rauszugehen. Vielleicht würde mir das helfen, die Dinge ein wenig lockerer zu betrachten. Mehr so auf die Jens-Art.

»Maaalte Kosniak!«, begann die Frau mit dem Mikro nun

die Vorzüge der einzelnen Spieler anzupreisen. Der kleine Mann mit dem fußballgroßen Bauch, aber ebenso gewaltigen Wadenmuskeln aus Lars' Mannschaft riss sich den Kranz vom Kopf und schwenkte ihn enthusiastisch in der Luft, Applaus schwoll an. »Der Schnellste unter der Ehrenfelder Sonne, auf der kurzen Strecke ungeschlagen und der diesjährige Shootingstar der Grünflächenguerillas!«

»Friiitz Schmidtke – alle denken schon immer, er spiele gar nicht mit, bis er dann plötzlich sein Tooor schiiießt!« Der Typ mit den Rastas grinste spärlich in sich hinein, er war wohl keiner für die große Bühne.

»Und jetzt kommen wir zu dem allseits bekannten, geliebten und gefürchteten Laaaaars Opitz! Ich sage nur: Tooorschützenkönig vom letzten Jahr! Und dieses Jahr schon jetzt nicht fünfundzwanzig, nicht sechsundzwanzig, nein: siebenundzwanzig Tore! In acht Spielen!«

Lars machte das gleiche Gesicht wie auf dem Foto im Internet, auf dem er den Preis für seine Diplomarbeit überreicht bekommen hatte. Ein etwas verlegenes Lachen, dazu heute ein verschämtes Victoryzeichen. Die anderen johlten, und ich klatschte mit innigem Stolz.

Die Vorstellung der Gegner begann mit einem gewissen »Chriiiistopher Praaaaahl! Man könnte meinen, er habe italienische Wurzeln: sein Haar, seine Entschlossenheit und seine elegaaaaanten Schwaaaaalben!«

Die Menge lachte und jubelte, auch Lars. Vielleicht war dieser Christopher mit seinem exakt getrimmten dunklen Vollbart der Typ, der die Grünflächenguerillas letztes Jahr das Finale gekostet hatte. Jetzt guckte er allerdings ein bisschen unzufrieden. Vielleicht wäre er lieber als Künstler am Ball gelobt worden als für seine Schauspielqualitäten. Christopher Prahl. Den Namen hatte ich irgendwo schon mal gehört. Vielleicht aus Jens' Umfeld.

Als alle durch waren, kündigte die Frau die Choreos an. Während ich mich noch fragte, was das war – bei Jens damals hatte es noch nicht so viel Brimborium gegeben, das musste in den letzten Jahren dazugekommen sein –, setzte wieder Musik ein. *Leider geil* von Deichkind. Die Sportschnösel stellten sich in einer Reihe auf und machten mehr schlechte als rechte Hiphop-Bewegungen dazu. Beim Refrain – »Tu doch nich' so, du magst es doch auch. Guck dich doch um, sieh sie dir an« – drehten sie sich plötzlich um und zogen für zwei Sekunden ihre Hosen runter. Frauen schrien entsetzt auf, andere jubelten begeistert.

Ich war schockiert.

Aber nicht von den blanken Junkersdorfer Hintern, sondern von dem, was ich hinten auf den T-Shirts gelesen hatte. Sponsor der Sportschnösel war eine Firma, die ich nur zu gut kannte: Splatter Productions. Und jetzt ging mir auch auf, woher mir der Name Christopher Prahl bekannt vorkam. Das war der Geschäftsführer von Splatter Productions, und ich hatte einiges im Netz über ihn gelesen.

»Kleine Kinderhände nähen schöne Schuhe. Meine neuen Sneakers sind: leider geil«, sang Deichkind, und die Sportschnösel zeigten auf ihre hochwertigen Fußballschuhe. Ich war mir nicht sicher, ob sie die Ironie in dem Song verstanden.

Weg mit der Rechnung, weg mit der Firma, unser neuer Garten: leider geil, dachte ich. Das war doch alles nicht fair. Konnte ich nicht ein einziges Mal einen unbeschwerten Abend in der Stadt haben?

Zum Glück war der Song jetzt zu Ende, und Lars' Angstgegner, die nun umso mehr auch meine waren, zogen sich vor ihr Tor zurück, um sich noch einmal im Team zu besprechen.

Aus den Lautsprechern erscholl ein Kinderchor: »Grün, grün, grün sind alle meine Kleider, grün, grün, grün ist alles, was ich hab!« Die Grünflächenguerillas vollführten einen wilden Tanz dazu, schüttelten ihre Arme, zupften demonstrativ an ihren T-Shirts und sangen ebenso wie ein Teil des Publikums lauthals mit: »Daruhum lieb ich, alles was so grün ist, weil mein Schatz ein Grünflächenguerilla ist!«

Da war ich wiederum dabei. Eigentlich war klar gewesen, dass der Typ von Splatter Productions weiterhin irgendwo auf dem Erdenrund wandelte und sein Unwesen trieb. Dass er allerdings hier so quietschfidel auf dem Fußballplatz stand und mir persönlich zu den Klängen von Deichkind zu bedeuten schien: Du kannst mich mal am Arsche lecken – das war schon etwas viel Schicksalsironie. Ich brauchte dringend ein neues Bier oder, na ja, sinnvoller wäre vielleicht ein Radler.

Als ich mit einer neuen Flasche an meinen Platz zurückkam, war das Spiel schon angepfiffen. In den ersten Minuten geschah nicht viel, aber immerhin ließ der Anblick von Lars' sportlichem Einsatz die Sache mit der Firma wieder in den Hintergrund treten. Christopher Prahl betätigte sich als sein Manndecker. Fußballerisch konnte er Lars nicht das Wasser reichen, das sah sogar ich. Aber Prahl war ein Riese und obenherum eine ziemlich aufgepumpte Kante. Er hatte ein Kreuz und Bizepse, die deutlich nach Fitnessstudio aussahen, während er seinen Beinmuskeln offenbar weniger Aufmerksamkeit schenkte. Im Vergleich sahen sie ziemlich mickrig aus.

Zuweilen schaffte es Lars, sich geschickt an ihm vorbeizudribbeln, manchmal aber scheiterte er auch, wenn Christopher sich ihm plump und nicht gerade fair in den Weg stellte. Nicht immer wurden Lars' ausweichende Pässe von einem seiner Mannschaftskameraden gut angenommen. Wie Lars beim Rückenkurs angedeutet hatte, stand beim Rest der Hobby-Mannschaft der Hobbyaspekt sehr stark im Vordergrund. Bis auf den Kugelblitz Malte Kosniak schien mit ihnen allenfalls zufällig zu rechnen sein.

Kurz vor der Halbzeitpause schoss Lars dann aber doch kurz hintereinander zwei Tore, das zweite tütete er im Alleingang, über Prahl hinweg und aus weiter Entfernung besonders gekonnt ein. Jubel und Stöhnen brandeten auf, je nachdem, auf welcher Seite man stand. Als Lars' beglückte Teamkollegen wieder von ihm abließen, nahm er seinen ramponierten Lorbeerkranz ab, begutachtete ihn kurz und musste feststellen, dass er hinüber war. Als er ihn in die Menge warf, sprangen einige Mädels danach, als wäre es ein Brautstrauß.

Lars war indessen dabei, seine Leute an ihre Strategie zu erinnern. Mit seinen trainingsgebräunten, sommersprossigen Armen machte er eindringliche Kapitänsgesten – du läufst auf dieser Linie! Du bleibst ganz nah bei der Nummer zwei! –, während die anderen eifrig nickten.

In der Halbzeitpause verschwanden die Grünflächenguerillas in ihrem Zelt und ich auf einem der Dixieklos. Vorher in der Kloschlange lernte ich mehrere Leute kennen, denen ich erzählte, dass ich hier war, um den Torjäger Lars Opitz anzufeuern. Alle wussten genau, wen ich meinte, stellte ich stolz fest. Erst in dem kurzen Moment der Ruhe über dem Abort ging mir auf, dass ich, so redselig wie ich war, vermutlich schon ziemlich die Lampen anhatte ...

Die zweite Halbzeit begann schlecht. Nach einem Patzer von Rastafari Fritz Schmidtke versenkte ausgerechnet Christopher den Ball im Tor der Grünflächenguerillas. Er strich sich den Bart glatt, schob die Ärmel seines T-Shirts hoch, lief auf seinen dünnen Beinen eine Triumphrunde um den Platz und riss mit angespanntem Bodybuilderbizeps immer wieder seine Siegerfaust nach hinten. Dabei machte er ein ernstes, hartes Gesicht wie der maskuline Held eines Actionfilms.

Die Abwehr der Grünflächenguerillas war danach so konsterniert, dass sie gleich auch noch einen nächsten Ball ins Tor ließ. Damit stand es 2:2.

Lars versuchte alles, um wieder die Führung zu erlangen, war aber nach vorn hin bis auf gelegentliche Durchbrüche von Malte Kosniak weitgehend auf sich gestellt. Zudem hatte Christopher Prahl nach seinem Tor offenbar das Gefühl, er habe genug Fußball gespielt – und verlegte sich ausschließlich darauf, Lars hinterherzulaufen, ihn anzurempeln und ihm beim Abschuss zwischen die Beine zu grätschen. Ich hielt jedes Mal den Atem an, beobachtete Lars' in meinen Augen so schönes Gesicht und versuchte zu ergründen, wie es seinem Rücken ging. Manchmal machte er eine unnatürliche Bewegung, die darauf hindeutete, dass er Schmerzen hatte. Seinen Gegner würdigte er keines Blickes, wenn es nicht unumgänglich war, weil er ihm schon wieder den Weg versperrte.

Der Schiedsrichter allerdings hatte alle Hände voll zu tun, sich Lars' Mitspielern zu erwehren, die ihn immer wieder lautstark aufforderten, Christopher zu verwarnen.

Doch dann: Lars hatte es geschafft, Christopher davonzulaufen, ein gezielter Pass zu Malte Kosniak, und der schoss die Pille von der Seitenlinie in einem fast unmöglichen Winkel ins gegnerische Tor – 3:2!! Jens und ich sprangen gleichzeitig in die Luft.

Leider folgte das Gegentor der Sportschnösel auf dem Fuße. Ich bekam es nicht richtig mit, sah nur plötzlich den Jubel der gegnerischen Fans. Es stand wieder unentschieden. Und das änderte sich auch bis zum Abpfiff nicht mehr. Das Spiel würde in die Verlängerung gehen.

Ich hatte eigentlich ein Faible für Verlängerungen, jedenfalls bei wichtigen Länderspielen, wenn man gut versorgt mit Chips und Bier gemeinsam mit Freunden vor dem Fernseher saß. Die geteilte Dramatik in der kurzen Pause davor, wenn man, selbst auch schon ein wenig mitgenommen von der Spannung der vergangenen neunzig Minuten, die Gesichter der erschöpften Spieler in Nahaufnahme sah. Den Anblick sportlicher junger Männer, denen die verhärteten Schenkel massiert wurden, fand ich immer attraktiv.

Aber weil das hier nur das Hobbyspiel einiger Fußballsenioren war, gab es für die im Kreis sitzenden Grünflächenguerillas lediglich eine herumgereichte Sprudelflasche. Ich versuchte trotzdem, einen Blick auf Lars' Schenkel unter der im Sitzen etwas hochgerutschten kurzen Hose zu erhaschen. Dorthin, wo die Haut weißer wurde.

»Was seufzt du so?«, fragte Jens.

»Ach, nur so. Weil das Spiel so spannend ist.« Ich guckte schnell woandershin. Christopher Prahl ließ sich eine bestimmt isotonische Flüssigkeit aus seiner mit dem Splatter-Productions-Logo versehenen goldenen Trinkflasche in den Mund laufen, während sein dunkelbrauner Bart, für den das Wort Bartpflege erfunden worden zu sein schien, nur so glitzerte. Plötzlich fing ich seinen Blick auf, und er lächelte mir ein wenig überheblich zu. Wahrscheinlich hielt er mich für einen Fan. Angewidert schaute ich weg.

Lars hingegen hatte kein einziges Mal zu mir herübergesehen. Wahrscheinlich wusste er nicht, wo ich stand. Aber er machte auch keine Anstalten, das mit einem Rundumblick durch seine neue Brille herauszufinden.

Jetzt wurde das Spiel wieder angepfiffen. Und Christopher legte noch mal eine Schippe drauf, was Lars betraf, sobald der Schiedsrichter nicht hinsah. Der pfiff schon seit Ende der regulären Spielzeit nur noch aus dem letzten Loch, er war auch nicht mehr der Jüngste.

Lars' Gesichtsausdruck war ebenfalls zunehmend verbissen. Jetzt war er wieder am Ball, der Schiedsrichter pfiff kein Abseits, Lars rannte, Christopher hinterher und schmiss sich gegen ihn, brachte ihn zu Fall.

Der Schiedsrichter trank etwas aus einer Flasche, als sei er am Verdursten.

Lars rappelte sich wieder auf und kniff mit verzerrtem Gesicht die Augen zusammen, wie um den Schmerz wegzublinzeln.

»Wechselt endlich den Schiri aus!«, hörte ich mich schreien.

»Kein anderer da!«, kam von irgendwoher die Antwort.

Jens erklärte mir, dass die Jecke Liga stolz drauf war, dass nur von Unparteiischen mit Lizenz gepfiffen wurde. Davon gab es aber nicht so viele.

»Na toll«, erwiderte ich aufgeregt. »Dann kann der Typ Lars ja ungehindert töten.«

Jens sah mich überrascht von der Seite an. »Oh. Okay. Dir ist es auf jeden Fall ernst mit diesem Lars.«

»Ich find es halt unfair!«, rief ich aufgebracht.

»Ist es ja auch.« Jens strich mir begütigend über den Rücken. »Sehe ich genauso.«

Der Ball befand sich in der Hälfte der Grünflächenguerillas, und deren Torwart stand die Angst ins Gesicht geschrieben. Er war ziemlich klein und zart, die grünen Handschuhe wirkten überdimensioniert an ihm. Einer der Sportschnösel hatte den Ball am Fuß, Lars war auf dem Weg zu ihm, Christopher hinterher. Als Lars den Spieler fast erreicht hatte, hob Christopher den Ellbogen und schlug ihn Lars vors Gesicht.

Glas splitterte, die Menge schrie, Lars strauchelte. Der Schiedsrichter pfiff. Na endlich. Lars nahm, als er wieder sicher stand, seine Brille ab und betrachtete sie entgeistert. Ich sah, dass es sich um eine Sportausführung handelte, mit Bügeln, die um die Ohren herumführten. Eines der Gläser war aus der Fassung gebrochen.

Christopher sagte irgendwas zu Lars, es sah aus wie eine verklemmte Entschuldigung. Lars nickte kurz und ohne Freundlichkeit.

Während immerhin einer der Sportschnösel die Splitter aus dem Gras klaubte, belagerten die Grünflächenguerillas wieder den Schiedsrichter, der schließlich in seiner Hemdtasche kramte, ein gelbes Post-it herausholte und in Christophers Richtung hielt. Meiner Meinung nach hätte das Rot geben müssen. Aber vielleicht hatte der Schiri rot gar nicht dabei, gibt es ja selten als Post-it.

Hoffentlich war mit Lars' Auge alles in Ordnung. Ich wäre am liebsten auf die Wiese gerannt und hätte mich davon überzeugt. Jens betrachtete mich wieder von der Seite.

Das Spiel ging weiter. Ob wegen des fehlenden Brillenglases oder der Erschöpfung, Lars spielte nicht mehr so präzise wie vorher, ackerte aber weiterhin auf allen Positionen, Christopher wie eine mutierte Schmeißfliege immer an seinen Hacken. Unter seinem Auge hatte Lars offenbar ein Splitter erwischt, jedenfalls blutete er.

»Er erinnert mich an Schweini im WM-Finale 2014 gegen Argentinien«, sprach Jens in mein Ohr, denn das Publikum schrie jetzt permanent durcheinander.

»Er erinnert mich an Mahatma Ghandi«, sagte ich.

Jens lachte, dann begann er mit erhobener Bierflasche zu skandieren: »Grün-flächen-ghandi! Grün-flächen-ghandi!«

Im ersten Moment war es mir peinlich, doch dann fiel ich mit ein. »Grün-flächen-ghan-di!«

Von hinten hörte ich auch Damian und Elisabeth: »Grün-flächen-ghan-di, Grün-flächen-ghan-di!«

Der Slogan setzte sich durch und war, bis kurz darauf die erste Halbzeit der Verlängerung abgepfiffen wurde, der Ruf der Stunde.

Während der fünf Minuten Verschnaufpause lag Ghandi nicht weit von uns bewegungslos auf dem Rasen. Sein grünes T-Shirt klebte ihm schweißnass an der Brust, die sich schwer hob und senkte. Die Augen hielt er geschlossen, das Blut kam zum Glück nur aus einem kleinen Schnitt auf dem Jochbein und war auch schon getrocknet. Die Haare klebten ihm wirr am Kopf, an einer Stelle hing noch ein Blatt aus seinem Lorbeerkranz.

Ich konnte mich nicht entscheiden, ob ich mich lieber dazulegen und ihn küssen oder ein Foto von ihm machen wollte. Natürlich tat ich nichts davon, hätte ihn aber ewig so anschauen können.

Viel zu schnell wurde wieder angepfiffen. Lars rappelte sich auf und rannte erneut los. Das Spiel war jetzt nur noch ein Duell zwischen Lars und Christopher. Aber wenn ich gedacht hatte, Christopher habe in der letzten Halbzeit den Zenit seiner Verderbtheit erreicht, hatte ich falsch gelegen. Offenbar provozierte Lars' Strategie der Deeskalation ihn zu nur immer mehr Aggression, zusätzlich zu den Fouls begann er nun auch noch zu pöbeln und Lars zu verhöhnen.

Zwischendurch herrschte immer wieder gebanntes Schweigen im Publikum – bis dann wieder alle durcheinanderschrien. Ich merkte, dass ich an meinen Nägeln kaute. Das hatte ich mir eigentlich mit dreizehn abgewöhnt.

Zwei Minuten noch, zeigte der Schiedsrichter mit den Fingern an. Einer der Sportschnösel gestikulierte, er wollte ausgewechselt werden. Hinkend ging er vom Platz, ein neuer Typ im Polohemd klatschte ihn ab und kam irgendwie an den Ball. Schoss aufs Tor. Der kleine Grünflächenkeeper war noch dran mit seinem großen Handschuh, konnte ihn aber nicht halten. Die Sportschnösel gingen in Führung. Das konnte doch nicht wahr sein.

Dachte sich wohl auch Lars, der dem Schiri aufgeregt bedeutete, wieder anzupfeifen. Malte machte den Anstoß, Lars nahm den Ball an, umdribbelte zwei Sportschnösel, bis Christopher ihm ein Bein stellte. Im Strafraum!

»Elfmeter!«, schrie ich aus vollem Hals. »Gelb-rot!« Das war so was von nicht den Ball gespielt!

Nachdem der Schiedsrichter sich mit erschöpftem Gesichtsausdruck aus dem aufgeregten Spielerknäuel hervorgeschält hatte, wies er mit ausgestrecktem Arm auf die Stelle, wo noch die Reste des mit der Sprühdose markierten Elfmeterpunkts zu sehen waren. Ich jubelte.

Lars nahm den Ball, er würde den Strafstoß selbst ausführen. Das wollte ich ihm auch geraten haben. »Mach ihn rein, Ghandi!«, rief irgendjemand, es klang ein bisschen nach Sehun.

»Ghandi ist tot!«, brüllte Christopher mit polternder Stimme.

Lars ignorierte ihn, legte sich den Ball vor die Füße, fixierte den Torwart, der sich noch mal den Polokragen aufstellte und seinen arrogantesten Gesichtsausdruck aufsetzte. Daran, wie er immer wieder Zeigefinger und Daumen seiner behandschuhten Rechten aneinanderrieb, konnte man jedoch ablesen, dass er gehörig Muffensausen hatte.

Lars strich sich die Haarsträhne aus dem Gesicht, trat einen Schritt zurück und ...

»Du bist unser Held!«, rief eine Frau, die mir gegenüber auf der anderen Seite des Spielfelds hinter der Linie stand, vor sich einen kleinen Jungen von vielleicht zwei oder drei Jahren, ich konnte das schlecht schätzen.

Lars' Kopf fuhr herum. Er starrte die beiden an, Schrecken spiegelte sich auf seinem Gesicht. Oder Wut? Aber dann lächelte er.

Die Frau warf ihr glattes hellbraunes Haar zurück und winkte. Dann nahm sie die Hand des Kindes und winkte mit ihr.

Lars winkte zurück, aber die Bewegung sah wie ferngesteuert aus. Zögerlich machte er einen Schritt auf die beiden zu, dann schien er sich zu erinnern, dass er hier noch was zu Ende bringen musste. Er drehte sich um, stand ein paar Sekunden vor dem Ball herum. Fahrig trat er von einem Bein auf das andere. Dann ging er noch mal einen Schritt zurück, hämmerte mit Wucht seinen Fuß gegen den Ball – und verschoss grandios. Der Ball flog weit über das Tor hinweg und landete irgendwo im Gebüsch.

Malte Kosniak warf sich auf den Boden, Lars stand nur da und starrte vor sich hin, alles schrie durcheinander, sodass der Abpfiff kaum zu hören war. Die Grünflächenguerillas hatten verloren. Aber das war mir egal. In meinem Kopf brannte nur eine Frage. Oder vielmehr zwei: Wer war diese Frau? Und wer war dieses Kind?

Die beiden waren aufgetaucht wie zwei unerwartete Gegentore in letzter Minute. Mein persönlicher Gamechanger.

Aber jetzt waren sie auch schon wieder weg, wie ich feststellte. Ich war mir außerdem fast sicher, dass sie vorher noch nicht lange an der Stelle gestanden hatten. Ich hatte zwar hauptsächlich Augen für Lars gehabt, aber mich doch auch immer wieder umgesehen, um das ganze Flair dieses aufregenden Sommerabends in mich aufzunehmen. Und eine Frau wie sie wäre mir aufgefallen. Sie hatte sehr schick ausgesehen, mit ihrer großen Sonnenbrille, dem kurzen, fliederfarbenen Kleid aus einem fließenden Stoff und dem gepflegten Haar. Wie eine ... Spielerfrau eigentlich. Die Schwere in meinem Magen nahm noch zu. Diese Frau bedeutete etwas für Lars, das hatte man ihm deutlich angesehen.

Er saß jetzt auf dem Boden und ließ mit gesenktem Kopf die Beteuerungen seiner Mannschaftskollegen über sich ergehen, die ihm hoffentlich sagten, dass er sich keine Vorwürfe machen sollte. Nun stand er auf, meinte irgendwas zu seinen Jungs, und dann sah auch er in die Richtung, wo die Frau mit dem Kind gestanden hatte. Suchend schaute er sich weiter um, aber ebenso wie ich ohne Ergebnis

Ganz verloren sah er aus, wie er so alleine auf dem Rasen stand, während sich ein Stück weiter Sehun und die anderen Rasenraser warmmachten. Fast hatte ich den Eindruck, er würde mit den Tränen kämpfen. Jens analysierte mit Damian das Spiel, Elisabeth war zum Dixie-Klo gegangen. Ich hielt wie in Trance auf Lars zu. Ich hatte irgendwie das Gefühl, ich müsste das jetzt machen. Als wären wir Darsteller in einem Film, und das wäre in dieser Szene so vorgesehen.

Lars sah mich mal wieder erst, als ich direkt vor ihm stand. Ach stimmt, du bist ja auch hier, schien sein überraschter Blick zu sagen. Nicht gerade ermutigend, aber ich war zum Glück betrunken.

»Ich bin Fan von dir«, begann ich. »Also ... als Spieler. Du hast echt toll gespielt.«

»Danke.« Ein schwaches Lächeln. »Hat nur nichts genutzt.«

»Doch, ihr seid Sieger der Herzen.« Unwillkürlich legte ich meine Hand auf meine Herzgegend.

Sein Blick folgte meiner Hand. Dann sagte er: »Wir sind raus. Aber ist jetzt auch egal.«

»Ich glaube, jeder weiß, dass du den Elfmeter reingemacht hättest, wenn nicht ...« Erst hatte ich mich nicht stoppen können, jetzt konnte ich den Satz nicht beenden.

»Wenn nicht was?«, fragte er fast ungehalten.

»Wenn du nicht ... abgelenkt worden wärst«, antwortete ich unsicher und fühlte mich meinerseits, als müsste ich gleich weinen.

Er schwieg und schaute an mir vorbei. Wenn ich nicht so viele Gefühle gehabt hätte, hätte ich ihn vielleicht lächerlich finden können, wie er dastand. Mit etwas hängenden Schultern, dreckigen Turnschuhen, das T-Shirt fast durchgehend dunkelgrün gefärbt von Schweiß. Im Gesicht die Brille mit nur noch einem Glas, und im Haar klebte immer noch dieses eine Blatt.

Ich streckte die Hand danach aus. Schon wieder. »Du hast was in den Haaren.«

Er zuckte zusammen, wich vor mir zurück, stieß ein spitzes »Haaah« aus und schüttelte sich heftig.

Entsetzt starrte ich ihn an.

Wie zum Beweis, dass es wirklich dagewesen war, hielt ich ihm das Blatt vors Gesicht. Angewidert wich er wiederum zwei Schritte zurück und fixierte dann unverwandt das Blatt. Nach zwei Sekunden entspannte er sich sichtlich, und ich schnipste das Blatt weg.

»Entschuldige bitte«, sagte er etwas atemlos. »Ich dachte kurz ... ich hätte vielleicht eine Spinne in den Haaren. Also ... weil du ja Insektenforscherin bist. Oder warst. Und diese Affinität zu diesen widerlichen Biestern hast. Sorry.«

»Nein, das war nur ein Blatt.« Na toll, würde er sich wegen meiner Heldentat damals in der Turnhalle auf ewig ekeln, wenn ich ihn anfassen wollte? Aber er trat wieder ein Stück vor, bis wir einen normalen Gesprächsabstand hatten. Und dann redeten wir gleichzeitig los.

»Also, danke, dass du da warst«, sagte er.

»Ich habe nicht verstanden, wie du so ruhig bleiben konntest. Christopher Prahl ist so ein Arsch.«

»Ich habe keine Wahl. Ich muss ihn komplett ausblenden, sonst würde ich ihm in die Fresse schlagen. Dafür würde ich aber Rot kassieren, und wahrscheinlich wäre ich ihm bei einer Prügelei auch noch unterlegen.«

»Nicht unbedingt.« Ich lächelte ihn an und dachte bei mir, dass er mir spätestens jetzt ansehen musste, wie heillos verknallt ich in ihn war. War mir aber egal, Bier sei Dank.

Er lächelte zurück, nur schwach, aber immerhin. Ließ kurz und scherzhaft seinen Bizeps spielen, der sehr attraktiv aussah, aber natürlich sehr viel schmaler als der von Christopher war. Zum Glück.

»Tut mir leid, dass deine Brille kaputtgegangen ist«, sagte ich, um das Gespräch nicht abreißen zu lassen.

»Demnächst versuch ich es mit den harten Kontaktlinsen. Du, sorry, ich muss mal eben ins Zelt, mein Handy ist da, ich muss telefonieren.«

»Klar, wollte dich nicht aufhalten«, log ich.

Er gab mir zum Abschied wiederum einen sanften, kumpelhaften Klaps gegen meine Schulter. »Tschüss, wir sehen uns.«

»Macht ihr nachher noch was?«, rief ich ihm mit dem Mut der Verzweiflung hinterher.

Er drehte sich noch mal um. »Meistens gehen wir nachher in die *Kaschämm*. Ich weiß noch nicht, ob ich heute dabei bin. Wollt ihr denn auch kommen?«

»Vielleicht. Weiß ich auch noch nicht. Aber wie du schon sagst, wir sehen uns.« Ich blickte ihm nach, dann ging ich rüber zu den anderen. Jens drückte mir ein neues Bier in die Hand und legte den Arm um meine Schulter. Obwohl ich die Berührung eigentlich mochte, rückte ich seine Hand ein bisschen zurecht. Sie sollte nicht da liegen, wo Lars mich gerade noch zum Abschied berührt hatte.

KAPITEL 12

> Unter den sogenannten NACHTPFAUENAUGEN treffen wir nicht nur die Riesen aller Schmetterlinge, sondern auch kühn geschwungene Formen der ungeheueren Flügel, deren Mitte entweder ein Glasfenster oder ein prächtiger, großer Augenfleck auszeichnet. [...] Die doppelte Reihe der langen, nach beiden Enden hin abnehmenden Kammzähne an den kurzen männlichen Fühlern bringt einen blattähnlichen Umriss derselben zuwege.
>
> *Brehms Tierleben, Bd. 9: Insekten, Tausendfüßer und Spinnen, über das Nachtpfauenauge*

Elisabeth und Damian hatten mich rechts und links eingehakt und zogen mich vorwärts in Richtung Kneipe. »Das hat doch alles keinen Sinn ... Ihr habt diese Frau mit dem Kind nicht gesehen! Und ich habe Lars auch noch total aufdringlich genötigt, mir zu sagen, wo er nachher mit seinen Leuten hingeht«, jammerte ich.

»Das war genau richtig so«, meinte Elisabeth. »Wer nicht wagt, der nicht gewinnt.«

»Wer dem Glück nachläuft, kann es selten einholen«, erwiderte ich.

»Mut steht am Anfang des Handelns, Glück am Ende.«

»Das Gras wächst nicht schneller, wenn man daran zieht.«

Damian schaltete sich ein. »Jetzt hört aber mal auf. Ich

bin es, der unbedingt in die *Kaschämm* will. Da steht nämlich ein Kicker, und ich will kickern.« Damian war wirklich nett.

»Na dann«, lenkte ich ein und musste ein bisschen lachen. »Eine Runde ...«

Wir drängten uns durch die Rauchergrüppchen vor der Kneipe. Nachdem ich durch die Tür war, die Damian uns aufhielt, scannte ich den Raum wie der Konquistador das zu erobernde Dorf. Dabei handelte es sich in diesem Fall um eine jener alteingesessenen Eckkneipen, die sich mit ein paar ironischen Retromöbeln und abgewetzten Sofas in eine angesagte Location verwandelt hatte. Doch konnte überall jemand im Hinterhalt lauern. Die Spielerfrau mit dem gepflegten Haar. Christopher Prahl. Am meisten Angst aber hatte ich vor Lars. Nach den Pommes, die Elisabeth, Damian und ich noch gegessen hatten, war ich nämlich wieder etwas nüchterner. Für den vor mir liegenden Feldzug brauchte ich dringend neue Munition.

»Ich geh mal zur Theke. Soll ich euch was mitbringen?«, schrie ich Damian ins Ohr, der vor mir lief. Es war laut hier, Faber schmetterte sein verrauchtes und verruchtes *Jung und dumm* und resümierte: »Immerhin jung.« Ich überlegte, wann mir diese Einstellung abhandengekommen war. Aber vielleicht hatte ich sie auch nie gehabt. Ich war kein Rockstar, sondern ein Groupie. Ein unerfahrenes, unbeholfenes Fußballer-Groupie. Inzwischen auch nicht mehr ganz so jung, sondern Firmenchefin mit verspanntem Nacken und nicht mehr ganz so selbstverständlicher Teil dieser unbeschwert feiernden Menge.

»Ein Kölsch für mich, ein Sekt für meine Geliebte«, hatte Damian bestimmt und war dann der gelb leuchtenden Elisabeth hinterhergeeilt, während ich zur Theke abzweigte.

Die Gäste standen dort dicht gedrängt und buhlten um die Aufmerksamkeit der gestressten Barleute. Ich stand in zweiter Reihe, und immer, wenn jemand seine Bestellung abschloss und mit vollen Gläsern in den Gastraum zurückging, schloss sich wie eine automatische Schiebetür die Lücke vor mir wieder mit durstigen Leibern. So kannte ich das. Ich an einer vollen Bar – da war ich unter einer halben Stunde nie zurück. Ich musste jedes Mal erst fünf bis zehn Drängler vorlassen, bis ich genug Mut gesammelt hatte, um mich endlich durchzusetzen.

Ich wartete gerade wie die Katze vor dem Beutesprung, bis die Frau vor mir bezahlt hatte, den Arm schon halb erhoben, damit er im entscheidenden Moment hochschnellen und meinen Anspruch markieren konnte. Da, die Frau drängte sich mit einem entschuldigenden Lächeln an mir vorbei, während ich mich streckte, nach vorn drückte – und wieder ausgebootet wurde. Ein massiger Männerkörper war schneller und entschlossener gewesen.

Als der Typ kurze Zeit später seine drei Schnäpse hatte und an mir vorbeimusste, meinte er spöttisch zu mir: »Sorry, Süße, hast 'nen schweren Stand hier, oder?«

»Ja, wegen Typen wie dir«, fauchte ich, woraufhin er mich nach vorn schob und der Bedienung zurief: »Jetzt ist aber mal die Dame dran!« Endlich konnte ich nun meine zwei Kölsch und den Sekt ordern. Und musste dem Heini wohl auch noch dankbar sein.

Auf der Suche nach Elisabeth und Damian zupfte plötzlich jemand von hinten an meinem Top. Irgendwie wusste ich schon, während ich mich umwandte, wer das war, und mein Herz und mein Magen sausten wie ein Aufzug, dem man das Seil gekappt hatte, ein Stockwerk tiefer. Langsam drehte ich mich um. Da stand er und beugte sich ein bisschen vor, damit ich ihn trotz der lauten Musik verstand. »Hi. Bist du doch hier.«

»Ja«, antwortete ich und drückte mich an die Seite, um Malte Kosniak vorbeizulassen. Weiter hinten sah ich den kleinen Torwart und einen der anderen Guerillas.

»Seid ihr gerade erst gekommen?«, fragte ich wenig inspiriert und reckte mich dabei meinerseits ein bisschen in Richtung von Lars' Ohr. Er roch nach Sonnenmilch und draußen und nach ihm.

»Ja. Wir haben erst noch den Rasenrasern gegen die Bikini Rebels zugeguckt und dabei zwei, drei Bier und zwei, drei Waldmeisterschnäpse getrunken.«

»Ach so. Der ist ja auch grün.« Wenn er sich vorbeugte und mir dabei so nahe kam, konnte ich wirklich kaum denken. Er trug immer noch das grüne T-Shirt, das aber ebenso wie seine Haare inzwischen getrocknet war.

Zum Glück wollte er das Gespräch trotz meiner Stoffeligkeit fortführen. »Grünes Likörchen für den Loser aus dem Grünflächenamt. Und für wen sind die?« Er deutete auf die drei Getränke, die ich verkrampft in der Mitte zusammengepresst in den Händen hielt.

»Für dich«, antwortete ich.

»Alle drei?« Er kicherte. »Das ist aber nett.«

»Ja«, bestätigte ich. »Äh, ich meine: nein. Nur der Sekt und eines von den Bieren. Der Sekt zum Anstoßen auf deine Tore und das Bier ... einfach für danach.« Auffordernd streckte ich ihm meine Hände mit den beiden Flaschen und dem Glas entgegen und hoffte, dass jetzt nicht Damian und Elisabeth rüberkamen und fragten, wo ihre Getränke blieben.

Lars guckte zwar ein bisschen unentschlossen, nahm aber eins der Biere und den Sekt entgegen. »Also auf meine nutzlosen Tore!« Er stieß mit dem Kelch gegen meine Flasche und trank einen Schluck.

»Und das dient dem Vergessen des Spielausgangs.« Er stieß noch mal an, dieses Mal mit der Bierflasche, und schaute viel zu ernst für meinen Geschmack. »Möchtest du den Sekt austrinken?«, bot er an.

»Äh. Ja.« Eigentlich war ich immer vorsichtig mit Durcheinandertrinken. Aber ich mochte die Vorstellung, das gleiche Glas zu benutzen, aus dem zuvor Lars genippt hatte. Hastig kippte ich den Sekt hinunter – er hatte schließlich austrinken gesagt. Dann nahm ich noch einen nervösen Schluck aus der Bierflasche.

So stand ich nun vor ihm, in jeder Hand ein Getränk, starrte seine Brille mit dem einen Glas an und überlegte fieberhaft, was ich noch sagen könnte. Nach einem weiteren Schluck aus der Flasche fragte ich: »Wie geht's deinem Rücken?«

»Die Wirkung der Schmerztabletten lässt langsam nach, ebenso der Adrenalinrausch, jetzt tut mir alles weh.« Er streckte seinen Rücken ins Hohlkreuz und drückte gegen den Ischias.

Ich verfolgte fasziniert seine Bewegungen. »Das tut mir l-leid, möchtest du dich hinsetzen?« Meine Aussprache klang schon wieder etwas verwaschen.

Er sah sich kurz um. »Ich kann mir nicht vorstellen, dass was frei ist.«

»Hast recht.« Ich wollte auch nicht hinten gucken gehen, wo Elisabeth und Damian auf ihre Getränke warteten.

Denk an deine Vagina, dann hast du die richtige Ausstrahlung, fielen mir meine Flirttipps wieder ein. Verlegen sah ich an Lars vorbei, dabei auch noch Blickkontakt aufzunehmen überforderte mich. Außerdem drehte sich alles ein bisschen.

»Ist irgendwas, woran denkst du?«, fragte Lars. Fast klang er verunsichert.

»An meine Vagina«, antwortete ich spontan und wahrheitsgemäß.

Er stutzte und sah in Richtung meiner Shorts, während mir nach dem Alkohol jetzt massiv das Blut zu Kopf stieg. Panisch überlegte ich, ob ich meine Übersprungshandlung irgendwie ausbügeln konnte. Vielleicht überlegte er, ob er sich verhört hatte. Ich konnte behaupten: Ich denke gerade an meine Patina. Oder an meine Latina. Aber das war beides weder glaubwürdig noch ergab es Sinn. Aus meinem verlegenen Gesicht hatte Lars bestimmt sowieso schon auf die Wahrheit geschlossen. Also erklärte ich nur stockend: »Weil ich langsam aufs Klo muss. Das macht man ja ... also ... mit der ... weißt schon.«

»Ach so«, antwortete er mit leisem Zweifel im Blick und setzte dann hinzu: »Also, selbst wenn du einfach so an deine Vagina gedacht hättest, wäre das völlig in Ordnung. Ich denke auch manchmal an meinen, äh ... Such dir ein Wort aus.« Er sah mir durch seine kaputte Brille in die Augen, während in seinen der Schalk oder irgendetwas anderes aufblitzte. »Aber du wolltest aufs Klo«, erinnerte er mich.

»Ja, genau.« Ich drehte mich um und eilte davon. Aus den Lautsprechern kam *Leftwing Duckling* von Schwarz, und ich hatte den Eindruck, der Boden unter mir würde schwanken. Von Weitem sah ich Elisabeth zwischen den anderen Gästen mit ihrem gelben Kleid und dem blonden Schopf hindurchleuchten. Aber ihre Miene war finster. Damian war nicht bei ihr, und sie drehte gedankenverloren ein leeres Sektglas in der Hand.

»Sorry, das hat etwas gedauert, und ich habe nicht mal einen neuen Sekt für dich«, entschuldigte ich mich. »Was ist denn los, wo ist Damian?«

»Er kickert.«

»Ach so. Bist du deswegen sauer?« Das passte nicht zu ihr.

»Nein, bewahre. Ich bin froh. Ich … Da vorne sitzt Kerim – nicht hingucken, bitte.«

Ich schaute natürlich doch hin. Kerim saß mit einer Frau auf einem der Sofas, ziemlich nah beieinander.

»Hat er dich gesehen?«

»Ja, ich bin rübergegangen und habe Hallo gesagt, damit das nicht alles so krampfig ist. Ist es aber trotzdem. Also: Ich bin krampfig.«

»Wow, das ist ja ganz was Neues. Willkommen im Club!«

»Ist Lars hier?«

»Ja. Ich habe ihm aus Versehen gesagt, dass ich gerade an meine Scheide denke.«

Elisabeth staunte sehr, als ich ihr die Geschichte erzählte. »Ich habe meine Meisterin gefunden«, meinte sie anerkennend. »Das nenne ich mal straightforward. Wenn du damit gute Ergebnisse erzielst, übernehme ich die Strategie.« Sie lachte, aber während ich geredet hatte, hatte sie immer wieder verstohlen zu Kerim hinübergeguckt. Und so leid mir das für die Frau tat, mit der er da war: Er schaute auch andauernd verstohlen zu Elisabeth. Sie war auch mal wieder eine Erscheinung mit ihrem kurzen Kleid, das ihre runden Formen nachzeichnete, den hochhackigen Cloqs und dem fluffig fallenden glatten Haar, das immer so frisch gewaschen und duftig aussah.

»Und was ist deine Strategie für heute Abend in Bezug auf Kerim?«

»Ich sollte mich wohl einfach freuen, dass er Ersatz gefunden hat.«

»Das glaube ich zwar nicht, aber vielleicht kommst du trotzdem erst mal mit mir aufs Klo?«

Sie war einverstanden und dort wie immer schneller fertig als ich. Mit gekreuzten Armen und frisch nachgezogenen Lippen wartete sie an der Tür, während ich vor dem schlecht beleuchteten, mit Aufklebern verzierten Spiegel beim Händewaschen mein erhitztes Gesicht betrachtete und zu ergründen versuchte, was Lars in mir sehen mochte. Die leicht vorstehenden, großen blauen Augen, das Weiße darin durch den Alkohol ein wenig gerötet. Rote Wangen, auf der Stirn ein halb abgeheilter Pickel, mein runder kleiner Mund, über der Oberlippe ein paar Schweißperlen, die ich mit einem Papierhandtuch wegwischte. Das Ganze umrahmt von zwei Dekosträhnen meiner rötlichen Fissellocken. Tja.

»Wie sehe ich aus?« Ich drehte mich zu Elisabeth um. »Kann ich noch irgendwas verbessern?«

»Verlockend. Wie immer. Was du tun kannst, ist zu Lars zurückzugehen.«

»Ich kann ihm doch nicht mehr unter die Augen treten mit meiner Vagina«, nuschelte ich und warf einen letzten Blick in den Spiegel.

»Ohne fände er bestimmt auch nicht gut«, erwiderte Elisabeth zuversichtlich.

»Glaub ich auch«, meinte ein Mädchen, das aus einer der Kabinen trat.

»Okay«, murmelte ich und machte, dass ich hier wegkam.

Wieder im Partygeschehen angekommen saß Kerim immer noch mit seiner Begleitung auf dem Sofa, aber sie sahen etwas steif aus. Elisabeth schob mich energisch vorwärts, vorbei an zahlreichen klebrig-feuchten nackten Armen, die ich aber kaum wahrnahm.

Lars tauchte vor mir auf. »Ich bin gerade auf dem Weg zur Bar, soll ich dir was mitbringen?«, fragte er freundlich.

»Ja, gern«, antwortete ich erfreut. »Noch ein Kölsch.«

»Deiner Freundin auch?« Er nickte Elisabeth zu, die hinter mir stand.

»Einen Sekt«, rief Elisabeth. »Bezahl ich auch!«

Lars winkte lächelnd ab. »Bis gleich«, sagte er in der Nähe meines Ohrs.

»Wartest du mit mir auf ihn?«, bat ich Elisabeth mit zittrigen Knien. Damian erspähten wir in der Nische beim Tischkicker.

»Kerim ist dir eigentlich wichtiger als er, oder?«, fragte ich Elisabeth.

»Habe auch gerade das Gefühl«, erwiderte sie verkniffen.

»Und trotzdem hast du ihn für Damian gehen l-lassen …«, sinnierte ich.

»Nicht für Damian im Speziellen«, korrigierte sie. »Sondern weil er mit meiner Art zu lieben nicht klarkam.«

»Da ist er ja.«

»Wer?« Elisabeth reckte den Hals.

»Kerim mit der Frau.« Die beiden waren auf dem Weg zum Ausgang.

Während Elisabeth aussah, als würde jemand die Luft aus ihr entweichen lassen, nahm ich Haltung an, denn Lars kam zurück, und ich wollte nicht betrunken wirken. Über seinem Kopf trug er einen Kranz mit Kölschgläsern, in der anderen Hand hatte er das Glas Sekt.

Lars lieferte die Runde an seine Kumpels aus, dann kam er zu uns. Wir stießen an, anschließend verschwand Elisabeth zum Kicker. Als ich ihr nachsah, hatte sie nicht dieses Wippen im Gang wie sonst.

»Habe ich sie vertrieben?«, wollte Lars wissen.

»Nein, sie geht zu ihrem Lover kickern«, erklärte ich. Nervös redete ich weiter. »Ihr geht's gerade nicht so gut.« Elisabeth würde es mir hoffentlich verzeihen, dass ich sie als Gesprächsthema nutzte.

»Warum?«, erkundigte Lars sich plangemäß.

»Gerade war ihr Ex-Freund mit einer anderen hier.«

»Und sie hat sich nicht freiwillig von ihm getrennt?«

»Na ja, das ist kompliziert. Also, Elisabeth ist poly, und der Ex kam damit nicht klar.« Ich wollte mich urban und locker geben, deswegen benutzte ich die Abkürzung.

»Poly... was denn?«

»Polymorph«, witzelte ich. Für Insektenvölker bedeutete das, dass ihre Individuen je nach ihrer Funktion im Staat eine unterschiedliche körperliche Gestalt hatten.

»Sind ihr plötzlich Flügel gewachsen, oder was?«

Ich lachte ihn begeistert an. Er verstand meine doofen Biologinnenwitze!

»Gewissermaßen kommt das mit den Flügeln sogar hin... Sie lebt polyamorös. Will nicht nur einen zu selben Zeit lieben dürfen, sondern zwischen mehreren Männern hin und her flattern.«

»Das stelle ich mir aber schwierig vor.«

»Mehrere zu lieben oder mit einer polyamoren Frau zusammen zu sein?«

»Beides«, antwortete er. »Oft ist ja schon eine schwierig genug. Sorry, ist nicht persönlich gemeint.«

»Habe ich nicht so aufgefasst. Obwohl ... sollte ich vielleicht. Jens hat auch mit mir Schluss gemacht.«

»Weil er dich schwierig fand?«

»Nein, ich war ihm eher ... zu leicht. Er brauchte neue Herausforderungen. Aber zum Kinderkriegen kann ich mich später wieder bei ihm melden, hat er vorhin gesagt.«

Ich hörte Lars' Lachen an meinem Ohr. Wir waren näher aneinandergerückt. Die laute Musik diente mir als Vorwand, um mich beim Sprechen immer zu ihm zu recken und seinen Sommerduft einzuatmen.

»Ich würde das als Kompliment verstehen«, gab Lars zu bedenken.

»Für meine Gebärmutter vielleicht.«

»Vielleicht auch für deine Vagina.« Lars kicherte erneut. »Sorry, das sollte ich nicht sagen. Wir haben ja eine Geschäftsbeziehung. Hast du mir deinen Entwurf für den Hardenberg-Platz schon geschickt?

»Nein, der kommt noch.«

»Dann können wir für heute so tun, als würden wir uns nur aus dem Rückenkurs kennen.« Er blinzelte auf eine Weise mit den Augen, die mir sagte, dass auch er inzwischen alles andere als nüchtern war.

»Wenn wir schon beim so tun sind, sollten wir uns aber was Cooleres vorstellen«, schlug ich vor.

»Wir kennen uns also vom ... Survival Training?«

»Nee, da gibt's zu viele Spinnen.«

Er schüttelte sich wieder. »Hast recht.«

»Vielleicht besser was auf dem Wasser. Kitesurfen?«, brachte ich vor.

»Schwierig für mich, weil ich ja meine Kontaktlinsen nicht mehr vertrage. Und Brille beim Kitesurfen funktioniert nicht.«

»Dann Snowboarden. Wir haben uns beim Snowboarden kennengelernt, und du hast dabei immer eine Skibrille mit Stärke getragen.«

»Das klingt nach mir. Auch ein blinder Snowboarder findet mal ein Korn.«

»Oder einen Schnaps«, kalauerte ich.

Er lachte und lehnte sich an das Sideboard an der Wand. »Bei einem krassen Backflip habe ich es dann geschafft, mir das Board ins linke Brillenglas zu rammen.«

»Genau, du hast die Brille bei einem raffinierten Stunt zerstört, denn Christopher Prahl hat es in unserer coolen Welt nie gegeben.«

Lars horchte auf. »Hat der auch schon mal mit dir Schluss gemacht?«

Jetzt war es an mir, mich zu schütteln. »Um Himmels willen. Ich habe ihn heute zum ersten Mal gesehen. Ich hatte nur mal … beruflich mit ihm zu tun.«

»Und das lief nicht gut?«

»Doch, lief super. Er hat am Ende nur nicht bezahlt.« Ich lachte, aber es klang bitter und war mir peinlich.

Kurz legte Lars mir eine tröstende Hand an die Wange, dann nahm er sie rasch wieder weg, als hätte er einen Fehler gemacht. »Viel?«, fragte er.

Ich schluckte. »Ja, schon. Aber lassen wir das.« Ich rückte noch ein wenig an ihn heran, und ein angenehmer Schwindel erfasste mich. Und dann, in dieser vertrauten Stimmung und angetrieben von dem betrunkenen Wunsch, alles, was noch zwischen uns stand, auszuräumen, stellte ich die

Frage: »Diese Frau mit dem Kind, die vor deinem Elfmeter plötzlich im Publikum aufgetaucht ist, hat die ... mal mit dir Schluss gemacht?«

Lars trank sein Glas leer, stellte es ab und sagte: »Nein, das musste ich machen.« Er verschränkte die Arme vor der Brust, dann ließ er sie wieder herunterfallen, als sei ihm seine Abwehrhaltung bewusst geworden. »Das Kind, das sie dabeihatte, ist jedenfalls mein Sohn.«

Rums. Der Fahrstuhl sackte nach unten und stand still. Ich merkte, wie ich den Mund öffnete, aber es kam nichts heraus. Meine Hand fand die Wand und dann ein loses Stück der Retrotapete. Heftig begann ich daran herumzuzupfen, während meine Gedanken wie hektische Fahranfänger um einen Auffahrunfall herummanövrierten. Er hatte ein Kind. Das war in meinem Plan nicht vorgesehen. Das hatte mir die Passiflora nicht gesagt.

»Das ist aber schön«, brachte ich schließlich heraus und dachte daran, wie ich Lars gegenüber mehrfach betont hatte, wie wenig ich mit Kindern anfangen konnte.

Scharf sah er mich an. Oder verletzt? »Ja, finde ich wirklich.«

»M-hm, total«, schob ich noch mal schwach hinterher.

Er wich meinem vermutlich immer noch entsetzten Blick aus. »Ich gehe mal zu meinem Kumpel rüber. Er steht da so allein.« Lars deutete auf Malte Kosniak, der zwar allein in der Nähe der Theke stand, aber mit seinem vollen Glas nicht sonderlich bedürftig aussah. Offensichtlich hatte er eine Gruppe attraktiver Frauen im Visier. Zwei von denen gehörten zu den Bikini Rebels.

»Okay, klar«, sagte ich. »Ich schau mal, wie es Elisabeth geht.«

Er nickte mir sehr neutral zu, dann drehte er sich um und ging. Und ich hätte weinen mögen, als ich mich über den klebrigen Fußboden in Richtung Kickertisch drängelte.

Die beiden Parteien, die sich dort gegenüberstanden, waren eine echte Überraschung: Auf der einen Seite drehten Damian und Kerim die Stäbe, auf der anderen Elisabeth und Sehun. Die Frau indes, die Kerim dabeigehabt hatte, war nirgends zu sehen.

»Wie steht's?«, fragte ich, als ich mich am Kopf des Spieltischs postierte.

»Großartig!« Elisabeth lachte. Mit Kerim waren offensichtlich auch ihre Lebensgeister zurückgekehrt. »Neun zu acht für Sehun und mich.«

Damian nutzte den Moment, um an Elisabeths Abwehrreihe vorbei die Kugel ins Tor zu hämmern. »Neun zu neun«, sagte er, verschob schwungvoll die Kugeln auf dem Metallstreben, mit denen man die Tore zählte, und grinste seinen Nebenmann an, der etwas unbeholfen zurücklächelte. Ob Damian wusste, in welchem Verhältnis Elisabeth zu Kerim stand beziehungsweise gestanden hatte? Im Prinzip war er damit einverstanden, dass das zwischen meiner Freundin und ihm was Offenes war – aber das hieß natürlich nicht zwangsläufig, dass er auch mit einem der anderen Kandidaten kickern wollte.

Während Elisabeths Lover nun gemeinsam versuchten, in Führung zu gelangen, schweifte mein suchender Blick immer wieder durch den Gastraum. Wo war Lars? Sollte ich ihn noch mal suchen? Mich entschuldigen? Aber ich konnte ihm schlecht auf die Schulter tippen und ins Ohr lallen: Du, ich hatte schon mal angedacht, dass wir uns zusammen ein Reihenhaus kaufen, einen insektenfreundlichen Garten gestalten und eine Familie gründen. Dein Kind mit dieser Spielerfrau, das stört irgendwie das Bild. Deswegen nimm's mir bitte nicht übel, dass ich gerade so unsouverän reagiert hab. Ich war einfach überrascht, weil mein Passionsblumenkeimling mir versprochen hatte, dass du mein Mister Right bist.

Zehn zu neun für Sehun und Elisabeth. Sehun zu verdanken, da Elisabeth eher damit beschäftigt war, den Herren auf der Gegenseite schöne Augen zu machen. Sie hatte den leichten Silberblick, den sie immer bekam, wenn sie getrunken hatte. Mich zog es zu Lars zurück. Einfach vor ihm zu stehen und sich zu unterhalten war so wunderschön gewesen. Und dann hatte ich es kaputt gemacht. Oder hatte ich nur den riesigen Haken aufgedeckt, den die Sache ohnehin hatte? Ich wollte Lars als unbeschriebenes Blatt, ohne ein Kind, das nicht meines war, und ohne eine attraktive Ex, die ihn immer noch total durcheinanderbrachte. Warum konnte es bei mir nicht sein wie bei meinen Eltern? Kennengelernt, verliebt, zusammengeblieben. So einfach. Wenn es schon mit Kompromissen anfing, wo würde es dann enden? Gut, ein unbelasteter Start war auch kein Garant für lebenslanges Glück, wie man an Jens und mir sah. Aber wir hatten schließlich viele gute Jahre gehabt.

Irgendwann beschloss ich, mir noch ein Bier zu holen – und wenn ich dabei Lars über den Weg lief, dann würde ich das sagen, was das Bier mir einflüstern würde. Ich verließ die Kickerrunde beim Stand von dreizehn zu zehn in Richtung Bar – und bekam prompt den nächsten Stich versetzt. Lars stand mit Malte Kosniak in der Runde der Frauen, die Malte vorhin fixiert hatte, und er war mit einem der Mädels im gelben Bustier im Gespräch. Untenrum trug sie eine Art Tennisröckchen, obwohl sie ja eigentlich Fußball spielte.

Unweit der beiden blieb ich stehen. Ich wollte wissen, was geschehen würde, und ich wollte wissen, was es mit mir machte – jetzt, da ich von der Ex und dem Kind wusste.

Das Gespräch schien sich um Fußball zu drehen. Die beiden machten Gesten, die nach Flugrouten von Bällen aussahen, wobei Lars' Ballkurvengestik etwas wacklig wirkte. Einmal rempelte die Frau ihn spaßhaft auf eine Weise an, die wohl Christopher Prahl nachahmte. Lars schwankte ein wenig und lachte. Die Eifersucht nagte wie eine hungrige Maus an dem großen schweren Klumpen, in den mein Herz sich verwandelt hatte. Das Bier war vergessen, ich konnte hier nicht weg. Ich gab vor, die Urkunden zu studieren, die an der Wand hingen. Offenbar hatten der Wirt und seine Servicekräfte auch ihre Glanzzeiten in der Jecken Liga erlebt. Dann wieder betrachtete ich, hoffentlich einigermaßen verdeckt von den Leibern, die sich zwischen uns hindurchschoben, fasziniert das kleine verschwitzte Dreieck unterhalb von Lars' Schlüsselbein, das sich hier in der überhitzten Kneipe neu auf seinem T-Shirt gebildet hatte. Eine Lücke entstand, Lars bemerkte mich und winkte mich heran.

Er stellte mich nicht vor, sondern fragte nur: »Was ist los, wolltest du gehen?«

»Nein, ich ... wollte mir nur ein Bier holen. Und dann wollte ich mich auch noch entschuldigen.«

Er sah mich erwartungsvoll an, ebenso die Frau mit dem Bikinioberteil, obwohl ich nicht wusste, ob sie meine Worte hatte verstehen können.

»Weil ich gerade so b-blöd auf deinen Sohn reagiert hab. Ich war einfach überrascht. Eigentlich freue ich mich über jedes L-leben auf diesem Planeten, auch menschliches.«

Hilfe. So was Sprödes konnte auch nur eine Insektenforscherin von sich geben.

Lars runzelte die Stirn, aber dann meinte er: »Schon okay. Ich hätte ja auch früher von ihm erzählen können.«

»Ja, allerdings«, sagte ich und trat einen Schritt zurück, konnte mich aber nicht entschließen, zur Bar abzudampfen.

Gerade als Lars noch etwas sagen wollte, griff eine Männerhand nach meiner. Sie gehörte zu dem ungehobelten Typen, dem ich meine erste Getränkebestellung zu verdanken gehabt hatte. »Ich gehe jetzt zur Bar«, sagte er auffordernd.

»Ja, und?«, entgegnete ich.

»Wenn du mitkommst, helfe ich dir dranzukommen«, meinte er.

Ich winkte Lars, der mit halbem Ohr wieder der Bikini-Fußballerin zuhörte, unbeholfen zu, dann folgte ich der Hand, die mich fortzog. Vielleicht waren eine entschlossene Hand und ein Getränk genau das, was ich brauchte. Das mit Lars machte ja keinen Sinn. Mit Lars, dem Kind, der Ex und jetzt auch noch der Fußballerin.

Mein Begleiter schob mich vehement vorwärts, bis ich vor dem Thekendickicht stand. Er drückte sich von hinten an mich und gegen die Leute vor mir, ich spürte im Rücken seine harte Männerbrust, von vorn die empörten Blicke. Tatsächlich tat sich aber eine Lücke auf, in die ich nun hineingepresst wurde. Dazu rief er: »Einen Gin Tonic für die Dame, bitte.«

Der Kellner gab ihm ein High Five und fing an, Eiswürfel in ein Longdrinkglas zu füllen.

»Ich wollte eigentlich nur ein Bier«, erhob ich schwach Einspruch.

»Der Gin Tonic wird dich wieder nach vorn bringen.

Macht wach. Du sahst gerade ziemlich derangiert aus, wie du da vor dem Typen herumgeeiert bist«, bestimmte der Unbekannte jedoch.

Oh. Ich bekam nicht mit, dass Geld den Besitzer wechselte, aber kurze Zeit später hatte ich mein Glas in der Hand und wurde von meinem neuen Freund in eine Ecke gezogen, in der es etwas leerer war. Er stieß mit mir an, und ich fragte: »Bist du hier Stammgast?«

»Ja, der Besitzer ist ein Kumpel von mir. Während des Studiums habe ich hier gekellnert. Deswegen zahle ich heutzutage nur jedes zweite Getränk.« Er lachte, ein wenig selbstgefällig, aber mir sollte es ja recht sein.

»Was hast du studiert?«

»Sport.«

»Und was bist du dann geworden? Sportjournalist? Oder ... R-rückentrainer?«

»Wie kommst du auf Rückentrainer? Obwohl mein Rücken ziemlich gut trainiert ist, da hast du recht.« Er drehte sich um und ließ seine Rückenmuskulatur unter dem engen T-Shirt spielen. Darunter trug er eine übergroße, tief im Hiphop-Style hängende kurze Hose. »Was hättest du denn gern, dass ich wäre?« Er zwinkerte mir zu.

Er sah eigentlich ganz gut aus. »Ich stehe auf Referenten bei der Stadt Köln«, antwortete ich dennoch.

»Was für ein Zufall. Ich arbeite im städtischen Referat für sportliche Angelegenheiten.«

Ich musste wider Willen grinsen. Auch der Gin Tonic war echt lecker. Woher sein Spender mir nur so bekannt vorkam? »Nicht schlecht«, meinte ich. »Nette Kollegen bei der Stadt. Und in Wahrheit?«

»Lehrer«, antwortete er.

»Muss es auch geben.«

»Und auf welchen Namen hörst du?«, wollte er wissen. »Lass mich raten, bestimmt was ganz Weibliches, Blumiges wie ... Rosa. Oder Valeska. Wie schmeckt dir denn der Gin, Valeska?«, fragte er und legte seine Hand hinten auf meine Hüfte.

Ich konnte mich nicht entscheiden, ob ich das unterbinden sollte oder nicht. Mir war durchaus danach, von einem Mann berührt zu werden. Nur eigentlich von einem anderen.

»Ist eine solide M-mischung«, antwortete ich mit etwas Verzögerung und ließ die Hand vorerst da. Konnte ich ja immer noch entscheiden. »Und mit wem habe ich die Ehre?«

»Ron.« Er lächelte mich verführerisch an.

Es dauerte aufgrund meines Zustands etwas, bis mir ein Licht aufging. »Oh«, machte ich, als es schließlich leuchtete, und entwand mich seinem Griff. »Bei näherer Betrachtung«, ich musterte ihn eingehend von oben bis unten und ging dann einmal um ihn herum, während er sich aufplusterte, »bin ich mir nicht so sicher mit uns beiden. Irgendwie sieht man dein Figürchen unter dem Baggyhöschen nicht so richtig.«

Erst blickte Ron, sportbegeisterter Lehrer, 36, mich nur irritiert an, dann erwiderte er minimal peinlich berührt: »Sorry, aber ich kaufe ungern die Katze im Sack.«

»Das war kein Sack, sondern ein schönes Sommerkleid, das ich da auf dem Finder-Foto anhatte.« Aus dem Augenwinkel sah ich, dass Lars den Standort gewechselt hatte und nicht weit von uns an der Wand lehnte. Sein Gesicht war in unsere Richtung gedreht.

»Whatever«, meinte Ron. »Jedenfalls steht dann unser

Finder-Date noch aus. Wie wär's mit heute Abend? Mit jetzt?«
Seine Hand fand zurück an meine Hüfte. »Dein Figürchen
ist ja atemberaubend.« Die Hand wurde besitzergreifender,
der Blick in mein Dekolleté aufdringlicher. »Und die Hose
kann ich jederzeit ausziehen.« Er ließ mich los und nestelte
scherzhaft an seinem Reißverschluss herum.

Ich beachtete ihn aber nicht mehr, trat einen Schritt zurück und sah wieder in Lars' Richtung.

Er war weg.

»Du, weißt du was? Ich glaube, du bist mir zu betrunken«,
drang Rons Stimme von der Seite an mein Ohr. Ich merkte
gerade noch, wie mir das Glas mit dem Gin Tonic aus der
Hand genommen wurde, da marschierte ich schon los.

Malte Kosniak stand mit einer Frau da. »Hast du Lars gesehen?«, unterbrach ich ihr Gespräch.

Misstrauisch sah Malte mich an, er kannte mich ja nicht.
»Der wollte mal für kleine Jungs.«

Eilig lief ich weiter und die Treppe hinunter, wobei meine
platschenden Schritte in den Flipflops sich seltsam unregelmäßig anhörten.

Unten lag zur Linken die Herrentoilette, gerade ging die
Tür auf, Sehun kam heraus. »Hi, Svea, wo warst du denn die
ganze Zeit?«

»Hier und da«, erwiderte ich leise und kurz angebunden,
denn ich hatte hinter der offenen Tür einen Blick auf Lars
erhascht, wie er sich am Waschbecken mit voll aufgedrehtem Strahl einen Schwall Wasser ins Gesicht klatschte. Und
noch mal und noch mal. »Ich muss mal schnell für kleine
Mädchen«, erklärte ich Sehun, damit er verschwand.

Lars griff in den Behälter mit den Papierhandtüchern,
aber er war leer. Nun nahm er stattdessen sein T-Shirt hoch

und trocknete sich nachlässig das Gesicht damit ab. Die Aktion legte seinen verletzlichen unteren Rücken frei. Ich entfernte mich wieder ein paar Schritte, um ihm, wenn er aus der Tür kommen würde, glaubwürdig entgegengehen zu können, als wollte ich zum Damenklo.

Die Tür der Herrentoilette schwang mit einem heftigen Stoß ganz auf, Lars, mit feuchtfleckigem T-Shirt und vorn noch klatschnassen Haaren trat aus dem Neonlicht des WCs in den schummrigen Flur und stierte hinter seiner Brille in sich hinein.

»Hi, Lars«, sagte ich, als er fast auf meiner Höhe war.

Ein Lächeln erschien auf seinem Gesicht, während er wieder so süß besoffen blinzelte.

Ich straffte meinen Rücken und bemühte mich um einen überraschten Gesichtsausdruck. Große Augen, gehobene Augenbrauen. Wie ein schlechter Stummfilmpantomime.

Lars drückte meine nackte Schulter in einer halb zärtlichen, halb kumpeligen Geste. »Musst du gleich wieder zurück?«, fragte er und legte den Kopf ein wenig schief.

Ich roch Sonnenmilch und Waldmeisterschnaps. »Also, ich muss gar nichts, ich war gerade ... also, auf dem Klo.«

»Hast du da was vergessen?«

»Nee, wieso?«

»Weil du wieder auf dem Weg dahin bist.« Er zeigte auf die Tür, in deren Richtung ich unterwegs war.

»Ach so.«

Er sah zu mir herunter, wohlwollend wie mir schien, jedenfalls fühlte ich mich, als würde ein warmer Tsunami über mich hinwegrollen.

Aber es war Lars, der mehr zu sich selbst »Ach, scheiß drauf« sagte, dann mit einer grobmotorischen Bewegung einer Hand nach seiner Brille griff, sie abnahm und achtlos in die Hosentasche steckte, während die andere Hand in meinen Nacken griff, und er dann seinen Mund, an den ich in letzter Zeit so oft gedacht hatte, auf meinen legte. Zuerst weich, dann nahm er meine willenlose Oberlippe zwischen die seinen, als wollte er probieren, was möglich und ob es wohl schön war. Nun konnte ich den Waldmeister auch schmecken, süß und fruchtig.

Der Tsunami spülte alle meine Zweifel, Pläne und Gedanken weg und hätte mich glatt von den Füßen geholt, wenn Lars' Hand nicht schnell von meinem Nacken in meine Taille gerutscht wäre. Er schob mich mit seinem Körper gegen den Zigarettenautomaten, der hinter mir an der Wand hing, und drückte mich dagegen. Wieder seine warmen Lippen auf meinen, ich öffnete den Mund und hätte mich um nichts in der Welt bewegen wollen, obwohl irgendein Schalter des Automaten in meinen Rücken drückte. Ich war kaum in der Lage, seinen Kuss zu erwidern. Es war Lars, der mich hier küsste! Seine höchstpersönlichen Bartstoppeln an meiner Haut, sein süßer Atem in meinem Gesicht, sein nasses Haar an meiner Stirn, sein Körper selbstbewusst an meinen gedrängt. Wie konnte das sein? Das Wort Hingabe kam mir in den Sinn. Gefolgt von *Du musst auch mal was machen*. Also schlang ich meine bisher überwältigt herabhängenden Arme um seinen Hals und streichelte seinen verschwitzten Haaransatz nach oben, dann fuhr ich sanft seinen Rücken hinab über sein T-Shirt. Wie ein rührend intimes Geständnis registrierte ich die neue Härte an seinem Körper.

»Nach dem Snowboarden kommt das Après-Ski, Svea«, murmelte Lars in meinen Mund hinein.

Ich vermochte nur zu lächeln, hier in meinem erregenden Glückskokon, den nichts mehr durchdringen konnte. Nicht die Klogänger, die uns passierten, und auch kein Gedanke an Kinder oder Ex-Freundinnen.

Ich hatte keine Ahnung, wie lange wir dort standen und uns liebkosten, als Lars' Handy unter meiner Hand an seinem Hintern vibrierte. Ich zog es aus der Hosentasche und sah, dass eine Nachricht eingegangen war. Von einer gewissen Sarina. Wortlos zeigte ich Lars das Display und wünschte mir, er würde sagen: Egal, steck's wieder weg.

Aber er nahm das Telefon und las. Danach teilte er mir schlaff mit: »Süße Svea, ich glaube, ich muss nach Hause, es war ein harter Tag ... Ich bin auch viel zu betrunken und äh ... auch ein bisschen durch den Wind.«

Es hätte sich kaum schlimmer anfühlen können, wenn er mich geohrfeigt hätte. »Sehen wir uns morgen beim Rückentraining?«, fragte ich nach einer kurzen Pause.

»Nein, leider nicht. Vielleicht nächste Woche wieder.«
»Okay«, presste ich schwach hervor.
»Wir sehen uns auf jeden Fall wieder«, versprach er, aber es klang mitleidig in meinen Ohren. Vertröstend. Er sah mich an, aber ich wusste ja, dass er mich ohne Brille nicht richtig erkennen konnte. Dann küsste er mich noch einmal kurz auf den Mund, bevor er sich umdrehte und ging.

Ich hätte ihn am liebsten festgehalten, doch ich konnte mich wiederum kaum bewegen, so geschockt war ich von dem plötzlichen, rüden Wirklichkeitseinbruch in mein Paradies.

Wie gewonnen, so zerronnen, dachte ich, während Lars langsam die Treppe hinaufstieg. Er schien ganz in seine Gedanken versunken.

In meinem Kopf drehte sich alles, als ich mich wieder hart gegen den Zigarettenautomaten lehnte, um den Schmerz in meinem Rücken noch mal zu spüren. Ich legte meine Finger auf die Lippen, um die Wärme von Lars' Mund noch ein wenig zu erhalten, aber dann sah ich, wie hässlich die beigefarbenen Fliesen waren, mit denen hier alles ausgekleidet war, ich roch die nahen Klos und bemerkte, als ich mich umdrehte, dass der Zigarettenautomat schon lange außer Betrieb sein musste. Das Ausgabefach war mit mehreren Lagen Stickern überklebt. Von hinten schlich sich ein Kopfschmerz an. Kein Wunder, schließlich war ich bei circa 34 Grad Außentemperatur schon seit dem frühen Abend dabei, ein alkoholisches Getränk nach dem nächsten in mich hineinzuschütten.

Plötzlich wollte ich nur noch ins Bett. Ich schrieb Elisabeth eine Nachricht, die vor Tippfehlern nur so strotzte, wie sie mir am nächsten Tag beim Frühstück aufs Brötchen schmieren würde. Ich müsse jetzt dringend nach Hause.

Nur als ich auf dem Weg nach draußen Christopher Prahl, diesen Riesenarsch, selbstgefällig an der Theke stehen sah, vor sich ein frisches Pilsglas mit einer großen, werbeclipreifen Schaumkrone, weckte das noch mal meine Lebensgeister. Mit der Kraft meiner geballten Frustration drängte ich mich zu ihm durch, nahm das Glas und kippte es ihm ins Gesicht. Dann trat ich, so schnell mich meine wackligen Beine trugen, die Flucht an.

KAPITEL 13

Die TANZFLIEGEN *(Empidae)* bilden eine von anderen zwar scharf abgegrenzte, unter sich aber weniger einförmige Familie. Vom ersten Frühjahr an fallen ihre Tänze und Jagden auf, welche sie unter Bäumen, neben Buschwerk oft in Scharen ausführen. Während jener paaren sie sich, und gar nicht selten sieht man den einen Gatten, wie er ein gewirktes Insekt zwischen den Vorderbeinen hält und gierig daran saugt, schwelgend in dem Doppelgenusse, welcher den Kerfen überhaupt nur für ihre kurze Lebenszeit geboten wird.

Brehms Tierleben, Bd. 9: Insekten, Tausendfüßer und Spinnen, über die Tanzfliege

Ich stand vor dem Sportzentrum Neuehrenfeld und wartete auf Cord. Die KG Gelbe Funken hatte die Arena an diesem Samstagnachmittag für ein nettes, familiäres Zusammensein gemietet. Es würde etwas zu essen und Kölsch geben, außerdem Vorführungen, die der Arbeit der Tanzgruppen auch außerhalb der Karnevalssession eine Bühne gaben, und mit den Höhnern war eine populäre Karnevalsband für einen Kurzauftritt angekündigt. Ein weiteres inoffizielles Highlight sollte sein, dass der nächstjährige Prinz ein bisschen für seinen kommenden Auftrittsmarathon übte. Dass die Gelben Funken im nächsten Jahr das berühmte Kölner

Dreigestirn stellen würden, war sicher einer der Gründe, warum der Verein derzeit besonders regen Zulauf hatte.

Jedenfalls hatte Cord, der nach seinem bunten Nachmittag auf dem Schiff angefixt vom Vereinsleben war, mich überzeugt mitzukommen. Mit dem Verweis auf die Leute aus der Stadtverwaltung, die er dort kennengelernt hatte, hatte er mich bei meinem Pflichtgefühl gepackt, zumal ich zu meinem Entsetzen auf Dieters Beifahrersitz zwei große, verdächtig nach Bewerbungsunterlagen aussehende Umschläge entdeckt hatte.

Dennoch war die Vorstellung, mich auf einer Karnevalsveranstaltung geschickt als Gartenbauerin ins Spiel zu bringen und zu networken, der blanke Horror für mich. Auf den von mir organisierten Unikongressen hatte ich in den Pausen nur allzu oft mit der studentischen Hilfskraft in einer Ecke gestanden und mich an meiner Kaffeetasse festgehalten, während Perscheid umringt von den internationalen Kollegen das große Wort schwang. Aber wie dem auch sei, ich war es meinem Vater schuldig, alle Chancen auszuschöpfen, und seien sie auch noch so dornig.

Beim Einzug in die Arena war vom Säugling im Tragetuch bis zum Opa mit Rollator alles dabei, wenn auch mit einem deutlichen Männerüberhang. Die Gelben Funken hatten sich erst vor zwei Jahren für weibliche Mitglieder geöffnet. Außerdem gehörte ich wohl eher zu den Jüngeren. Der karnevalistische Nachwuchs war nämlich noch mal separat als »Funken zartgelb e.V.« organisiert.

Einige der Gäste zeigten mit großen Uhren und edlen Stoffen, dass sie über ein dickes Konto verfügten, andere waren leger unterwegs. Die meisten grüßten mich freundlich, während ich am Eingang wartete.

Endlich kam Cord auf seiner Elektrorad-Sonderanfertigung angefahren, mit dem er auch immer zur Arbeit radelte.

»Schick siehst du aus«, begrüßte er mich, während er abstieg.

Ich trug Sneakers und einen lockeren khakifarbenen Einteiler aus Leinen, den mir meine Mutter mal überlassen hatte, weil er für sie zu weit ausfiel. Ich fand, dass er seriös aussah, aber gleichzeitig entfernt an eine Arbeitsuniform für den Gartenbau erinnerte.

»Danke«, erwiderte ich erfreut. Ich gab viel auf Cords Meinung, auch wenn Mode sicher nicht sein Spezialgebiet war.

Nachdem Cord sein Rad mit einem dicken Bügelschloss gesichert hatte, wollte er den anderen hinterher, aber ich blieb stehen. »Wo ist denn dein Kumpel, der hier Mitglied ist? Wollen wir nicht lieber mit ihm zusammen reingehen?«, fragte ich unsicher.

»Nein, den finden wir schon. Der Nachmittag richtet sich ja ausdrücklich nicht nur an Mitglieder, sondern auch an Freunde und Interessierte.«

»Ich fühle mich wie ein Eindringling. Weil ich eigentlich nur hier bin, um was zu verkaufen.«

»Dabei wird es nicht bleiben. Es wird bestimmt nett. Und es gibt auch keine Gesinnungsprüfung am Eingang. Du musst weder alle Bläck-Fööss-Texte auswendig können noch die Spielergebnisse des FC. Ich bin schon flüchtig bekannt mit ein paar der Verwaltungsleute, und wir werden gleich einfach den Umstand nutzen, dass man mich so schnell nicht vergisst. Du wirst sehen, das läuft wie von allein – du musst nicht rumlaufen und irgendwen anquatschen.«

»Dann ist ja gut. Übrigens würde ich die Gesinnungsprüfung locker bestehen – ich bin ein kölsches Mädschen!«

Cord lachte. »Umso besser«, meinte er. »Dann mal auf ins Getümmel.«

Vor uns erstreckte sich der Rasen, auf dem normalerweise Fußball gespielt wurde, darauf Biertische und -bänke mit gelben Auflagen und am rechten Spielfeldrand eine Bühne. Quer über das Feld war eine gelbe Girlande gespannt. Es sah alles sehr einladend aus. Aus Lautsprechern kam in gedämpfter Lautstärke ein lustiges altes Lied von den Höhnern. Ich kannte es von einer Platte meiner Eltern.

Nahe dem Eingang saßen drei gestandene Funken mit ihren typischen Mützen an einem längeren Biertisch und verkauften Bons, ansonsten trugen sie Freizeitkleidung.

Wieder ein Rasen, wieder ein Kölschverkauf, dachte ich und verdrängte den Gedanken rasch wieder. Natürlich hatte ich den vergangenen Samstag in Gedanken wohl tausend Mal wie ein Puzzle auseinandergenommen, dann in einem neuen Licht wieder zusammengesetzt, um ihn gleich darauf wieder auseinanderzunehmen.

Zuerst hatte ich mir eingeredet, ich würde aus Lars und seinem widersprüchlichen Verhalten nicht schlau. Dann gestand ich mir ein, dass sein Verhalten nicht widersprüchlich, sondern völlig folgerichtig war: Er fand mich ganz okay, und besoffen und schlecht drauf wegen des Verlusts von Frau und Kind war ich eben auch gut genug zum Knutschen. Eine gewisse Sarina auf dem Handy hatte ihn aber daran erinnert, dass es Wichtigeres gab als mich, und er war schnell nach Hause oder wohin auch immer gegangen.

Elisabeth meinte, ich solle mich freuen, der Anfang sei gemacht. Es fragte sich nur, der Anfang wovon ... Vielleicht der Anfang einer peinlichen Geschichte, an deren Ende Lars nicht mehr zum Rückenkurs kommen würde und ich den Zuschlag bei der städtischen Ausschreibung vergessen konnte?

Wir waren inzwischen in der kleinen Schlange zum Bonverkauf vorgerückt, und Cord, der vor mir stand, wurde von einem Mann mit Bismarck-Schnäuzer überschwänglich begrüßt.

»Cord! Dat hatte ich ja jehofft! Ich jeb dir noch zweimal, dann unterschreibst du dat Vereinsformular. Ich erkenn 'nen Jelben Funken an der Nasenspitze, wenn ich ihn einmal jesprochen hab. Und du bist äiner! Und wer ist die Dame, die du da mitjebracht hast?«

Ich streckte dem Herrn meine Hand hin. »Svea Tewald. Kollegin von Cord.«

»Chefin«, korrigierte Cord.

»Ich bin übrigens Leutnant Otto Nowak und verantwochtlich für die janzen Aufbauten hier.«

»Angenehm. Da haben Sie ja ganze Arbeit geleistet. Es sieht alles sehr einladend aus. Und ich freue mich aufs Programm! Als Grundschülerin war ich auch mal in einer Tanzgruppe«, erwiderte ich.

»Ja? Dat is schön!« Er schien sich wirklich zu freuen.

»Was bekommst du denn für zehn Bons, Otto?«, fragte Cord, und ich schloss mich an.

»Ich hätte auch gern zehn. Und zahle alles.«

Cord bedankte sich bei mir, und als wir gerade unsere Bons entgegennahmen, kam ein korpulenter Mann in den Vierzigern ohne Haare, aber dafür mit einem vollen Kränzchen Kölschgläser aus Richtung des Bierwagens. Er trat von hinten an Otto heran, stellte den Kranz auf dem Tisch ab und ihm ein Glas hin.

Otto sah sich um. »Ach, wunderbar, Christian. Schön, dat du kommst. Hast du vielleicht auch noch ein Willkommensgläschen für unsere Ehrengäste, dat Svea und den Cochd?«

»Aber sicher das«, antwortete Christian, gab uns erst feste die Hand und dann je ein Kölsch.

»Übrigens is dat nit irjendein Christian, sondern Ihre Herrlichkeit, die zukünftige Jungfrau Stina die Vierte.« Zum Ende hin hatte Otto seine Stimme erhoben, als würde er gerade auf einer Bühne stehen und das Dreigestirn ansagen. Christian lächelte etwas übertrieben verlegen, wie es sich für eine Jungfrau gehörte.

»Stina Alaaf«, rief ich und deutete den dazugehörigen paramilitärischen Gruß an.

»Alaaf!«, bestätigten Cord und dann auch Otto sowie einige Umstehende.

Ich war beeindruckt, wie prominent der Nachmittag sich sogleich entwickelte. Kaum war ich fünf Minuten da, hatte ich schon die designierte Jungfrau kennengelernt! Für mich, die ich mit dem Karneval großgeworden war und die tollsten Erinnerungen damit verband, war das keine Kleinigkeit. Bekanntlich nahm der Kölner den Karneval sehr ernst.

Die männliche Jungfrau stieß mit Cord und mir an, dann zupfte Otto sie am Ärmel und flüsterte ihr etwas ins Ohr. Während er sprach, sah Stina alias Christian mich an, und ich hatte das Gefühl, dass die beiden von mir sprachen. Ob es wohl um meine Bewerbung beim Wettbewerb ging? Ich nahm mir vor, kurz mit dem Handy zu googeln, was die Jungfrau beruflich machte.

Doch dazu kam es nicht, denn jetzt nahm Christian mich beherzt am Arm und sagte: »Darf ich die Dame herumführen?«

»Äh, ja klar ...« Hilfesuchend sah ich mich nach Cord um. Mir wäre es ja lieber gewesen, wenn er mitkäme, aber er begrüßte schon herzlich einen anderen Mann.

»Was machen Sie denn beruflich?«, erkundigte sich Christian, während aus den Lautsprechern leise *Drink doch ene mit* kam, ein wunderschönes altes Lied über Zusammenhalt, bei dem man sich im Karneval gern mit Fremden in großen Gruppen in den Armen lag. Ich fühlte mich gleich ein wenig verbundener mit der glatzköpfigen Jungfrau Stina. Aber jetzt ging es ums Geschäft.

»Ich habe eine Gartenbaufirma, Tewald Gartenbau. Wir kümmern uns um private Gärten, aber übernehmen auch größere Aufträge. Zukunftsfähige grüne Stadtentwicklung interessiert mich besonders und ist so was wie mein Spezialgebiet.« Na, das war aber dick aufgetragen, Jens wäre begeistert.

»Ach wirklich! Das klingt aber interessant. Find ich gut, wenn Sie Ideen haben, wie wir unser Kölle noch schöner machen können.«

»Schöner – und kühler. Die Stadtbegrünung kann auch maßgeblich dazu beitragen, das Klima in der Stadt zu regulieren und –«

»Schauen Sie, da drüben, die beiden Herren in den gelben Polohemden am Hotdog-Stand, das sind der Ralf und der Hennes. Der mit den roten Haaren und der großen Nase ist Ralf, der nächste Prinz. Natürlich noch nicht offiziell. Ebenso wie meine Jungfräulichkeit.« Er lachte.

»Ich schweige wie ein Grab«, antwortete ich grinsend.

»Wir bei den Funken machen ja auch viel für die Stadt«, kam der holde Christian nun aufs Thema zurück. »Ich betreue bei uns die Wohlfahrt. Wir treten regelmäßig in den

kommunalen Senioren- und Behindertenzentren auf und …
Ach, Willy, hier, darf ich dir die Frau, äh …«

»Svea Tewald von Tewald Gartenbau«, half ich aus.

»Ja, genau, Tewald Gartenbau. Deine Terrasse sieht doch auch aus wie Kraut und Rüben.« Willy bekam einen scherzhaften Stups gegen die Schulter.

»Ach, hör mir op. Die bleev, wie sie is.«

»Wenn ich das deiner Frau sage … Ist die heute hier?«

»Nä, die ist froh, wenn se mal ihre Ruhe vor mir hat.« Willy lachte gutmütig, und während wir weitergingen erfuhr ich, dass Willy gerade in Pension gegangen war. Er habe über dreißig Jahre lang die städtischen Schwimmbäder geleitet und unter uns gesagt wirklich gut verdient.

»So, hier entlang bitte!« Christian wies mir den Weg in die Katakomben, die dem Eingangsbereich gegenüberlagen.

Etwas irritiert ging ich langsamer, aber Christian gab von hinten unbeirrt den Fremdenführer: »Zur Linken finden Sie die Damentoiletten, und direkt dahinter ist die Umkleide unseres Tanzoffiziers.«

»Aha?«, sagte ich fragend, während Christian mich überholte und an die Tür klopfte. Als eine männliche Stimme »Herein« rief, drückte er die Klinke herunter.

Ein Mann in schwarzen Stiefeln, engen weißen Hosen und einer gleichfarbigen Weste legte sein Handy weg und stand von einer Bank auf, als wir eintraten. Neben ihm an einem Garderobenhaken hing eine gelbe Uniformjacke mit viel Goldlitze, auf dem Regalbrett darüber stand der dazugehörige große, puschelige Federhut. Der Mann war etwa in meinem Alter und sah sympathisch aus, blond, Typ perfekter Schwiegersohn. Ich bemerkte, wie er mich verstohlen von oben bis unten musterte.

»Daniel«, stellte er sich vor und schüttelte mir die Hand. »Schön, dich kennenzulernen.«

»Das ist Svea Tewald von Tewald Gartenbau«, erklärte Jungfrau Stina für mich. Er lernte schnell.

»Da hast du ja einen interessanten ...«

In diesem Moment wurde eine andere Tür aufgerissen, und ein weiterer, älterer Funk in einem Jogginganzug mit den Vereinssymbolen erschien. Er schüttelte sich gerade noch die Hände ab, aber anstatt mir eine davon zu reichen, legte er mir sogleich beide vereinnahmend um die Schultern. »Ja, wen haben wir denn hier? Die Frau Tewald, hab ich jehört?«

»Ja, von Tewald Gartenbau«, sagten Stina und Daniel im Chor.

»Wunderbar, eine Jartenbauerin fehlt uns eijentlich noch hier bei den Funken, oder? Mer ham Zahnächztinnen, alle Jewerke des Handwerks, eine Computerspezialistin, Tiefbauunternehmer, Bänker, Jeschäftsleute und städtische Anjestellte zuhauf. Aber Jartenbau – dat fehlt.«

»Jetzt bin ich ja da!«, erwiderte ich erfreut, hoffte aber, dass man mir trotzdem nicht gleich das Beitrittsformular unter die Nase halten und mich zur Schriftführerin wählen würde.

»Als Jartenbauerin sind Sie doch sicher janz schön fit, oder? So immer draußen und am Umgraben und so Sachen?«

»Ganz unfit bin ich nicht, packe auch schon mal selbst mit an. Auch wenn ich mich vorwiegend ums Geschäftliche kümmere, Konzepte schreibe zum Beispiel, die Köln fit machen sollen für den Klimawandel.«

Der Funk im Jogginganzug hing an meinen Lippen. »Dat is ja wat, dat wir als Funken uns och op die Fahnen jeschrieben haben. Chris, mer hatte doch och kürzlich diese wunderbare Baumpflanzungsaktion am Vereinsheim.«

»Genau, da haben alle mit angepackt«, bestätigte Christian.

»Mer helfe uns nämlich hier alle jejenseitich, dat is uns janz wichtig.« Eindringlich sah er mich an.

»Absolut«, bestätigte ich. »Eine Hand wäscht die andere.« Fast war ich etwas erschrocken über meine Worte. Ich hörte mich schon wie die übelste kölsche Klünglerin an. Tja ... Inzwischen war der Mann von mir abgerückt und betrachtete unverhohlen meinen Körper. Was sollte das?

»Die Uniform müsste passen, wat meinste, Daniel?«

Daniel sah verlegen aus. »Ja, schon«, sagte er.

»Aber ... äh. Warum gleich eine Uniform?«, wandte ich ein. »Ich bin heute nur zum Schnuppern hier.«

»Aber mer haben hier 'nen Notfall.«

»Einen Notfall?«, fragte ich erschrocken.

»Dat Funkemariechen hat sich den Fuß verknackst und is nach Hus jefahren. Und mer habe in spätestens zwei Stunden den Auftritt.«

»Aber es muss doch eine Vertretung geben?«

»Also dat hät der Chris verbockt.« Er sah seinen Vereinskollegen böse an. »Der musste ja sein Sommerfest jenau zu der Zeit planen, in der die Tanzgruppe op Teamfahrt in der Eifel is.«

»Ich muss mich mal wieder vorne sehen lassen, ihr kommt hier zurecht, oder?« Christian wartete die Antwort nicht ab und verschwand.

»Nur ich und das Funkemariechen sind zurückgekommen, damit wenigstens wir auftreten können. Und jetzt hat sie sich verletzt«, erklärte Daniel.

»Aber ich kann die Choreographie doch gar nicht«, warf ich ein.

»Dat lassen Se mal meine Sorge sein«, beruhigte mich der Mann im Jogginganzug. »Ich mach hier schon seit fünfundzwanzig Jahren den Trainer. Andreas Liebholz mein Name.« Er sah mich an, als müsste ich ihn kennen. »Sie haben doch früher auch schon mal jetanzt.«

»Aber das ist schon Jahrzehnte her – und woher wissen Sie das überhaupt?«

»Mer ham hier kurze Leitungen, wenn's drauf ankommt.« Er zwinkerte mir zu. »Und jetzt gehen mer rüber in die kleine Halle, proben ein bisschen und schauen, wo mer abspecken müssen und wo nit.«

»Es wird von Ihrer Choreo nicht viel übrig bleiben, wenn Sie mich als Funkemariechen einsetzen, fürchte ich.« Das konnte doch nicht deren Ernst sein. »Warum lassen Sie den Auftritt nicht ausfallen? Manchmal ist das einfach höhere Gewalt.«

»Dat kommt jar nit infrage. Dat könne mer uns nit leisten. Dat würd erstens den Chris total blamieren, und der Chris es ja nächstes Johr die Jungfrau. Dat jeht nit. Der *Stadt-Anzeijer* is och da. Und außerdem entspricht dat och nit unserer Philosophie als Jelbe Funken. Ein Funk jibt niemols auf!« Er hielt mir die Hand zum High Five hin.

Und irgendwie konnte ich unter den erwartungsvollen Blicken der beiden Herren nicht anders: Ich schlug ein.

»So, nu müssen Se nur noch raus aus Ihrem schicken Strampelanzug und rein in die Uniform, und dann kann's losjehen!«, wies mich der famose Andreas Liebholz hocherfreut an und zeigte auf ein sorgfältig gefaltetes Bündel Klamotten, das seitlich auf der Bank lag. »Wir jehen schon mal vor in die Trainingshalle – wenn Se fertig sind, jehen Se einfach durch die Tür da!«

❀

Zwei Stunden später stand ich mit schweißnassen Händen, einem überschminkten Gesicht und einer Zopfperücke auf dem Kopf hinter der Bühne und hatte das Lampenfieber meines Lebens. Wir hatten mehr schlecht als recht zwei Nummern eingeübt, bei denen alle Hebefiguren bis auf eine nach und nach gestrichen wurden. Danach war ich noch von Daniels Mutter geschminkt worden, während ich draußen den Auftritt des Dreigestirns und der Höhner verpasste.

Nahezu ununterbrochen hatte ich verwünscht, dass ich so schlecht Nein sagen konnte. Niemals wäre Elisabeth in so eine absurde Situation geraten. Geschweige denn Dieter oder Jens oder Lars. Wenigstens war ich bis zur Unkenntlichkeit verkleidet und geschminkt. Ich trug sogar falsche Wimpern. Und hatte Andreas das Versprechen abgenommen, dass er unter keinen Umständen meinen vollen Namen oder meine Firma erwähnen würde. Das war meine Bedingung: dass ich hier so anonym wie möglich bliebe. Auch wenn das gerade nicht der Sinn meiner Teilnahme an dem Event gewesen war.

Jetzt stand Andreas mit dem Mikro auf der Bühne, während sich davor die älteren Funken, die Frauen und die Gäste hinsetzten und ruhiger wurden. Gleichzeitig stellten sich die aktiven Gardeoffiziere in Reih und Glied auf und richteten ihre Mützen.

»Gelbe Funken aaantreten!«, rief Andreas durch das Mikro. »Aaaufstellung – uuuund: loss!«

Im militärischen Gänsemarsch setzten sich die Verteidiger des Brauchtums und der Kölschen Werte in Bewegung und erklommen die Bühne, bis sich alle hinter meinem Trainer aufgereiht hatten.

»Meine leeven Vereinsbrüder und -schwestern!«, begann dieser. »Mer hatten heute ein bisschen Verletzungspech – unser Danzmariechen Paula Krokowski hat sich den Fuß verknackst. Aber mer alle wisse ja, dat der Herrjott es jut mit uns Funken meint. Und so het er uns ein kölsches Mädschen jeschickt, dat noch nie hier war und auch noch nie wat vom Danzen jehört hat un dennoch bereit war, spontan für unser jeliebtes Mariechen einzuspringen! Ein dreifaches, donnerndes Alaaf auf dat mutije Svea aus Köln-Nippes!«

»Svea Alaaf! Alaaf! Alaaf!«, rief die Menge, und in diesem Moment wünschte ich mir nichts sehnlicher, als irgendwo auf einem Insektenkongress ganz, ganz weit hinter Professor Perscheid zu stehen.

Andreas Liebholz trat ab und winkte Daniel und mich das kleine Treppchen zur Bühne herauf, wo die Funken eine Lücke gebildet hatten.

»Und wenn du nit mehr weiterweißt: einfach freestyle!«, raunte er mir im Vorbeigehen noch mal ermunternd zu. Wir hatten verabredet, dass der auftrittserfahrene Daniel sich dann an mir orientieren und mir so gut wie möglich nachtanzen würde.

Daniel und ich betraten die Bühne. Hand in Hand verbeugten wir uns. Applaus brandete auf, und Andreas rief das traditionelle Kommando: »Mariesche danz!«

Die Musik setzte ein, *Kölsch statt Käsch* von Miljö, was wie die Faust aufs Auge zu meiner Situation passte.

Den klassischen Seitgalopp über die Bühne hatte ich mir

schon während der Proben schnell wieder angeeignet. Das war wohl wie Fahrradfahren, gelernt ist gelernt. Einmal hin, dann wieder zurück, Daniel dabei hinter mir, die Hände in Laufrichtung hielten wir verschränkt, die andere Hand hatten wir beide an meiner Hüfte.

Dann strammstehen, die Hand zum Gruß ans Käppchen und wieder los. Zurück zur Mitte, abwechselnd die Beine in die Luft, krumm und nicht weiter als im rechten Winkel, aber immerhin – einen kurzen Blick auf das traditionelle weiße Spitzenhöschen, das ich unter Paulas kurzem Rock trug, war den Zuschauern sicher vergönnt, und darum ging es doch.

Wieder Galopp, dann wandten Daniel und ich uns einander zu, verhakten unsere Arme und drehten uns umeinander, bis mir schwindlig wurde. Daniel merkte das und hielt mich fest, während ich mich bemühte, mein versteinertes Tänzerinnenlächeln aufrechtzuerhalten. Dann ging's in die andere Richtung, bis wir uns wieder voneinander lösten und Daniel sich in den Männerspagat hinunterließ. Ich machte währenddessen eine lächelnde Präsentationsgeste wie eine Hostess, die auf der Automobilausstellung die neuste Nobelkarre anpries. Daniel sprang wieder auf, rannte los und machte einen Salto. Ich rannte hinterher und schlug ein Rad, das man hoffentlich als solches erkennen konnte. Das Publikum klatschte, aber mir war, als hörte ich vereinzeltes Gelächter, auch aus den Reihen der Offiziere hinter mir. Nicht drüber nachdenken!

Noch ein paar Pirouetten und Galopps, und dann war Halbzeit. *Kölsch statt Käsch* wurde jetzt sanft in das ruhige, dramatische *Liebe gewinnt* von den Brings hinübergefadet.

Schon während der Proben war klargeworden, dass

meine Kondition nicht für zwei Runden Durchpowern ausreiche. Deswegen würden wir das zweite Stück mit romantischem Ausdruckstanz bestreiten, uns weiter umeinanderdrehen, mit pathetischen Gesten den Text untermalen und als Höhepunkt eine Hebefigur machen, die im Training nach mehreren Anläufen einigermaßen geklappt hatte.

»Doch es kommt der Tag, an dem die Kriege aufhören ...«, sang Peter Brings aus dem Lautsprecher, während sich die Karnevalssoldaten hinter uns in den Hüften wiegten und mitpfiffen.

Als die Melodie einen auffälligen Schlenker machte, kam die Stelle mit der Hebefigur. Und was soll ich sagen? Sicher erwartete jeder, dass ich mich auf die Schnauze legen, von der Bühne rutschen und dem Prinzen den Champagner zerdeppern würde. Aber das geschah nicht!

»Weil wir alle Kinder derselben Mutter siiind«, vollendete Peter Brings seinen Satz, ich sprang dem Tanzoffizier mit meinen Knien auf den abgewinkelten Oberschenkel und verharrte triumphale sechs Sekunden dort. Ich konnte es selbst kaum glauben, und Daniel und Andreas wahrscheinlich auch nicht.

Applaus und Jubelrufe brandeten auf, niemand lachte. Euphorisch verbrachte ich den Rest des Songs damit, Freestyle-Pirouetten über die Bühne zu drehen, sodass mein Röckchen nur so wehte. Zum Ende hin fanden Daniel und ich uns planmäßig wieder zusammen und verharrten in einer innigen Umarmung, während die Brings wiederholten: »Die Liebe gewinnt!«

Als der Song zu Ende war, lösten wir uns voneinander und verbeugten uns mehrfach, während donnernder Applaus von hinten wie von vorn auf uns niederging.

»Und jetzt die Rakete für unser großartiges Tanzpaar!« Andreas war wieder ans Mikro getreten. Ich musste wirklich zugeben, er war ein toller Trainer. Das hätte nicht jeder aus mir rausgeholt. »Kommando eins!«

Die Menge klatschte noch heftiger.

»Kommando zwei.«

Sie trampelte zusätzlich mit den Füßen.

»Kommando drei.«

Ein ohrenbetäubendes Pfeifen setzte ein.

Das war die höchste Gunstbezeugung des Kölner Karnevals für einen gelungenen Auftritt. Und sie galt mir! Na ja, und Daniel, der wirklich ein begabter Tänzer war. Wenn mir das heute Morgen jemand gesagt hätte, wäre ich zwar nie gekommen, aber irgendwie war es doch ziemlich cool! Das Strahlen in meinem Gesicht war echt, während meine Brust sich immer noch heftig hob und senkte.

Irgendwann zog Daniel mich wieder von der Bühne. Wir liefen zurück in die Katakomben, und in der Umkleide umarmten wir uns – ich war wirklich euphorisch – zu dritt zusammen mit Andreas. Daniels Mutter brachte uns ein Kölsch, das ich gierig austrank, gefolgt von zwei Litern aus dem Wasserhahn.

Abwechselnd zogen wir uns um, ich wischte mir einen Teil der Schminke aus dem Gesicht und nahm die falschen Wimpern ab.

Zwischendurch kam Stina vorbei und reichte mir unter mehrmaligen Dankesbekundungen einen Mitgliedsantrag. Als ich schließlich draußen auf der Straße war, rief mir jemand hinterher: »Frau Tewald, das werden wir Ihnen nie vergessen!«

Ich sah mich um, wer da zwischen einigen versprengten

Gästen, die noch nicht gehen wollten, hinter mir herwinkte. Der zukünftige Prinz höchstpersönlich!

Ich winkte zurück und ging mit einem Grinsen im Gesicht zu meinem Rad. Cords war schon weg. Ich checkte mein Handy, ob er mir geschrieben hatte, fand drei Smileys und zehn Daumen hoch in meinem Posteingang und die Mitteilung, dass ihm endlich eingefallen war, wie ich aussah – wie eine gewisse Paula Krokowski nämlich, von Beruf Funkemariechen. Er sei schon gefahren, wir müssten ja ohnehin in unterschiedliche Richtungen.

»Svea?«

Diese Stimme. Rau und warm.

Mein Kopf ruckte herum, meine Hände fassten unwillkürlich an meine Haare. Wie die wohl nach den schweißtreibenden Stunden unter der Lockenperücke aussahen?

»Lars?«, fragte ich entgeistert.

»Sorry, ich wollte dich nicht erschrecken.« Er sah zerknirscht aus.

»Du hast mich nicht ... erschreckt. Äh ... wo kommst du denn her? Trainierst du hier irgendwo?«

»Nein, ich war auch bei den Gelben Funken. Mit einem Kollegen.«

Entsetzt sah ich ihn an. »Ich ... habe dich gar nicht gesehen? Aber ... du ... du ... mich?«

»Ja.« Jetzt grinste er. »War sehr interessant.« Er grinste noch breiter. »Wusste gar nicht, dass du so toll tanzen kannst.«

»Haha«, sagte ich. »Ich kann leider nicht mehr lachen. Nicht mal lächeln. Hab gerade auf der Bühne so viel gelächelt, dass es für die nächsten vierundzwanzig Stunden nicht mehr geht.« Ich rieb mir den Kiefer.

Dafür lächelte er wieder sehr süß. »Wohin gehst du jetzt?« Er klang beinahe schüchtern, so war er letzte Woche in der Kneipe nicht gewesen.

»Eigentlich ... nach Hause. Ich habe ziemlichen Hunger«, antwortete ich, obwohl das Loch im Magen mit Lars' Ankunft einem anderen flauen Gefühl gewichen war.

»Ich würde dich noch ein Stück begleiten, wenn du dein Rad schiebst?«, schlug er vor.

»Klar, gern – okay.« Ich schloss mein Fahrrad auf, und wir gingen los.

»Wie kam es, dass du getanzt hast?«, wollte er wissen.

»Ich war auch mit einem Kollegen da, und dann habe ich unvorsichtigerweise erwähnt, dass ich als kleines Mädchen mal in einer Karnevalstanzgruppe war. Und weil ich offenbar eine ähnliche Statur wie das verhinderte Funkemariechen habe, kamen die Herren auf die Idee, mich einfach in deren Uniform zu stecken und auf die Bühne zu schicken. Aber wie hast du mich erkannt?« Lars trug nämlich keine Brille.

Er lächelte. »Als von ›dat mutije Svea‹ die Rede war, dachte ich mir schon so was. Und ich kenne ja deinen Umriss.«

Seine letzten Worte ließ ein paar Tanzfliegen in meinem Bauch aufsteigen.

»Nee, also im Ernst habe ich jetzt harte Kontaktlinsen. Und deinen Tanzpartner hast du auch erst heute kennengelernt?«

»Ja, warum?«

»Ach, nur so ...« Er deutete auf einen arabischen Imbiss auf der anderen Straßenseite. »Der ist gut. Willst du da was essen?«

»Gerne.«

»Ich halte solange dein Rad«, bot er an.

Ich lief über die Straße und verbrachte die Zeit in der Schlange vor der Theke damit, mich über Lars' neue Anhänglichkeit zu wundern.

Als ich mit einer gefüllten Blätterteigtasche und einer Flasche Wasser zurückkehrte, erfüllte mich der Anblick, wie er auf der anderen Straßenseite mein Rad hielt, mit der tiefen Sehnsucht, dass das immer so wäre. Lars, der Dinge in meinem Leben hielt. Mich erwartete. Aber dann fiel mir natürlich wieder ein, dass zu dem vollständigen Bild auch sein Sohn gehören würde. Und – im besten Fall etwas weiter weg: die Mutter des Kindes.

»Wollen wir uns irgendwohin setzen, damit du in Ruhe essen kannst?«, fragte Lars, als ich ihn erreicht hatte.

Das wurde ja immer besser. »Vielleicht da vorne auf eine der Stufen am Neptunplatz.« Ich biss in die Teigtasche. Kaute, schluckte, spürte, wie Lars mich von der Seite ansah.

Auf besagtem Platz angekommen stellte er mein Fahrrad ab und schloss es mit meinem Schlüssel an. Dann suchten wir uns ein freies Plätzchen, und als wir saßen, gerade so weit voneinander entfernt, dass wir uns nicht berührten, hielt ich ihm fragend meine Wasserflasche hin.

Er nahm sie, trank ein paar Schlucke, gab sie mir zurück, behielt den Deckel aber in der Hand und drehte ihn in seinen Fingern. »Also, ich habe vor der Arena auf dich gewartet, weil ich mich entschuldigen wollte.«

»Wofür?«, fragte ich überrascht und ließ den Rest meiner Teigtasche zurück in die Tüte gleiten.

»Für mein Verhalten am letzten Samstag.«

»Oh.«

»Vor allem für meinen Abgang. Und auch für ... das davor.« Er sah stur geradeaus und malträtierte dabei weiter den kleinen Plastikdeckel.

»Also ... das ›davor‹ war ... okay für mich.«

»Ja«, erwiderte er kryptisch, während ich weitersprach: »Und was den Abgang betrifft: Du hast dich ja immerhin noch verabschiedet.«

»War trotzdem nicht in Ordnung. Mal ganz abgesehen davon, dass wir uns demnächst zusammen in einem Verwaltungsverfahren wiederfinden.«

»Alles in allem war es ein netter Abend.« Ich nahm ihm den Deckel aus der Hand und schraubte die Flasche zu. Das Thema machte mich verlegen. »Ich hoffe, du kannst ihn bald verwinden.«

»Mmh«, machte Lars unbestimmt.

»Ist ... diese Sarina, die dir geschrieben hat, die Mutter von deinem Sohn?«

»Ja«, antwortete Lars zunächst nur, und ich war mir auch nicht sicher, wie viel mehr ich hören wollte. »Wir sind aber ja getrennt.«

»Schade.« Abstrakt betrachtet war es das ja auch, angesichts der Tatsache, dass die beiden ein Kind hatten. »Schon lange?«

»Seit anderthalb Jahren. Linus, so heißt unser Sohn, ist jetzt drei.«

»Und ... wie kommst du damit klar?«

»Ich bin eigentlich drüber weg. Über sie, meine ich. Und das Gute an der Sache ist Linus. Ich hole ihn donnerstags und freitags von der Kita ab, und er bleibt bis Samstagmittag bei mir.«

»Das ist doch toll geregelt«, sagte ich etwas steif. Natürlich sprach es für Lars, dass er so ein aktiver Vater war. Aber ehrlich gestanden wäre es trotzdem leichter für mich zu verdauen gewesen, wenn er gesagt hätte, dass Sarina und Linus in München wohnten und er sie daher leider nur zweimal im Jahr in den Ferien sähe. Die Frau war einfach zu attraktiv. Und Linus ... na ja, er war halt ein Kind und nicht von mir.

»Ja, es ist alles klar, wir teilen uns das Sorgerecht.«

»Und warum warst du dann so ... mitgenommen, als die beiden auf dem Fußballplatz aufgetaucht sind?«, bohrte ich nach.

Lars zögerte, schien zu überlegen, wie viel er erzählen sollte. »Ich habe manchmal das Gefühl, sie will mich vor Linus schlechtmachen«, sagte er dann. »Letztens, als er sauer war, weil ich ihm an der Kasse kein Überraschungsei kaufen wollte, meinte er zu mir, ich sei ›arrodant und vertockt‹.« Er grinste und ich auch.

»Okay, das klingt eingeflüstert«, bestätigte ich und überlegte kurz, ob an der Einschätzung was dran sein konnte. Lars' arrogante Seite hatte ich schon kennengelernt, nur dass ich sie sexy gefunden hatte, solange er sie gegenüber Kress an den Tag legte.

»Als Sarina letzte Woche plötzlich beim Spiel aufgetaucht ist, hat sie vielleicht geglaubt, es wäre schon zu Ende und ich hätte was getrunken oder so. Dann hätte sie zu Linus sagen können: ›Guck mal, mit Papa ist nichts anzufangen‹«, fuhr Lars fort. »Sie macht das öfters – einfach so aus dem Nichts aufzutauchen, ohne dass wir verabredet wären. Ich bin dann immer hin- und hergerissen, den Kleinen will ich ja sehen.«

»Vielleicht will sie dich kontrollieren, weil sie noch an dir hängt?«, vermutete ich.

»Mmh. Kontrollieren ja. Diese Nachricht, die sie mir nachts in der *Kaschämm* geschrieben hat – da stand drin, dass sie mir spontan am darauffolgenden Morgen um 8 Uhr Linus vorbeibringen müsse, weil sie bei einem Umzug helfen müsste ... Vielleicht hat sie einfach Spaß daran, mich zu verwirren.«

»Ich dachte, du seist drüber weg?« Ich hörte selbst, dass ich getroffen klang.

Spontan legte Lars seine warme Hand auf meinen Arm, aber ich sah ihn wohl so erschreckt an, dass er sie schnell wieder zurückzog. »Ja, schon. Ich würde sie auf keinen Fall zurückhaben wollen. Ich finde es nur manchmal traurig, dass die Situation so ist, wie sie ist.« Er schien nach den richtigen Worten zu suchen. »Nicht dass ich darüber früher explizit nachgedacht hätte, aber ich hatte wohl schon die Vorstellung, dass ich und die Mutter meines Kindes uns mögen und als Familie zusammenleben würden. Sorry, ich belabere sonst keine Rückenkurskolleginnen mit meinem Privatkram. Du hast nur so etwas Wohlwollendes an dir.« Freundlich sah er mir ins Gesicht, fast ein bisschen zärtlich kam es mir vor.

»Nur dir gegenüber«, sagte ich und merkte, dass es mit dem Lächeln wieder klappte. Nur konnte ich den Blickkontakt nicht lange aushalten. Schnell redete ich weiter. »Ich glaube, ich weiß ungefähr, was du meinst.« Das wusste ich wirklich. Auch ich hatte zwar nie explizit von einer Heirat in Weiß, zwei Kindern, Haus und Hund in der richtigen Reihenfolge geträumt. Aber jetzt, da mein Traummann sich als Mann mit Kind von einer anderen entpuppte, merkte ich doch, wie mächtig diese Vorstellungen in mir wirkten. Dass sie einen Widerstand in mir erzeugten.

»Inwiefern?«, hakte Lars mit echtem Interesse nach.

Für die ganz ehrliche Antwort war ich noch nicht bereit.

Ich entschied daher, sie auf meinen Ex umzumünzen, das passte auch so halbwegs. »Ich war meine ganze Jugend hindurch, bis vor einem Jahr, mit Jens zusammen. Wir hatten zwar eigentlich nicht mehr viel gemeinsam, aber ich habe die Beziehung trotzdem für gesetzt gehalten. So wie meine Eltern meine Eltern sind, war eben Jens mein Freund. Als er mit mir Schluss gemacht hat, hat mir das den Boden unter den Füßen weggezogen. Die ganze Schul- und Unizeit hindurch hatte ich schließlich von seinem immensen Selbstbewusstsein gezehrt.« Ich grinste ein bisschen. »Die Teeniejahre sind ja nicht immer einfach. Für mich dank Jens schon. Ich habe mir keine Sorgen um meinen Babyspeck gemacht, bis ins Erwachsenenalter keinen Liebeskummer gekannt und musste auch keine unguten Erfahrungen mit betrunkenen Knutschereien machen, die ich am nächsten Morgen bereut hätte.«

»Dann wurde das ja mal Zeit.« Er knuffte mich mit dem Ellbogen in die Seite und lies sein larsiges Kichern hören. Seine Schüchternheit schien sich gelegt zu haben.

»Ähm, das sollte keine Anspielung sein«, beteuerte ich deutlich weniger locker. Mein Blick fiel auf die Muskelstränge an seinem Bein.

»Wir können uns ja nach dem Wettbewerb mal weiter unterhalten«, meinte er und tippte mir ganz kurz mit zwei Fingern auf die Hand.

»Meine Unterlagen sind so gut wie fertig. Du bekommst sie im Laufe der nächsten Woche«, antwortete ich etwas kurzatmig.

»Ich werde alles ganz unparteiisch betrachten müssen, ist ja klar. Und ich bin leider auch nicht der Einzige, weißt du ja.«

»Weiß ich. Ich will auch auf keinen Fall bevorzugt werden.« Na, wenn das mal nicht gelogen war. »Obwohl mein Entwurf natürlich großartig ist. In ästhetischer Hinsicht und auch in Sachen Zukunftsfähigkeit.«

»Klar.«

Ich holte einmal tief Luft, Lars' männliche Präsenz neben mir machte es mir seit meiner unfreiwilligen Erwähnung des Kusses schwer, einen vernünftigen Dialog zu führen. »Wie steht es denn bei euch im Amt um das Bewusstsein, dass wir was tun müssen, wenn das Leben in Köln auch in zwanzig Jahren noch lebenswert sein soll – klimatechnisch, meine ich?«

»Die vergangenen Hitzesommer waren schon ziemlich alarmierend. Es gibt auch tolle Initiativen von uns, die nur oft zu wenig bekannt sind. Zuschüsse zur Begrünung von Dächern und Fassaden, für die Entsiegelung von Flächen ...«

»Neben unserem Büro gibt es auch so einen Schandfleck, der mich jedes Mal ärgert, wenn ich aus der Tür trete. Eine Industriebrache, auf der wegen irgendwelcher Streitigkeiten seit Jahren nichts passiert. Komplett zubetoniert. Was man damit machen könnte, wenn man nur dürfte ...«

»So ist es oft. Weil Raum in einer boomenden Stadt so rar und teuer ist, gibt es an jeder Stelle, mit der wir was Grünes vorhaben, einen Interessenkonflikt.«

»Eigentlich müsste viel konsequenter durchgegriffen werden. Das Klima sollte schlagendes Argument bei jeder Entscheidung sein.« Es war ja nicht so, dass mich das Thema nicht interessierte. Ich war nur abgelenkt.

»Zunächst ist Grün leider teurer als Beton, um es mal so zusammenzufassen.«

»Langfristig rettet es Leben. Es gibt in jedem Sommer so

viele Hitzetote unter den älteren Menschen. Wenn wir zehn Prozent des Betons in der Stadt durch Grün ersetzten, sänke die Temperatur um drei Grad. Parkplätze, die man opfern könnte, gäbe es ja genug.«

Aufmerksam sah Lars mich an. »Ich arbeite gerade an einem Konzept, das die Idee eines Japaners für Köln umsetzen soll. Es geht um sogenannte Miniwälder. In Frankreich und den Niederlanden wurde schon erfolgreich damit experimentiert: Auf kleinem Raum sollen Waldinseln aus gemischten heimischen Baum- und Straucharten entstehen, die bei starken Regenfällen Wasser binden, Staub aus der Luft filtern und das Stadtklima verbessern. Die Bürger können sie betreten, für ein kurzes Waldbaden zwischendurch sozusagen. Auf Schulhöfen ist so was denkbar, größeren Verkehrsinseln, in Gewerbe- und Industriegebieten und so weiter.«

»Ich glaube, davon habe ich mal gelesen«, antwortete ich und kramte in meinem Gedächtnis. »Diese Miniwälder werden von selbst mit einer hohen Artenvielfalt besiedelt, viel höher als in den Nutzwäldern, die bei uns üblich sind. Auch für den Insektenschutz ist das 'ne sehr sinnvolle Maßnahme.«

So fachsimpelten wir weiter, und irgendwann ging mein Herzschlag wieder normal.

»Langsam bekomme ich auch ein bisschen Hunger«, meinte Lars schließlich.

»Willst du den Rest meiner Teigtasche?«

»Aber du warst doch so hungrig?«

»Ich beiße noch mal rein, und dann bekommst du sie. Ist doch schön. Du bist nicht der Einzige, der oft genug alleine isst.« Ich reichte ihm die Tüte und genoss die Vertraulichkeit der Geste. Bis mir auffiel, was ich da gesagt hatte. Erstens hatte es etwas bedürftig geklungen, nach einem einsamen Herzen aus einer Kontaktanzeige in der Fernsehzeitschrift, und zweitens hatte ich implizit Bezug auf Elisabeths »soziologische Befragung« genommen. Das Blut schoss mir in den Kopf. Lars guckte etwas irritiert, schien aber nicht die richtigen Schlüsse zu ziehen.

Froh, dass der gefährliche Moment vorüber war, rückte ich unwillkürlich noch ein wenig an ihn heran. Die Sonne verschwand langsam hinter den Häusern, und Lars zog mich an wie der Ofen die Katze. Wie zur Prüfung dachte ich kurz an Dieter und die Lücke in unserem Cashflow. Aber beides entlockte mir für den Moment keinerlei Emotion. Danke, Lars.

»Wie ist es denn mit deiner polyamorösen Mitbewohnerin weitergegangen?«, schloss er an unser Gespräch aus der Kneipe an.

»Ganz gut eigentlich. Unverhofft haben sich ihr Lover und ihr Ex-Lover kennengelernt, und irgendwie konnte sich der Ex danach ein wenig mit der ganzen Sache anfreunden. Er hat wirklich toll zu ihr gepasst, kam nur eben nicht damit klar, nicht der Einzige in ihrem Leben zu sein. Sie haben jedenfalls wieder Kontakt, und Elisabeth hofft. Vielleicht hat er aber auch nur gemerkt, dass er es ohne sie schlecht aushält. Sein Date an dem Abend war schnell Geschichte, nachdem er Elisabeth gesehen hatte.«

»Vielleicht redet er es sich jetzt schön«, vermutete Lars.

»Ja, vielleicht redet er es sich schön«, bestätigte ich. Und fragte mich in der Gesprächspause danach, ob das auch auf mich zutraf. Könnte ich – gesetzt den Fall, dass Lars das überhaupt wollte – wirklich von meinen Vorstellungen ablassen und mich auf ein unbekanntes Kind einlassen? Von Donnerstag bis Samstag, jede Woche? Ich, die aus gutem Grund noch nie als Patentante in Erwägung gezogen worden war?

Und dann war da Lars – jetzt, hier, direkt neben mir. Inzwischen lehnten unsere Beine aneinander. Es war so schön mit ihm. Ich hatte das Gefühl, dass er das ebenso empfand, auch wenn ich natürlich nicht wissen konnte, wie tief. Ich sah ihn von der Seite an, bis er es merkte und ich wieder wegsehen musste.

Wir redeten dann noch lange weiter, über unsere Familien und Kölner Läden, die wir beide kannten, über Berlin, wo er studiert und ich touristische Erfahrungen gemacht hatte, über Politik und den Sommer. Wir sparten die verfänglichen Themen aus, aber zu den unverfänglichen stellte er mir viele Fragen. Außerdem fand ich ihn, auch wenn das zum Teil meinem bis über beide Ohren verliebten Zustand geschuldet sein mochte, überaus witzig.

Irgendwann wurde mir unübersehbar kalt. Ich hätte es natürlich nicht zugegeben, aber meine Arme waren mit einer Gänsehaut überzogen, und Lars meinte, es sei vielleicht an der Zeit, nach Hause zu fahren. Es war auch schon fast Mitternacht. Eine kurze, ein wenig verklemmte Umarmung am Fahrradständer, ein »Tschüss, bis nächste Woche in der Turnhalle!« von Lars, ein »Nein, tschüss bis Donnerstag im Amt!« von mir, dann neigte sich ein weiterer intensiver Samstag dem Ende zu.

KAPITEL 14

Besonders interessant waren die Kämpfe der HIRSCH-KÄFER-Männchen. Die gewaltigen Kiefer bis an das Ende schief übereinander geschoben, so daß sie über das Halsschild des Gegners hinweg ragten und die Köpfe selbst sich dicht berührten, zum Teil hoch aufgebaut, rangen sie erbittert miteinander, bis den einen der Streiter die Kräfte verließen und er zur Erde hinabstürzte. Hin und wieder gelang es auch einem geschickten Fechter, seinen Gegner um den Leib zu fassen, mit dem Kopfe hoch aufgerichtet ließ er ihn dann einige Zeit in der Luft zappeln und schließlich in die Tiefe stürzen. Das Knirschen rührte von den Schließen der Kiefer her; von den gebogenen Seitenwulsten des Kopfschildes in die mittlere Einbiegung abgeleitet, verursachten sie jenes wahrnehmbare Knacken.

Brehms Tierleben, Bd. 9: Insekten, Tausendfüßer und Spinnen, über den Hirschkäfer

Es fühlte sich wie ein Déjà-vu an, als ich wieder auf meinen chefigen Stiefeletten im Deutzer Stadthaus durch den langen Flur klackerte. Mein Lampenfieber war fast so groß wie letzte Woche hinter der Karnevalsbühne. Zwar fühlte ich mich auf meinen heutigen Auftritt, zu dem Herr Kress geladen hatte, deutlich besser vorbereitet. Aber es hing auch mehr davon ab. Ich hatte den ganzen gestrigen Tag damit verbracht, mit Papa alles genau durchzusprechen, auch die planerischen Details, mit denen ich mich nicht so auskannte. Die relevanten Verordnungen, verschiedene Fachbegriffe, die ich verwenden sollte, und so weiter und so fort. Ich hatte einen Kurzvortrag geübt, ihn Papa mehrmals vorgetragen, und dann hatte er sich sogar durchgerungen, ein paar kritische Rückfragen zu stellen. Das war ihm selbst in dieser gestellten Situation schwergefallen, dem Guten. Aber ich hatte von ihm verlangt, mich nicht zu schonen. Denn sicher würde Herr Kress das auch nicht tun. Vielleicht würde auch Lars seine Unabhängigkeit durch ein paar kluge Nachfragen beweisen wollen. Auch und gerade vor ihm wollte ich eine gute Figur machen.

Die Unterlagen, von denen eine Ausfertigung vor ein paar Tagen per Einschreiben an Lars und je eine per Mail an Kress und eine Adresse der Bezirksvertretung geschickt worden war, wogen schwer in meiner Umhängetasche, als ich an die Tür des in der Einladung genannten Zimmers klopfte. Ein Schild daneben verriet, dass es sich um Kress' Büro handelte.

Die Tür schwang auf, und Stefan Kress begrüßte mich mit einem breiten Lächeln, das seine Zähne entblößte. Sie sahen aus wie frisch nach einem Bleaching, was in einem Amtszimmer der Stadtverwaltung seltsam deplatziert wirkte. Sein Händedruck war wieder sehr fest, aber nicht so schmerzhaft wie beim letzten Mal. Lars war noch nicht da, stellte ich gleichzeitig enttäuscht wie erleichtert fest. Wir hatten nicht darüber gesprochen, ob wir uns in diesem Zusammenhang siezen würden. Wäre sicherlich besser. Ob auch die Leute aus der Bezirksvertretung herkommen würden?

»Darf ich Ihnen aus der Jacke helfen?«, fragte Herr Kress

formvollendet und griff schon nach meinem Jackett. Ich hatte es eigentlich anlassen wollen, aber vielleicht hatte er recht, bestimmt würde mir warm werden. Herr Kress trug auch nur ein weißes Hemd ohne Krawatte, die oberen beiden Knöpfe über seiner hageren trainierten Brust geöffnet.

»Danke schön«, sagte ich höflich, während ich mich mit den Armen aus dem Blazer wand.

Er hängte ihn auf einen Bügel an die Garderobe bei der Zimmertür und rückte mir einen Platz an dem kleinen Besprechungstisch mit den drei Stühlen neben seinem Schreibtisch zurecht.

Ich setzte mich und holte meine Mappe aus der Tasche, während er eine Frage nach meiner Anreise stellte. Dann nahm er mir gegenüber Platz und sah mich betont erwartungsvoll an. Ich rutschte auf meinem Stuhl herum und wusste nicht so recht, wie weiter vorzugehen war. Jetzt wünschte ich mir, Papa wäre hier. Er hatte einfach mehr Erfahrung. Aber in der Einladung war nur von mir die Rede gewesen, und so hatten wir entschieden, dass ich als Geschäftsführerin allein gehen würde.

»Warten wir noch auf ... Ihre Kollegen, oder ... soll ich schon anfangen?«

»Wir zwei beiden sind heute allein«, antwortete Herr Kress und lächelte mir mit seinen blitzenden Zähnen nicht unfreundlich zu. »Die anderen Beteiligten geben mir ihre Einschätzungen, aber ich als Leiter des Vergabeamtes treffe die Entscheidung. Und ich bin ein Freund von schlanken ... Vorgängen.«

»Ach so. Gut. Ich dachte nur ...«, antwortete ich leicht irritiert, denn laut Papa waren die einzelnen Mitglieder des

Entscheidungskomitees gleichberechtigt. Aber vielleicht hatte sich das im Zuge der Verwaltungsreform und im Sinne schlanker Vorgänge mittlerweile geändert. Also doch kein Lars für mich.

»Legen Sie einfach los, ich beiße nicht«, sagte Herr Kress ermutigend, was angesichts seiner prominenten Zahnleiste fast ein wenig witzig war. Er lehnte sich mit hinter seinem Kopf verschränkten Armen auf seinem Stuhl zurück, sodass sein Hemd oben noch weiter aufklaffte und unter seinen Achseln sichtbar wurde, dass sie etwas feucht waren. Die Bewegung wehte den Hauch eines maskulinen Herrendufts zu mir herüber.

Unsicher schlug ich meine Mappe auf und begann, meinen zum Glück so gut wie auswendig gelernten Vortrag zu halten. Herr Kress ließ mich nicht aus den Augen, aber seine Miene war undurchdringlich. Schwer zu sagen, ob ihm vielleicht doch gefiel, was er hörte.

Er unterbrach mich kein einziges Mal. Als ich fertig war, applaudierte er kurz und meinte: »Das klingt ja alles sehr schön. Darauf einen Sekt? Ich habe einen kalt stehen.«

Ein Sekt? Mir fiel jetzt erst auf, dass er mir noch nichts zu trinken angeboten hatte. Tatsächlich hatte ich nach meinem Monolog einen trockenen Hals bekommen. Aber Alkohol bei so einem Termin war keine gute Idee. »Nein, danke, lieber nicht – ich bin mit dem Auto da.« Eine kleine Notlüge. Ich wollte Herrn Kress auf keinen Fall vor den Kopf stoßen. »Aber ein Glas Wasser würde ich nehmen.«

»Ihr Wunsch ist mir Befehl«, erwiderte er und verließ kurz den Raum. Es war still, vermutlich waren die meisten Kollegen schon nach Hause gegangen, donnerstags um – ich sah auf die Uhr – kurz vor sechs.

Als Kress zurückkam, balancierte er ein Tablett mit drei Gläsern vor sich her. Ob doch noch jemand dazukam?

Aber nein, er stellte sowohl den Sekt als auch das Wasser vor mir auf dem Tisch ab. »Falls Sie es sich anders überlegen.« Er zwinkerte mir aus seinen eng stehenden Augen zu. Er war als Schüler oder junger Mann bestimmt nicht hübsch gewesen, ich konnte mir aber vorstellen, dass er heutzutage mit seiner Virilität bei manchen Frauen gut ankam.

Ich trank zwei Schlucke aus dem Wasserglas. Es schmeckte schal.

»Also, wie gesagt, was Sie sich da ausgedacht haben, klingt alles ganz reizend. Sind Sie immer so romantisch?« Er zog vielsagend die Augenbrauen hoch, aber ich verstand nicht, was er mir damit sagen wollte.

»Romantisch?«

»Na, ich finde Ihr Konzept sehr romantisch. Blumen allerorten, Wasserspender, schattige Plätzchen. Wie in einem Gedicht von Rainer Maria Rilke.« Er lachte, die Zähne blitzten. »Ein Beitrag zum Veedelsgefühl, mobile Sitzgelegenheiten, Einbezug der Bürger, Pflanzpatenschaften für die Hochbeete. Aber haben Sie mal darüber nachgedacht, für welches Viertel Sie das vorschlagen?«

»Nun ja, Köln-Bilderstöckchen.«

»Richtig. Waren Sie schon mal da?«

»Natürlich habe ich mit meinen Kollegen mehrere Vor-Ort-Termine durchgeführt«, rechtfertigte ich mich.

»Und haben Sie da nicht gesehen, was für Leute da herumlaufen? Bilderstöckchen ist nicht Bayenthal, um es mal mit einer Alliteration zu versuchen.«

»Nein, aber ich glaube, dass gerade in sozial gemischten Vierteln – und da ist Bilderstöckchen ja auch noch nicht einmal das schwierigste – etwas Schönheit im tristen Stadtbild das Leben lebenswerter machen kann.«

»Ich bin leider überzeugt davon, dass alles, was Sie da aufbauen wollen, binnen weniger Wochen von Vandalismus zerstört sein würde. Was wir brauchen, ist eine robuste, leicht zu reinigende Lösung.«

»Es gibt aber wunderbare Gegenbeispiele aus anderen Städten. Wenn man die Anwohner mit einbezieht und zum Beispiel Schulklassen Patenschaften für einen Teil der Beete übernehmen lässt, dann bekommen die Bürger ein viel stärkeres Gefühl dafür, dass es ihre Stadt ist. Und woran man selbst mitgearbeitet hat, das zerstört man nicht. Außerdem ist das Schöne an Natur ja: Sie wächst nach! Ein verwüstetes Beet ist schade, aber es erholt sich auch binnen ein, zwei Wochen. Während Sie auf robustem, leicht zu reinigendem Beton mit Graffiti rechnen müssen, die dann unter hohen Kosten wieder entfernt werden müssen.«

»Sie kämpfen, das gefällt mir!«, sagte Herr Kress. »Nun gut, dann zeigen Sie mir noch mal Ihre Zeichnungen. Warten Sie, ich komme rum.« Er stand auf und setzte sich auf den Stuhl, der bisher zwischen uns gestanden hatte.

Ich klappte die Pläne auf, obwohl ich sie ihm auch während meines Vortrags immer wieder hingelegt hatte. Da hatte er aber nur von ferne einen Blick darauf geworfen, ohne seine zurückgelehnte Haltung zu verändern.

Jetzt betrachtete er eingehend die große Illustration, strich dabei mit seinen sehnigen Fingern immer wieder das dünne Papier glatt, und seine ausgreifenden Bewegungen streiften meinen Arm. Ich rückte unmerklich ein Stück ab.

Nach einer gefühlten Ewigkeit blickte er zu mir auf und

sah mich einige Sekunden nur an. »Frau Tewald, ich spüre stark Ihre Anspannung. Brauchen Sie diesen Auftrag?«, fragte er.

»Ich hätte ihn gern«, antwortete ich steif. »Es ist ein tolles Projekt, und ich bin von unserem Konzept überzeugt.« Das hier gefiel mir nicht. Von Anfang an nicht. Es war so stickig in dem Zimmer. Ich trank noch einen Schluck Wasser.

Herr Kress erhob sich, und kurz hoffte ich, er würde das Fenster öffnen. Aber stattdessen stellte er sich hinter mich, legte seine Hände auf meine Schultern und begann, sie langsam und nachdrücklich zu massieren. Mein Nacken war auch wirklich schrecklich verspannt. Dennoch fühlten seine kraftvollen Finger sich schrecklich an, schrecklich falsch. Aber ich war wie gelähmt, wusste nicht, was ich tun sollte. Aushalten? Vielleicht würde er gleich wieder aufhören. Dann würde ich mich schnell verabschieden, und wir beide hätten unser Gesicht gewahrt.

Mir dröhnte der Herzschlag in meinem Kopf. Sanft, aber unnachgiebig massierten Kress' Hände weiterhin meinen Nacken, der Geruch seines Aftershaves hüllte mich komplett ein, biss in meiner Nase und vernebelte mir das Gehirn. Die Zeit dehnte sich wie in der Nähe eines schwarzen Lochs. Weitere lange Sekunden vergingen.

Plötzlich, ich hatte es nicht bewusst entschieden, stand ich ruckartig auf. Ich hatte keinen Plan, aber ich drehte mich zu Kress um. Herausfordernd sah er mich an.

»Vie... vielen Dank«, stotterte ich. »Wir haben jetzt alles besprochen, oder?«

»Besprochen haben wir alles. Auch wenn ich den Eindruck habe, dass Sie mit Herrn Opitz noch mehr ... besprochen haben.« Oje, hatte uns jemand gesehen? »Als Leiter des Vergabeamts sollte doch ich Ihr erster Ansprechpartner sein.«

Ich räumte hastig meine Unterlagen in meine Tasche. Nichts wie weg hier.

»Nicht dass Sie da aufs falsche Pferd setzen«, hörte ich Stefan Kress in süffisantem Tonfall sagen. In diesem Augenblick klopfte es, gleich darauf wurde die Tür aufgerissen.

Lars!

Er sah mich, sah den Ausdruck meines vor Scham und Stress glühenden Gesichts.

»Was soll das?«, fragte er Herrn Kress in einem Tonfall, in dem nicht das kleinste Fitzelchen kollegiale Höflichkeit steckte.

»Frau Tewald hat sich toll präsentiert, und jetzt wollte sie gerade gehen«, antwortete Kress kalt, aber an seinem heftig mahlenden Kiefer war abzulesen, dass die Situation doch unangenehm für ihn war.

»Ich begleite Frau Tewald raus«, sagte Lars bestimmt und dann eisig zu Herrn Kress: »Und Sie machen mal besser Feierabend.«

Er schob mich durch die Tür auf den Gang, kickte im Rausgehen mit einem heftigen Tritt Herrn Kress' Papierkorb um und knallte dann die Tür hinter uns zu.

Als wir schon fast am Ende des Ganges waren, hörten wir, wie jemand auf den Flur trat. »Frau Tewald, Sie haben Ihre Anziehsachen vergessen!«, rief Herr Kress uns hinterher, und seine Stimme triefte nur so vor aggressivem Spott.

Es war Lars, der noch einmal zurückzulief, um meinen Blazer entgegenzunehmen.

Draußen an der Haltestelle saßen wir eine Weile zusammen auf der Bank im Wartehäuschen und ließen die Bahnen abfahren, ohne einzusteigen. Mein Jackett lag auf Lars' Schoß. Mit zitternder Stimme erzählte ich, was passiert war, und beteuerte, dass ich schon im Aufbruch gewesen war, als Lars kam.

Obwohl ich ehrlich gesagt jede verstand, die den Absprung nicht geschafft hätte. Aber darüber war ich noch nicht bereit zu reden. Dass es diese Sekunden gegeben hatte, in denen es mir wie der leichtere Weg vorgekommen war, Kress nachzugeben. Um den Konflikt zu vermeiden. Und die Chancen für unsere Firma zu erhöhen.

Mir klapperten die Zähne, so angespannt war ich. »Wie du den Papierkorb umgetreten hast, war sehr heldenhaft«, bemerkte ich, um etwas Abstand zu bekommen.

»Das war dann wohl das Beamtenpendant zu einer Prügelei.« Er grinste schief.

»Aber wie kam es denn dazu, dass du plötzlich reingestürzt bist?«

»Der Umschlag mit deinem Konzept lag auf meinem Schreibtisch, und dann hatte ich wieder dein ›Bis Donnerstag im Amt‹ im Ohr. Ich hatte mich damals kurz gewundert, aber nicht weiter drüber nachgedacht. Als es mir eben wieder eingefallen ist, habe ich jemanden angerufen, der im Vergabeamt in den Kalender gucken kann. Kress hatte sich ab 17.30 Uhr geblockt, aber nicht dazugeschrieben, wofür. Also dachte ich: Ich gehe mal lieber nachgucken.«

»Hoffentlich bekommst du keine Schwierigkeiten. Kress hat ... erwähnt, dass er weiß, dass auch wir ... privat Kontakt hatten.«

Lars rieb sich den Nacken, und ich sah von der Seite, wie seine Pupillen sich unruhig hin und her bewegten. Aber dann sagte er: »Mach dir keine Sorgen. Das wird in Ordnung sein. Er hat selbst zu viel zu verlieren. Merk dir gut, was du eben erzählt hast – dass er behauptet hat, allein zu entscheiden. Falls du dich an die Gleichstellungsbeauftragte wenden möchtest, ist das ein wichtiger Aspekt.«

»Okay«, antwortete ich. Gerade war mir das alles ein bisschen viel. Ich war immer noch ganz zittrig.

»Ich würde dir aber raten, das wenn, erst nach der Entscheidung über den Hardenberg-Platz zu machen. So eine Anschuldigung erhöht bei dem Wettbewerb nicht gerade die Chancen. Niemand will Stress und Komplikationen.«

»Hast du denn in meine Unterlagen schon mal reingeguckt?«, fragte ich schüchtern.

»Nein, bin noch nicht dazu gekommen. Und wenn, dürfte ich auch nicht mit dir drüber reden.« Warum hatte er noch nicht reingeguckt? Ich selbst hätte ja jeden alten Kassenzettel von ihm sofort gepresst und gerahmt, hätte ich einen in die Finger bekommen. »Ich würde dich jetzt liebend gern nach Hause bringen, aber ich muss Linus von seinem Kitafreund abholen«, meinte Lars indessen.

Als die Anzeigetafel meldete, dass meine nächste Bahn in einer Minute käme, standen wir auf. Lars legte mir mein Jackett um die Schultern und nahm mich dann fest in den Arm. Ich verbarg mein Gesicht an seinem duftigen Schlüsselbein und hoffte, dass die Bahn Verspätung haben würde. Es fühlte sich auf eine aufregende Weise geborgen an, als er mir sanft über den Rücken strich und ich seinen Atem in meinem Haar spürte. Mein Zittern ließ nach, mein Herzklopfen nicht. In diesem Moment war ich mir sicher, dass ich so mein Leben verbringen wollte. Auch wenn Lars mich gelegentlich nicht in der Bahn begleiten konnte, weil sein Sohn ihn erwartete. Hoffnungsvoll dachte ich an sein »Wir können uns ja nach dem Wettbewerb mal weiter unterhalten« von letzter Woche und konnte mir dem entsetzlichen Nachmittag zum Trotz ein Happyend vorstellen. Für mich, für uns und für alles. Wirklich sagenhafte Arme hatte Lars da.

❀

Ich traf schon auf dem Schulhof vor der Turnhalle auf Lars, und mein Herz machte sofort einen fröhlichen Purzelbaum. Aber ... seins offenbar nicht. Er sah mich kurz an, dann an mir vorbei, und als wir auf einer Höhe waren und ich ihm die Tür aufhielt, kam von ihm nur ein kühles »Hi« und »Danke«. Kurz bevor er in die Herrenumkleide abbog, wirkte es so, als wolle er etwas sagen, aber dann entschied er sich dagegen und verschwand hinter der Tür mit dem Männchen drauf. Ich war völlig vor den Kopf geschlagen. Ob Kress ihm nachträglich irgendein Lügenmärchen über mich aufgetischt hatte? Aber dann wäre er doch sicher so schlau, erst mal mit mir zu reden?

Die widerliche Szene mit Herrn Kress steckte mir immer noch in den Knochen. Dazu kam die Sorge, wie die Sache mit ihm den Ausgang des Ausschreibungsverfahrens beeinflussen würde. Elisabeth, die einen ähnlich gelagerten Fall an der Uni mitbekommen hatte, hatte mir geraten, den Verlauf des Termins aus dem Gedächtnis zu protokollieren, dann alles erst mal sacken zu lassen und für mich zu verarbeiten. Und mich dann, wie auch Lars gesagt hatte, bei der Gleichstellungsbeauftragten zu melden.

Als Aufwärmübung ordnete Pia einen Schattenlauf an. Dafür bestimmte sie wechselnd einen Teilnehmer, der vorlief und besondere Bewegungen machte, und die anderen mussten ihm nachlaufen und einem Schatten gleich die Bewegungen nachahmen. Wir waren heute nur zu fünft.

Der sonst so griesgrämige Ronald führte im Gehen einen albernen Ententanz auf, was mir unter anderen Umständen sicher gute Laune gemacht hätte. Cornelia und Carla jedenfalls liefen hochmotiviert hinter ihm her und giggelten, und auch Pia lachte.

Mein Herz aber war fast zu schwer, um damit zu laufen. Bedrückt trottete ich hinterher und wackelte ein bisschen mit den angewinkelten Armen. Das hässliche Entlein.

Mein schöner Schwan schien allerdings auch nicht ganz auf der Höhe zu sein. Angestrengt sah er an mir vorbei. Man konnte doch irgendwie erkennen, ob jemand einen nicht beachtete, weil er einen nicht auf dem Schirm hatte, oder ob er sich bemühte, nicht hinzugucken. Hier schien mir Letzteres der Fall zu sein. Lars war offenkundig total sauer auf mich.

Es war ungefähr so, wie wenn im Straßenverkehr die Polizei an mir vorbeifuhr. Dann ging ich auch immer meine innere Checkliste der potenziellen Verbrechen durch. Anschnallgurt, Geschwindigkeit, Führerschein, Autopapiere, Alkoholkonsum. In diesem Fall nun: Stalking online und am Telefon und Teilnahme am Wettbewerb unter Vortäuschung falscher Tatsachen. Ich rief mir meine Vergehen ins Gedächtnis und suchte gleichzeitig nach Entschuldigungen, die ich dafür vorbringen könnte.

Es gab eine, die hieß: Ich liebe dich.

Jetzt bestimmte Pia Lars zum Vortänzer. Er tat souverän seine Pflicht. Fiel in einen verhaltenen Trainingstrab, ruderte mit seinen lieben sommersprossigen Armen, machte ein paar Aufwärmübungen wie auf dem Fußballplatz und lief dann weiter. Ich sah zu, dass ich mich hinter ihm hielt, als sein Schatten. Dann musste er sich nicht so bemühen wegzugucken.

Als Nächstes sollten noch Cornelia und Carla vorlaufen, nur ich kam nicht dran. Vielleicht sah Pia mir an, dass ich nicht in der Verfassung war, lustige Verrenkungen zu machen.

Den Übungsteil auf der Matte absolvierte ich mit einem riesigen Kloß im Hals. Wie so oft außerhalb des Fußballplatzes wirkte es, als kontrollierte der Schmerz jede von Lars' verhaltenen Bewegungen. Ich fragte mich, ob das früher anders gewesen war. Bei dem Gedanken überfiel mich eine jähe Traurigkeit, weil es so viel Vergangenheit gab, von der ich nichts wusste. Weil es diese Gegenwart gab, die ich nicht mit ihm teilen konnte, und weil es womöglich eine Zukunft geben würde, in der kein Platz für mich war. Dann schoss mir ein anderer Gedanke durch den Kopf: Ob er wohl beim Sex Rückenprobleme hatte?

Lars drehte sich um, auf den Bauch, und stützte die Arme hoch. Unsere Augen trafen sich, blieben für einen Moment aneinanderkleben wie der Klettverschluss einer Tasche an der Wolljacke eines Fremden, bis er gewaltsam und etwas peinlich berührt wieder losgerissen wird.

»... auf den Bauch und stützt euch mit den Armen hoch uuuund halten, halten, halten«, kramte ich aus dem Teil meines Gehirns hervor, der Pia zugehört hatte, und verstand, warum Lars sich zu mir umgedreht hatte.

Ich drehte mich meinerseits auf den Bauch und wandte Lars meinen Hintern zu.

Am Ende gab Pia uns mit auf den Weg, dass die nächste und letzte Stunde aufgrund eines privaten Termins ausfiel und dafür eine Woche später nachgeholt würde, Lars und ich begegneten uns am Mattenspind. In betont neutralem Tonfall sagte er zu mir: »Warte draußen kurz, ich habe noch was für dich.« Bevor ich entsetzt »Was denn?« fragen konnte, war er schon auf dem Weg in die Männerumkleide.

Cornelia, der ich am Rande mal berichtet hatte, dass ich ins Gartenbaufach gewechselt hatte, verwickelte mich in der Umkleide in ein Gespräch über das problematische Schattenbeet neben ihrer Terrasse. Meine Antworten kamen so automatisch, dass ich im Nachhinein nur vermuten kann, was ich ihr riet: vorn die Wald-Glockenblume, gefolgt vom Sibirischen Storchschnabel und dem Wald-Geißbart ganz hinten?

Als ich auf den Schulhof trat, stand Lars schon da, in der Hand ein paar ausgedruckte Blätter im DIN-A4-Format.

Ich habe einen kapitalen Fehler in meinem Konzept, schoss mir ein schrecklicher Gedanke in die Gliedmaßen. Ein Fehler, der eine Katastrophe wie den Einsturz des Kölner Stadtarchivs nach sich gezogen hätte. Inklusive Rauswurf des zuständigen Referenten.

Wie in Zeitlupe ging ich auf Lars zu, versuchte gar nicht erst, seinen Gesichtsausdruck zu deuten, sondern entriss ihm einfach die Zettel.

Aber es waren keine Pläne und keine Entwürfe. Was ich da in der Hand hielt, war der Ausdruck des Interviews mit dem Titel »Sieben Schritte, um jeden Mann rumzukriegen«.

War ich erleichtert – oder vielmehr noch entsetzter? »Wo ... wo hast du das her?«

»Lag in deinen Wettbewerbsunterlagen. Kannst du bestimmt noch mal gebrauchen.«

»Oh. Danke.«

»Bitte. Hätte ja fast geklappt«, sagte Lars.

»Ich ... ich habe das nur gelesen.«

Cornelia ging an uns vorbei und schielte neugierig auf die Blätter in meiner Hand.

»Nur gelesen und mir dann beim Turnier zartfühlend das Kränzchen gerichtet, ganz feste zu mir gehalten und dann noch in meiner Stammkneipe aufgetaucht«, konstatierte Lars kalt, als sie ein Stück weg war.

»Was willst du damit sagen?« Ich starrte ihn an. »Du glaubst, ich hätte mich aus Kalkül an dich rangeschmissen? Oder noch besser: an Kress?« Ich spürte, wie der Kloß, der die ganze Stunde lang in meinem Hals gesteckt hatte, sich zu einem Zornesknoten verdichtete.

»Das hast du gesagt«, antwortete Lars arrogant. »Kann ich nicht wissen. Ich kenne dich ja kaum. Ich ärgere mich nur, dass ich auf so was reinfalle. Und nach unserem Kuss auch noch die ganze Woche ein schlechtes Gewissen gehabt habe, weil ich dachte, du seist womöglich in mich verliebt und ich hätte behutsamer mit deinen Gefühlen umgehen müssen. Dabei ging es dir die ganze Zeit nur um den Auftrag.«

»Ich ...« ... *bin auch in dich verliebt*, hätte ich sagen sollen, brachte es aber nicht heraus. Nicht vor diesem ignoranten Lars, der mit seiner schönen Stimme so verletzende Dinge sagte. »Ich gebe dir vollkommen recht«, meinte ich stattdessen. »Das mit dem Knutschen hättest du dir tatsächlich besser überlegen sollen. Du bist schließlich Referent der Stadt, und ich bewerbe mich bei dir um einen Auftrag. Behutsam mit meinen Gefühlen umgehen, haha.« Ich wollte seine kühle, schöne, abweisende Oberfläche ankratzen, meine Finger in ihn hineinschlagen. »Was wäre denn, wenn ich *nicht* in dich verliebt wäre, schon mal drüber nachgedacht? Du hast mich ja ziemlich überfallen, da im Keller vor den Klos. Sicher, dass du so viel besser bist als Kress?«

Er starrte mich an. »Ja, eigentlich schon«, sagte er dann, aber ich konnte ihm ansehen, dass er im Kopf seine Erinnerungen durchging. Die Frage war unfair, das war mir klar. Aber sein Vorwurf war es auch.

»Na hoffentlich«, setzte ich nach. Ich wollte nicht immer alles auf mir sitzen lassen. Prahls Rechnung, Dieters Kaffeetassen, Kress' Gollumfinger in meinem Nacken und jetzt auch noch Lars' Verdächtigungen.

»Aber ... du wolltest das doch, oder? Aus welchem Grund auch immer. Ich habe dich doch nicht genötigt?«, fragte er mit einer drängenden Unsicherheit in der Stimme.

Eine Weile sagte ich nichts, sondern starrte ihm nur in die Augen. Vielleicht genoss ich für einen Moment sogar, ihn an seiner Wahrnehmung zweifeln zu lassen. »Ja, ich wollte das«, gab ich dann widerstrebend zu. »Aus welchem Grund auch immer.« Ich sah zu Boden, dann wieder hoch.

Er rieb sich mit beiden Händen über das Gesicht, ich wollte ihn küssen und ihm gleichzeitig in die Weichteile treten. »Okay, gut. Also, du bekommst dann Post von uns«, sagte er.

»Wen meinst du mit uns? Dich und deinen neuen Leidenskumpan Kress etwa?« Es war, als hätten meine ganzen zurückgehaltenen Gefühle in diesem Wortwechsel endlich ein Ventil gefunden. Aber eines, das sie von Zärtlichkeit in etwas Ätzendes verwandelte.

»Nein, natürlich nicht. Also, doch. Er ist nur nicht mein Leidenskumpan, er ist ein Arsch. Aber die drei anderen haben ja auch noch ihre Stimme.«

»Also gut, dann erwarte ich also eure faire, unabhängige Entscheidung«, ätzte ich. Und kam anschließend doch nicht umhin zu fragen: »Sehen wir uns denn übernächste Woche beim Kurs?«

»Nein, ich bin familiär unterwegs. Und übrigens: Bitte ruf mich nicht mehr mit unterdrückter Nummer an, um irgendwelche Sachen über mich herauszufinden, ob über meine Essgewohnheiten oder sonst was. Dasselbe gilt für Anita Perl und sämtliche andere Kolleginnen.«

»Ja«, sagte ich nur. Ich fühlte mich leer und erschöpft und sehnte mich so sehr danach, dass er mich noch mal in den Arm nahm.

»Danke«, erwiderte er. Fünf weitere Sekunden druckten wir noch voreinander herum, dann hielt ich es nicht mehr aus und ging.

Zu Hause stopfte ich die bescheuerten Flirttipps, die mir nur Unglück gebracht hatten, in den Mülleimer. Und zwar nicht ins Altpapier, sondern in den Restmüll. Mit einem Knall ließ ich den Deckel wieder zuklappen.

Menschen verliebten sich in das gute Gefühl ihrer selbst, das sie in der Gegenwart des anderen verspürten, hatte da gestanden. Das mochte ja stimmen, aber wenn die Verliebtheit einmal da war, ging sie leider auch nicht wieder weg, wenn man sich total beschissen damit fühlte.

Ich würde jetzt erst mal die Küche putzen. Während ich Kalk und Fett in den Rillen um das Spülbecken herum den Garaus machte, redete ich mir ein, dass es nicht sein sollte, wenn alles so kompliziert war. Ich kannte doch die Geschichten von meinen Freundinnen. Typen, die einen wollten, schickten nach dem Knutschen Nachrichten. Bei Männern, die einen nicht wollten, rätselte man an ihrem Verhalten herum, und alles war ein Eiertanz. Gute Beziehungen starteten wie die meiner Eltern. Kennengelernt, zusammengekommen, schwanger geworden und voilà.

Allerdings ... hätte Lars die Zettel einfach in den Papierkorb werfen können. Stattdessen hatte er sich die Mühe gemacht, mich im Rückenkurs damit zu konfrontieren. Das tat man doch nicht mit jemandem, der einem egal war. War nicht auch ein Streit immerhin eine Verbindung?

Ich räumte den Kühlschrank aus und holte das Desinfektionsspray aus unserem Abstellraum. Als ich an Elisabeths Zimmer vorbeikam, hörte ich eine männliche Stimme, die, wenn mich nicht alles täuschte, zu Kerim gehörte.

Die Sprühstöße der Desinfektionslösung aber erinnerten mich an Herrn Kress' Parfum. Ich öffnete das Fenster, versuchte, den Gedanken abzuschütteln, und beschloss, dass für den Rest eine Spülmittellösung reichen müsste. Als ich dafür einen kleinen Eimer holte, hörte ich wieder Kerims liebevolle Stimme. Ich konnte nichts verstehen, aber es klang, als würde er Elisabeth romantische Schwüre ins Ohr säuseln.

Das freute mich für Elisabeth. Aber ungerecht war es trotzdem. Ich stellte die Glasbretter aus dem Kühlschrank in die Spüle. Ich war es, die an die romantische Liebe glaubte. Aber die romantische Liebe glaubte offenkundig nicht an mich. Gegenseitige Wut – was war das für eine Grundlage?

Ich wischte noch den Boden, die Arbeitsflächen, schrubbte den Herd samt Fugen und machte das Gewürzregal sauber. Für den Backofen hatte ich keine Kraft mehr, war aber immerhin so ausgepowert, dass auch mein Kummer etwas schwächer glomm.

Ich nahm mein Handy und trottete ins Wohnzimmer. Es dämmerte inzwischen, aber ich machte mir nicht die Mühe, das Licht einzuschalten. Im Halbdunkeln machte ich meine obligatorische Abendrunde durch den Wintergarten, fühlte in den Töpfen, wer Wasser brauchte. Der Passionsblumenkeimling war weitergewachsen und stand da wie eine Eins. Ach ...

Dann setzte ich mich aufs Sofa, sah mir bei Facebook an, wie andere Urlaub machten, und überzeugte mich bei *Spiegel online*, dass es mir vergleichsweise gut ging. Aber das zu wissen hatte so theoretisch noch nie was genützt.

Was hatte Elisabeth gesagt? Bei Liebeskummer war Ablenkung das A und O. An Ausgehen war jetzt nicht zu denken, aber ich hatte auch schon länger nicht mehr bei Finder geguckt.

Ich öffnete die App und hätte es natürlich wissen müssen: Nackte Oberkörper, lieblose Selfies vor dem Badezimmerspiegel und überhaupt. Waren alle nicht Lars. Links, links, links, links wischte ich. Dorthin, wohin man die Bilder der Leute tat, die man nicht kennenlernen wollte. Dass hinter jedem ein Mensch mit einer Geschichte und Hoffnungen stand, wie ich mit eigenem Kummer und eigenen Sorgen, daran wollte ich lieber nicht denken. Der Nächste sah doch ganz sympathisch aus, da vor dem Bergpanorama. Ein leitender Angestellter im IT-Bereich. Er wanderte nach rechts.

Noch mal links, und dann der Schock: Perscheid! Der war doch verheiratet. Ich war mir auch eigentlich sicher, dass er älter war, als er hier angab. Hilfe ... Ich wischte nach links. Dann wieder und wieder nach links und noch mal nach rechts. Match! Aber schreiben würde ich heute Abend sicher nichts mehr.

Ich wischte noch ein paar Mal weiter, und auf einmal stand da Lars. Gelöst lachend auf dem Fußballplatz. Hektisch überzeugte ich mich, dass ich nicht aus Versehen die App gewechselt hatte. Das war doch sein Facebook-Profilfoto. Aber nein, das hier war Finder. Lars hatte ein Finder-Profil. Wie schrecklich. Wie ich. *Lars, Referent, 34. Mag Fußball und seinen Sohn.* So wenig Text für so viel Mensch. Ich starrte das Foto an, überlegte, was ich machen sollte. Theoretisch konnte es sein, dass er in diesem Moment vor meinem Bild saß. Sollte ich nach links wischen, weil er ein Kind und eine Ex hatte, zwischen uns alles verkorkst und unsere einzig wirklich relevante Verbindung ein Verwaltungsverfahren war? Oder nach rechts, wie mein Herz trotz allem schrie?

Während ich noch auf mein Handy starrte, klappte Elisabeths Tür, ich hörte Schritte, Gemurmel, dann stand meine Mitbewohnerin im Türrahmen. Fast fühlte ich mich ertappt, und ich legte Lars rasch auf den Sofatisch. Elisabeth lächelte mich besorgt an. »Die Küche sieht ja toll aus, was ist los?«

In diesem Moment kam Meyer-Landrut auf samtigen Pfoten über den Tisch stolziert, lief über mein Handy und kam auf dem Glas ein wenig ins Rutschen. Ein Kreischen entfuhr mir, ich riss das Telefon unter ihm hervor, aber zu spät: Lars war weg. Und zwar, wenn ich Meyer-Landruts Schrittrichtung betrachtete: nach links.

KAPITEL 15

Ein hübsches, hierher gehöriges Tierchen ist die rote oder gehörnte MAUERBIENE *(Osmia rufa oder bicornis)* [...] Sie fliegt sehr zeitig im Frühjahr, nistet gern in den röhrenförmigen Höhlungen, welche sie mit Lehm in Zellen teilt. Schenck fand zwischen Fensterrahmen und der Bekleidung am Weilburger Gymnasialgebäude eine Menge dieser Zellen, 12-20 nebeneinander, und alle aus Lehm gebaut. Nach Öffnen des Fensters konnte man in sie hineinsehen, da sie dadurch ihrer Bedeckung beraubt worden waren. In den ältesten befanden sich erwachsene Larven und wenig oder gar kein Futter mehr, in den folgenden wurden die Larven immer kleiner, die trockenen, pollenreichen Futtervorräte immer größer, dann folgten einige Zellen mit Eiern, und an der letzten baute die Biene noch, flog nicht weg, sondern legte sich wie die Hummel mit emporgestreckten Beinen auf die Seite.

Brehms Tierleben, Bd. 9: Insekten, Tausendfüßer und Spinnen, über die Mauerbiene

In der kommenden Woche verlegte ich meine Aktivität von der Küche in die Firma – ich arbeitete wie besessen. Morgens nach dem Aufstehen schmierte ich mir schnell zwei Brote, fuhr ins Büro und aß dort vor dem Rechner, während ich Angebote erstellte, nachfasste, Termine koordinierte und unsere Homepage für die Suchmaschinen optimierte.

Danach ackerte ich jeden Tag auf den Baustellen mit, bis mir alles wehtat, damit wir noch schneller und vor allem günstiger vorankamen und noch mehr Aufträge annehmen konnten. Abends noch mal kurz ins Büro, und dann brütete ich im Wintergarten über meiner Naturgarten-Literatur. Ich musste ja nicht nur aufgrund meiner erotischen Verwicklungen – so was Absurdes aber auch! – damit rechnen, dass das mit dem Wettbewerb nicht klappen würde. Aber vielleicht würden Auftragsbücher, die im Sommer randvoll mit mistmachendem Kleinvieh gewesen waren, bei der Bank auch irgendwas gelten. Außerdem wollte ich Dieter beweisen, dass Tewald Gartenbau Zukunft hatte. Es war immerhin ermutigend zu sehen, dass die Umstellung auf den Schwerpunkt »Naturgärten« das Geschäft tendenziell befeuerte. Und die Arbeit auf den Baustellen tat mir gut. Mochte die Zukunft auch unsicher sein – am Ende eines jeden Tages waren Ergebnisse sichtbar.

Das Wetter war am Anfang dieser Woche wechselhaft, und Avram und ich nutzten die aufgeweichte Erde dazu, in einem für unseren Minibagger und die Wurzelfräse nicht zugänglichen, verwilderten kleinen Garten den Flieder zu entfernen, der in den Jahren der Vernachlässigung unterirdisch quer durch das Grundstück gewuchert war. In einträchtigem Schweigen stachen wir die Spaten in die Erde und rissen an den Wurzeln. Und wer schon einmal eine lange, hartnäckig festsitzende Wurzel aus eigener Kraft aus der Erde gezogen hat, weiß, von welchem Glück ich spreche, wenn sie sich schließlich mit einem heftigen Ruck löst und man mit einem Gefühl des Triumphs auf seinen Hintern plumpst – die lange Winde in der Hand und vor einem die frisch aufgerissene Erde.

Immer wenn einer von uns einen besonders harten Brocken erledigt hatte, klatschten Avram und ich uns ab. Am Abend hatten wir in der Mitte des Grundstücks ein von Gebüsch freies, ovales Areal geschaffen. Dafür lagen mehrere Schubkarren abgeschüttelter Wurzeln auf unserem Lieferwagen.

Später würden wir die Fläche noch sanft einebnen und eine heimische Wildblumenmischung ausstreuen. Die neuen Hausbesitzer, ein Paar Anfang fünfzig, wollten auf meine Anregung hin die Wiesenmischung zusammen mit den Samen, die ohnehin in der Erde ruhten, wild wachsen lassen. Nur ein gewundener Weg sollte regelmäßig gemäht werden, der zu einem ebenfalls gemähten Sitzplatz im hinteren Teil des Gartens führte. Dort ließ sich wie auf einer Lichtung im Wald im Liegestuhl entspannen.

Zuvor aber begutachtete ich noch die Bäume und Sträucher, die die zukünftige Wiese einfassten, beschnitt und entfernte Triebe, bis jede Pflanze genug Licht bekam. An manchen Stellen fehlte es mir an Farbe oder Struktur – da überlegte ich, was der bisherige Bewuchs mir über den Standort verriet, und fuhr in die nahegelegene Klostergärtnerei, um passende Stauden zu kaufen. Sie sollten das Bild nicht nur optisch ergänzen, sondern auch den Bedarf von Insekten und ins Habitat passenden Kleintieren berücksichtigen. Zwar war ich bisher noch oft darauf angewiesen, unbeobachtet meine Bestimmungs-App zu zücken, um herauszufinden, was für ein Grünzeug ich da vor mir hatte. Aber ich wurde besser. In einigen Wochen, wenn die Blumenwiese an Höhe gewonnen hatte, würde ich wiederkommen und ein Foto für unsere Homepage machen. Und dann vielleicht noch mal im Herbst, wenn die Astern blühten und das Laub sich langsam färbte, um unser Werk im Wandel der Jahreszeiten zu zeigen.

In den folgenden Tagen wurde es wieder wärmer, und meine nächste Baustelle war ein Hanggarten draußen im Bergischen Land, der durch eine Trockenmauer abgestützt werden sollte. Dieter brachte mit dem Laster die Grauwacke, aus der die Mauer errichtet werden sollte. Ich holte im Großhandel verschiedene Mauerpfeffersorten, Blaukissen und Zwergglockenblumen, mit denen die Ritzen bepflanzt und den dort demnächst nistenden Wildbienen Nahrung geboten werden sollte.

Natürlich blieb nicht aus, dass ich ins Nachdenken verfiel, wenn ich routiniert die Wurzelballen in das Substrat hinter den Steinen setzte und es ganz still war, abgesehen von einem gelegentlichen Summen oder Zirpen und dem Klappern der Steine. Ich hatte oft Lars im Sinn, den Meyer-Landrut so schnöde weggewischt hatte. Was er nun in dem unwahrscheinlichen Fall, dass er mich nach rechts gewischt hatte, denken mochte? Aber ich konnte ihm schlecht an seine Mail-Adresse bei der Stadt schreiben, dass die dicke Katze meiner Mitbewohnerin aus Versehen ... Der Rest war Geschichte, aber eine reichlich unwahrscheinliche.

Während ich die zueinanderpassenden Steine heraussuchte, die schräg aufeinandergestapelt die Stützmauer ergeben würden, suchte ich Gründe dafür, warum Lars auf diese blöden Ausdrucke von der Flirtcoachin so übertrieben reagiert hatte. Ich fragte mich, ob ich ihn jemals wiedersehen würde, und wünschte mir trotz allem, dass er keinen Ärger mit Kress bekam. Für einen etwaigen Termin bei der Bank stellte ich im Kopf schon mal ein Plädoyer zusammen und ein weiteres, um Dieter zum Bleiben zu bewegen, falls er irgendwann mit seiner Kündigung um die Ecke kommen sollte.

Aber all diese Gedanken waren nicht so ein fruchtloses Grübeln, wie es mich früher manchmal bei der Büroarbeit überfallen und für Verspannungen gesorgt hatte. Bei allem Frust, den ich schob, war ich auf eine körperliche Weise von dieser speziellen, lebendigen Ruhe der Natur erfüllt. Der Kontakt meiner Hände mit der Erde und dem unermüdlichen Leben, das sich unter jedem Stein, in jedem Brocken Lehm abspielte, rückte meine Probleme in eine neue Perspektive. Ich fühlte mich im wahrsten Sinne des Wortes geerdet. Während ich mit dem würzigen Duft des Ysops in der Nase, der oben für den Mauerfirst vorgesehen war, Schicht um Schicht Steine aufeinandersetzte, dachte ich, dass wirklich jede zu bedauern war, die nicht Gartenbauerin sein konnte.

Vielleicht lag das daran, dass körperliche Arbeit im Freien uns Menschen in den Genen lag. So hatte unsere Spezies schließlich viele tausend Jahre lang gelebt: morgens früh raus, jagen, sammeln, ackern, und dann mit den Vöglein schlafen gehen. Alle hatte dabei stets die bange Frage begleitet, wie man über den Winter kommen sollte. In noch viel existenzieller Weise als heute mich, die ich immer ein Dach über dem Kopf und einen vollen Kühlschrank haben würde. Auf jeden Fall schien dieses Leben am Puls der Natur dazu beizutragen, dass ich mich trotz meiner Sorgen überraschend gut fühlte.

Umso schlimmer war die Vorstellung, dass mir dieses Privileg genommen werden könnte … Am Donnerstag der folgenden Woche war es fast zu heiß zum Arbeiten. Dirk und Avram legten – von Dieter beraten – eine Terrasse neu an, ich kümmerte mich um die Beete und fuhr zwischendurch Wasser kaufen. Wir hatten häufig Pause im Schatten machen müssen und jeder mehrere Flaschen ausgetrunken. Am frühen Abend waren wir einfach durch und machten etwas früher als sonst Schluss.

Ich kehrte aber noch mal ins Büro zurück, um ein paar Dinge am Rechner zu erledigen. Nach vier Mails und zwei Telefonaten im vergleichsweise kühlen Erdgeschoss hinter den Lamellenvorhängen war der Schweiß getrocknet. Ich steckte ein paar Unterlagen, zu denen ich mir abends bei einem Glas Wein im geöffneten Wintergarten Gedanken machen wollte, in meine Tasche und nahm auf dem Weg nach draußen noch die Post mit.

Als ich auf die Straße trat, traf mich die Hitze erneut mit voller Wucht. Abends knallte die Sonne aufs Haus, und der Asphalt strahlte die Wärme zurück. Bloß schnell nach Hause, dachte ich, und ging zu meinem Rad, das an einem Verkehrsschild vor dem alten Industriegelände lehnte, über das ich auch mit Lars gesprochen hatte.

Bevor ich die Post in meine Tasche steckte, warf ich einen näheren Blick darauf. Zwischen dem Pizzazettel, der Maklerwerbung und einem Baumaterialprospekt steckten die Rechnung des Natursteinbruchs – und ein unscheinbarer Briefumschlag aus Umweltpapier mit dem Wappen der Stadt. Er sah aus wie die Knöllchen, die ich gelegentlich bekam.

Konnte das etwa …? Ich war davon ausgegangen, dass die Entscheidung noch mindestens zwei Monate auf sich warten lassen würde. Das waren doch Behörden. Ich wischte mit der Hand über einen LKW-Reifen, der vor den Absperrgittern lag, die das Gelände vor unbefugtem Zutritt schützen sollten, und setzte mich darauf. Stellte die Tasche hin und versuchte, den Brief mit der Kraft meines Augenlichts zu röntgen.

Vielleicht ja doch ein Knöllchen. Aber die Autos waren auf meinen Vater zugelassen, und dieser Brief war an uns beide adressiert. Ich spürte, wie sich schon wieder neue Schweißperlen auf meiner Stirn bildeten. Ich wischte sie mit dem Handrücken weg, dann riss ich mit klopfendem Herzen den Brief auf und entfaltete das Blatt.

Ich musste nicht lange lesen, ein Blick genügte. Betreff: Gestaltungswettbewerb Lucie-von-Hardenberg-Platz und: »... für einen anderen Entwurf entschieden.«

Das war's, so also sah das Ende aus. Ich allein und erschöpft bei annähernd vierzig Grad auf einem Autoreifen.

Ich stand wieder auf, während Wut und Enttäuschung sich wie eine Sepsis in meinem Blut ausbreiteten. Als sie meinen Fuß erreicht hatten, versetzte ich einem der ramponierten Absperrgitter einen Tritt mit meinen Arbeitsschuhen. Es hatte dem nichts entgegenzusetzen. Wahrscheinlich war es die rüde Behandlung von den Jugendlichen gewohnt, die sich hier spätabends versammelten und ihren Wodka tranken, wie mehrere herumliegende leere Flaschen bezeugten. Eine von ihnen kickte ich vor mir her, während ich auf dem Gelände herumtigerte und versuchte, meine Gedanken zu ordnen.

Am liebsten hätte ich Cord angerufen. Aber er war mein Mitarbeiter und nicht mein Freund, und er hatte Feierabend.

Dieter würde es noch früh genug erfahren.

Blieb Papa. Er würde schlucken, mich dann lieb trösten und nicht wissen, wie viel wirklich an diesem Wettbewerb hing. Nein, lieber nicht jetzt, lieber später.

So eine Hitze immer noch, um halb sieben Uhr abends.

Kein Wunder, hier wuchs ja auch kein Baum, kein Strauch. Während Lars in seinem Amt von süßen Miniwäldchen träumte. In zehn Jahren gab es vielleicht das erste, aber bestimmt nur irgendwo in Junkersdorf. Oder in Bayenthal. Womit wir bei Kress und seinem pseudogebildeten Alliterationsgelaber wären. Aber dann die Griffel bei mir im Nacken und am Ende den sauberen Herrn Karcher durchwinken, auf dass er noch einen Platz so reinlich zubetonieren würde, dass nachfolgende Generationen täglich froh sein würden, wenn sie ihn endlich hinter sich gelassen hätten. Ein Platz mit dem Charme einer großen Kreuzung.

Ich stolperte über einen losen Brocken Beton, zischte »Scheiße!« und kickte den Brocken gegen die hässliche Bauruine in der Mitte des Geländes. Er zersprang in mehrere Teile. Das tat gut. Den nächsten hob ich auf und warf ihn so fest, dass mir anschließend eine Sehne in der Schulter wehtat. Der war für Lars. Dass er mir jetzt auch noch beruflich eine Abfuhr erteilen musste … Ich hatte mich eben weder beim Knutschen noch bei der Stadtplanung bewährt. Dabei war dieser Kuss so ziemlich das heißeste gewesen, was mir je passiert war. Aber Lars hatte natürlich den Vergleich mit der sicher super leidenschaftlichen Spielerfrau. Konnte ich mir gut vorstellen, wollte ich nur nicht.

Ich warf noch einen Brocken, aber der zerschellte nicht, sondern verschwand. Ich sah nach, wohin: in einen Schacht mit einem grobmaschigen Gitter darauf. Zwischen den Streben wuchs kräftiges Grün hervor. Die Natur gab alles, um zu verschönern, zu beschatten und Luft zum Atmen zu schenken. Aber Typen wie Kress wussten das allerorten zu behindern, einzudämmen oder abzufackeln, wenn es ihnen und ihresgleichen zum Vorteil gereichte. Dagegen musste man sich doch irgendwie wehren! Und es konnte doch auch nicht sein, dass ich immer die Abgelehnte, die Nichtbezahlte, die Nichtbediente, die Nichterwähnte, die Schlussgemachte und die Nureinmalgeküsste war.

Mit diesem Gedanken strampelte ich, Tränen in den Augen, nach Hause. Und während um mich herum, unter der Erde und in tausend Mauerritzen, in diesem Moment wie in jedem anderen, Abertausende von Samen ihre grünen Keimlinge hervorbrachten, spross in mir eine Idee.

Ich fing Pia beim Betreten der Turnhalle ab. »Darf ich am Kursende ein paar Zettel verteilen – für eine kleine Aktion von mir?«

»Hi, Svea! Ja sicher, kein Problem«, antwortete Pia unkonzentriert, während sie den Raum zu scannen schien. Was suchte sie? Oder sollte ich besser fragen: Wen?

»Lars kommt heute nicht«, erklärte ich auf Verdacht.

Ihr Kopf fuhr herum. Ich hatte richtig gelegen. »Aber ... hm. Das ist ja doof. Heute ist doch der letzte Termin.«

»Schade, finde ich auch. Aber ansonsten sind wir vollzählig, wie mir scheint.«

»Stimmt.« Pia lächelte etwas bemüht. »Na, dann wollen wir mal anfangen!« Sie führte uns in bewährter Manier durch die Stunde. Als wir am Ende noch mal im Kreis zusammensaßen, musste ich an unser erstes Mal hier denken, bei dem wir alle reihum erzählt hatten, warum wir hier waren. Den Moment, in dem die Sache mit Lars für mich ihren Anfang genommen hatte. Und da fehlte er mir schrecklich.

Pia bat nun um ein Feedback, was uns das Faszientraining gebracht hatte.

»Meine Frau hat endlich Ruhe gegeben«, fasste der griesgrämige Ronald seinen Benefit zusammen.

Rainer fasste sich sehr kurz, während Miriam, Cornelia und Carla beteuerten, dass sie sich viel beweglicher und besser fühlten als vorher und weiterhin zu Hause ihre Übungen machen würden. Als Letzte war ich dran. »Also, mir hat der Kurs super gefallen, ich habe mich gefreut herzukommen. Nackenschmerzen habe ich immer noch ab und zu, aber ich beschwere mich nicht – ich habe auch nie zu Hause geübt.«

Rainer guckte schuldbewusst – er wahrscheinlich ebenso wenig.

»Ich habe aber noch was für euch«, sagte ich dann. Ich gab die Zettel rum, die ich eben schnell aus der Umkleide geholt hatte und auf denen Adresse und Datum meiner Aktion notiert waren. »Einige von euch wissen ja, dass ich beruflich neben den Insekten auch mit Pflanzen zu tun habe. Drüben in Mülheim, wo ich arbeite, gibt es am Ende einer Sackgasse ein verlassenes Industriegelände. Ein echter Schandfleck. Die Böden sind weitgehend versiegelt – schlecht für den Wasserablauf bei den häufigen Starkregen, auf die wir uns einstellen müssen. Und es wächst auch nicht gerade viel, das heißt, es ist staubig und heiß. Wenn man an einem Sommertag dort auf die Straße tritt, hat man das Gefühl, es bliese einem ein Fön entgegen. Nächsten Samstag ab neunzehn Uhr starten wir mit einer Mini-Guerilla-Aktion, bei der wir schauen wollen, an welchen Stellen die Natur schon dabei ist, sich das Gelände zurückzuholen, und wo wir sie dabei unterstützen können, das Mikroklima in der Nachbarschaft zu verbessern. Das Ganze hoffentlich mit viel Spaß und Veedelsgefühl. Ich würde mich freuen, wenn der eine oder die andere dazustieße!«, schloss ich etwas atemlos und mit heißen Wangen.

»Ist das denn legal?«, fragte Rainer skeptisch. »Das Gelände gehört doch sicher irgendwem.«

»Ja, einem Investor aus Baden-Württemberg. Wenn irgendwann die Bagger und Abrissmaschinen kommen, werden unsere Pflanzen deren kleinstes Problem sein.«

»Eine schöne, wenn auch gewagte Idee. Ich bin nur leider am nächsten Samstag auf dem Achtzigsten meiner Mutter«, sagte Cornelia.

»Ich schau mal«, meinte Carla.

Miriam schwieg und Ronald auch, und das war mir ganz lieb.

In der Umkleide sprach Pia mich an.

»Du Svea ...«, begann sie und guckte etwas verlegen. »Hast du vielleicht die Nummer von Lars? Er hat sich bei mir nur mit einer Mailadresse angemeldet, aber bei der ist das Postfach voll. Ich habe noch einen Tipp für ihn – wegen seines Rückens, meine ich.«

»Ach ... das ist aber nett«, antwortete ich langsam und versuchte, die Eifersucht zu ignorieren, die sofort in mir aufstieg. Sie hatte versucht, ihm eine Mail zu schicken! »Leider habe ich aber keine Nummer und auch sonst keinen Kontakt zu ihm«, sagte ich und hoffte, dass ich normal und sachlich klang.

Pia schien die Info gleichzeitig zu gefallen und auch wieder nicht. »Hm.« Sie überlegte. »Dann ... ja, vielleicht versuch ich mal ...«

»Vermutlich hält sein kleiner Sohn ihn so auf Trab, dass

er nicht dazu kommt, seine Mails zu löschen«, erklärte ich listig.

Mein Plan ging auf. »Kleiner Sohn?«, fragte Pia erschreckt.

»Ja, er hat ein dreijähriges Kind. Ist immer die halbe Woche bei ihm.« Ich zwinkerte ihr zu.

»Ja, hm ... also, ist vielleicht auch nicht so wichtig, mit dem Tipp. Er war ja eh schon auf dem Weg der Besserung ...«, murmelte Pia in sich hinein, während sie sich ihre Plateau-Sneaker schnürte. Und ich gratulierte mir zu meiner Raffinesse.

Als sie ihre Schuhe anhatte, öffnete sie ihren Dutt, wuschelte die Haare einmal durch und lächelte mich an. »Tschüss, Svea! Ich will jetzt nicht sagen: Würd mich freuen, dich noch mal in einem meiner Kurse begrüßen zu dürfen. Weil das hieße, dass dich weiterhin Nackenschmerzen plagen. Aber trotzdem. Always nice having you. Und viel Glück mit deiner Urban-Gardening-Aktion! Find ich groß, wenn Leute so was auf die Beine stellen.«

Danach machte sie noch mal die Runde in der Umkleide, verabschiedete sich herzlich von jeder persönlich, schulterte ihre große pinkfarbene Sporttasche und ging. An und für sich war sie doch eine tolle Kursleiterin gewesen.

Am Morgen meiner Guerilla-Gardening-Aktion fühlte ich mich so ähnlich wie mit fünfzehn, als ich zu einer Sturmfreiparty eingeladen hatte, aber zu cool gewesen war, vorher um Ab- oder Zusagen zu bitten. Ich hatte also keine Ahnung, ob außer meinen besten Freunden jemand kommen würde.

Es bestand die Möglichkeit, dass das Ganze eine müde, peinliche Veranstaltung werden würde. Oder es hätten hundertfünfzig Leute vor der Tür stehen und meinen Eltern das Haus verwüsten können wie in einem amerikanischen Highschoolfilm.

In der letzten Woche hatten Elisabeth und ich im Freundes- und Bekanntenkreis ein bisschen Mundpropaganda gemacht und dazu die Notizzettel mit den relevanten Daten verteilt. Außerdem hatten wir zusammen mit Damian – und zweimal auch mit Kerim – die Woche über in den Abendstunden ein paar Vorbereitungen getroffen. Überhaupt hätte ich die ganze Sache ohne Elisabeths Energie wohl niemals durchgezogen. Die Absperrung, die ich am Morgen nach meinem Tritt wieder aufgestellt hatte, hatten wir vorübergehend beiseitegeschoben und Kartons, Flaschen, Scherben und was sich sonst noch so auf dem Gelände fand, in große schwarze Müllsäcke gestopft und weggebracht. Einmal hatte sich Avram spontan angeschlossen und mit unserem Kleinbagger einige lose Schuttteile in eine Ecke der Brache geschoben. Das war zwar effektiv, machte mir aber ein leicht schlechtes Gewissen. Ich wollte die Firma aus der Sache heraushalten. Die Aktion sollte privat und unter dem Radar laufen.

Das größte Ding, das geplant war, war die Pflanzung eines Blauglockenbaums. Er war einem unserer Kunden zu mächtig gewesen, wuchs schnell und würde im Mai mit seinen weißen Blüten vielen Insekten Nahrung geben. An einer Stelle auf der Brache war der Asphalt schon großräumig aufgebrochen, und Damian war dem Loch mit der Spitzhacke zu Leibe gerückt, um es noch etwas zu vergrößern. Dort sollte der Baum hinkommen.

Ansonsten hatten wir eine Sammlung von robusten Jutesäcken, in denen der Firma immer kleinere Mengen Sand oder Zierkies geliefert wurden, mit Erde gefüllt und zur Bepflanzung bereit auf das Gelände gestellt. Außerdem hatte ich aus eigener Tasche Samenmischungen und allerlei Kraut gekauft, die sich für das Ansiedeln auf der Brache eigneten.

Am Samstag stand der Transporter mit dem grünen Material bereit zum Ausladen vor dem Gelände. Damian hatte einen Biertisch mitgebracht, auf den Elisabeth hinter dem geöffneten Absperrgitter zwei Pyramiden aus kugelförmigen Energiebomben, wie sie es nannte, aufgeschichtet hatte. Einmal süß, mit Datteln und Lakritzschnaps, einmal etwas Falafelartiges. Dazu Pappbecher, Wasser und Apfelsaft.

Allein der Einsatz der beiden hatte mir wieder vor Augen geführt, dass es in meinem Leben doch nicht nur Grund zur Beschwerde gab. Auch Cord war mit seinem E-Bike schon eine halbe Stunde früher gekommen und mit seiner souveränen, über jeden Zweifel erhabenen Ausstrahlung eine große Beruhigung. Denn immer wieder kam in kleinen Wellen die Angst vor meiner eigenen Courage und drohte meinen Mut zu überspülen wie die Nordsee die Sandburg. Schließlich war ich sonst der Typ brave, gesetzestreue Bürgerin. Kürzlich war ich vom Parkplatz in den vollen Supermarkt zurückgekehrt, um die Packung Klopapier zu bezahlen, die ich auf dem unteren Gitter des Einkaufswagens versehentlich hatte mitgehen lassen.

Dieter hatte, als er von meinem Vorhaben erfuhr, zurückhaltend reagiert. Ich wusste nicht, was er dachte. Vielleicht fand er die Aktion einfach unnötig und bescheuert. Oder war er der Meinung, ich sollte mich lieber auf die Firma konzentrieren?

Aber das tat ich. Ich machte für die Firma weiterhin Überstunden. Und hatte mit viel Überwindung inzwischen einen Gesprächstermin bei unserer Hausbank vereinbart. Zwar erst in anderthalb Monaten, aber immerhin. Ich würde mich vielleicht tatsächlich von Jens coachen lassen, würde unsere vollen Auftragsbücher präsentieren, von dem ausgefallenen Honorar berichten und das Beste hoffen. Was hatte ich auch für eine Wahl? Und bis dahin – dazu diente mir der Termin als Ultimatum – würde ich Papa schonend unsere Probleme beibringen.

Wie erwartet hatte er locker reagiert, als ich ihm von der Niederlage beim Hardenberg-Platz berichtete. »Mäuschen, es wäre schön gewesen, aber es war auch alles andere als selbstverständlich. Da werden nicht wenige teilgenommen haben und darunter sicher größere, bekanntere Namen als unserer. Unser Vorschlag war gut, aber er war auch ein bisschen radikal. Wahrscheinlich ist was Durchschnittlicheres durchgekommen«, mutmaßte er.

Ich fühlte die sanfte, vermutlich noch nicht einmal beabsichtigte Spitze gegen meinen Anteil an dem Konzept, der in den Worten meines Vaters wohl das »Radikale« ausmachte. Hatte ich vielleicht wie eine blutige Anfängerin die politische Konsensfähigkeit außer Acht gelassen, nur um Lars mit meinem fortschrittlichen, ästhetischen Konzept zu beeindrucken?

Wie auch immer, heute würden hoffentlich ein paar Leute zusammenkommen, um eine andere radikale, aber gute Idee von mir einfach umzusetzen, und damit auch meine emotionale Schieflage wieder etwas auszugleichen. Das Wetter war schon mal perfekt, es herrschten sommerliche 25 Grad bei leichtem Wind, und für heute Nacht war ein ordentlicher Regenguss angesagt, der den neuen Pflanzungen guttun würde.

Unser Nachbar, der schöne Bildhauer, trudelte ein, mit seiner Frau und den beiden Kindern. Das wunderte mich nicht, die Familie hatte hinter ihrem Haus selbst einen tollen naturnahen Garten, wie ich ihn kaum besser hätte anregen können.

Doch während ich die vier ein bisschen genant begrüßte, sah ich etwas, ganz weit hinten am Ende der Straße, das meine Aufmerksamkeit vollkommen gefangen nahm. Da kam – ich rieb mir noch mal die Augen – an der Seite einer großen Frau: Ronald. Die Frau kannte ich nicht, aber der Mann, das war, Schnauzbart und mürrisches Gesicht, eindeutig er.

Es blieb mir keine Zeit, darüber nachzudenken, ob das Grund zur Freude war, denn nun meldeten sich Hendrik und Sehun zum Dienst. Jens ließ sich entschuldigen, er saß an einem wichtigen Deal. Zwei sehr hip und intellektuell aussehende Frauen, die ich nicht kannte, unterhielten sich mit Elisabeth – wahrscheinlich Kolleginnen von der Uni.

Als Ronald und die Frau unser Grüppchen erreichten, ging ich auf die beiden zu. »Hallo, Ronald, wie toll, dass du meinem Aufruf gefolgt bist!«, sagte ich und ging in der sicheren Erwartung, verbal eins übergebraten zu bekommen, innerlich in Deckung.

»Ich habe den Zettel bei meinem Mann in der Tasche gefunden, als ich die Sporthose gewaschen hab!«, antwortete jedoch die Frau und strahlte mich an. »Und weil mir die Adresse bekannt vorkam, habe ich Ronald gefragt, was es damit auf sich hat. Wir wohnen seit zwei Jahren hier um die Ecke, und unser Garten grenzt an diesen Schandfleck. Wenn wir beim Sonntagsfrühstück auf dem Balkon sitzen, ist es immer unser Running Gag, dass da gleich einer 'ne Leiche findet. So ein Gelände ist das. Zeit, dass was passiert.«

»Dann wollen wir doch mal dem Kölner ›Tatort‹ die Kulisse zerstören«, scherzte ich.

»Und ich mir den Rücken, und dann muss ich wieder zurück zum Dehnen mit Pia. Und haaalten, haaalten, haaalten ...«, nölte Ronald.

»Ach, komm, Walrösschen, niemand hat gesagt, dass du dich übernehmen sollst.« Die Frau stupste ihren Mann ermutigend in die Seite, dann wandte sie sich wieder an mich: »Wann fangen wir an?«

»Da fragen Sie was.« Ich sah auf meine Armbanduhr. »Ich denke, jetzt.«

Ich kletterte auf die Ladefläche des Transporters und nahm mir eine kleine Schaufel, mit der ich gegen die Wagentür schlug, bis ich die Aufmerksamkeit der Anwesenden hatte. Dann begann ich mit einer kurzen Einführung zum Thema Klimaerwärmung und ihrer Bedeutung für die Lebensqualität in den Städten, doch davon wurden Ronald und die Kinder bald unruhig.

»Das Ganze ist nicht mit der Stadt abgesprochen«, ich dachte an Lars, »und auch nicht mit dem Investor, dem das Gelände gehört. Passt also auf, vor wem ihr mit der Aktion prahlt.«

Ein kalkulierter Lacher.

»Dann will ich mal erklären, was wir heute alles vorhaben. Wir wollen heute nicht wie sonst beim Urban Gardening Gemüse anpflanzen, denn das würde bedeuten, dass wir zur Pflege und Ernte immer wieder das abgesperrte Gelände entern müssten. Sondern wir wollen dafür sorgen, dass das Areal schön begrünt wird.« Ich erklärte, wie jeder helfen konnte und erntete zwischendrin zustimmenden Applaus. »Und für die beiden Kinder habe ich mir noch was ganz Besonderes ausgedacht. Ihr könnt gleich mal zu mir kommen.«

Zögerlich standen die Bildhauerkinder auf und stellten sich, ihre erwartungsvollen Augen auf mich geheftet, vor dem Wagen auf. »Auf geht's also!«, rief ich leicht peinlich berührt in die Runde und sprang von der Ladefläche.

Von Damians Freund ließ ich mir aus unserem Lieferwagen den Eimer angeben, der randvoll mit Moosbomben war. »Die Dinger hier sehen aus wie Wasserbomben«, begann ich den Kindern zu erklären. »Normalerweise bewirft man sich damit gegenseitig, auf Kindergeburtstagen und so!«

Der Junge guckte, als ob er gleich anfangen wollte zu weinen. Seine Schwester legte den Arm um ihn und bedachte mich mit einem scharfen Blick.

»Nein, nein«, beeilte ich mich zu sagen. »Also, das wollte ich gerade erklären. Wir bewerfen uns damit heute nicht, sondern wir schmeißen die Wasserbomben, die eigentlich gar keine Wasserbomben sind, da drüben gegen die Wände.«

»Was ist denn dann da drin?«, erkundigte sich das Mädchen misstrauisch.

»Eine Mischung aus Buttermilch, Zucker und Moos. Die Buttermilch bietet dem Moos die richtigen Nährstoffe, damit es die Steine, gegen die wir es werfen, gut besiedeln kann. Und wenn alles klappt, werden einige der hässlichen Betonklötze, die hier auf dem Gelände herumstehen, bald schön grün ... Oh, hallo!«

Zwei kleine Nachzüglerinnen drängelten sich vor die artigen Bildhauerkinder. Juna und Marie! Sie waren schon wieder größer, als ich sie in Erinnerung hatte, aber die kahlen Schädel waren ikonisch. Die eine – unterscheiden konnte ich sie nicht – grabschte sofort in den Eimer, ließ eine der Moosbomben fallen und versuchte draufzuspringen, um sie zum Platzen zu bringen, was ihr mangels Gewicht und Präzision aber nicht gelang.

Ich schnappte ihr das Bömbchen wieder weg und entdeckte dann ein Stück entfernt Carla – sie unterhielt sich mit Ronald und seiner erstaunlich netten Frau. Also war ich hier wohl auf mich allein gestellt. Ich machte eine Handbewegung, die übertrieben fröhlich motivierend dazu anregen sollte, mir zu folgen. Und tatsächlich gingen die Kinder mir wie der Rattenfängerin von Hameln hinterher.

»Wir bleiben alle dicht zusammen«, warnte ich. »Wir müssen nämlich ein bisschen aufpassen, wo wir hintreten.«

Bei Juna und Marie kam die Botschaft mangels Hirnreife nicht wirklich an, fürchtete ich. Die beiden stolperten immer noch so achtlos daher, dass man sich wunderte, dass sie nicht öfter hinfielen oder irgendwo gegen liefen. Aber ich wusste ja, zu was sie imstande waren.

Wir waren inzwischen auf dem Teil des Geländes angekommen, auf den die Bauruinen lange Schatten warfen. Hier an den Nordwänden sollte das Moos seine Chance bekommen. »So, jetzt kann jeder von euch sich eine Moosbombe nehmen und sie gegen die Wände schleudern. So hoch und so fest ihr könnt, damit die kleinen Luftballons auch platzen!«

Die Kinder gaben lärmend ihr Bestes, und bald war der Eimer leer.

»Jetzt suchen wir alle zerfetzten Ballons wieder zusammen!«, ordnete ich an.

Eigentlich hatte ich mich das schon später im Halbdunkeln nachholen sehen, doch besonders Juna und Marie ergriffen eifrig mit ihren kleinen Fingern die Ballonreste und brachten sie mir. Dabei machten sie wichtige Gesichter und wiederholten immer: »Long putt.«

Ich lieferte die Zwillinge wieder bei Carla ab, dankte ihr herzlich, dass sie gekommen war, und zeigte ihr, wo sie eine Samenmischung finden konnte. Vielleicht hätten Juna und Marie Spaß daran, sie auszubringen. »Aber achte am besten ein bisschen drauf, dass ihr sie nicht irgendwo ausstreut, wo sich eine andere Pflanze angesiedelt hat. Wenn sich schon ein natürliches Biotop gebildet hat, sollten wir das nicht stören«, ergänzte ich.

»Klar, Chefin«, antwortete Carla.

Ich schnappte mir eine der Falafeln von Elisabeths Tisch und ging zu den Herren, die die Pflanzgrube für den Baum aushoben.

»Das Loch ist zu klein für den Wurzelballen«, erklärte Sehun und verzog unzufrieden das Gesicht.

»Wir können die Wurzeln ein Stückchen kappen. Warte, ich hole meine Säge.«

Auf dem Weg zum Transporter sah ich mich um und hatte das Gefühl, dass meine Party gut angelaufen war. Einige der Erdsäcke waren schon mit Perückensträuchern und anderen schnellwachsenden Pflanzen bestückt, und die beiden intellektuellen Stylerinnen rollten sie durch die Gegend und schienen zu diskutieren, wie man die besten Blickachsen erzeugen konnte. Wenn alles wie geplant anwuchs, würde das Gelände am Ende noch die Anmutung eines urbanen Kunstwerks bekommen.

Carla und ihre Töchter hatten indessen Meyer-Landrut

kennengelernt, der wohl mal nachsehen wollte, was in seinem Revier Ungewöhnliches vor sich ging. Die beiden anderen Kinder halfen ihrer Mutter und Cord beim Verteilen einer Palette Hauswurz. Ich beobachtete, wie die Frau immer heimlich, wenn ihre Kinder nicht hinsahen, die von ihnen gesetzten Pflanzen noch mal umsetzte und richtig festdrückte.

Der Anblick von Ronald und seiner Frau, wie sie gemeinsam einen Erdsack nach hinten aufs Gelände wuchteten, der wohl zu ihrer guten Aussicht vom Balkon beitragen sollte, ließ mich an meine Eltern denken. Obwohl ich meine Gründe dafür gehabt hatte, ihnen nichts hiervon zu erzählen, wäre es jetzt doch schön gewesen, sie dabeizuhaben.

Sehun zeigte mir, welche Wurzelteile überstanden und störten. Ich überlegte kurz, ob ich ihm die Säge überlassen sollte, aber dann setzte ich sie selbst an.

Ich war fast fertig, als Cord mich hektisch ansprach. »Du, Svea, ich verziehe mich ins Büro«, raunte er. »Kannst du vielleicht meine ungeliebte Freundin da drüben ablenken?« Er wies unauffällig mit dem Daumen in Richtung Transporter. Dort stand seine Stalkerin – wie hatte die denn bloß Wind von der Sache bekommen? Sie redete eindringlich auf Elisabeth ein, während die ihr den Teller mit den Energiebällchen hinhielt. Offenbar hatte sie Cord noch nicht entdeckt.

Ich drückte jetzt doch Sehun die Säge in die Hand, und Cord machte, dass er wegkam.

Wie beiläufig ging ich auf die Frau zu, als sei sie ein wildes Tier, das ich nicht verschrecken durfte. »Möchten Sie bei unserer kleinen Gartenaktion mitmachen?«, begrüßte ich sie freundlich. »Dann gebe ich Ihnen gern eine Einführung.« Ob das so schlau war? Wenn sie ja sagte, war der Abend für

Cord gelaufen. Aber mir fiel auf die Schnelle nichts anderes ein.

Die Dame schien ebenfalls zu überlegen, was für ihr Anliegen die beste Taktik war. »Äh, ja, vielleicht«, sagte sie zögernd.

»Dann lassen Sie uns doch gemeinsam rübergehen.« Ich wollte sie am Arm nehmen und zu unserem Lieferwagen führen, aber sie schüttelte mich unwillig ab.

»Kommt Cord denn gleich wieder?« Mist, sie hatte ihn wohl doch gesehen.

Ich tat überrascht. »Ich glaube nicht. Er wollte noch etwas arbeiten und dann nach Hause.«

»Dann warte ich hier.« Sie blieb stehen und versteifte sich.

Ich blieb auch stehen und überlegte. Mein Herz klopfte schnell. Ich wollte das richtig machen. »Ich möchte eigentlich, dass Sie gehen«, sagte ich schließlich schlicht. »Ich weiß, dass Cord Sie nicht sehen will. Ehrlich gesagt hatte er ursprünglich nicht vor, noch im Büro zu arbeiten – wir haben schließlich Samstag. Das hat er erst entschieden, als er Sie gesehen hat.«

Ich konnte sehen, wie meine Worte sie verletzten. Die Mundwinkel ihrer geschürzten Lippen zuckten. Obwohl sie mir geradezu körperlich unangenehm war, tat sie mir leid. »Sie können mir gar nichts befehlen«, antwortete sie. »Außerdem muss ich Ihnen sicher nicht sagen, dass das, was Sie hier veranstalten, nach Paragraf 123 StGB strafbar ist.«

»Wir tun niemandem weh«, entgegnete ich nur. »Warum gehen Sie nicht einfach? Ich weiß, dass es nicht einfach ist, jemanden zu lieben, der nichts von einem wissen will. Aber man kann niemanden zwingen. Und das Gefühl geht auch wieder ...«

»Hören Sie auf! Hö-ren Sie auf. Wenn Sie weiterreden, rufe ich die Polizei und lasse Sie alle – alle! – festnehmen.« Da war sie wieder, diese überschlagende Stimme, die ich schon beim letzten Mal von ihr gehört hatte.

Unwillkürlich musste ich mir vorstellen, wie ein GSG-9-Beamter hinter Juna und Marie herlief. »Können Sie gern machen. Dann werde ich der Polizei auch gleich mitteilen, dass Sie schon seit Wochen meinen Mitarbeiter derart belästigen, dass es unter den jüngst verschärften Stalking-Paragrafen fällt. Schauen wir doch mal, wer dann festgenommen wird.«

Wütend starrte die Frau mich an.

Ich nahm das als Zeichen, dass ich auf dem richtigen Pfad war. Obwohl es sicher in beiden Fällen mehr als unwahrscheinlich war, dass jemand festgenommen wurde. Bezüglich unserer Gardeningaktion musste schon der Geländeinhaber Anzeige wegen Hausfriedensbruch stellen, das hatte ich vorher recherchiert. Über den Stalking-Paragrafen hatte ich nur von Kirsten gehört, dass er in den letzten Jahren zugunsten der Opfer angepasst worden war. »Also, Sie haben die Wahl: Entweder Sie gehen und lassen Cord ein für alle Mal in Ruhe, oder ich rufe die Polizei, und wir klären das auf diese Weise«, bluffte ich.

»Also, jetzt machen Sie mal bitte halblang.« Die Frau schützte sich mit einem hochmütigen Gesicht. »Ich kenne den Paragrafen 238 sehr genau – und bin ja wohl in keiner Weise geeignet, zu einer schwerwiegenden Beeinträchtigung in Cords Leben zu werden!«

Statt einer Antwort nahm ich mein Handy aus meiner hinteren Hosentasche und entsperrte es.

»Gut – also ... ich habe jetzt auch sowieso einen Termin.«

Nervös sah sie auf ihre edle, schmale Armbanduhr. »Ich muss jetzt weg, grüßen Sie Cord!« Sie stolzierte von dannen, als seien wir Nachbarn und ich hätte sie bei einer zufälligen Begegnung auf dem Wochenmarkt ein wenig zu lange aufgehalten.

Verdattert ging ich zu unserem Büro hinüber und klingelte. Es dauerte eine Weile, dann drang Cords misstrauisches »Ja?« durch die Gegensprechanlage.

»Ich bin's, Svea! Warte noch zwei Minuten, dann kannst du rauskommen, die Luft ist rein!« Sicherheitshalber schaute ich noch mal die Straße runter, aber das verdrehte Reese-Witherspoon-Double war schon fast weg. Gleich würde sie um die Ecke biegen und nicht mehr zu sehen sein.

Einige Zeit später stand Cord wieder auf der Straße.

»Wunderbar, wie hast du das denn geschafft?«, fragte er erleichtert und sah sich um.

»Ich habe ihr mit dem Stalkingparagrafen und der Polizei gedroht.«

»Nicht schlecht.«

»Woher wusste sie überhaupt, dass du hier bist?«

»Wahrscheinlich, weil ich einem Freund vom Debattierclub Bescheid gesagt hatte. Der weiß nichts von meinem Problem mit ihr. Kann sein, dass er die Info letzten Samstag im Club weitergegeben hat.«

»Du solltest dein Umfeld wirklich informieren.«

»Aye, Chefin, ich werde es mir hinter die Ohren schreiben, auch den Trick mit der Polizei.«

Das war schon das zweite Mal an diesem Tag, dass mich jemand Chefin nannte – wenn auch beide Male mehr im Scherz, trotzdem fiel es mir auf.

»Weißt du, was Reese beruflich macht?«, fragte ich Cord.

»Sie ist Zahnärztin.«

Überrascht sah ich ihn an. Aber warum eigentlich nicht?

»Im Internet kann man lesen, dass sie fachlich sehr gut, aber menschlich schrecklich sein soll.« Wir sahen uns an und brachen in hysterisches Gelächter aus.

So konnte ein Problem, auf das man wirklich hätte verzichten können, für extra gute Laune sorgen, wenn es denn wieder weg war.

Die größte Genugtuung allerdings bereitete mir an diesem Samstag die kleine, streng geheime Zusatzoperation, zu der Elisabeth, Damian und ich weit nach Mitternacht mit dem Lieferwagen aufbrachen ...

KAPITEL 16

Trotz ihres Mutes und Eifers sind die Soldaten der lichtscheuen TERMITEN infolge ihrer Blindheit ziemlich unbeholfen und gebärden sich grimmiger, als sie in Wirklichkeit zu sein vermögen.

Brehms Tierleben, Bd. 9: Insekten, Tausendfüßer und Spinnen, noch einmal über die Termite

Eine knappe Woche war vergangen, als im Büro das Telefon klingelte.

»Tewald«, meldete ich mich.

»Hallo Svea, hier ist Daniel.«

Ich musste kurz überlegen.

»Dein Tanzoffizier.«

»Ah, ja klar, wie konnte ich das vergessen! Daniel! Wie kann ich dir denn helfen?«

»Dazu muss ich ein bisschen ausholen.«

»Gern, ich habe Zeit.«

»Also, es ist so: Wenn ich nicht gerade für die Gelben Funken auf der Bühne stehe, bin ich Geschäftsführer eines Farbengeschäfts auf der Buchforster Straße in Mülheim. Vielleicht kennst du die Gegend, da tut sich in letzter Zeit viel, es wird investiert, nette neue Cafés haben eröffnet und so weiter.«

»Ja, kenne ich, ich kaufe da manchmal nach Feierabend

ein. Ich glaube, ich habe sogar dein Geschäft schon mal gesehen. War aber noch nie drin.«

»Ist okay.« Daniel lachte. »Wir richten uns vor allem an Handwerker, die größere Mengen beziehen. Das Privatkundengeschäft macht nur einen kleineren Teil aus. Also, jedenfalls bin ich außerdem Vorsitzender der Einkaufsgemeinschaft ›Em Müllemer Städtsche koofe mer so jern‹, einem Zusammenschluss von Geschäftsleuten, die an das Potenzial des Viertels und der Einkaufsstraße glauben und sie grüner und attraktiver machen wollen. Und da kommst du ins Spiel.«

»Witziger Name«, sagte ich. Typisch, dass er an ein Karnevalslied angelehnt war. »Und schön, dass du an mich denkst!«

»Christian erwähnte ja vor unserem Auftritt, dass du eine Gartenbaufirma hast. Und dann habe ich munkeln hören ...«

»Was?«

»... dass du was mit der tollen Aktion auf dem Bockstätter-Gelände zu tun hast.«

»Du kennst dich aber gut aus. Ja, könnte sein. Aber das war natürlich Privatsache.«

»Schon klar. Trotzdem cool.«

Ich freute mich, wollte das aber nicht zeigen. »Na, wenn sogar du als traditioneller Karnevalist das so siehst ...«, sagte ich bescheiden.

»Unterschätz mal uns traditionelle Karnevalisten nicht. Also, jedenfalls hatten wir kürzlich Sitzung, es ging um die Begrünung der Straße, und da habe ich von dir erzählt. Long story short: Wir würden dich gern mit einem Entwurf, und wenn alles gut läuft, auch mit der Umsetzung beauftragen.

Weil wir dich mit deiner Traditionsfirma als glaubwürdige Akteurin des Viertels empfinden. Weil du aber gleichzeitig auch diesen modernen Blick mitbringst, den wir für die Strahlkraft unserer Straße brauchen.«

»Mannomann, ich fühl mich total geehrt, Daniel.«

»Deine Homepage ist toll, da springt sofort der Funke über. Und dieses Siegel, das du da vergibst, ist für unser Marketing interessant. Außerdem tanzt du wie ein Derwisch.« Er lachte wieder und ich auch.

Das Siegel war meine jüngste Idee. Es bezeugte »Insektenfreundlich – wissenschaftlich geprüft«, und ich hatte es ziemlich laienhaft mit einem Online-Designprogramm erstellt. »Wollen wir uns dann mal für ein Briefing treffen, oder wie machen wir das? Dann mache ich euch ein Angebot, das ihr nicht ablehnen könnt!«

»Da bin ich sicher. Wie wäre es ... übermorgen gegen fünf?«

Ich rief meinen Kalender auf, kurz darauf hatten wir einen Termin und ich ein ziemlich gutes Gefühl.

Lars. Stand mit seinem Fahrrad vor dem Absperrgitter und blickte auf unser Guerilla-Gardening-Projekt, als ich zwei Tage später gegen Viertel nach fünf aus der Firma trat. Unwillkürlich blieb ich stehen.

Daniel, der auf der kleinen Treppe hinter mir lief, hielt sich an meinen Schultern fest, um mich nicht umzurennen.

»Stimmt was nicht?«, fragte er und beugte seinen Kopf von hinten über meinen. Dadurch, dass wir so intensiv zusammen trainiert hatten, waren wir vertrauter miteinander, als unsere kurze Bekanntschaft erwarten ließ. Hatten uns mit einer Umarmung begrüßt, als Daniel bei mir im Büro aufgeschlagen war, und dann bald beschlossen, unseren Termin im Freien in einem Café auf der Buchforster Straße fortzusetzen.

»Doch, doch, alles gut«, antwortete ich jetzt. »Nur ... da steht jemand.«

»Der Typ mit dem hellblauen Hemd und dem roten Fahrrad, der zu uns herüberguckt?«

»Ja.« Ich stand immer noch wie festgeklebt vor ihm.

»Und warum genau hindert der dich am Weitergehen?«

»Oh, äh, 'tschuldigung.« Ich lief die verbleibenden beiden Treppenstufen hinunter. »Es ist nur ... Der ist vom Grünflächenamt.«

»Meinst du, der will dir ein Knöllchen wegen unerlaubten Pflanzens verpassen?«

Lars kam jetzt zu uns herüber. Den Klamotten nach zu urteilen direkt von der Arbeit. Die Ärmel seines Hemdes hatte er hochgekrempelt, die Hose war knittrig vom Arbeitstag. Das Herz schlug mir bis zum Hals. »Keine Ahnung, was der hier will«, sagte ich leise.

»Hi, Svea«, begrüßte mich Lars, als er vor uns stand, und sah etwas unentschlossen von mir zu Daniel und wieder zurück.

Dann streckte er Daniel die Hand hin. »Lars Opitz.«

»Daniel Lehmann«, stellte Daniel sich vor.

»Du kennst ihn von der Bühne«, ergänzte ich an Lars gewandt, und erklärte, als er mich aus seinen Bernsteinaugen nur weiterhin irritiert ansah: »Er war mein Tanzpartner bei den Gelben Funken.«

»Ach so«, sagte Lars.

»Toller Auftritt, oder?«, warf Daniel ein. »Also, was Svea betrifft, nach nur anderthalb Stunden Training.«

»Na, Sie waren schon auch nicht schlecht. Aber Svea war natürlich denkwürdig«, meinte Lars mit einem schwachen Lächeln. Dann wandte er sich an mich. »Du ... verfolgst das jetzt weiter? Mit dem Tanzen, meine ich.« Er sah wieder zu Daniel.

Ich lachte nervös. Warum musste Lars ausgerechnet heute hier vor der Tür herumstehen, da ich nicht allein aus dem Büro kam?

»Nein, wir haben heute einen geschäftlichen Termin«, betonte ich.

Aber Lars' Gesicht verschloss sich.

Daniel sah das, zog wohl eigene Schlüsse und fragte vorsichtig: »Werden Sie etwas unternehmen ... Ich meine, wegen des Bockstätter-Geländes? Es ist ja nichts Bauliches beschädigt worden, und die Absperrungen sind auch intakt.«

»Des Bockstätter-Geländes?«, wiederholte Lars verständnislos.

»So heißt der Investor, dem das Areal gehört und der seit Jahren mit der Stadt über irgendwelche Genehmigungen im Clinch liegt«, erklärte Daniel und deutete mit dem Kinn in Richtung Brache.

»Ach so. Nein, da unternehme ich nichts. Was sollte ich da auch unternehmen? Sieht doch gut aus. Hast du damit was zu tun?« Er sah mich an, und ich bemerkte, dass auf seiner Nase noch mehr Sommersprossen hinzugekommen waren. Um seinen lieben, schönen Mund, dessen Anblick mich für einen Moment wieder in den Kneipenkeller schickte, lag jedoch ein angespannter Ausdruck.

»Könnte sein«, meinte ich.

»Na ja, wie auch immer, ich bin vom Grünflächenamt, nicht vom Ordnungsamt«, meinte Lars ziemlich kühl.

»Ja, hat Svea erzählt«, erwiderte Daniel.

»Dass ich vom Grünflächenamt bin?« Er blickte mich an, als sei das eine Info, die er erst kurz sacken lassen musste. »Wie auch immer, ich muss mal weiter und ihr ja auch.«

»Ja, aber ... was hat dich denn eigentlich hierher verschlagen?«, fragte ich die Frage aller Fragen.

»Das Bockstätter-Gelände. Ich kam gerade aus dem Amt und wollte mir mal ansehen, was daraus geworden ist. Also, macht's gut – ich wünsche euch gute Geschäfte.«

»Danke«, sagte Daniel.

»Danke«, echote ich konsterniert.

Lars nickte uns noch mal zu, dann drehte er sich um und ging zu seinem Rad. Schweigend sahen wir ihm nach.

Lars' Rückansicht ... Ich wollte neben ihm gehen und seine Hand nehmen.

»Seltsamer Typ«, meinte Daniel. »Nicht dass er doch irgendwas vorhat.«

»Warte einen Moment hier«, sagte ich kurzentschlossen. »Ich rede noch mal mit ihm.«

Erst als ich fast vor ihm stand, hob Lars seinen über das Fahrradschloss gebeugten Kopf. »Nanu?«

»Ich wollte noch was sagen«, stellte ich atemlos fest.

»Schieß los.«

Obwohl er das so kurz angebunden, nahezu abweisend sagte, hatte ich das Gefühl, dass ihn doch interessierte, was kommen würde.

Ich sprach nicht gleich weiter, weil ich nicht wusste, wie ich anfangen sollte. Sah ihn an, dann auf meine Zehenspitzen, trat da mit dem einen Fuß ein imaginäres Stück Dreck von dem anderen weg. Ich könnte jetzt einfach einen Schritt vortreten und ihm die Arme um den Hals legen. Ob er sich dagegen wehren würde?

»Ich habe dich auf Finder gesehen«, sagte ich schließlich.

Lars starrte mich an. »Ja – und?«, fragte er dann fast aggressiv und rieb sich den Nacken.

»Ja ... und Meyer-Landrut – das ist Elisabeths Katze – hat dich nach links gewischt.«

»Ich wurde also von einer Katze abserviert, nicht von dir? Dann ist ja gut.« Er zuckte die Achseln. »Aber wir kennen uns ja auch sowieso schon.«

»Klar, aber ... also, vielleicht sehen wir uns ja noch mal.«

»Kann sein, Köln ist ja bekanntlich ein Dorf.«

»Würde mich freuen.« Sehnsucht klang aus meiner Stimme und hing zwischen uns in der Luft.

Aber wenn sie bei Lars ankam, dann nicht gut. »Schön zu hören, aber jetzt wartet, glaube ich, dein Termin.«

»Ja. Klar.« Das lief hier alles mal wieder in die völlig falsche Richtung. Heute Abend würden mir sicher viele kluge Sätze einfallen, mit denen ich das Ruder noch herumreißen konnte, aber dann wäre es zu spät.

»Tschüss.« Lars stieg aufs Rad.

»Bis bald«, erwiderte ich traurig.

Als ich mich zum Gehen wandte, ergänzte er widerwillig, als würde nur seine gute Kinderstube ihn dazu anhalten: »Das mit dem Hardenberg-Platz tut mir leid.«

»Schon okay«, antwortete ich und blieb stehen. »Ich habe mich nur gewundert, dass die Entscheidung so schnell kam.«

»Ich hatte das Gefühl, dass sie wichtig für dich wäre.«

»Und deswegen wurde so schnell entschieden?«, fragte ich ungläubig.

»Ich kann Einfluss auf die Sitzungstermine nehmen«, erklärte er, als sei es ihm unangenehm.

»Oh. Also, danke jedenfalls. Hat Kress dir denn noch Probleme gemacht?«

»Er hat es versucht«, antwortete Lars unwirsch.

Bestürzt sah ich ihn an. «Das wiederum tut mir leid. Und was heißt das genau?«

»Kress wollte mir die Stimme für seinen Spezi abpressen. Mit der Drohung, unser beider ›sehr private Beziehung‹ publik zu machen.« Er betonte die Worte auf eine sarkastische Weise. »Nachdem ich ein bisschen nachgehakt habe, schien aber durch, dass nur irgendwer aus seiner Seilschaft uns an dem Nachmittag bei den Gelben Funken am Fahrradständer gesehen hat. Unser Blick soll Bände gesprochen haben. Aber da hat er sich ja geirrt.« Lars Blick war einigermaßen feindselig. »Wie ich sehe, bist du ja schon wieder mittendrin in der Akquise.«

»Sicher«, erwiderte ich. Was sollte das denn jetzt? »Dauernd. Was dagegen?«

»Nein, überhaupt nicht, ist deine Sache.«

Ich sah ihn nur fragend an. Die Vorstellung, dass vor nicht allzu langer Zeit meine Hand über seinen Rücken geglitten war, erschien mir gleichzeitig absurd und auch wieder überhaupt nicht.

»Irgendwie habe ich schon wieder das Gefühl, dass du das Berufliche mit dem Privaten beförderst, wenn es deinem Vorteil dient. Aber der Eindruck kann natürlich täuschen.«

Ich wich einen Schritt zurück. »Richtig«, erwiderte ich langsam. »Du kannst dich täuschen. Und darum gebeten, irgendeinen Vorgang zu beschleunigen, habe ich dich auch nicht. Hat mir am Ende ja auch nicht gerade viel genutzt.«

»Das war eine demokratische Kommissionsentscheidung, und es gab siebzehn Bewerbungen. Da kann man nicht davon ausgehen zu gewinnen.«

»Schon klar, ich bin ja nicht blöd.« Konnte es vielleicht sein, dass Lars wirklich ein verstockter Kotzbrocken war und ich nur zu verknallt, um das zu begreifen?

»Lässt du dann mal meinen Gepäckträger los?«

Scheiße, ja. Ich nahm die Hand weg.

Wie er da mit seinen Hemdsärmeln auf seinem Rad saß, strahlte er wieder diese arrogante Lässigkeit aus, die ihm stand, aber mich gerade deswegen wütend machte. »Euch dann noch viel Spaß beim Zubetonieren«, stieß ich hervor.

»Der Gewinner-Entwurf sieht viele Bäume vor.« Er machte eine kurze Pause. »Trotzdem habe ich für deinen gestimmt«, setzte er knapp hinzu, und dann trat er endgültig in die Pedale.

Einen Moment noch sah ich ihm nach, dann ging ich mit zittrigen Knien zurück zu Daniel. Lars' letzte Worte hatten mein Herz trotz allem zum Vibrieren gebracht. Die Frage, wie Lars wohl gestimmt hatte, so nutzlos sie auch war, hatte ich mir in den letzten Wochen unzählige Male gestellt.

Daniel saß inzwischen auf den Stufen vor der Haustür und las auf seinem Handy. Als er mich bemerkte, sah er auf und blickte mich besorgt an. »Alles in Ordnung?«

»Ja, es ging nicht mehr um das Bockstätter-Gelände, sondern um einen anderen Kölner Platz, wegen dem wir mal miteinander zu tun hatten.«

»Ach so. Dann ist ja gut.« Daniel war so freundlich, nicht weiter zu insistieren. »Wollen wir dann los?«, fragte er.

Ich nickte, und schweigend legten wir den Weg zum Café zurück. Vielleicht mussten wir beide erst mal die merkwürdige Szene mit dem »Mann vom Grünflächenamt« abschütteln. Es war okay, mit Daniel zu schweigen. Auch wenn es vielleicht nur daran lag, dass ich mit den Gedanken nicht bei ihm war.

Als wir schließlich unter einem gelben Sonnenschirm saßen und ich ein Wasser und einen Aperol Spritz vor mir hatte, konnte die konstruktive Geschäftsfrau in mir wieder das Ruder übernehmen. Natürlich war ich so gut vorbereitet auf unseren Termin, wie die knappe Zeit es zugelassen hatte. War gestern Abend noch mal hier auf der Straße auf und ab gegangen und hatte eine Ideensammlung angefertigt, die ich jetzt mit Daniels beziehungsweise den Wünschen der Einkaufsgemeinschaft abglich.

In einem unregelmäßigen Muster aufgestellte Alleebäume – verschiedene Sorten, die die Buntheit des Veedels spiegeln sollten. Natursteinfindlinge als Sitzgelegenheiten, berankte Straßenlaternen.

Das Gespräch lief gut – einfach und unkompliziert, wenn man davon absah, dass wir dauernd unterbrochen wurden, weil jemand vorbeikam, der Daniel freundlich grüßte, kurz am Tisch stehen blieb und ein bisschen Smalltalk machte. Als dennoch zur Straßengestaltung alles gesagt war und ich versprochen hatte, ein Kurzkonzept inklusive Angebot zu erstellen, plauderten wir privat weiter. Stellten fest, dass wir den Seriengeschmack teilten. Und auch Daniel wohnte mit seinem besten Freund in einer WG.

»Bei den Gelben Funken und unter den Geschäftsleuten hier stößt das manchmal auf Unverständnis, wenn sie davon hören, aber ich mag es.«

»Wahrscheinlich wundern sie sich, weil du beruflich etabliert bist und dir eine eigene Wohnung leisten könntest.«

»Bist du doch auch.«

»Bis vor Kurzem habe ich noch mit einer halben Stelle an der Uni gearbeitet«, erklärte ich und erzählte dann auf Daniels Nachfragen hin von meiner Arbeit als Insektenforscherin.

Als wir schließlich auf die Rechnung warteten, meinte er: »Wir können uns vielleicht auch so mal treffen. Spielst du Tischtennis?«

Überrascht sah ich ihn an. Und dachte dann, dass ich eigentlich nicht überrascht sein sollte. Wir waren im gleichen Alter, offensichtlich beide alleinstehend und verstanden uns bestens. Oder vielleicht meinte er das ja auch einfach platonisch? Daniels Blick ruhte freundlich und offen auf mir, er wartete.

»Joooh, schon«, antwortete ich gedehnt. »Als Kind bei meinen Eltern hatten wir eine Platte im Keller. Und in der Schule beim Rundlauf war ich ganz gut.«

»Dann muss ich mich ja vorsehen.« Er lächelte. »Ich bin oft mit ein paar Freunden an der Tischtennisplatte im Pantaleonspark«, setzte er hinzu, aber ich hatte das Gefühl, dass das mit meiner zögerlichen Reaktion zu tun hatte. Vielleicht wäre es sonst ein Match für zwei geworden. Daniel war attraktiv, keine Frage. Entspannt, obwohl er gerade ein wenig in die Offensive gegangen war ... Der kölsche Matthias Schweighöfer, hatte Cord am Tag nach unserem Auftritt gemeint. »Ich gebe dir Bescheid, wenn wir uns treffen. Wir suchen immer neue Gegner.« Er grinste mich an, und plötzlich fiel mir auf, dass er seltsam geformte Ohrläppchen hatte. Schmal und länglich.

»Gern. Aber nicht, dass du es bereust. Mein Aufschlag war innerhalb der Familie Tewald legendär.« Meine Worte klangen locker, mein Tonfall etwas bemüht.

Als die Kellnerin mit der Rechnung an den Tisch kam, war ich froh. Wir griffen gleichzeitig danach und lachten verlegen, als sich unsere Hände berührten.

Am Morgen im Büro war ich nicht die Erste. Deutlich zu erkennen am Zustand der Küche. Als ich mit Daniel gestern das Büro verlassen hatte, war sie in bestem Zustand gewesen. Eine Tüte lag auf der kleinen Arbeitsfläche, die zwei vor sich hin trocknende Scheiben Graubrot enthielt, dazu sechs halbrund ausgeschnittene Käserinden und zahlreiche Krümel.

In der Kaffeemaschine steckte ein noch warmer Filter, der auf den Boden tropfte, als ich ihn in den Mülleimer warf, und in der Spüle stand eine benutzte Kaffeetasse. Überflüssig zu erwähnen, dass die Spülmaschine, die ich gestern angestellt hatte, nicht ausgeräumt worden war.

Als Dieter anderthalb Stunden später an den Tatort zurückkam, um seine Thermoskanne aufzufüllen und einen Griff in die Besprechungskekstüte zu tun, fand er an der Kühlschranktür etwas vor, das er noch nie gesehen hatte.

»Was soll das denn hier sein, Svea?«, rief er zu mir herüber, dem Tonfall nach zu urteilen eher belustigt als sauer.

»Ein Putzplan«, rief ich ebenso fröhlich zurück, obwohl ich innerlich ob der Frage, wie Dieter die Initiative auffassen würde, durchaus angespannt war.

»Was soll denn das heißen?« Er schien den Ernst der Lage noch nicht zu begreifen.

»Du bist diese Woche dran«, erklärte ich. »Dafür zuständig, die Küche jederzeit sauber zu halten.«

»Aber ich muss doch auf die Baustellen.« Entgeistert erschien er im Türrahmen. Er erschien mir noch größer als sonst.

»Und Cord muss buchhalten, und ich muss mailen und telefonieren und zwischendurch auch auf die Baustellen.« Kurz schaffte ich es, seinem entgeisterten Blick standzuhalten.

»Na ja …«, meinte er. »Das ist aber schon was anderes.«

»Nein«, entgegnete ich. »Hast du schon mal drüber nachgedacht, dass irgendwer das Chaos, das du hier regelmäßig hinterlässt, wegmachen muss?«

»Na ja«, begann er wieder. »Du schließt doch ohnehin abends immer ab.«

Ich atmete einmal tief durch. »Dann kann ich ja mit dem Schlüssel auch noch mal eben über die angetrockneten Eintopfreste und die Kaffeetassenkränze auf der Arbeitsplatte drüberkratzen, oder was?«

»Du bist aber schon geübter darin als ich.« Jetzt klang er etwas genervt.

»Da muss ich dir zwar recht geben. Aber das muss ja nicht so bleiben. So schwer ist das alles nicht.«

Brummelnd zog er sich wieder in die Küche zurück.

Als ich mich wieder meinem E-Mail-Postfach zuwandte, schlug mir das Herz bis zum Hals. Und die Sache war noch nicht einmal ausgestanden. Zehn Minuten später stand Dieter wieder im Türrahmen.

»Also, eigentlich wollte ich dir ja was erzählen«, meinte er in undefinierbarem Ton und mit ernstem Gesicht.

»Was?«, fragte ich furchtsam.

»Dass ich ein Jobangebot habe.« Der Baumläufer aus der Wanduhr gab ein alarmiertes Zirpen ab.

»Nein«, stieß ich hervor. Und jetzt hatte ich gerade heute auch noch mit der Küche angefangen. Hätte ich mir das doch gespart! Aber die Käserinden heute Morgen hatten das Fass, das schon randvoll war mit Kaffeepulver, Kerngehäusen und leeren Suppendosen, zum Überlaufen gebracht.

»Ich wollte es aber nicht annehmen«, fuhr Dieter in diesem Moment fort.

»Oh!« Ich atmete aus. »Wie kommt's?«

»Ach, die Parameter passen nicht so perfekt. Die Firma ist in Hürth, da fahre ich morgens länger hin. Und vielleicht machen die mir zu viel Baumpflege. Außerdem meinte Cord, mit dem neuen Auftrag auf der Buchforster und unseren gut gefüllten Büchern stünden die Chancen für einen Überbrückungskredit nicht mehr ganz so schlecht.«

»Puh, Dieter, da bin ich aber erleichtert.«

»Wenn du mich allerdings noch mal in den Putzplan reinschreibst, überlege ich es mir noch mal«, sagte er und grinste, während er an mir vorbei zur Tür ging.

»Ich erwarte deine Kündigung in genau drei Wochen«, rief ich ihm hinterher.

Abends hing ich schlaff und schon in Jens' gemütlichem Hoden-T-Shirt mit meiner Naturgartenliteratur auf dem Sofa. Die vergangenen Wochen forderten langsam ihren Tribut. Angesichts des Lichtstreifens an der Firmenfront erlaubte ich mir nach wenigen Seiten, meinen starken Gelüsten nach dem Fernseher nachzugeben. Ich klappte das Buch zu, brühte einen Früchtetee auf und machte die Kiste an. An einer furchtbar kitschigen ZDF-Produktion blieb ich hängen. Die Hauptfiguren sagten, was sie immer sagten: »Glaube mir«, »Los, worauf warten wir noch« und »Auch Kormorane müssen mal ein Nest bauen«. Ich sank tiefer in unsere altrosa Sitzlandschaft, zog die Decke über meinen nackten Beinen höher und schaltete mein Gehirn ab. Schade, dass Meyer-Landrut nicht zu Hause war. Er auf meinen Füßen, das wär's jetzt noch.

Dafür hörte ich, wie die Wohnungstür aufging und Elisabeth nach Hause kam. Elisabeth war auch gut, wir hatten uns seit zwei Tagen nicht mehr gesehen. Dem Schwung ihrer Schritte und ihrem Gesumme im Flur konnte ich entnehmen, dass sie gut drauf war.

»Wen höre ich denn da?«, fragte sie, als sie den Kopf ins Wohnzimmer streckte.

»Ich sage doch gar nichts.«

»Ich meinte ja auch den Fernseher.«

»Ach so. Der musste heute mal sein.«

»Finde ich gut, sehe ich genauso. Wenn du dich nämlich zu Tode schuftest, muss ich mit dir aus der Wohnung raus. Allein kann ich mir die Miete nicht leisten.«

»Du könntest zusammen mit Kerim und Damian hier wohnen. Dann würde es sogar billiger«, witzelte ich.

Elisabeth antwortete nicht, und ich fürchtete schon, in ein Fettnäpfchen getreten zu sein, als sie mit zwei Sektgläsern zurückkam. Oder besser gesagt mit zwei raffiniert aussehenden Cocktails, aus denen oben ein Zweig Rosmarin ragte.

Ich stellte den Tee auf das Abstelltischchen an meiner Sofaseite, nahm das Glas entgegen und erkundigte mich: »Gibt es was zu feiern?«

»So fühlt es sich an«, sagte sie, stellte ihr Glas ab und zog sich mit einer anmutigen, gleichwohl effizienten Bewegung ihr Kleid über den Kopf. »War das eng«, stöhnte sie. Nachdem sie auch noch ihre Strumpfhose abgestreift hatte, kuschelte sie sich mir gegenüber unter das andere Plaid. »Stoßen wir auf meine neue, einvernehmlich geregelte Poly-Beziehung zu Kerim an«, eröffnete sie mir, nahm ihr Glas wieder an sich und streckte es mir entgegen.

»Sag bloß!« Ich stieß meines so erfreut dagegen, dass ein bisschen vom Inhalt auf meine Decke schwappte. »Ihr habt also endlich ›das Gespräch‹ geführt?«, fragte ich, während ich mit der Hand den Fleck verrieb.

»Genau. Wir haben Regeln aufgestellt.«

»Und die lauten?«

»Gemeinsame Bekannte sind tabu – ausgenommen Damian –, ebenso Männer aus unserem Viertel.«

Ich nickte. Der Cocktail war exquisit. »'tschuldigung, aber was ist da drin?«

»Sekt, Limoncello, Grenadine, Limette und Rosmarin. Gut, oder?«

Ich nickte schwelgerisch.

»Aber weiter zu unseren Regeln«, fuhr sie fort. »Über einmalige erotische Kontakte haben wir Stillschweigen vereinbart. Sollte aber bei mir ein weiterer fester Kandidat dazukommen, muss neu verhandelt werden. Mindestens einmal im Monat soll es sowieso ein festes Reflexionsgespräch geben.«

»Ein Jour ficks mit ck?«

Jetzt prustete Elisabeth ihren Cocktail auf die Decke.

»Genau, so werden wir das nennen. Nein, aber im Ernst: Es soll nicht notwendigerweise um Sex gehen, sondern darum, wie wir uns mit der Beziehung fühlen.«

»Jedenfalls hast du einige Kompromisse gemacht.«

»Ja. Wenn man auch ehrlich sagen muss, dass er mehr gemacht hat.«

»Wie lauten denn die Regeln für ihn?«, erkundigte ich mich erstaunt.

»Ich habe ihm keine auferlegt, er kann machen, was er will. Aber er will ja nicht. Eigentlich möchte er das Ganze nicht, er tut es, weil wir uns lieben. Das ist sein Kompromiss, und der ist riesig.«

»Irgendwie tragisch.«

»Ja«, meinte sie. »Aber so ist das mit der Liebe. Wo die Liebe groß ist, sind es auch die Kompromisse. Ich habe ja vor ein paar Wochen auch noch groß getönt, ich würde niemals eine polyamore Beziehung eingehen, in der mein Partner nicht aus voller Überzeugung dabei ist.«

Ich grinste. Auch dafür liebte ich Elisabeth: dass sie auch sich selbst so schonungslos betrachtete.

»Aber an das, was Kerim und ich auf geistiger Ebene haben, kommt niemand ran, das ist für uns beide kaum ersetzlich. Als Kerim Damian getroffen hat, hat er, glaube ich, eine Ahnung davon bekommen, was ich damit meine, dass Menschen verschiedene Schnittstellen haben und kein Partner alle gleichzeitig abdecken kann. Einerseits fand er Damian sympathisch, andererseits hat er begriffen, dass der niemals an seine Stelle treten könnte.«

»Aber ist er denn nicht mehr eifersüchtig?«

»Doch, sicher. Eifersucht gehört dazu. Aber in einer polyamoren Beziehung auf Dauer vielleicht sogar weniger als in einer monogamen. Weil die Angst, verlassen zu werden, wegfällt, die sonst einen Teil der Eifersucht ausmacht. Und sich davon auch niemand abgewertet fühlen muss. Es ist einfach normal, dass man noch andere trifft. Als wir den Deal in trockenen Tüchern hatten, waren wir jedenfalls richtig euphorisch.«

»Was macht Kerim jetzt?«

»Er sucht sich jemanden zum Vögeln. Nee, Spaß. Er ist noch mit einem Freund verabredet.«

»Wie auch immer, ich freue mich sehr für dich.« Ich schlug mein Plaid zurück, krabbelte zu Elisabeth hinüber, umarmte sie und blieb dann neben ihr sitzen.

Sie trank mit einem beherzten Schluck ihr Glas leer, stellte es ab und sah mich dann von der Seite an. »Dein eifersüchtiger Lars würde diesen Daniel wahrscheinlich am liebsten zum Duell fordern.«

»Nenn ihn nicht meinen Lars, das ist er nicht.« Ich sagte das, obwohl ich es doch sehr gern hörte.

»Wie erklärst du dir denn seinen komischen Auftritt vorgestern Abend?« Ich hatte Elisabeth nach dem Termin mit Daniel per Messenger von den jüngsten Entwicklungen berichtet.

»Wahrscheinlich wollte er mir noch mal persönlich sagen, dass ihm die Ablehnung beim Wettbewerb leidtut. Oder er war wirklich zufällig da. Und hat dann gesehen, wie Daniel mit mir herumgeschäkert hat.«

»Meine kleine Femme fatale.« Elisabeth schüttelte mich mit dem Arm, der um meine Schulter lag, und lachte.

»Hey, wieso ist das lustig?«, beschwerte ich mich, musste aber auch lachen. »Okay, es ist lustig«, gab ich zu.

»Aber für Lars ist es bitterer Ernst.«

»Das sagst du.«

»Ich frage mich, warum du ihn nicht mal im Büro anrufst, um die Sache zu klären. Die Nummer könnte ich für dich raussuchen.« Sie zwinkerte mir zu.

»Und ich frage mich gerade, wann ich eigentlich Meyer-Landrut das letzte Mal gesehen habe.«

Eigentlich war das nur ein billiger Ablenkungsversuch gewesen, und ich rechnete damit, durchschaut zu werden. Aber Elisabeth hielt inne und sah mich alarmiert an. Dann stand sie ruckartig auf und blickte von oben auf mich herunter. »Wo du es sagst ... frage ich mich das auch.« Sie ging rüber ins Badezimmer. »Das Katzenklo hat er schon mal nicht angerührt. Ich hatte es vorgestern frisch gemacht«, rief sie. Ich hörte Schritte, dann kam ihre Stimme aus der Küche. »Und der Wassernapf ist auch noch voll. Du hast den nicht nachgefüllt, oder?«

»Nein.« Ich stand ebenfalls auf, öffnete die Türen im Wintergarten noch ein Stück weiter und spähte hinaus in die Nacht. »Meyer-Landrut!«, rief ich. Ich rechnete nicht mit einer Antwort, aber als mir aus der spätabendlichen Stadt nur ein akzentuiertes Schweigen entgegenschlug, verstärkte das die aufkeimende Sorge.

»Vorgestern Morgen habe ich ihn noch gesehen, das weiß ich«, sagte Elisabeth, die aus der Küche zurückkam.

»So lange war er schon ein paar Mal weg – manchmal ist es uns vielleicht nicht einmal aufgefallen.«

»Lass es uns beobachten. Bleibt uns ja erst mal nichts anderes übrig.« Elisabeth ließ sich wieder aufs Sofa sinken.

Ich stellte das Standardwerk für die Natursteinarbeiten im Garten- und Landschaftsbau in die Tür zum Wintergarten, damit sie weit offen blieb und Meyer-Landrut einlud, mal kurz reinzuschauen, falls er in der Nähe war. Dann setzte ich mich wieder zu Elisabeth.

»Wir waren bei Lars und der Frage, warum du dich nicht bei ihm meldest und klar Schiff machst«, kam Elisabeth gnadenlos aufs Thema zurück. »Dass er sich zufälligerweise zur Feierabendzeit in der Sackgasse, in der du deine Firma hast, eine Urban-Gardening-Initiative angucken will, glaubst du doch nicht im Ernst. Und dass ihm das mit dem Wettbewerb leidtut, stand sogar schon in dem Ablehnungsbescheid: *Es tut uns leid, Ihnen mitteilen zu müssen ...*«

»Schon gut«, sagte ich. »Ich traue mich nicht.«

»Du kannst auch eine Mail schreiben.«

»Aber was soll da drinstehen? Ist ja klar, dass ich abstreite, meine Aufträge erschlafen zu wollen. Habe ich ihm ja auch schon gesagt.«

»Da würden wir schon die richtigen Worte finden. Kann es vielleicht sein, dass du dir selbst nicht sicher bist, was du willst?«

»Hm.«

»Ja?«

»Doch. Ich will schon. Unbedingt. Aber ich weiß nicht, ob nicht alle Zeichen dahin deuten, dass ...«

»Bullshit«, unterbrach mich Elisabeth. »Zeichen gibt es nicht. Und wenn schon, deine Passionsblume steht doch da.« Sie deutete in Richtung meines kleinen Gewächshauses.

»Der traue ich nicht mehr so recht. Und ... ich habe Zweifel, ob ein Mann, der schon ein Kind hat, der richtige für mich ist. Du weißt ja – ich habe mit Kindern nichts am Hut.«

»Da kann man doch reinwachsen.«

»Dann gibt es auch noch die schöne Ex, die für immer

Teil seines Lebens sein wird. Und damit auch Teil meines Lebens wäre.«

»Wenn du ich wärst, könntest du einfach mal mit ihm schlafen, ohne gleich über ›für immer‹ nachzudenken.«

»Wenn ich mit ihm schlafen würde, wäre ich danach für immer verloren ... Aber es ist alles so kompliziert mit ihm. Vielleicht sollte ich es mit Daniel versuchen. Mit Daniel wäre es einfach.« Ich war jetzt auch bei meinem letzten Schluck angelangt.

»Mit Daniel?« Elisabeth horchte auf.

»Er hat mich gefragt, ob wir mal zusammen Tischtennis spielen.«

Elisabeth zog eine Augenbraue hoch. »Ach. Was hast du geantwortet?«

»Dass ich es mir überlege.«

»Und was überlegst du so?«

»Ich denke, es wäre perfekt. Er hat keine Kinder, ist supernett, hübsch und kann toll tanzen. Er hat volle Sehstärke, soweit ich weiß, und einen gesunden Rücken. Und seine Mutter hat mich schon mal geschminkt. Nur seine Ohrläppchenform stört mich.«

»Das klingt wirklich indiskutabel«, spottete Elisabeth. »Aber wenn du beide austesten würdest, bekäme jeder eine Chance. Vielleicht würdest du am Ende beide behalten: Daniel nach einer Ohrläppchen-OP als deinen Fels in der Brandung und Lars als deine Amour fou. Ihr könntet sogar zu dritt ins Bett gehen. Oder du mit Lars und seiner Ex.« Elisabeth grinste.

»Aaaaah!« Ich stürzte mich mit meiner Decke auf sie.

Cord gab mir einen aktuellen Überblick über die Finanzlage. Meine Schufterei in den letzten Wochen hatte sich insofern ausgezahlt, dass Soll und Haben keinen ganz so bedrohlichen Tanz um die Nulllinie mehr aufführten, sondern sich das Konto zumeist im Plus aufhielt. Unsere Probleme für den kommenden Winter löste das nicht, aber ich würde beim Termin mit der Bank in einem Monat eine etwas bessere Figur machen, hoffte ich.

»Hat Reese Witherspoon sich noch mal bei dir gemeldet?«, erkundigte ich mich, nachdem wir uns gegenseitig auf den neusten Stand gebracht hatten.

»Leider ja«, antwortete er. »Aber bisher nur noch einmal. Deine Gefährderansprache hat offenbar Wirkung gezeigt.«

»Oh, wie schön!« Ich war ein bisschen stolz. »Was sagt sie denn?«

»Sie hat mir per SMS ein Ultimatum gestellt: Sollte ich mich bis vergangenen Sonntag nicht gemeldet haben, dann habe ich es mir mit ihr verspielt. Und wenn ich dann irgendwann ankomme und es bereue, dann wird es zu spät sein.«

»Das klingt traumhaft. Hält sie sich bisher daran?«

Cord klopfte drei Mal auf seinen Schreibtisch. »Toi, toi, toi, ja. Seitdem ist Ruhe.«

Ich klopfte ebenfalls dreimal, dann schrie der Kuckuck aus der Uhr, und ich musste los zu meinen Eltern. Ich war mit meinem Vater verabredet, um über die Ideen für die Buchforster Straße zu sprechen. Der Bezirksrat würde die Maßnahmen genehmigen müssen, und ich wollte sichergehen, dass nichts zu beanstanden war.

Meine Eltern wohnten in Fahrradentfernung in dem Reihenhaus aus den Sechzigern, in dem ich auch aufgewachsen war. Es sah nur anders aus als früher, war vor einigen Jahren lindgrün gestrichen worden, hatte neue weiße Sprossenfenster und Solarpanels aufs Dach bekommen. Im Vorgarten blühten die Hortensien und ein Schneeballstrauch. Die frischen Farben, das progressive Dach, all das strahlte aus, dass in diesem Haus alles in Ordnung war. Und machte mir aufs Neue bewusst, was für ein Glück wir gehabt hatten, dass das auch auf Papa zutraf.

Er trat in die Tür, ohne dass ich klingeln musste. Wahrscheinlich hatte er schon aus dem Küchenfenster geguckt. »Hallo, mein Mäuschen!« Wir nahmen uns in den Arm.

»Legst du da eigentlich wieder selbst Hand an?«, fragte ich und deutete auf die Büsche im Vorgarten.

»Ja, die habe ich gestern ein bisschen in Form gebracht.« Er wirkte zufrieden.

Drinnen war bis auf ein paar neue Möbelstücke und das sanierte Badezimmer noch alles so wie in meiner Kindheit, und der Geruch nach Gulasch, das offenbar auf dem Herd stand, verstärkte das heimelige Gefühl.

»Mama kommt auch nachher zum Mittagessen?«, erkundigte ich mich. Meine Mutter hatte mittwochs ihren kurzen Tag. Und ich machte für Papas Gulasch immer eine Ausnahme von meinem Vegetariertum.

»Ja, wir haben etwa anderthalb Stunden im Arbeitszimmer, dann können wir alle zusammen essen. Warte, ich hole uns noch was zu trinken.« Er verschwand in der Küche und hinkte dabei nur noch ganz leicht. Wenn ich es nicht gewusst hätte, wäre es mir vielleicht gar nicht aufgefallen.

Ich ging schon mal in den Keller. Mein Vater hatte sich dort ein Zimmer ausgebaut. Als ich den Lichtschalter betätigte, erklang das vertraute Geräusch der Neonröhre, die immer erst ein bisschen knackte und flackerte, bevor sie anging. Den großen Schreibtisch, die vollgestopften Regale und den fadenscheinigen Perser, der früher mal bei uns im Wohnzimmer gelegen hatte, kannte ich. Aber die Regale standen ein bisschen anders, denn sie hatten dem klobigen Schlafsofa Platz machen müssen, das in den Raum gequetscht worden war. Das Sofa war meins, aus meinem alten Kinderzimmer, der Stolz meiner Jugend.

Als mein Vater mit zwei Wassergläsern nach unten kam und sah, wie ich auf das Sofa blickte, entschuldigte er sich. »Hat Mama mit Kai von nebenan nach unten geschafft. Damit ich zwischendurch mal ausruhen kann. Aber ... wenn dich das stört, tragen sie es selbstverständlich wieder hoch. Entschuldige bitte, Svea, wir haben dich gar nicht gefragt.«

»Papa, ich bitte dich.« Ich seufzte. »Natürlich habe ich nichts dagegen, wenn das Sofa sinnvoll verwendet wird.« Ich war wirklich lange nicht mehr hier unten gewesen. »Ich wundere mich nur, dass ihr so einen Aufwand mit dem sperrigen Ding getrieben habt.«

Mein Vater sah verlegen aus. »Das Treppensteigen hat mir eine Zeitlang Mühe bereitet. Und ich musste mich oft hinlegen.«

Ich bekam eine Ahnung davon, dass meine Eltern mir die ganze Wahrheit über Papas Zustand nach seiner vorzeitigen Entlassung aus der Reha vorenthalten hatten. Vielleicht hatte er sich damals doch überschätzt. Und dann auch noch dauernd hier unten gehockt und an unserem Wettbewerb gearbeitet. »Ach, Papa«, sagte ich und brachte ihn mit einer heftigen Umarmung in Verlegenheit.

Er entwand sich mir sanft. »Na, komm, wir sind ja zum Arbeiten hier.«

»Da hast du wie immer recht«, antwortete ich in ZDF-

Schauspielerinnen-Manier mit betonter Heiterkeit und legte schwungvoll meine Unterlagen auf den Schreibtisch. »Warte, ich hol mir nur noch den Klappstuhl aus der Waschküche.«

Die gemeinsame Arbeit klappte besser als noch beim Hardenberg-Platz. Nicht nur, weil ich Fortschritte gemacht hatte, sondern auch, weil wir inzwischen wussten, wie der andere bei der Arbeit tickte und uns darauf einstellten. Sogar unsere Handys machten heute gleichzeitig pling.

Nach dem dritten Pling fing ich jedoch an, mich zu wundern. Ich sah nach, was gekommen war. Eigentlich war der Ton für den Familienchat ein anderer, aber vielleicht war es trotzdem Mama? Nein, es handelte sich, wie ich gedacht hatte, um eine E-Mail. Cord schrieb mir.

Als ich aufsah, schaute mein Vater schnell weg. Er sah wieder verlegen aus, aber anders als vorhin. Mehr wie ein ertapptes Kind.

Mir kam ein schrecklicher Verdacht. »Papa, was ist da gerade bei dir gekommen?«

»Wo?«, fragte mein Vater unschuldig.

»Auf deinem Handy.«

»Ach so.« Fahrig nahm er sein Telefon zur Hand und tippte darauf herum. »Ach …«, sagte er stockend. »Nur was Berufliches.«

»Was soll das denn heißen?«

Er zögerte. »Ich bekomme hin und wieder noch Mails von Tewald Gartenbau.«

Ich starrte ihn an. »Was für Mails?«

»Nur eine Nachricht von Herrn Schulte …« Er fixierte einen Punkt hinter mir an der Kellerdecke.

»Wie … von Herrn Schulte?« Meine Stimme klang schrill.

»Ich gucke eben noch hin und wieder in die Geschäftsmails rein.« Der Trotz in seinem Gesicht spiegelte sich jetzt auch in seiner Stimme wider.

»Was soll das denn heißen? In die Mails an info@tewaldgartenbau.de?«, wiederholte ich.

»Ja.«

»Aber die hast du doch noch nicht mal, als du noch die Geschäftsführung gemacht hast, auf dein Handy bekommen.« Ich rückte mit meinem Klappstuhl ein Stück von ihm ab und starrte ihn entsetzt an.

»Ich habe mich in der Reha eben ein bisschen reingefuchst.« Seine Stimme klang beschämt, aber auch ein Hauch Selbstzufriedenheit schwang darin mit.

Der Zorn stieg in mir auf wie ein Brechreiz. Ich stand auf, drehte mich um, steckte die Hände in die Hosentaschen und starrte mein Schlafsofa mit dem Milleniums-Blumenmuster an. Ich war wahnsinnig sauer und doch nicht restlos sicher, ob ich das Recht dazu hatte. Schließlich hatte er nie gesagt, dass er die Mails *nicht* lesen würde. »Dann weißt du also von Splatter Productions?«, fragte ich mit beherrschter Stimme, den Blick immer noch auf das Sofa gerichtet.

»Ja, klar, die Produktionsfirma mit dem Horrorgarten. Den Auftrag habe ich doch noch gemacht.« Offenbar dachte er, dass wir uns jetzt wieder den Sachfragen zuwenden würden.

»Dann weißt du also auch ... von den Problemen.« Ich konnte es noch immer nicht aussprechen.

»Probleme?«

Ich schluckte hart und drehte mich um. »Dass die nicht zahlen werden.«

Mein Vater sah erschrocken zu mir hoch, sein Mund blieb halb offen stehen. »Nein, das wusste ich nicht.«

Ich versuchte, das schlechte Gefühl niederzuringen, das wie ein untergründiger Zahnschmerz in alle Richtungen ausstrahlte. Mein Vater war nicht gesund, ich sollte keinen Aufstand machen. »Dazu gab es auch Mailverkehr. Die sind insolvent.«

»Eine Zeitlang habe ich nicht so genau geguckt. Tut mir leid, Maus.«

»Du kapierst es nicht. Nicht das muss dir leidtun, sondern dass du immer noch alle meine E-Mails mitliest! Du hast mir die Geschäfte *übergeben*!« Ich stand immer noch vor ihm und konnte die Tränen nicht mehr zurückhalten.

»Ich ... wollte sicherheitshalber mal gucken«, erklärte er hilflos. »Falls du doch Hilfe brauchst. Aber du hast ja alles ganz toll gemacht.«

»Danke, aber darüber kann ich mich überhaupt nicht freuen. Du hättest mir wenigstens sagen können, dass du alles kontrollierst. Ich weiß aber nicht, ob ich deine Nachfolge dann angetreten hätte.« Ich schluchzte auf und ärgerte mich darüber, dass ich mich fühlte wie mit zehn. Damals hatte ich für meine Oma zum Geburtstag eine Geschichte geschrieben und nach dem Überreichen feststellen müssen, dass mein Vater heimlich alles Mögliche darin verbessert hatte.

Jetzt sah er mich mit hinter seiner Lesebrille aufgerissenen Augen an und fuhr sich durch das schüttere Haar, bis es in einer schrägen Tolle von seinem Kopf abstand. »Nun lass uns mal sachlich bleiben und –«, sagte er begütigend.

»Nein, jetzt lass uns das mal ausdiskutieren!«, unterbrach ich ihn. Ich merkte, dass ich schwitzte. »Das war ein Vertrauensbruch! Damit hätte ich nie gerechnet!«

»So war das doch nicht gemeint, Mäuschen. Ich wollte dich doch nicht ... Ich wollte doch nur sichergehen, dass alles läuft ... dass du keine Schwierigkeiten bekommst.«

»Tja, jetzt weißt du es! Es läuft nicht!« Ich begann zu weinen, wehrte mit einer Handbewegung meinen Vater ab, der ebenfalls aufstand und eine hilflose Geste in meine Richtung machte.

Er setzte sich wieder, und auch ich ließ mich auf das Sofa fallen. Mit zusammengebissenen Zähnen erklärte ich ihm die Sachlage mit Splatter Productions, während ich mir immer wieder die Tränen abwischte.

»Ich kann dich beruhigen: Da greift die Forderungsausfallversicherung«, meinte Papa sanft, als ich zu Ende gesprochen hatte.

Ich seufzte auf. »Wir haben keine Forderungsausfallversicherung. Vielleicht hattest du früher mal eine.«

Mein Vater lächelte überlegen, stellte das Lächeln aber gleich wieder ein, als er mein Gesicht sah. »Die läuft über mein Privatkonto.«

»Nein«, sagte ich fassungslos.

»Doch«, sagte Papa.

»Warum?«, stieß ich hervor.

»Ach, das war Zufall, es gab gerade Probleme mit dem Geschäftskonto, als ich die Versicherung abgeschlossen habe, irgendwas mit einer Umstellung, genau weiß ich das nicht mehr, ist ja schon Jahre her. Und dann habe ich es nie geändert. Jedenfalls ist die genau für solche Fälle vorgesehen. Hat Herr Schulte ein Mahnverfahren durchgeführt?«

»Hat er.« Ich ließ mich in das Sofa sinken und atmete tief die stickige Kellerluft ein und wieder aus. Schloss die Augen und rollte meine Schultern nach hinten. »Du hättest mir sagen müssen, dass wir so was haben, Papa. Du hast mich als Geschäftsführerin eingesetzt. Eine Geschäftsführerin muss so was wissen«, sagte ich matt. Den Gedanken daran, wie viele nächtliche Grübeleien, Selbstzweifel und grau eingefärbte Sommertage mir erspart geblieben wären, versuchte ich zu verdrängen. Ich versuchte daran zu denken, dass mein Vater immer noch rekonvaleszent und bei der Arbeit auf mein altes Schlafsofa angewiesen war.

»Na, du solltest ja auch erst mal verantwortlich wirtschaften lernen. Das war ja schließlich alles neu für dich«, antwortete er in diesem Moment.

»Na eben!«, schoss es aus mir heraus, wieder schärfer als beabsichtigt. »Ich wurde komplett ins kalte Wasser geworfen, war die ganze Zeit über kurz vorm Ertrinken, während du den Rettungsring heimlich hinter deinem Rücken versteckt hast – herzlichen Dank auch!«

Papa sah betreten aus. Dann sagte er leise: »Ich wusste aber auch nicht, dass du in Seenot bist, Maus.«

»Ja.« Klar. Auch mein schlechtes Gewissen all die Monate hindurch hätte ich mir ersparen können, wenn ich früher ehrlich zu meinem Vater gewesen wäre. »Ich wollte dich schützen. Du warst so krank.«

»Maus.« Er kam jetzt doch zu mir herüber. »Niemals hätte ich gewollt, dass du das alleine mit dir ausmachen musst. Überhaupt weiß ich doch spätestens seit meinem Schlaganfall, dass die Arbeit nicht das Wichtigste ist.«

»Wirklich?«

Er lachte ein wenig. »Na gut. Vielleicht sickert es erst gerade zu mir durch, da ich dich hier wie ein Häufchen Elend sitzen sehe.«

Ich straffte meinen Rücken, was auf der durchgesessenen Couch nicht so einfach war.

»Ich habe einfach überhaupt nicht damit gerechnet, dass so etwas passiert! Splatter Productions insolvent!«, meinte mein Vater. »Und ich habe auch nicht täglich hier in meinem Arbeitszimmer gesessen und an diese Versicherung gedacht und daran, dass ich sie dir verheimlichen will. Zwischendurch ist sie mir wohl mal eingefallen, aber dann dachte ich – ach, das ist nicht so wichtig, soll Svea erst mal ein Gefühl für das Geschäft bekommen.«

»Na toll.« So richtig besänftigt war ich nicht. Das war schon einfach ... ätzend. Demütigend. Aber ich hatte auch keine weiße Weste, und dennoch legte Papa den Arm um mich.

Eine Weile lang starrten wir zusammen auf den Schreibtisch vor uns. Ich spürte, wie meine Wut verrauchte, und schließlich lehnte ich mit einer ruckartigen Bewegung meinen Kopf an seine Schulter. Als ich sprach, klang meine Stimme belegt. »Wollen wir uns dann mal zurück an die Arbeit setzen?«

»Ja. Und ab jetzt keine Geheimnisse mehr.«

»Okay«, sagte ich, und das kurze Wort mündete noch mal in einem kleinen Schluchzer, als ich sah, dass auch hinter der Brille meines Vaters die Tränen glitzerten.

Als wir schließlich alles durchgesprochen hatten und Mama oben rumoren hörten, stiegen wir wie zwei Überlebende aus dem Bunker die Stiege ins Erdgeschoss empor.

»Was ist denn mit euch los?«, fragte meine Mutter, halb belustigt, halb besorgt, als wir nacheinander das Esszimmer betraten, wo sie gerade mit dem Tischdecken fertig geworden war.

»Hallo erst mal«, sagte ich und umarmte sie.

Prüfend sah sie mir ins Gesicht. »Hast du geweint?« Sie schaute zu meinem Vater. »Und du etwa auch? Lass mich raten ... die Firma. Werner, was hast du angestellt?«

»Ich glaube, wir wollen das nicht noch mal vertiefen, aber wir hatten ein paar Probleme mit dem Thema Vertrauen«, fasste Papa zusammen und warf einen unsicheren Blick von mir zu Mama.

Ich legte die Zeitungen auf den Boden, die meine Eltern immer auf dem Korbstuhl an meinem angestammten Platz deponierten, und setzte mich.

»Und was sagst du dazu?«, fragte Mama mich und stellte die Schüssel mit dem dampfenden Gulasch auf den Tisch. »Warte, ich hole noch die Kartoffeln.«

»Ich hatte unter anderem wegen der Firma einen ziemlich durchwachsenen Sommer«, erklärte ich, als sie wieder da war, und grinste Papa schief an.

»Wegen der Firma? War das etwa doch zu früh?«

»Neeein.« Sie sagte das, als ob sie mir zu früh erlaubt hätten, mit dem großen Fahrrad zu fahren. Hörte das denn nie auf? Ich fasste kurz zusammen, was passiert war, während mein Vater mir den Teller füllte.

Als ich geendet hatte, schüttelte meine Mutter ihren kupferglänzenden Bob. »Ihr beide – ihr solltet euch mal sehen, wie ihr da sitzt. Beide mit den original gleichen betretenen Mienen, die Locken zu Berge stehend und die liebsten sturen Böcke, die man sich vorstellen kann. Na ja, ihr werdet euch schon zusammenraufen.«

»Haben wir schon«, versicherte mein Vater.

»Aber Svea, du sagtest ›unter anderem‹?«, hakte Mama nach.

Das warme Mittagessen begann, tröstend meinen Bauch zu füllen. Ich sah auf und schluckte ein Stück Kartoffel hinunter. »Unter anderem was?«

»Unter anderem wegen der Firma hattest du einen durchwachsenen Sommer, so hast du es ausgedrückt. Was war denn sonst los?«

»Ach, das war nur ... privat.« Ich gehörte nicht zu den Frauen, die ihre Eltern in alle Details ihres Lebens einbezogen. Gerade dass sie immer übermäßig empathisch reagierten, führte dazu, dass ich mich noch schlechter fühlte – weil doch meine Probleme in ihren Augen so furchtbar schlimm waren.

»Wir vermissen Jens auch immer noch«, stellte meine Mutter mitfühlend fest.

Genau das meinte ich. »Ich vermisse Jens nicht mehr«, erwiderte ich.

»Nein?« Sie war erstaunt. »Gibt ... es jemand anderen?«
»Nein, eigentlich nicht.«

Sie zögerte. Sie wollte nicht indiskret sein, aber wissen wollte sie es schon. »Und ... uneigentlich?«

»Vielleicht finde ich jemanden ein bisschen gut.«
»Er dich doch sicher auch«, schaltete Papa sich ein.
»Das weiß ich nicht«, meinte ich.
»Kennen wir ihn?«, fragte Mama.

Vielleicht lag es an der großen Aussprache, vielleicht auch daran, dass mein Herz immer noch so voll von Lars war – kürzlich hatte ich sogar gegenüber einer Unbekannten mit einem Dackel, die über den Müll im Gebüsch am Straßenrand schimpfte, erwähnt, dass ich jemandem vom Grünflächenamt kannte. Der dafür aber nicht zuständig sei. Komplett sinnlos. Jedenfalls hatte ich plötzlich das Bedürfnis, es zu erzählen. »Papa schon«, sagte ich. »Es handelt sich um Herrn Opitz. Ich habe ein Auge auf Herrn Opitz geworfen.« Jetzt musste ich grinsen.

Mein Vater stutzte. Es dauerte eine Weile, bis er begriff, woher er den Namen kannte. Aber dann war er begeistert. »Also, das kann ich nur unterstützen! Er hat einen sehr kompetenten Eindruck auf mich gemacht, ein Mann mit Format. Und attraktiv ist er auch.«

Ich wusste gar nicht, dass mein Vater dafür Kriterien hatte. »Aber er hat ein Kind«, setzte ich hinzu. Ich wollte keine falschen Hoffnungen schüren.

»Oh. Na ja, das wünscht man sich nicht«, bestätigte meine Mutter.

»Mama hatte einen Freund, als ich sie kennenlernte. Auch nicht besser.«

Überrascht blickte ich von meinem Teller auf. Davon hatte ich noch nie gehört. Meines Wissens hatten sich meine Eltern auf einer Geburtstagsfeier einer gemeinsamen Freundin kennengelernt, kurz darauf war meine Mutter schwanger geworden, und mein Vater hatte ihr sofort einen Antrag gemacht. »Na gut, Mama konnte ja auch nicht wissen, dass sie dich kennenlernen würde. Aber dann hat sie sich ja ganz offensichtlich für dich entschieden«, meinte ich.

»Schon«, sagte mein Vater. »Aber das hat gedauert.«

Mama steckte sich konzentriert eine Gabel in den Mund.

»Das habt ihr mir nie erzählt. Wer war denn der andere?«

»Frank«, erklärte mein Vater. »Hat später in Hannover gelebt und sich 2001 totgefahren.« Hörte ich da einen kleinen Triumph in Papas Stimme? Also wirklich!

Das Gesicht meiner Mutter hatte einen undefinierbaren,

ernsthaften Ausdruck angenommen. »Ach Werner ... Das ist doch Schnee von gestern.« Sie trank einen Schluck Wasser. »Ich habe eben ein bisschen gebraucht, bis ich wusste, was ich wollte.«

»Wie lange denn?«, wollte ich wissen.

»Ein halbes Jahr etwa.«

»Aber es hieß doch immer, ein halbes Jahr, nachdem ihr euch kennengelernt habt, seist du schon mit mir schwanger gewesen?«

»Genau«, bestätigte sie. »Von deinem Vater.« Sie legte kurz die Hand auf die seine. Eine dieser verschworenen, liebevollen Gesten, die ihre Ehe strukturierten.

Dennoch war ich vor den Kopf gestoßen. »Und erst damit war die Sache entschieden?«

»Frank war so ein Draufgänger. Ich konnte nicht recht von ihm lassen«, erklärte Mama entschuldigend.

»Er war ein Idiot«, stellte mein Vater klar.

Ich runzelte die Stirn. »Und wie hast du das ausgehalten?«

»Na, schau sie dir an.« Papa sah meine zarte Mutter an, die jetzt wissend, vielleicht sogar etwas geschmeichelt, lächelte. »Ich konnte schlicht nicht anders und habe gehofft, dass sie irgendwann einsieht, dass ich der Bessere für sie bin. Du, Svea, warst dann der Wink des Schicksals. Denn Frank war zu der Zeit, als du gezeugt wurdest, auf Motorradtour.«

»Da bin ich ja noch mal knapp davongekommen. Genetisch, meine ich.« Ich war immer noch baff. Meine Mutter war ja auf ihre Art eine richtige Elisabeth gewesen. Und die große Liebe meiner Eltern anfangs offenbar eine echte Zitterpartie. »Warum habt ihr mir das nie erzählt?«

Meine Mutter legte ihre Gabel hin und sah hinter mir aus dem Fenster. »Für ein kleines Mädchen wäre die Geschichte vielleicht etwas verstörend gewesen. Und als du größer wurdest, war es dann schon lange her und nicht mehr wichtig.«

»Ich habe meinen Frieden damit gemacht«, erklärte mein Vater und spießte eine Kartoffel auf. Mein Eindruck war, dass das Jahr 2001 diesen Frieden noch mal entscheidend befördert hatte.

»Aber zurück zu Herrn Opitz – bist du ihm denn schon ... nähergekommen?«, fragte Papa weiter.

»Ja, einmal, aber da waren wir betrunken.«

»Ist doch gut, so fing es bei Mama und mir auch an.« Er grinste schelmisch.

Das wurde ja immer besser. Ohne wirklich darüber nachzudenken, hatte ich mir bisher wohl vorgestellt, dass meine Eltern auf der bewussten Party Limonade getrunken hatten – aber das war natürlich naiv.

»Und wenn er schon ein Kind hat, heißt es, dass er zeugungsfähig ist«, stellte Papa fest.

Ich musste lachen, und dann fiel plötzlich die Sonne durch das Esszimmerfenster und schien mir so hell ins Gesicht, dass ich blinzelte.

Mama stand auf, um die Jalousie ein Stück herunterzulassen. Sie war immer so aufmerksam. Ich versuchte mir vorzustellen, wie sie auf meinen Vater und diesen Frank gewirkt haben musste. Ihre aus heutiger Sicht unmögliche Frisur und die unförmigen Klamotten auf den alten Fotos verstellten den Blick auf ihre Attraktivität. Sie sah darauf einfach sehr nach den Achtzigern aus. Aber ich konnte mir schon vorstellen, dass sie eins dieser sanften, ätherischen

Wesen gewesen war, die für manche Männer eine attraktive Projektionsfläche bildeten. Glücklicherweise war ihre Wahl am Ende auf meinen Vater gefallen, der sie selbst strahlen ließ.

Später, nach dem Nachtisch, standen die beiden wie immer Arm in Arm in der Haustür und winkten mir nach, bis ich mich an der Straßenecke umdrehte und ein letztes Mal die Fahrradklingel hören ließ. Als ich mich in den Verkehr einreihte, um zurück ins Büro zu fahren, tasteten meine Gedanken die neue Situation ab. Den Angsttermin bei der Bank konnte ich wohl absagen. Plötzlich und unverhofft war ich ohne größere Sorgen! Okay, es gäbe noch einen Schriftwechsel mit der Versicherung, wir mussten sehen, ob das wirklich alles so klarging ... Vielleicht sollte ich mich nicht zu früh freuen.

Doch schon allein dadurch, dass ich nicht mehr dieses bedrohliche Geheimnis mit mir herumtrug, fühlte ich mich plötzlich, als könnte ich Bäume ausreißen. Nicht verkehrt, so als Gartenbauerin. Ich würde Cord gleich die Details weiterleiten, die ich von Papa zu der Versicherung bekommen hatte. Dann einen der Wagen nehmen und zu Avram auf die Baustelle in Leverkusen fahren. Abends würde ich mir irgendeine leckere Kleinigkeit zu essen machen und einfach einen entspannten Feierabend genießen. Und mit Lars war vielleicht auch noch nicht aller Tage Abend ...

Erst als ich gegen halb acht zu Hause in die Küche trat und Meyer-Landruts vollen Wassernapf sah, fiel mir unser Kater wieder ein, den die Ereignisse des Tages völlig aus meinen Gedanken verdrängt hatten. »Meyer-Landrut?«, rief ich in die stille Wohnung hinein. Ich hatte ein schlechtes Gewissen, ich Rabenfrauchen. Die Wintergartentüren wurden von meinem Buch einen Spalt offen gehalten, doch die Leckerlis, die Elisabeth danebengelegt hatte, damit wir erkennen konnten, ob unser Fellträger tagsüber reingeschaut hatte, waren noch da.

Inzwischen hatten wir ihn seit drei Tagen nicht mehr gesehen.

KAPITEL 17

Aufregung um Hochbeet am Stadthaus

Ein großes Hochbeet auf der Plattform zwischen Stadthaus und Lanxess-Arena sorgt in Deutz für Aufregung. Als das Beet vor einigen Wochen von Unbekannten angelegt worden war, zeigten sich Passanten, darunter auch Antje Flent, die im Vergabeamt arbeitet, angetan: »Ich dachte, wie nett, das war längst überfällig. Die Plattform ist zugig und schmucklos. Ein bisschen Bepflanzung würde hier guttun.« Doch nicht nur ist seit wenigen Tagen vage erkennbar, dass das Kraut, das in dem direkt vor Westgebäude A platzierten Hochbeet keimt, die Buchstaben »Kress = Weinstein« formt. Sondern das ganze Arrangement dünstet auch einen unangenehmen Geruch aus. Flent wandte sich daraufhin an den »Kölner Stadt-Anzeiger«. »Ich habe recherchiert, es handelt sich vermutlich um die Brokatblume. Wenn sie blüht, sieht sie schön aus, aber die Blätter riechen wie alte Socken. Noch schlimmer aber ist der Aasgeruch der Drachenwurz, die ebenfalls in dem Kasten wächst.« Auf Nachfrage war beim städtischen Presseamt niemand über die Aufstellung des Hochbeets informiert. Es scheint sich um eine Guerilla-Aktion zu handeln. Auch der mit der floralen Botschaft mutmaßlich adressierte Stefan Kress, Leiter des Vergabeamts, wollte sich auf Anfrage nicht zu dem Vorwurf äußern.

Meldung aus dem »Kölner Stadt-Anzeiger« aus der Rubrik Lokales

Am nächsten Abend war Meyer-Landrut immer noch nicht wieder da und eine Runde durch die Nachbarschaft ebenso ergebnislos verlaufen wie die Telefonate mit den zwei umliegenden Tierheimen. Ich postete eine Suchanzeige in der lokalen Facebook-Gruppe, während Elisabeth am Schreibtisch gegenüber einen Handzettel mit drei Fotos designte. Eines der Bilder zeigte Meyer-Landrut in kompletter Länge auf unserem Sofa, eines, wie er seiltänzergleich auf dem Geländer vor unserem Wintergarten balancierte, und das letzte war ein Porträt seines selbstbewussten Charakterkopfs. Ich betrachtete es mit banger Sehnsucht. Wir waren beide mehr als bedrückt und wollten noch an diesem Abend im näheren Umkreis die Laternenpfähle mit dem Ausdruck pflastern. Elisabeth hatte ein Paket mit Klarsichthüllen und einen roten Filzschreiber gekauft, um die wichtigen Stellen auf dem Schwarzweißausdruck auffällig zu markieren.

Während sie mit dem Stift dicke Striche zog und ich die fertigen Zettel in je eine Hülle schob, begann sie plötzlich zu weinen.

»Es gibt ein Happy End, ganz bestimmt«, sagte ich tröstend, doch wie um mich Lügen zu strafen, stiegen mir ebenfalls die Tränen in die Augen. »Ich lese das oft in der Facebook-Gruppe – erst das verzweifelte Such-Posting, dann ein paar Tage später die Entwarnung.«

»Und wenn er an einen Katzenfänger geraten ist?« Sie wischte sich über die Augen.

»Die gibt es nur in Disneyfilmen. Meyer-Landrut ist ja nun auch kein edler Siamkater.«

Elisabeth grinste unter Tränen. Objektiv betrachtet war Meyer-Landrut wirklich keine Schönheit. »Dann steckt er vielleicht ohne Wasser in irgendeinem Keller fest«, brachte sie aber sogleich die nächste Sorge vor, während sie mir einen der Zettel herüberreichte.

»Das habe ich schon recherchiert: Katzen können als ehemalige Wüstentiere viel länger ohne Wasser aushalten als wir. Ich habe von einer Katze gelesen, die vier Wochen unter einer fremden Badewanne eingemauert war und jetzt wieder glücklich bei ihrer Familie lebt.«

»Vier Wochen! Das halte ich nicht aus«, jammerte Elisabeth, aber ich sah, dass die Info mit dem Wasser sie erleichterte. Das war mir genauso gegangen.

Eine halbe Stunde später startete ich, etwas verheult, aber nicht hoffnungslos, mit einem Packen regengeschützter Din-A4-Ausdrucke und einer Rolle Klebeband meine Runde. Wir hatten die umliegenden Blocks zwischen uns aufgeteilt. Ich klapperte systematisch die Garagenhöfe ab und rief immer wieder Meyer-Landruts Namen – bevorzugt, wenn niemand zu sehen war. Jetzt wünschte ich mir, er hieße Minka oder so, damit ich weniger verrückt wirkte.

Drei Straßen und fünfzehn Aushänge später sah ich ein rotes Fahrrad. Das passierte mir häufig, es gab viele rote Fahrräder, wie ich in den letzten Wochen und Monaten festgestellt hatte. In der Hälfte der Fälle waren es dann aber Damenräder, oder sie waren auf den zweiten Blick etwas zu klein, hatten einen falsch geformten Lenker oder einen grauen anstatt eines schwarzen Sattels. Dieses Rad lehnte an einem Laternenpfahl vor einem Supermarkt und sah auch, als ich näher kam, noch nach Lars' aus. Auch die Aufschrift stimmte. Und der Kindersitz auf dem Gepäckträger war ebenfalls plausibel.

Während das Adrenalin meinen Körper flutete, holte ich, den Blick auf die Türen des Supermarkts geheftet, langsam meinen Zettel aus dem Rucksack und hielt ihn testweise an den Laternenpfahl. Siehe da, er passte gut – wie auch an die vorangegangenen fünfzehn Laternenmasten und Stromkästen. Umständlich steckte ich den Ausdruck in seiner Plastikhülle wieder in den Rucksack zurück und holte das Klebeband heraus. Ich trennte mit den Zähnen vier Streifen ab und pappte sie an die Laterne. Dann zog ich den Zettel wieder hervor und befestigte ihn, so langsam es eben ging. Ein Beobachter wäre vielleicht zu dem Schluss gekommen, dass ich starkes Rheuma oder Ähnliches in den Händen haben musste.

Als Nächstes nahm ich mir das Einbahnstraßenschild vor, das eigentlich ein bisschen nah der Laterne lag, die ich soeben verpflastert hatte – aber eben auch sehr nah an dem Supermarkt, in dem ich Lars vermutete. Aus dem Inneren des Geschäfts drang goldenes Licht, während es hier draußen, wiewohl erst sechs, zunehmend düster geworden war. Schwere graue Wolken ballten sich am Himmel zusammen. Es würde wohl später gewittern. Meyer-Landrut hasste Regen ... Und auch ich in meinem T-Shirt war für den auffrischenden Wind schlecht gerüstet. Aber die Vorstellung, wie gleich die automatischen Türen aufgehen und Lars mit seinem Sohn an der Hand zwischen Grillkohle und Blumensortiment auf die Straße treten würde, wärmte mich.

Doch Lars kam nicht. Zehn Minuten später hatte ich aufgegeben, so zu tun, als würde ich irgendetwas anderes machen als warten. In wechselnden Positionen gegen das Schild gelehnt überlegte ich, ob ich im Supermarkt nach Lars suchen und ihm dann ganz zufällig am Nudelregal begegnen sollte. Aber so würde ich ihn am Ende noch verpassen. Hektisch fuhr mein Blick wieder zu seinem Fahrrad hinüber. Ich musste aufpassen, dass er nicht von woanders kam und wegradelte, während ich die Supermarkttüren observierte.

Zwanzig Minuten. Wie lange kaufte man normalerweise ein – ob Linus sich an der Kasse auf dem Boden herumrollte und sich weigerte zu gehen, bevor Lars ihm nicht ein Schoko-Ei gekauft hatte?

Vierzig Minuten. Es hatte zu nieseln begonnen, und ich dachte an Meyer-Landrut. Horrorszenarien, die ich Elisabeth sofort ausgeredet hätte, spielten sich in meinem Kopf ab.

Eine Stunde. Über mir tobte das Gewitter, und ich hatte kurz Schutz im Eingang des Supermarkts gesucht. Aber von da aus konnte ich das Fahrrad nicht mehr überwachen, also stellte ich mich wieder in den Regen und fühlte mich wie Dr. med. dent. Reese Witherspoon.

Anderthalb Stunden. Ich hatte immer noch mindestens zwanzig Zettel in meinem Rucksack. Während ich mich hier nassregnen ließ, fehlten sie vielleicht an dem entscheidenden Laternenpfahl. Ich opferte Meyer-Landrut für einen weiteren kurzen, unerfreulichen Dialog mit Ekel Lars. Weil ich einfach unverbesserlich war.

Eine Stunde, fünfundvierzig Minuten. Ich war klatschnass und weinte. Konnte mich jedoch nicht durchringen zu gehen. Dafür hatte ich schon zu lange gewartet.

Zwei Stunden. Ich zitterte, presste den Rucksack vor den Körper, um mich ein wenig zu wärmen, und kam mir vor wie der letzte Depp. Ich wusste seit unserer Unterhaltung am Neptunplatz, in welcher Straße Lars wohnte, und das war nicht diese. Aber was, wenn er bei jemandem übernachtete? Der Widerstreit zwischen der Stimme der Vernunft, die mir sagte, ich solle nach Hause gehen, mich umziehen und mit einem Schirm den Rest der Zettel aufhängen, und der anderen Stimme der Vernunft, die der Meinung war, dies hier sei ein Zeichen und meine Chance, die Sache mit Lars endlich zu klären, tobte so heftig und verwirrend in mir, dass ich wie gelähmt war.

Irgendwann ließ der Regen nach. Und Lars kam im Galopp auf sein Fahrrad zugelaufen, Linus mit Fahrradhelm auf seinen Schultern. Nach all der Zeit so plötzlich, dass es mir geradezu surreal vorkam. Lars imitierte ein wildes Pferd, das versucht, seinen Reiter abzuwerfen. Linus kreischte vor Vergnügen, denn bestimmt spürte er genau, dass sein Vater ihn sicher an den Beinen hielt.

Ich merkte, wie sich ein Lächeln auf meinem Gesicht ausbreitete – da sah mich Lars. Er stoppte in der Bewegung, sein Lachen erstarb, mein Lächeln mit ihm. Am Rande nahm ich wahr, dass Linus protestierte.

»Hallo«, sagte Lars, dann trat er zu seinem Fahrrad, und ich ging ein paar Schritte vor, bis ich in einem unnatürlich weiten Gesprächsabstand vor den beiden stehen blieb.

»Ist das nicht schlecht für deinen Rücken?«, fragte ich.

»Geht schon«, antwortete er.

»Ich suche Meyer-Landrut«, erklärte ich.

Er musterte mich. »Das erklärt einiges. Aber die wohnt bestimmt in Berlin.«

»Nein, ich meine die Katze von meiner Mitbewohnerin. Hab ... habe ich doch erzählt.«

Er brauchte ein bisschen, dann verstand er. »Die mich nach links gewischt hat.«

»Äh ... ja. Genau die. Also ... ich selbst hätte natürlich ... in die andere Richtung. Trotz allem.« Ich starrte Lars' Lenker an.

Er hob seinen Sohn von den Schultern, der aufgehört hatte zu schimpfen und die Unterhaltung zu verfolgen schien.

»Hallo Linus«, meinte ich. »Ich bin Svea.«

»Svea?«, wiederholte Linus skeptisch.

»Svea«, bestätigte Lars. »Warte kurz, ich setze Linus schon mal rein.« Er drehte sich um und fixierte mit dem Knie das Rad, während er Linus im Kindersitz festschnallte. Ich betrachtete seinen Rücken. Er drückte seinem Sohn liebevoll den Oberarm, dann drehte er sich wieder zu mir um und lehnte sich neben ihn an das Rad. Es war seltsam, ihn so zu sehen. Als Vater.

»Also ... wenn du es mir nicht gesagt hättest, hätte ich gar nicht gemerkt, dass ... eure Katze mich nach links gewischt hat. Du wurdest mir nicht angezeigt.«

»Vielleicht meint der Algorithmus, wir würden nicht zusammenpassen. Oder jedenfalls ... ich nicht zu dir.«

Ich fragte mich, ob da der Ansatz eines Lächelns über sein Gesicht huschte. »Ich war nur zwei Tage online«, erklärte er dann.

»Hast du ... direkt jemanden gefunden?«, wollte ich wissen, und meine Stimme klang dünn.

»Nein, es hat mir einfach nicht gefallen.«

Ich wischte mir eine Träne aus dem Augenwinkel. Ich war noch so im Fluss, dass sie sehr lose saßen. Auch aus meinen Haaren rannen immer noch Tropfen über mein Gesicht.

»Sag mal ... weinst du?«, fragte Lars.

Seine Worte erinnerten mich an ein Lied, das früher mal im Radio gelaufen war. »... oder ist das der Regen ...«, sang ich statt einer Antwort. Vielleicht kannte er den Song ja auch. Dann fiel mir ein, wie das Lied weiterging, nämlich mit einem Kuss, und ich verstummte. Außerdem ging mir auf, dass ich grauenhaft aussehen musste. Hastig wischte ich mir unter den Augen entlang und besah dann meine Hände, an denen nun der Rest Wimperntusche klebte.

»Svea weint?«, hakte Linus nach.

»Ja, vielleicht habe ich vorhin ein bisschen geweint«, gab ich an Linus gewandt zu, denn Lars' von keiner Brille verstellter Blick brachte mich zu sehr aus dem Konzept. »Weil unsere Katze weg ist. Ich vermisse sie. Ich bin dabei, Zettel aufzuhängen, da sind Bilder von ihr drauf. Vielleicht hat sie ja jemand gesehen.« Ich zog einen der Ausdrucke hervor und zeigte ihn Linus. »Das ist Meyer-Landrut.«

»Katze«, bestätigte Linus.

»Genau«, sagte Lars. »Tut mir leid. Bist du denn fertig mit den Zetteln?«

»Nein, ein paar habe ich noch.«

»Du bist ja etwas nass geworden.«

Ich sah an mir herunter. Mein T-Shirt klebte an mir, und ich presste peinlich berührt wieder den Rucksack vor den Oberkörper. »Es hat vorhin geregnet«, erklärte ich, als könnte es noch einen anderen Grund geben.

»Du frierst.«

»Ein bisschen vielleicht. Und wo kommt ihr her?«

»Ich habe Linus bei seinem Freund abgeholt, aber er wollte noch weiterspielen, und dann fing es an zu gewittern ... wie du ja gemerkt hast.«

Linus schaltete sich ein. »Wir haben Fludzeud depielt.«

»Schön«, sagte ich spröde und mit klappernden Zähnen.

»Können wir dir irgendwie helfen?«, fragte Lars, doch er hatte dabei ein Zögern, einen Widerstreit in der Stimme, der mich dazu brachte, höflich abzulehnen.

»Nein, ich schaff das schon.«

»Sicher?«

»Ja«, bestätigte ich, machte jedoch keine Anstalten, mich zu verabschieden.

»Aber du musst doch erst mal was Trockenes anziehen, Svea«, sagte Lars und klang dabei wie ein genervter Vater gegenüber seinem unvernünftigen Kind.

»Vor allem muss ich Meyer-Landrut finden.« Ich kramte nach meinen Zetteln und sah ihn trotzig an.

»Wir wohnen hier um die Ecke. Komm kurz mit zu uns und wärm dich auf. Ich kann ja in der Zeit die restlichen Blätter aufhängen.«

Ich zögerte. »Na, wenn du darauf bestehst ...«

»Ich bestehe natürlich nicht darauf«, gab Lars unwirsch zurück. »Du kannst auch zu dir nach Hause gehen. Oder weitermachen und dich erkälten.«

Das wollte ich natürlich überhaupt nicht. »In welcher Richtung wohnst du ... oder ... wohnt ihr denn? Eventuell können wir ja auf dem Weg noch ...«

»Hier die Straße rein, einmal links, einmal rechts, einmal links.« Während er sprach, zog er sein Hemd aus und reichte es mir.

»Aber ist dir dann nicht zu kalt?«, protestierte ich schwach.

»Ich habe ja im Gegensatz zu dir noch ein trockenes T-Shirt an.«

»Okay, dann ... danke.« Ich stellte den Rucksack hin, den ich immer noch verschämt vor meine Brust hielt, und legte die Zettel darauf ab. Dann nahm ich das Hemd und wandte mich halb ab. Als ich es überzog, stieg mir sein Duft in die Nase, und ich spürte den Rest von Lars' Körperwärme, der noch darin hing. Mit zittrigen Fingern widmete ich mich den Knöpfen, verknöpfte mich, musste noch mal von vorne anfangen. Ich spürte, dass Lars mir zusah.

»Papa, du musst Svea helfen«, meinte Linus.

Ich schaute erschreckt auf, Lars grinste etwas verlegen und antwortete: »Svea ist schon groß. Sie schafft das alleine. So, und jetzt lass uns gehen.« Er nahm sich ein paar Ausdrucke, gab einen davon an Linus weiter.

Ich erklärte, dass wir geplant hatten, bis zur nächsten Ecke Aushänge zu machen, und wir teilten uns auf die beiden Straßenseiten auf. Es war ein beklommener Moment, als wir uns an der Gabelung wiedertrafen. Ich wünschte mir einen Schnaps oder besser noch einen Glühwein und hoffte, dass Lars seine Hilfsbereitschaft nicht schon bereute.

Er sagte nichts, deutete nur mit seinem Sportlerarm in die Richtung, in die es weiterging. Schweigend liefen wir nebeneinanderher, bis Linus plötzlich »Da!« rief und aufgeregt versuchte, sich seinem Sitz zu entwinden.

»Was ist los?«, fragte Lars und hielt an.

»Maja!«

»Maja? Aus dem Kindergarten?«

»Nein! Da!« Linus fuchtelte mit beiden Händen in Richtung einer Einfahrt.

Lars schnallte ihn ab, setzte ihn auf den Boden, und der Kleine flitzte los. Er lief genauso wie sein Vater auf dem Fußballplatz, stellte ich fest. Süß.

Lars hatte inzwischen das Rad abgestellt, und wir gingen schnellen Schrittes hinter Linus her. Der wies aufgeregt in eine Ecke des Garagenhofs. »Da! Maja Landhut!«

Ich sah, wen er meinte, aber nach einer Sekunde der Hoffnung musste ich leider feststellen, dass die Katze, die dort saß und sich die Pfote leckte, eine andere war. »Oh, leider nicht. Sie sieht wirklich so ähnlich aus. Aber Meyer-Landrut ist größer und viel dicker.«

Als wir zurück auf die Straße traten, war Lars' Fahrrad weg. Verdutzt sahen wir uns um. Doch es gab keinen Zweifel, das Rad war – na ja, halt weg.

Ich stöhnte. »Das tut mir so leid. Alles wegen mir.«

Lars rieb sich über das Gesicht, starrte kurz zu Boden. »Quatsch. Du hast es ja nicht mitgenommen«, sagte er dann.

»Willst du ... sollen wir ...?«

»Nein«, antwortete er bestimmt. »Ich drehe gleich eine Runde mit den Ausdrucken und schau bei der Gelegenheit, ob das Fahrrad vielleicht nur um die Ecke irgendwo abgestellt wurde.«

»Hast du ein Bild davon – dann können wir das noch dazukleben«, witzelte ich.

Lars grinste schwach. Dann nahm er Linus auf den Arm, der die neuerliche Katastrophe nicht wahrgenommen hatte, und anderthalb Minuten später standen wir vor einem unauffälligen Haus, Baujahr circa 1930. Lars fand den Schlüssel in seiner Hosentasche, schloss auf und ließ mich vorgehen.

Es war ein gewöhnliches Treppenhaus, mit knarzigen Stufen und abgestoßenen Wänden. Ich aber betrachtete alles mit Andacht. Diese Stufen geht Lars mehrmals am Tag herauf und herunter, sagte ich mir. So lebt er.

Dann standen wir alle zusammen in seinem schmalen Flur auf alten Dielen, und ich zog meine Sneakers aus. An der Garderobe, die aus einer Holzsprossenwand bestand, hingen Lars' Trainingsjacke, ein Jackett und ein ziemlich uncooles Regencape. Auf Kinderhöhe befanden sich mehrere Haken mit einem kleinen Kapuzenpullover und einer

Sommerjacke daran. Darunter standen einige Paar Schuhe, große und kleine. Mehrere halboffene Türen, ein Streetart-Poster und eins von Asterix an der Wand. Mit uns dreien hier drin war der Korridor sehr voll, Lars' Körper direkt neben mir, während er Linus Helm und Schuhe auszog, sehr präsent. Er zeigte auf eine Tür. »Da ist das Bad, falls du aus deinen Klamotten raus willst. Ich bring dir dann ein paar trockene Sachen.«

»Danke«, erwiderte ich schüchtern und betrat das Badezimmer. Lars' Badezimmer. Der Duschvorhang an der Badewanne trug kindliche Schiffsmotive – vielleicht hatte Linus ihn ausgesucht. Der schwache Duft, den auch Lars' Hemd verströmte, hing hier in der Luft, obwohl das Fenster auf Kipp stand. Ich schloss das Fenster, dann sah ich mich nach dem Flakon um, der für den Geruch verantwortlich war, aber er war nicht zu sehen – vielleicht stand er in dem Spiegelschrank über dem Waschbecken.

Der Spiegelschrank. Bei meinem Anblick darin verstand ich, warum Lars so streng mit mir gewesen war. Meine Lippen waren blasslila, und unter meinem leichten Sommerteint sah ich völlig blutleer aus. Mein Pferdeschwanz hing auf halb acht, ein Rest Wimperntusche immer noch unter meinen Augen. Auf der Skala meiner Möglichkeiten rangierte ich eindeutig auf eins oder zwei von zehn. Aber gut, als das blühende Leben wäre ich nicht hier gelandet. Ich löste mein Haargummi und frottierte das Haar mit einem Handtuch vom 1. FC Köln, das über einer Stange hing. Mit warmem Wasser wusch ich mir den letzten Rest Mascara aus dem Gesicht.

Jetzt sollte ich mich wohl ausziehen. Ich begann mit den durchweichten Socken, die ich auf die ausgeschaltete Heizung legte. Mit nackten Füßen stellte ich mich auf den flauschigen blauen Badezimmerteppich. Als ich mir das nasse T-Shirt über den Kopf zog und dabei an Lars dachte, der im selben Moment wohl irgendein Shirt und eine Jogginghose für mich aus seinem Schrank nahm, wurde mir ein bisschen erotisch zumute. Der BH ... Er war auch nass, aber sollte ich ihn deshalb ausziehen? Wie machten das die Frauen in den Filmen immer, wenn sie in die zu großen Klamotten von ihrem Boyfriend schlüpften, um darin super sexy auszusehen? Ich beschloss, ihn anzulassen. Es war ein billiges Modell aus synthetischer Spitze und würde sicher schnell trocknen. Die Jeans bekam ich, klamm wie sie war, kaum aus. Tja, und dann war da die Unterhose. Die war aus Baumwolle und ebenfalls komplett mit Wasser vollgesogen. Wenn Lars mir jetzt eine trockene Hose gab und ich mich damit hinsetzte, würde ich einen großen dunklen Fleck am Hintern bekommen. Also zog ich sie aus, legte sie ebenfalls auf die Heizung, darüber meine Jeans, dann drehte ich das Thermostat auf. Ich würde sie gleich wieder anziehen, wenn sie ein wenig getrocknet war.

Gerade sah ich an meinem nackten Körper hinunter und begrüßte, dass ich mir heute Morgen nach der Dusche noch die Zehennägel geschnitten hatte, als es an der Tür klopfte. »Moment«, rief ich schrill, griff mir das FC-Handtuch und wickelte es mir um die Hüften.

»Ich guck nicht«, sagte Lars' Bandleaderstimme vor der Badezimmertür.

Ich öffnete die Tür einen Spalt, blieb aber dahinter versteckt stehen. Beim Anblick von Lars' Hand mit ihren charakteristischen Venen und den paar Sommersprossen, die ein Bündel Klamotten hielt, musste ich den Impuls unterdrücken, daran den ganzen Mann zu mir hereinzuziehen. Ich nahm die Kleidung entgegen, die Tür wurde von außen wieder geschlossen. Es war ... ein ziemlich kleines Bündel, das Lars mir da gegeben hatte.

»Die Sachen sind von meiner Ex, sie hat sie bei ihrem Auszug in unserem Dachbodenabteil vergessen und noch nicht abgeholt. Nur die Socken sind von mir«, kam es von draußen.

»Okay«, piepste ich. Oh nein, guckte Lars denn kein Fernsehen ... Ich besah mir die Sachen genauer. Es handelte sich um ein tailliertes dunkelblaues T-Shirt mit V-Ausschnitt und eine Art Yogahose mit einem an einem Bein ausgefransten Saum – die Art Sachen, die man auf dem Dachboden aufbewahrt, weil man denkt, vielleicht bräuchte man sie noch mal oder könnte sich für Karneval Federn draufnähen oder so, die man aber doch nie wieder anzieht. Außerdem beides in Größe XS. Meinen total niedlichen Auftritt, von dem ich eben noch geträumt hatte, konnte ich jedenfalls vergessen. Ich würde in den Klamotten aussehen wie die Wurst in der Pelle.

»Du hättest mir gleich einen Strampler von Linus bringen sollen«, kommentierte ich einige Minuten später meine Lage, als ich die Küche betrat, in der Lars gerade heißes Wasser aus einem Kocher in eine Tasse mit einem Teebeutel goss.

Er blickte auf, kam näher und drückte mir die Tasse in die Hand. »Na komm, so schlimm ist es doch nicht«, sagte er, aber ich sah, dass er ein Grinsen unterdrücken musste. »Ich habe wohl ... nicht so einen Blick dafür«, gab er zu. Seine Augen, die unverwandt über meinen Körper glitten, beunruhigten mich. »Ich hole dir noch ein Oberteil von mir«, ergänzte er und kam kurze Zeit später mit einer blauen Sweatjacke zurück, die dem, was ich mir vorgestellt hatte, schon deutlich näherkam. Dankbar zog ich sie mir über.

In diesem Moment erschien Linus in der Tür, in der Hand eine kleine Latzhose, die er mir auffordernd hinhielt. »Für dis.«

Gerührt sah ich ihn an, wusste aber nicht recht, was von mir erwartet wurde.

»Hast du doch drade desadt«, ergänzte Linus, als sei ich etwas schwer von Begriff.

Lars zwinkerte mir zu, und ich hatte das Gefühl, dass sich spätestens jetzt etwas veränderte. Zuvor hatte etwas Beherrschtes in seiner Freundlichkeit gelegen, etwas Pflichtbewusstes in seiner Hilfsbereitschaft, so als könnte er bloß nicht anders. Jetzt, da wir hier zusammen in der Küche standen, schien sich etwas zu lösen.

»Oh, vielen Dank, sehr lieb«, sagte ich, nahm Linus' Hose entgegen und legte sie über Lars' Sweatjacke um den Nacken. In einer kuscheligen Wohlfühlbewegung wackelte ich mit den Schultern, sagte »Hach«, und der Kleine sah zufrieden aus.

»Ich bringe jetzt kurz den Rest der Zettel an und gucke nach meinem Rad«, kündigte Lars an.

Ich überlegte, ob ich noch mal anbieten sollte, das selbst zu machen – aber eigentlich wollte ich in dem Aufzug nicht raus, geschweige denn meine nasse Unterhose alleine auf der Heizung lassen. Ohnehin zog Lars jetzt mit zielsicherem Griff noch eine Wärmflasche aus einem der Oberschränke, legte sie neben den Wasserkocher und sagte: »Die kannst du dir abfüllen, wenn du willst. Linus, willst du mitkommen oder hier bei Svea bleiben?«

Ich hielt den Atem an.

»Bei Svea bleiben«, entschied Linus ganz selbstverständlich.

»Dann zeig ihr doch schon mal, wie du deine Zähne putzt und deinen Schlafanzug anziehst.«

»Is zeig ihr den Fudzeudträder«, bestimmte Linus.

Lars lächelte. »Auch gut.« Dann nickte er mir zu, küsste Linus auf den Kopf, und kurz darauf hörte ich die Wohnungstür zufallen.

»Du ... wolltest mir einen Flugzeugträger zeigen?«, fragte ich unsicher.

»Tomm«, sagte Linus und ging vor. Das kleine Kinderzimmer mit den grün gestrichenen Wänden war sehr aufgeräumt. Erst wunderte ich mich, dann fiel mir ein, dass Linus diese Woche ja noch gar nicht hier gewesen war.

Er nahm mit einer ehrfürchtigen Geste einen umgedrehten Karton von einem blauen Kinderschreibtisch und stellte ihn vorsichtig auf den Teppichboden. Oben war mit ungeschickter Stiftführung ein Mittelstreifen aufgemalt, aus einem weiteren Stück Karton eine Art Schaltzentrale mit Fenster aus schief ausgeschnittener Alufolie aufgeklebt. Auch einen Landeplatz aus Alufolie gab es und zwei Flugzeuge aus bemalten Klorollen. In Druckbuchstaben stand an der Seite: *Estonia*.

»Dein Flugzeugträger heißt Estonia?«, fragte ich erstaunt. Das war doch der Name dieser verunglückten Fähre.

»Ja«, bestätigte Linus nur lapidar und drückte mir eines der Klorollenflugzeuge in die Hand. »Söner Name.«

»Hast du das selbst gebastelt?«

»Mit Papa.« Linus strahlte mich an. Und dann legte er los. Er startete, landete und produzierte dabei einen so ohrenbetäubenden Fluglärm, dass ich schon versucht war, eine Bürgerinitiative zu gründen. Dann schloss ich mich aber doch zaghaft an. »Määäähm«, sagte ich unmotiviert und landete neben ihm. Hob wieder ab. »Määähm.«

»Tannst du nist dut pielen?« Er sah mich mitleidig an.

»Nein, äh, das kann ich wohl nicht so gut.«

»Tannst du lesen?«

»Ja«, antwortete ich, froh, nicht schon wieder passen zu müssen.

Er stand auf und ging zu seinem Bücherregal. »Dann lies mir was vor.« Während er konzentriert die Bücher eines nach dem anderen aus dem Regal riss, fiel mir die Wärmflasche wieder ein. Schon bei der Erinnerung, wie Lars sie mir angeboten hatte, wurde mir ganz warm. »Ich mach uns eben die Wärmflasche, während du noch aussuchst, okay? Dann haben wir es gleich beim Vorlesen gemütlicher.«

Linus reagierte nicht, sondern kramte weiter in seinen Büchern. Nun gut, ich ging in die Küche. Ich füllte den Wasserkocher nach, stellte ihn an und malte mir aus, wie ich das in Zukunft öfter tun würde. Ganz selbstverständlich, ohne Unterhose, dafür in einem von Lars' Pullovern. Während das Wasser aufheizte, sah ich mich um. Hier herrschte der typische, zweckmäßige schwedische Stil, wie ihn viele hatten. An der Wand eine Collage mittelschwer peinlicher Fotos von Lars, die ihm offenbar seine Freunde zu irgendeinem Geburtstag angefertigt hatten. Beginnend mit dem Üblichen: Lars schlafend mit halb geöffnetem Mund, eine leider verschwommene Aufnahme von ihm auf dem Fußballplatz, auf der jemand an seiner Hose zog und einen Teil seiner Poritze entblößte. Lars im Entenkostüm mit einer Frau im Arm, Blick und Gestik zeugten von Alkoholkonsum.

Jedes der Bilder berührte mich auf seine Weise. Eines aber besonders: Darauf saß Lars inmitten seiner Jungs auf einem Sofa, offensichtlich bei einem Länderspiel, denn alle trugen irgendwelche Fanembleme. Die Herren jubelten, manche sprangen gerade auf. Nur Lars schaute von dem Trubel um ihn herum unberührt mit dem Ausdruck totaler Liebe das Baby an, das in seinem Arm schlief. Das war wunderschön und machte mich doch gleichzeitig so wehmütig. Dass er diese existenziellen Momente schon erlebt hatte ... aber nicht mit mir.

Neben der Fotocollage hing eine Pinnwand, daran ein Blatt, auf das jemand kommende Termine notiert hatte, die Linus betrafen – ein Kindergartenfest, ein Arzttermin. Die Visitenkarte eines Optikers, Lars' nächster Orthopädentermin, Lieferdienstwerbungen. Dennoch irgendwie ein intimer Einblick. Hieß es nicht, dass Lars mir vertraute, wenn er mich einfach so hierließ – zumal mit seinem Sohn?

Der kam mir nun hinterher. »Tommst du? Is habe eins.« Er wedelte mit einem Bilderbuch.

Ich füllte die Wärmflasche ab und folgte ihm. Er ging ins Wohnzimmer, setzte sich dort aufs Sofa und klopfte mit der flachen Hand auf den Platz neben ihm. Ich setzte mich und fragte: »Magst du Wärmflaschen?«

»Ja, macht mir Papa im Winter«, antwortete er, und ich steckte sie hochkant zwischen uns beide. Linus gab mir das Buch. Es ging um Tiere in der Nacht. Ich begann zu lesen und bemühte mich, gut zu betonen und lebhaft zu sprechen. Linus schien meine Performance zu gefallen. Ich las, er erklärte mir, was es auf den Bildern jenseits des Offensichtlichen zu entdecken gab. Mäuse, die aus ihren Löchern lugten, oder Spinnen, die in einer Stallecke ihr Netz gebaut hatten. Als er mich auf die Spinne hinwies, beobachtete er erwartungsvoll meine Reaktion.

Ich grinste ihn an. »Da ekelt sich dein Papa sicher immer, wenn du ihm die zeigst?«

»Jaaa!« Er lachte begeistert und blätterte aufgeregt nach hinten, wo noch eine saß. Dabei legte er eine Hand ganz selbstverständlich auf meinem Bein ab. Als wir zu der Seite kamen, auf der eine Katze sich zur Ruhe bettete, fragte er mich: »Wo släft deine Tatze jetzt?«

»Vielleicht tagsüber in der Sonne auf einem Hausdach. Nachts jagt er – es ist ein Kater, ein Katzenmann – sein Essen. Katzen sind nachtaktiv, das heißt, sie laufen in der Nacht gern herum. Sie haben auch andere Augen als wir und können damit gut im Dunkeln sehen.« Ich hatte keine Ahnung, welchen Wortschatz ich bei einem Dreijährigen voraussetzen konnte.

»Vermisst du sie?«

»Ja, sehr.«

Linus tätschelte tröstend mein Bein, und ich blickte auf seine kleine, gepolsterte Hand. Es war rührend, wie zutraulich dieser kleine Kerl war. Gleichzeitig fühlte es sich komisch an. Wir kannten uns doch gar nicht. Kinder waren so anders. So offen. Was für eine Verantwortung war das, mit dieser arglosen, unverstellten Seele umzugehen.

Ich flüchtete mich wieder in das Buch, las vor, wie sich das Kitten neben seiner Mutter zusammenrollte und einschlief und dann weiter. Linus sagte zunehmend weniger und hatte sich inzwischen an mich angelehnt. Er war sicher müde, ich konnte nur schätzen, aber bestimmt war es schon neun oder später. Ob ich ihn noch mal nach Schlafanzug und Zähneputzen fragen sollte?

Da klingelte mein Handy in meinem Rucksack im Flur. Linus sah auf. »Was ist das?«

»Das sind zirpende Grillen, Bd. 9: Insekten. Aber eigentlich ist es mein Handyklingelton«, antwortete ich, legte ihm das Buch in den Schoß und erhob mich schwerfällig.

Am anderen Ende der Leitung war Elisabeth. »Wo bist du?« Sie klang aufgeregt.

»Bei Linus«, erklärte ich.

»Wer ist Linus?« Sie dachte sicher an einen Mann. Und fand das natürlich gut.

»Lars' Sohn.«

»Du bist also bei Lars?« Sie schrie fast.

»Ja.« Ich regulierte die Gesprächslautstärke nach unten.

»Okay, das ist ja mal eine gute Nachricht. Aber darüber reden wir später. Denn ich habe auch eine. Rat mal, wer hier gerade reinstolziert ist.«

»Nein!« Ein riesengroßes Strahlen breitete sich auf meinem Gesicht aus. »Vier Beine, dicker Bauch und verächtlicher Blick?«

»Genau! Pudelnass, und ich glaube, er hat ein bisschen abgenommen.«

»Vielleicht hat ihn der Regen nach Hause getrieben«, vermutete ich und setzte mich auf den Boden, weil gerade alles zu gut war. Ich in Lars' Flur und Meyer-Landrut wieder sicher zu Hause!

»Er hat mich links liegen lassen und ist ohne Umschweife in seinem Katzenklo verschwunden.«

Ich lachte. »Das kennen wir doch alle.«

»So, dann lass ich dich mal, du kannst ja jetzt sicher nicht ganz offen sprechen. Ich erwarte dich heute Abend nicht mehr zu Hause.«

»Na ja«, wiegelte ich ab. »Wir haben Donnerstag.«

»Mach's gut, mach's wie ich«, erwiderte Elisabeth und legte auf.

Als ich ins Wohnzimmer zurückging, war Linus auf dem Sofa eingeschlafen und das Buch zu Boden gefallen. Ich hob es auf und legte es auf den Couchtisch. Mutterglück ist, wenn die Kinder schlafend im Bett liegen, hatte Carla im Rückenkurs mal gesagt. Ich war zwar nicht die Mutter, und Linus war zweifelsohne auch wach ein liebenswürdiges Kind – aber so fühlte ich mich doch noch ein bisschen wohler in seiner Gegenwart.

Ich lief um das Sofa herum und ließ den Blick schweifen. Ein an die Wand gehängter Flachbildschirm – sicher hatte Lars ein Abo, um alle Bundesligaspiele live sehen zu können. Ein antiker Sekretär, auf dem ein ziemliches Durcheinander herrschte. Ein Esstisch mit einem Hochstuhl und fünf weiteren, jeder für sich genommen hübschen, aber nicht zusammenpassenden Stühlen. Darüber ein Kronleuchter im Industrialstyle. Auf der Fensterbank einige Kölschflaschen, die roten Kerzen als Halter dienten. So im Ensemble sah das gar nicht schlecht aus. Neutral betrachtet war das hier wohl ein recht normales Herrenwohnzimmer. Ich aber fühlte mich wie ein Elvis-Fan, der nachts im Museum in Bad Nauheim eingeschlossen worden war und unverhofft Gelegenheit bekam, ungestört all die Exponate zu berühren und seinem Idol so nah zu kommen wie nie zuvor. Jeder Gegenstand hier in meinem Lars-Museum schien mir mit Bedeutung aufgeladen. Ich musste sie nur richtig erkennen, dann würde ich ihrem Besitzer gleich umso überzeugender gegenübertreten können. Denn das war es, was ich heute tun wollte: ihn von mir überzeugen.

Eine Weile blieb ich vor den Bücherregalen stehen – das waren bestimmt fast drei mal zwei Meter Papier. Klassiker, ein paar Titel der Kategorie »Witziger Männerroman«, viele politische Sachbücher und haufenweise maritime Romane, die teilweise zweireihig standen. Vielleicht hatte er sich den Duschvorhang doch selbst ausgesucht, er schien eine Leidenschaft für Schiffe zu haben. Auf dem Wohnzimmertisch lag auch noch ein E-Book-Reader.

Als ich alles eingehend betrachtet hatte, holte ich mein Handy und setzte mich vorsichtig neben Linus. Er schmatzte kurz mit den Lippen, als sich das Polster bewegte, schlief aber weiter. Vielleicht würde Lars es überzeugend finden, wenn wir beide bei seiner Rückkunft so friedlich beisammensaßen. Nachdem ich eine Weile mit Elisabeth aufgekratzte Nachrichten ausgetauscht hatte, hörte ich den Schlüssel im Schloss.

Und dann stand Lars im Türrahmen. Wenn ich ihn sah, war da immer dieses plötzliche Erkennen. Dieser Magnetismus und diese Wärme, die er ausstrahlte, ließen sich in meinen Vorstellungen schlecht heraufbeschwören. Vielleicht ging es anderen anders, aber meine Fantasien waren immer eher zweidimensional. Doch jetzt stand er vor mir, in drei Dimensionen. Und wenn ich ihm näher käme, auch mit Geruch und Geschmack.

Draußen ging gerade die Sonne unter und tauchte das Wohnzimmer in ein rotgoldenes Abendlicht. Für unser ungeklärtes Verhältnis war das unangemessen kitschig und verstärkte die Verlegenheit, die sich zwischen uns breitmachte.

»Er schläft ja schon«, sagte Lars leise. »Was habt ihr gemacht?«

»Mit der Estonia gespielt«, erwiderte ich im Flüsterton.

»Er hat den Namen in einer Doku aufgeschnappt und wollte dann seinen Flugzeugträger so nennen. Und ich wollte ihm nicht die Begründung dafür liefern, warum der Name vorbelastet ist«, erklärte er bereitwillig, vielleicht froh über das unverfängliche Thema.

»Bevor er seine erste Tochter so nennt, hast du ja noch Zeit.«

Lars kicherte leise.

»Danach habe ich ihm noch was vorgelesen. Und dann habe ich einen Anruf bekommen, und er ist eingeschlafen.«

»Was für einen Anruf?«, fragte Lars so schnell, dass es nicht mehr beiläufig klang. Ob er an Daniel oder irgendeinen der Männer dachte, die ich vermeintlich umgarnte?

Ich strahlte ihn zur Entwarnung an. »Tut mir leid, dir das sagen zu müssen, aber deine Mühen mit den Zetteln waren umsonst. Meyer-Landrut ist wieder da.«

»Sag bloß!«, flüsterte er. »Das freut mich für euch!«

»Elisabeth sitzt mit ihm auf dem Sofa. Und ... dein Fahrrad, wie sieht es mit damit aus?«

»Das bleibt leider verschwunden.« Er hockte sich neben mich und seinen Sohn vors Sofa und strich Linus zart über die Stirn.

Ich spürte eine seltsame doppelte Eifersucht. Auf Linus, weil Lars' Hände ihn berührten, und gleichzeitig auf Lars, auf seine selbstverständliche Beziehung zu Linus.

Ich drängte das Gefühl weg. »Wenn du mir ein Foto schickst, poste ich es auf Facebook in der Veedelsgruppe für dich. Bin noch von Meyer-Landrut in Übung. Ich fühle mich verantwortlich und würde gerne was tun.«

»Okay, mach ich. Aber jetzt bringe ich erst mal Linus ins

Bett. Vielleicht habe ich Glück, und er wacht nicht auf. Willst du dann ... zu deiner Katze?«

»Nein. Ich bleibe noch.« Ups, das hatte vielleicht übertrieben entschlossen geklungen. Fast unhöflich. »Das heißt ... wenn ich darf«, schob ich hinterher.

»Okay«, antwortete Lars neutral. Vorsichtig schob er die Arme unter sein Kind und hob es hoch. »Wenn er jetzt aufwacht, Gnade uns Gott.«

»Warum?«, fragte ich.

»Weil er dann ganz unleidlich sein wird.«

Aber die Aktion schien zu glücken. Der Kleine machte ein wohliges Geräusch und kuschelte sich an die Brust seines Vaters. Lars nickte mir noch mal zu und verschwand durch die Tür.

Zwei Minuten später hörte ich dann doch noch einen empörten Aufschrei, darauf Lars' Stimme, wie sie mit besonderer Samtigkeit etwas murmelte. Schließlich Stille, eine ganze Weile lang, während derer ich meinen Gedanken nachhing.

Auf Feiern hatte ich manchmal Väter gesehen, die die ganze Zeit mit einer hohen, affektierten Stimme zu ihren Kindern sprachen. Oder welche, deren betont witziger, cooler Umgang mit ihren Sprösslingen offensichtlich eher die umstehenden Erwachsenen beeindrucken sollte. Lars tat alles, was mit seinem Sohn zusammenhing, ohne große Gesten. Dennoch war dieses Vaterding gewöhnungsbedürftig für mich.

»Kann ich dir noch was zu trinken anbieten?«, fragte er, als er schließlich allein aus dem Kinderzimmer zurückkehrte, und klang fast wieder ein bisschen reserviert dabei.

»Was gibt es denn?«, versuchte ich es mit einer Rückfrage.

Wenn ich jetzt um Alkohol bat, würde es vielleicht den Eindruck machen, als wollte ich es mir zu gemütlich machen.

»Frag einfach, und ich sag dir dann, ob ich es da habe«, meinte er.

»Ein Radler? Oder einen Weißwein?«

»Ich guck mal.«

Wenig später kam er mit einem Radler für mich und einem Bier für sich zurück, schien aber unentschlossen, wohin er sich setzen sollte. Zur Auswahl standen das Sofa, auf dem auch ich saß, und ein Loungesessel. Den Sessel hätte ich als Zurückweisung aufgefasst.

Nach kurzem Zögern schob er sich den zum Sofa gehörigen Hocker zurecht und ließ sich dann rechts von mir fallen, die Füße auf dem Hocker übereinandergeschlagen. Ich, in der anderen Ecke des Zwei- bis Dreisitzers, trank zwei Schlucke.

»Als ich Linus seine Schlafanzughose angezogen habe, ist er noch mal aufgewacht. Ich musste mich noch etwas dazulegen, bis er wieder eingeschlafen ist«, erklärte Lars.

»Kein Problem«, versicherte ich. »Ich wusste ja, worauf ich mich einlasse, als ich sagte, ich bleibe noch.« Ich grinste, spürte jedoch an meinem Mundwinkel ein nervöses Zucken. »Ich wollte nämlich noch etwas klarstellen.« Jetzt oder nie, ich musste das jetzt direkt durchziehen, sonst würde ich mich am Ende nicht mehr trauen.

Lars sah mich überrascht an, die Augen groß, linushaft.

»Ich habe heute dein Fahrrad gesehen und auf dich gewartet«, begann ich stockend.

»Dann ... war eure Katze gar nicht verschwunden?« Er schien nicht recht zu wissen, was er davon halten sollte.

»Doch, natürlich. Ich war unterwegs, um die Zettel aufzuhängen, als ich dein Fahrrad vor dem Supermarkt gesehen und gewartet habe – zwei Stunden lang.«

»Das ist ambitioniert«, sagte Lars baff und trank einen Schluck.

»Allerdings. Ich hatte aber auf eine Gelegenheit gelauert, noch mal zu beteuern, dass du mich falsch einschätzt. Und das würde ich hiermit gern tun, wenn du mich lässt.«

»Okaay«, sagte er gedehnt, nahm die Beine vom Hocker und verlagerte seinen Körper auf die Seite, sodass er mir mehr zugewandt saß.

»Als ich mir diese Flirttipps ausgedruckt habe ...«

»Die sieben Tipps, um jeden Mann rumzukriegen«, korrigierte Lars.

»Gut, diese ultimativen Tipps also. Das hatte schon mit dir zu tun. Aber nicht so, wie du denkst. Nicht, weil ich dich wegen des Wettbewerbs bezirzen wollte. Sondern es war andersherum. Du hast mir im Rückenkurs ... imponiert, und *dann* habe ich an dem Wettbewerb teilgenommen.«

»Ich habe dir imponiert? Mit meinen Rückenschmerzen, meiner Spinnenphobie und meiner Kurzsichtigkeit?« Er schien ehrlich erstaunt.

»Mit deinem intensiven Blick«, korrigierte jetzt ich. »Außerdem mit deinen breiten Schultern und deiner liebenswürdigen, albernen Art.« Irgendwie war es schön, das mal so auszusprechen. »Und weil ich in Sachen Flirt nach der langen Beziehung und auch sowieso die dümmste anzunehmende Userin bin, habe ich ein bisschen recherchiert, wie man das optimalerweise macht mit den Männern. Nur so aus einer romantischen Laune heraus und noch nicht einmal ganz ernst gemeint.«

Lars starrte nun auf seinen ausgeschalteten Fernseher,

es war nicht auszumachen, wie meine Worte bei ihm ankamen.

»Es wäre zwar hilfreich gewesen, den Wettbewerb zu gewinnen. Eine Zeitlang sah es schlecht aus mit der Firma«, erklärte ich weiter. Was auch immer Lars denken mochte, ich hatte das Gefühl, das Heft in der Hand zu haben, und das war gut. Wenn Lars mich nicht wollte – tja, dann hatte ich es jedenfalls versucht. »Das Geld von Christopher Prahl werden wir wohl nie sehen, und dann wollte auch noch mein wichtigster Mitarbeiter kündigen. Aber in dich verliebt habe ich mich schon, da habe ich noch an der Uni gearbeitet.« Ich atmete tief aus. Es war vollbracht. Am liebsten hätte ich meine Wangen an der Bierflasche gekühlt. Ich zog den Reißverschluss der Sweatjacke auf.

Lars stellte seine Flasche auf den Boden. »Svea«, sagte er schwach. Er rieb sich mit der Handfläche über die Augen. »Du hast so viel Größe in allem, was du tust. Mir geht die ab.« Er schwieg einen Moment.

Ich hatte das Gefühl, als wäre meine natürliche Atmung ausgefallen und ich müsste jeden Zug manuell durchführen.

»Ich habe mir gewünscht, dass das so ist, wie du sagst«, fuhr Lars fort. »Aber ich habe mir nicht erlaubt, es zu glauben.«

»Du bist eben ein bisschen verstockt.«

»Eher verstört«, erwiderte er mit einem fragilen Lächeln. »Außerdem blind. Und damit meine ich nicht nur die Sehstärke. Ich meine, ich fand dich durchaus beeindruckend, als du damals die Spinne gefangen hast. Und wie du dich unter dem Igelball angefühlt hast, hat mir auch gefallen. An dem Turnierabend hatte ich das Gefühl, du baggerst mich eventuell etwas an ...«

»Ganz richtig«, bestätigte ich kühn und hoffte dennoch, dass mir nicht anzusehen war, wie mein Puls raste.

»Hat gewirkt. Nach ein paar Kölsch war ich total scharf auf dich – das hast du ja gemerkt.« Er war ein bisschen nähergerückt und sah mich jetzt sehr direkt an, wollte wohl feststellen, wie ich seine Worte aufnahm.

Aber mir gefiel, was er sagte. Ich wusste ja, dass er mir nicht von Anfang an verfallen war.

»Den Moment, in dem ich mich in dich verliebt habe ...«, sagte er, und ich schnappte nach Luft, »... den kann ich dafür ganz genau benennen. Das war, als du nach deinem hinreißend anspruchslosen Tanz bei den Gelben Funken mit diesem atemlosen Strahlen auf der Bühne standest. Ich war sofort rasend eifersüchtig auf diesen Daniel, sorry.«

»Schon okay«, stammelte ich. Ich würde mir das morgen noch mal ins Gedächtnis rufen müssen, für heute war das alles ein bisschen viel.

»Nein, nicht okay«, sagte er. »Ich habe mich eigentlich von dem Zeitpunkt an, als ich diese Flirttipps in meinen Unterlagen gefunden hab, bis jetzt eben gerade wie ein Idiot verhalten.«

»Na ja, meine Reaktionen waren vielleicht auch nicht gerade hilfreich«, wandte ich ein.

Er zuckte die Achseln, dann fragte er: »Brauchst du die noch?«, und als ich verneinte, schob er die Wärmflasche, die zwischen uns lag, runter auf den Boden. Furchtsam verfolgte ich seine Bewegungen und hatte fast Angst davor, was er nun tun würde. Schließlich hatte er gerade gesagt, er sei in mich verliebt. Oder galt das inzwischen nicht mehr?

»Also ... es ist ja immer doof, von der Ex zu sprechen, aber vielleicht muss es hier sein«, sagte er.

»Oh«, antwortete ich enttäuscht. »Ich höre.«

Lars legte in einer intuitiv wirkenden Bewegung seine linke Hand zu mir rüber, sodass nur zwei seiner Fingerspitzen so gerade eben meine Seite berührten. Als wollte er eine Verbindung herstellen, damit ich ihn richtig verstand. »Also ... Sarina und ich waren zwei Jahre zusammen«, begann er, die Augen nach vorn auf den ausgeschalteten Fernsehbildschirm geheftet. »Eines davon haben wir gemeinsam hier gewohnt, dann haben wir Linus bekommen. Sie wollte ein Kind, ich hätte vielleicht noch gewartet, aber ich habe sie geliebt, daher ...«

Seine Hand bewegte sich nicht, lag einfach nur da und brannte ein Loch in meine Haut unter Sarinas abgelegtem T-Shirt. Aber sie verhinderte immerhin, dass dieses »Ich habe sie geliebt« ein Loch in mein Herz brannte. Ich spüre es nur als leisen Stich.

»Später habe ich dann erfahren ...« Jetzt wandte er den Kopf zu mir. »Oh Mann, ich will vor dir nicht wie ein Loser dastehen.«

»Tust du nicht.« Meine Stimme klang belegt.

»Du weißt ja noch nicht, was kommt. Also, jedenfalls ... Die Kurzversion ist die, dass Sarina spätestens ein Jahr nach der Geburt – zumindest ist es das, was ich weiß – mit einem Kumpel von mir etwas angefangen hat. Was heißt angefangen, die beiden sind immer noch zusammen. Das hat den ganzen Freundeskreis in Mitleidenschaft gezogen. Die Heimlichkeiten gingen so lange, bis Sarinas Masterarbeit durch war, die sie über ein VWL-Thema beim Grünflächenamt geschrieben hat. Ich war zwar nicht ihr Betreuer, aber sie hat sich trotzdem Nachteile ausgerechnet, wenn sie nicht mehr meine Freundin wäre. Weil ich ihr abends immer geholfen habe und so, und auch im Amt selbst. Nachdem das erste Jahr nach der Geburt nicht so toll zwischen uns lief – aber das hört man ja oft –, wurde sie irgendwann plötzlich wieder super charmant. Mir kam das ein bisschen komisch vor, aber dann dachte ich, okay, es geht wieder bergauf. Sie ist allerdings dauernd am Wochenende in die Unibibliothek gefahren, um zu arbeiten, während ich auf Linus aufgepasst habe – und war in Wirklichkeit bei ... dem anderen.«

»Übel«, sagte ich nach kurzem Schweigen, und: »Tut mir leid. Was ist denn das für ein Typ, der ... andere?« Die Frage war vielleicht etwas unpassend, aber wie um alles in der Welt konnte jemand freiwillig Lars verlassen?

»Du kannst ihn dir bestimmt auf Instagram angucken. Er ist ganz witzig, gut zum Feiern, aber ansonsten ein Angeber mit einem Hang zu Statussymbolen. Sarina passt von ihrer Erscheinung und Einstellung her schon gut zu ihm«, sagte Lars nüchtern.

»Und Linus?«

»Der passt natürlich weniger. Aber da die drei nicht zusammenwohnen und Linus ja auch fast die halbe Woche bei mir ist, stört er das Bild nicht allzu sehr.«

»Das hört sich nicht gut an – für Linus.«

»Das ist schon in Ordnung. Man muss Sarina eins lassen: Sie wusste mit Linus, was sie wollte. Bei aller Verlogenheit liebt sie alles, was mit Kindern zu tun hat. Und Linus. Zum Glück.«

Mist, also doch nicht so eindimensional, die Gute.

Vielleicht war es, weil Lars meinen betretenen Blick sah, jedenfalls rutschten seine Finger ein wenig höher und verharrten nun alle fünf kurz oberhalb meines Hüftknochens.

Wenn die Geste mich beruhigen sollte, verfehlte sie ihre Wirkung.

»Also, warum ich dir das erzähle ...« Er sah aus dem Fenster, wo der Sonnenuntergang langsam in die blaue Stunde überging. »Weil ich, als ich diese Flirttipps gefunden habe, memmig wie ich bin, dachte: Schon wieder jemand, der mich beruflich ausnutzen will. Schon wieder eine, bei der ich das nicht durchschaut habe ... Ich habe so richtig im falschen Film festgesteckt. Habe alles, was du gesagt und getan hast, im Nachhinein daraufhin abgeklopft, ob eine Berechnung dahinterstand. Immerhin hast du mich echt auffällig oft nach dem Wettbewerb gefragt.«

»Ich war eben ziemlich besessen davon«, erklärte ich und versuchte, nicht an die warme Hand an meiner Hüfte zu denken. »Es ist viel Herzblut hineingeflossen. Nicht nur, aber auch ein bisschen, weil das Konzept an dich ging.«

»Mmh«, machte Lars, aber seinem Gesicht war anzusehen, dass er das gerne hörte.

Und ich fragte mich, warum wir uns nicht längst küssten. Aber eigentlich ahnte ich die Antwort. Weil wir beide spürten, dass es keine einfache Knutscherei wäre, wenn wir uns nach diesem Gespräch und allem, was zuvor geschehen war, küssen würden. Dann wäre das ein Bekenntnis, dass wir es miteinander versuchen wollten.

»Weißt du, früher habe ich mich immer für so eine Art Sonntagskind gehalten. Und vielleicht insgeheim sogar gedacht, dass ich das verdient hätte, weil ich so ein anständiger Typ bin. Was natürlich naiv ist und total arrogant. Ich habe eine tolle Kindheit gehabt, immer viele Tore geschossen, passable Noten geschrieben ...«

»... und eine prämierte Diplomarbeit«, ergänzte ich.

Er lachte. »Richtig. Dafür gab es dann eine Flasche Champagner. Woher weißt du das?« Er griff nach dem Bier auf dem Boden und trank einen Schluck, wofür er seine Hand von mir lösen musste.

Enttäuscht verlagerte ich ein wenig das Gewicht. »Habe dich gegoogelt.«

»Ach so. Für deinen perfiden Plan, nehme ich an.«

»Klar. Um zu wissen, womit ich dir schmeicheln kann.« Ich grinste.

»Ich habe dich natürlich auch gegoogelt«, sagte er.

»Echt?« Wow.

»Ich kenne alle deine Kongressankündigungen und die Homepage von Tewald Gartenbau in- und auswendig. Noch öfter habe ich natürlich die Bildersuche genutzt. Und danach immer den Verlauf gelöscht und mir gesagt: Das war aber jetzt wirklich das letzte Mal.«

»Das klingt, als sei ich eine schlechte Angewohnheit, wie Zigaretten oder Kokain«, bemerkte ich.

»Ich vermute schon, dass du Suchtpotenzial hast.« Jetzt grinste er. »Jedenfalls wollte ich trotz meiner Befürchtungen noch mal mit dir reden. Um ganz sicherzugehen. Aber da standest du dann mit dem Tänzer bei einem Geschäftstermin – und hast wieder die gleiche Nummer abgezogen. So dachte ich wenigstens damals.« Sein Blick war fragend, schien trotz allem eine Erklärung zu wünschen.

»Quatsch. Daniel hat mich zwar wirklich zum Tischtennisspielen eingeladen – er mich, wohlgemerkt. Aber offen gestanden löst schon der Anblick deines Fahrrads mehr in mir aus als jeder andere Mann, selbst wenn er nackt und willig vor mir stünde.« Krass, vielleicht war das doch ein bisschen direkt.

Lars hob die Augenbrauen. »Mist, dass das Rad jetzt weg ist«, witzelte er. Dann drehte er sich auf dem Sofa so weit zu mir herum, dass er mir annähernd gegenübersaß. »Also, ich will nicht jammern, es gibt natürlich viel Schlimmeres, aber das Desaster mit Sarina, der Skandal im Freundeskreis und dann auch noch die Bandscheibenvorfälle haben meine Selbstwahrnehmung erst mal ziemlich erschüttert. Vom Sonntagskind zum Montagsmodell, so könnte man es zusammenfassen. Damit musste ich erst mal klarkommen. Mittlerweile glaube ich aber, dass es seine Vorteile haben kann, wenn das Leben nicht nach Plan verläuft ...«

Ein Strahl aus der Küche spendete so viel Licht, dass ich sein schönes Lächeln erkennen konnte. Und auch genug, dass mir auffiel, dass Sarinas enges T-Shirt unter der offenen Sweatjacke ein wenig hochgerutscht war. Lars sah es auch. Langsam legte er seine Rechte dort unten auf den Hautstreifen zwischen Shirt und Yogahose. Ich erschauerte, ob vor Erregung oder Glück, hätte ich nicht zu sagen vermocht.

»Kennst du diese Vexierbilder?«, fragte Lars, während seine Finger begannen, sanft meinen Bauch zu streicheln. »Es gibt da so eines mit einer alten Frau und einem jungen Mädchen. Je nachdem, wie man es betrachtet, sieht man das eine oder das andere. Aber wenn man einmal die Sichtweise gewechselt hat, kann man die andere kaum wieder in sich hervorrufen. So war das bei mir mit dir. Nachdem ich einmal ›dat mutije Svea aus Köln-Nippes‹ gesehen hatte, konnte ich nichts anderes mehr in dir sehen. Obwohl ich es wirklich versucht habe. Du hast so viel drauf und gehst gleichzeitig mit dieser Anmut durch die Welt ...«

»Das sagst du, obwohl du mich im Rückenkurs erlebt hast?«

Er kicherte sein süßes, larsiges Kichern. »Na ja, ich meine das eher metaphorisch. Wie du dich allem stellst. Der neuen Firma, dem neuen Fachgebiet – zusätzlich zu der Sorge um deinen Vater. Aber du rockst alles mit ebenso viel Grandezza wie Understatement.«

Lars' Streicheln war jetzt sehr nachdrücklich geworden. Nicht dieses besoffene Hände-sind-überall-Ding von vor vier Wochen, das mir ja auch schon sehr gefallen hatte, sondern ein bewusstes Erkunden. Wir beide blickten erst auf meinen entblößten Bauch, dann uns gegenseitig kurz in die Augen. Meine Kehle war trocken, ich wich seinem Blick aus, sah unser Spiegelbild im Fernseher. Konnte mich nicht entscheiden, ob ich mir wünschen sollte, dass seine Hand bleiben, weiter nach oben oder hinunter wandern sollte. Der Umstand, dass ich keine Unterhose trug, füllte mein ganzes Denken aus. Denn wenn Lars' Hand von meinem Bauch aus in diese Yogahose gleiten würde, was allerdings aufgrund der enormen Enge nicht so einfach war, wäre sie direkt ...

»Was denkst du?« Er wusste meinen Blick wohl nicht zu deuten.

Aber dieses Mal war ich auf der Hut. »Ach, nur an ... deine Stimme«, antwortete ich. »Wie sehr ich sie mag. Hast du mal in einer Band gesungen? Du klingst so.«

»Das liegt an meinen zwei älteren Brüdern. Kleine Brüder haben statistisch betrachtet ein hohes Risiko für raue Stimmen. Als ich klein war, wäre ich fast deswegen operiert worden. Knoten auf den Stimmbändern.«

»Oh, echt? Jetzt raubst du mir meine Illusionen. Henning May singt auch nur so, weil er als Kind ein kleines Rumpelstilzchen war?«

»Ich fürchte schon«, antwortete er, und der Blick, mit

dem er mich dabei ansah, löste den plötzlichen Impuls in mir aus, Sarinas T-Shirt auszuziehen und mich rittlings auf seinen Schoß zu schwingen. Ich saß da, starrte ihn an und strich über seine Stirn. Ich sog seinen Duft ein und zeichnete mit der Hand die Linien seines Gesichts nach.

Er schob seine Hand, nun auch etwas schwerer atmend, unter den oberen Rand meines BHs und schien meinem Herzschlag nachzuspüren. Die andere streichelte meinen Oberschenkel.

Ein Geräusch kam aus Linus Zimmer, ein Schimpfen. Wir hielten inne.

»Vermutlich redet er nur im Schlaf«, flüsterte Lars. »Trotzdem ... äh, wie läuft es denn inzwischen mit Tewald Gartenbau?«

Ich konnte so schnell nicht umschalten.

»Es interessiert mich wirklich.« Lars grinste.

Ich rutschte vorsichtshalber wieder von seinem Schoß hinunter und setzte mich neben ihn, umschlang aber seinen Oberarm und lehnte mich eng an seine Schulter. Wenn Linus käme, könnte ich mich schnell gerade hinsetzen. Das Glück darüber, dass ich Lars nun in einer derart vertrauten Geste berühren durfte, verursachte mir einen leichten Schwindel. »Eigentlich gut«, antwortete ich. »Und für Christophers nicht bezahlte Rechnung wird wahrscheinlich eine Versicherung aufkommen. Falls die sich aus irgendwelchen Gründen querstellt, bliebe mir nur noch, mich um einen Kredit zu bemühen, um die Winterzeit zu überbrücken. Aber eines von beiden wird schon klappen.« Unsere Hände fanden sich, und wir verschränkten unsere Finger ineinander, während sich mein Herz ein wenig beruhigte. Von Linus war nichts mehr zu hören.

»Da bin ich sicher«, sagte Lars.

»Und du ... interessierst dich für Schiffe, habe ich gesehen?«, fragte ich unschuldig.

»Wäre ich im Norden geboren, wäre ich heute vielleicht Kapitän. Jetzt bin ich nur Kapitän bei den Grünflächenguerillas. Es kann eben niemand alle Leben leben, die in ihm stecken ... Schon gar nicht mit Kind.«

»Linus ist aber immerhin ganz besonders artig, oder?«

»Ja, für einen Dreijährigen ist er sehr besonnen. Keine Ahnung, woher er das hat ...« Er lächelte, schien sich sehr über mein Kompliment zu seinem Sohn zu freuen. »Kannst du es dir denn vorstellen, ihn ... öfter zu sehen?« Er rückte ein Stück von mir ab, um mich ansehen zu können, und strich mir mit beiden Händen die Haare aus dem Gesicht.

Ich holte tief Atem. »Ja«, antwortete ich.

Wir blickten uns in die Augen, gefühlte Minuten lang, während mein Herz wie ein großer Flummi gegen meine Rippen hüpfte. Und dann küssten wir uns endlich.

Am nächsten Morgen erwachte ich von einem fremden Handywecker und mit Lars' Hand auf meiner Brust. Später, im Bett, hatten wir uns nach seiner obligatorischen Übungseinheit mit der Faszienrolle noch so lange gegenseitig Komplimente gemacht und mit Küssen überhäuft, bis ich ihn genötigt hatte, endlich die Augen zu schließen. Er musste schließlich am nächsten Tag arbeiten. Er war eingeschlafen, ich hatte die Nacht damit verbracht, seinem Atem zu lauschen, mich vorsichtig an seinen Rücken zu kuscheln und vorerst mal glücklich zu sein.

Jetzt gab er ein müdes Singer-Songwriter-Grummeln von sich, stellte den Alarm aus und drehte sich zu mir um. Sein Gesicht war zerknautscht, die Haare in der Stirn standen in einem seltsamen Winkel ab. Es gab noch so viel zu entdecken.

Er küsste mich warm auf den Mund und murmelte: »Ich muss dann wohl.« Dann küsste er mich noch mal und stand auf. Ich sah ihm nach, wie er in seinen Boxershorts mit kleinen Schiffen darauf zur Tür ging. Mein Mann, dachte ich, betrachtete die Farbe seiner Haut, die Form seines nackten Rückens. Alles neu. »Ich rufe dich spätestens heute Abend an«, sagte er lächelnd, bevor er die Tür hinter sich schloss.

Wir hatten gestern Nacht vereinbart, dass wir Linus nicht mit meinem Anblick in Lars' Schlafzimmer überfallen wollten. Und vielleicht auch mich nicht gleich mit einem quirligen Dreijährigen auf nüchternen Magen. Wenn die beiden auf dem Weg zur Kita wären, würde ich die Wohnungstür hinter mir zuziehen.

Ich roch an Lars' Kissen, auf dem er gerade gelegen hatte, und genoss die Wärme, die noch darin hing.

Nach ein paar Minuten hörte ich Vater und Sohn im Badezimmer, das dem Schlafzimmer gegenüberlag. »Weißt du was? Meyer-Landrut ist wieder da!« Lars' Stimme, unterbrochen von Zahnputzgeräuschen.

»Oh, sön«, sagte Linus. »Wo ist Svea?«

»Sie liegt bestimmt noch im Bett«, antwortete Lars wahrheitsgemäß, und Linus fragte zum Glück nicht nach, in welchem.

»Svea ist ...«, bemerkte Linus, und der Rest ging im Rauschen des Wasserhahns unter. Ich setzte mich auf, um ja nichts zu verpassen.

»Finde ich auch.« Ich hörte das Lächeln in Lars' Stimme. Es war also offenbar was Gutes gewesen. Oder was Lustiges. Dann wieder der Wasserhahn.

Wenig später wurde eine Tür geschlossen und meine geöffnet. Lars streckte seinen Kopf hinein. »Was ich dich noch fragen wollte und gestern aus unerfindlichen Gründen vergessen habe: Dieses Hochbeet mit den müffelnden Pflanzen vor dem Westgebäude in Deutz – hast zufällig du was damit zu tun?«, fragte er mit gedämpfter Stimme.

»Kein Kommentar«, sagte ich. »Aber ich habe mich in letzter Zeit tatsächlich hin und wieder im Dunkeln am Stadthaus herumgetrieben. Und das hatte ausnahmsweise nichts mit dir zu tun.« Ich grinste.

»Nur falls es dich trotzdem interessiert: Angesichts dessen, was man da mit etwas Mühe entziffern kann, haben sich zwei Kolleginnen bei der Gleichstellungsbeauftragten gemeldet, denen was Ähnliches passiert ist. Man munkelt, dass in der Sache was in Bewegung kommt, zumal es auch eine externe Beschwerde geben soll.«

»Das zumindest war ich, so viel kann ich sagen.«

Ein energisches »Papa! Abputzen!« beendete unser Gespräch, und Lars schloss schnell wieder die Schlafzimmertür.

Nachdem Vater und Sohn in die Küche gegangen waren, nahm ich mein Handy und brachte Elisabeth per Textnachricht auf den neuesten Stand.

Sie war nicht überrascht, und das lag nur zum Teil daran, dass ich wohl nicht über Nacht geblieben wäre, wenn es schlecht gelaufen wäre. *Du wirst es nicht glauben, Svea, aber in deinem Gewächshaus zeigen sich Knospen* 🌼 🌷 🌺 🌸, schrieb sie.

Das gibt es ja nicht!, antwortete ich. Ich hatte das Passionsblumenorakel in letzter Zeit nicht mehr ganz so ernst genommen. Ehrlich gesagt hatte ich sogar schon ein paar Tage nicht mehr nach der Pflanze geschaut. *Pic or it didn't happen!* Eigentlich konnte das gar nicht sein. Mit einer Knospe hätte ich frühestens im nächsten Jahr gerechnet.

Da kam auch schon das Foto. Es zeigte zweifelsohne mehrere kleine Knospen. Aber das war ganz bestimmt keine *Passiflora macrophylla*. Das war doch, wenn mich nicht alles täuschte – der Giersch! Wie kam denn der in mein Gewächshaus?

Dann erinnerte ich mich, dass ich die Anzuchterde damals mit etwas Sand vom Spielplatz vor unserem Haus gelockert hatte. Wahrscheinlich war er dort drin gewesen.

Na ja. Auch gut. Auf jeden Fall war etwas am Erblühen – zu Hause im Gewächshaus ebenso wie bei Lars und mir. In beiden Fällen nicht ganz so wie gedacht und eine Nummer schlichter. Dafür ein authentisches, heimisches Gewächs mit besten Überlebenschancen.

Und sowieso trieb doch die Liebe die schönsten Blüten.

ENDE

DANKSAGUNG

Bevor ich mich bedanke, muss ich mich entschuldigen, und zwar bei dem Leiter oder der Leiterin des Kölner Vergabeamts, der oder die ganz bestimmt einen tollen und vor allem höchst korrekten Job macht! Der fiese Stefan Kress ist frei erfunden.

Mein Dank nun geht an meine Lektorin Martina Wielenberg, ohne die ihr eure Lebenszeit mit der seitenlangen Lektüre von Füllwörtern wie »gerade,« »irgendwie«, »jetzt« und »auch« hättet verschwenden müssen. Sie steht hier stellvertretend für viele weitere Lübbe-Mitarbeiterinnen[*], die sich in Presse, Marketing, Herstellung und Vertrieb für die Entstehung und den Erfolg meiner beiden Bücher einsetzen.

Außerdem danke ich meiner super Agentin Petra Hermanns – dies ist unser Debüt als Team.

Ich danke den zahlreichen Bloggerinnen und Rezensentinnen auf »Bookstagram« und anderswo im Netz, die mit ihrer Liebe zu Büchern, aber auch einer Menge Arbeit mit dafür sorgen, dass Bücher wie meine gesehen werden. Und ich danke den Buchhändlerinnen, die sich nicht nur in der Coronakrise einiges einfallen lassen.

Mein Dank geht außerdem an meinen Mann, die Ideenmaschine (»Hast du 'ne Idee, welches bescheuerte Start-up

---

[*] Männer sind mitgemeint.

Sveas Ex haben könnte?« – »Er hat einen hodenfreundlichen Sattel entwickelt.« – »Perfekt, danke.«). Außerdem an meine treuen Testleserinnen Eva, Helene und Sarah, die auch unter hohem Druck stets zur vollsten Zufriedenheit gearbeitet haben. Eva Dax, dir danke ich außerdem für den Totholzzaun, den du nach der Lektüre in deinem Garten errichtet hast und der mir das Gefühl gibt, mit meinem Buch wirklich etwas bewegen zu können. 😊

Für die Beratung beim Naturgartenbau habe ich Andi Weide von Uns Garten in Köln zu danken! Dank auch dir, Markus, für die Absegnung von Pias Kursgestaltung. Außerdem danke ich einem anonymen Pensionär für Hinweise zu den Vorgängen in der Stadtverwaltung. Wobei etwaiger im Text verbliebener Unsinn in allen Fällen auf meine Kappe geht. Und apropos Stadtverwaltung: Großer Dank gebührt dem Kulturamt der Stadt Köln und dem Verein »Literaturszene Köln«, die den Kölner Schreibraum, in dem große Teile dieses Romans entstanden sind, möglich machen. Seit ich dort bin, gefällt mir das Autorinnendasein gleich noch mal so gut.

Sveas Gute-Laune-Playlist

Andreas Bourani – Auf anderen Wegen
Hildegard Knef – Für mich soll's rote Rosen regnen
Helene Fischer – Ein kleines Glück
Michelle – Große Liebe
Die fabulösen Thekenschlampen – Toni, lass es polstern
Tones and I – Dance Monkeys
Labrassbanda – Bierzelt
Deichkind – Leider geil
Grün, grün, grün sind alle meine Kleider
Faber – Jung und dumm
Schwarz – Leftwing duckling
Bläck Fööss – Drink doch eine mit
Miljö – Kölsch statt Käsch
Brings – Liebe gewinnt
Echt – Weinst du
AnnenMayKantereit – Tommi